Avocat et ancien [...] juridique de FLori[...] au grand public av[...] en France en 1995 [...] *La rançon de la colère* (2003), sont venus confirmer son habileté à écrire des thrillers judiciaires où se mêlent scènes d'action et intrigues psychologiques. Âgé d'une quarantaine d'années, James Grippando vit en Floride, à Fort Lauderdale, en compagnie de sa femme et de sa fille.

À CHARGE DE REVANCHE

DU MÊME AUTEUR
CHEZ POCKET

LE PARDON

L'INFORMATEUR

UNE AFFAIRE D'ENLÈVEMENT

JAMES GRIPPANDO

À CHARGE
DE REVANCHE

*Traduit de l'américain
par Philippe Rouard*

BELFOND

Titre original :
FOUND MONEY

publié par HarperCollins Publishers, Inc.,
New York.

Le Code de la propriété intellectuelle n'autorisant, aux termes de l'article L. 122-5 (2ᵉ et 3ᵉ a), d'une part, que les « copies ou reproductions strictement réservées à l'usage privé du copiste et non destinées à une utilisation collective » et, d'autre part, que les analyses et les courtes citations dans un but d'exemple ou d'illustration, « toute représentation ou reproduction intégrale ou partielle faite sans le consentement de l'auteur ou de ses ayants droit ou ayants cause est illicite » (art. L. 122-4).
Cette représentation ou reproduction, par quelque procédé que ce soit, constituerait donc une contrefaçon sanctionnée par les articles L. 335-2 et suivants du Code de la propriété intellectuelle.

© James Grippando, 1999. Tous droits réservés.
© Belfond, 2001, pour la traduction française.
ISBN 2-266-12511-7

À Tiff, toujours

« Ne dites pas que vous connaissez bien quelqu'un avant d'avoir eu un héritage à partager avec lui. »

Johann Kaspar Lavater
Aphorismes

Prologue

Juillet 1979

L'astre se mourait et rien ne pouvait le sauver. Amy Parkens observait le phénomène avec la fascination de l'enfant qu'elle était.

C'était une nuit parfaite. Pas de lumières citadines, pas même une lune pour éclairer le ciel sans nuages au-dessus de la fenêtre de sa chambre. Des milliards de points scintillants criblaient l'espace. Son télescope était braqué sur la nébuleuse de l'Anneau, une étoile mourante de la constellation de la Lyre – la préférée d'Amy. Elle lui rappelait les ronds de fumée que son grand-père tirait de son cigare – une bague floue d'un gris-vert flottant dans le vide intersidéral. La mort arrivait lentement, inéluctable, pour la nébuleuse de l'Anneau, située à des années-lumière de la constellation d'Orion.

Amy repoussa une mèche de son front et colla de nouveau son œil à l'oculaire. C'était une fillette de huit ans, grande et mince, aux cheveux d'un blond sable. Elle avait souvent entendu les adultes lui assurer qu'elle serait la Twiggy des années 90, mais cela ne la touchait pas. Ses centres d'intérêt différaient de ceux de ses camarades de classe. La télévision et les jeux vidéo l'ennuyaient. Elle aimait mieux passer ses soirées seule avec ses livres, ses cartes d'astronomie et, bien sûr, sa lunette télescopique – autant de choses que ses amies auraient prises pour des devoirs scolaires. Elle n'avait jamais connu son père, mort au Viêt Nam avant qu'elle fût en âge de marcher. Elle vivait avec sa mère, professeur de sciences physiques à l'université du Colorado, à Boulder, et avait toujours eu une prédilection pour les étoiles. Bien avant de recevoir son premier télescope, elle contemplait le ciel nocturne en y voyant bien plus qu'une myriade de points lumineux. À l'âge de sept ans, Amy était capable de nommer toutes les constellations. Depuis, elle en avait même inventé d'autres auxquelles elle avait donné des noms, des astres si lointains qu'ils déjouaient les instruments les plus puissants. La Voie lactée lui était familière. Elle y cheminait d'un regard sûr, repérant immédiatement ses planètes préférées, alors que ses camarades pouvaient scruter le ciel durant toute une nuit sans jamais situer Orion ni Sirius.

L'enfant alluma sa lampe de poche, la seule lumière dont elle avait besoin dans sa petite chambre aux murs roses. À l'aide de crayons de couleur, elle dessina la nébuleuse de l'Anneau dans son carnet. Elle était bien la seule de sa classe à ne pas avoir peur du noir, à condition de garder son télescope à portée de main.

« Éteins, ma chérie, lui dit sa mère depuis le couloir.

— Mais j'ai éteint, maman.

— Tu sais très bien ce que je veux dire. »

La porte s'ouvrit, sa mère entra et alluma la lampe de chevet. Amy cligna des yeux à la faible lumière jaune. Le sourire de sa mère était affectueux et lointain à la fois. Depuis quelques jours, son regard trahissait une grande lassitude. De l'inquiétude aussi. Ce changement n'avait pas échappé à Amy ; elle avait demandé ce qui n'allait pas mais sa mère s'était contentée de répondre « Rien ».

Cela faisait des heures qu'Amy s'était préparée pour aller au lit : pyjama d'été en coton jaune, visage lavé et dents brossées. Elle descendit de sa chaise et embrassa sa mère.

« Je ne peux pas rester encore un peu à la fenêtre ?

— Non, ma chérie, tu devrais être couchée depuis longtemps déjà. »

Amy, déçue, se sentit trop fatiguée pour discuter. Elle se glissa dans son lit et sa mère la borda.

« Tu me racontes une histoire ?

— Maman est épuisée, ce soir. Je t'en lirai une demain.

— Une longue ?

— Oui, c'est promis. La plus belle que tu aies jamais entendue.

— D'accord. »

Sa mère l'embrassa sur le front, puis elle éteignit la lampe.

« Fais de beaux rêves, ma chérie.

— Bonne nuit, m'man. »

Amy regarda sa mère traverser la chambre, lui jeter un regard comme pour lui dire au revoir en silence et refermer la porte derrière elle.

Amy se tourna vers la fenêtre. Finie, l'observation pour ce soir, mais c'était une nuit tellement claire que le ciel la fascinait à l'œil nu. Elle fixa la myriade scintillante jusqu'à ce que sa vue se troublât. Vingt minutes passèrent. Elle ferma les yeux, les rouvrit. Sa tête pesa un peu plus sur l'oreiller. La lumière du couloir dessinait un mince trait sous la porte. Sa mère allait se coucher. Cette pensée la réconforta car elle avait l'impression que sa mère ne dormait plus depuis quelques jours.

Elle se tourna de nouveau vers la fenêtre et vit, derrière l'écran des arbres, la lumière s'éteindre dans la maison voisine. Les yeux fermés, elle imagina toutes les maisons et la ville et le comté tout entier soufflant les bougies et s'apprêtant à dormir. Tous les feux du monde, sauf ceux du ciel.

Elle se laissait enfin emporter par le sommeil quand une forte détonation déchira le silence. Cela ressemblait à un coup de tonnerre, mais ce n'en était pas un. Amy se redressa en sursaut dans son lit, avec la sensation d'avoir reçu un coup dans le ventre.

Le bruit provenait de l'intérieur de la maison.

Son cœur battait à se rompre. Elle tendit l'oreille, mais le silence semblait noir et épais comme la nuit. Elle avait bien trop peur pour crier. Voulant appeler sa mère, elle se retrouva incapable d'articuler un mot. Ce fracas laissait dans l'air une ombre qui semblait éternelle. Ce bruit terrible, Amy l'avait cependant identifié. Il n'y avait pas d'erreur possible. Elle l'avait déjà entendu, loin de la maison, la fois où sa mère l'avait emmenée avec elle dans les bois et qu'elle s'était entraînée à tirer.

Ce coup de feu, car c'en était un, provenait du pistolet de sa mère.

PREMIÈRE PARTIE
Été 1999

1

Amy aurait aimé revenir dans le passé. Pas des siècles en arrière. Pas pour siroter de l'ouzo en compagnie d'Aristote ou crier à Lincoln de se baisser. Elle se serait contentée d'une quinzaine de jours. Juste assez pour s'épargner le cauchemar qu'elle venait de vivre.

Responsable du service informatique chez Bailey, Gaslow & Heinz, le plus gros cabinet d'avocats des montagnes Rocheuses, elle avait pour tâche de veiller à la bonne circulation des informations entre les divers bureaux du groupe, à Boulder, Denver, Salt Lake City, Washington, Londres et Moscou. Jour après jour, elle avait le pouvoir de mettre sur les genoux deux cents avocats, ainsi que le privilège de les entendre hurler. Ensemble. Contre elle.

Comme si c'était moi qui avais inventé ce virus ! Voilà ce qu'elle aurait dû lui répliquer, à ce collègue irascible à qui elle avait rendu visite. Elle l'avait quitté depuis un bon moment déjà, mais elle y pensait encore. Rien de tel que de conduire seule sur la route pour remettre les choses à leur place.

Il lui avait fallu une semaine pour purger la totalité du système, en travaillant dix-huit heures par jour et en effectuant la navette entre six bureaux différents. Mobilisant toutes les énergies, elle avait pu sauver quatre-vingt-quinze pour cent des données. Néanmoins, elle avait trouvé douloureux d'apprendre à la demi-douzaine de perdants que leurs ordinateurs et tout ce qu'ils contenaient étaient morts à l'arrivée.

Peu de gens le savaient mais Amy en avait été le témoin : les avocats eux aussi pouvaient pleurer.

Un méchant cliquetis en provenance du tableau de bord attira son attention. Son vieux pick-up Ford émettait nombre de couacs. Chacun d'eux était différent, et elle les connaissait tous, comme une mère qui eût interprété les cris de son bébé : la faim, les couches ou le visage de gargouille de sa grand-mère penché sur lui. Ce dernier bruit, toutefois, s'avéra facile à diagnostiquer, en raison de la chaleur que vomissait soudain l'air conditionné. Amy coupa la ventilation et essaya d'abaisser la vitre. Coincée. Parfait. Trente-sept degrés à l'ombre au-dehors, un dragon soufflant le feu à l'intérieur, et cette foutue vitre qui refusait de descendre. Dire que le Colorado était connu pour son atmosphère agréable en été !

Je suis en train de fondre, se dit-elle.

Elle se baissa pour ramasser sur le plancher le *Rocky Mountains News* et s'en éventa. Le journal datait d'une semaine, précisément du jour où elle avait envoyé sa fille passer quelque temps chez son ex-mari, afin de pouvoir consacrer toute son énergie à la crise informatique. Six jours d'affilée loin de Taylor représentaient un nouveau record, et elle espérait bien ne pas avoir à le battre. En dépit de son épuisement, il lui tardait de revoir son enfant.

Amy conduisait une chaudière à roues quand

elle arriva en vue de Clover Leaf, morne ensemble de petits immeubles de brique rouge à deux étages, bien différents des résidences de Boulder, où le moindre studio coûtait deux cent cinquante mille dollars. Subventionné par le gouvernement, Clover Leaf passait pour une horreur aux yeux de tout ce qui n'était pas un étudiant miséreux ou un retraité dans la gêne. Le bitume y tenait lieu d'espace vert. Amy avait vu des zones industrielles plus riantes. Sans doute le promoteur avait-il pensé que la beauté des montagnes, au loin, rendait vain tout effort d'amélioration. Malgré tout, la demande était telle qu'on devait patienter quatre années pour obtenir un logement.

Elle manqua se cogner la tête contre le toit, sur un dos-d'âne, s'arrêta au premier parking libre et se précipita hors de la voiture. Ouf ! Au bout d'une minute ou deux, son visage passa du cramoisi au rose.

Si Amy n'était pas du genre à mettre en valeur sa beauté, elle n'en faisait pas moins tourner les têtes. Son ex-mari avait toujours prétendu que c'étaient ses longues jambes et sa bouche pleine qui attiraient le regard. Mais c'était bien plus que cela. Amy dégageait une formidable énergie quand elle bougeait, quand elle souriait, quand elle vous regardait de ses grands yeux gris-bleu. Sa grand-mère disait qu'elle tenait cette énergie de sa mère, et Mamie en savait quelque chose.

La mère d'Amy était morte tragiquement vingt ans plus tôt, alors qu'Amy venait d'avoir huit ans. Son père était décédé plus tôt encore. C'était sa grand-mère paternelle qui l'avait élevée ; elle avait décelé avant Amy les signes avant-coureurs du divorce d'avec Ted. Quatre ans auparavant, Amy était une jeune maman s'efforçant de mener de front un mariage, un bébé et des études d'astronomie, programme qui lui laissait peu de temps pour s'intéresser à Ted, et surtout pour garder l'œil sur lui. Il ne tarda pas à rencontrer une autre femme. Après leur séparation, elle emménagea chez sa grand-mère, qui l'aida à s'occuper de Taylor. Les bonnes places n'étaient pas faciles à trouver sur le marché du travail à Boulder, très recherché par les jeunes professionnels attirés par la qualité de la vie au Colorado. Amy aurait aimé poursuivre ses études mais l'argent manquait, et l'obtention d'une licence en astronomie n'y aurait rien changé. Même son emploi d'informaticienne n'avait pu améliorer sa situation matérielle. Son salaire couvrait tout juste les dépenses de première nécessité pour elles trois. Le peu qui restait, elle le mettait de côté pour la faculté de droit qu'elle devait commencer en septembre.

Pour Amy, une carrière juridique répondait à des nécessités économiques, en aucun cas à un choix affectif. Elle savait qu'elle y retrouverait de nombreux étudiants, qui avaient préparé des licences d'histoire de l'art ou de lettres et qui, comme elle, avaient renoncé à tout espoir de décrocher un emploi dans leur domaine. Amy regrettait qu'il n'y eût pas une autre voie.

« Maman, maman ! »

Elle se retourna. Sa fille portait sa robe rose préférée et des tennis rouges. Une moitié de ses cheveux blonds était serrée en une couette. L'autre flottait au vent. Encore une barrette de perdue. Elle courut se jeter dans les bras de sa mère.

« Tu m'as tellement manqué ! » lui dit Amy, la serrant fort contre elle.

Taylor éclata de rire puis fit la grimace.

« Pouah ! Tu es toute collante. »

Amy essuya sa propre sueur sur la joue de sa fille.

« La voiture de maman a un peu de fièvre.

— Mamie dit que tu devrais vendre ce tas de ferraille.

— Jamais. »

Le tas de ferraille avait appartenu à sa mère, et c'était à peu près tout ce qu'elle avait réussi à garder à l'issue de son divorce. Ça, et Taylor. Elle posa sa fille par terre.

« Alors, comment va ton papa ?

— Bien. Il a promis de venir nous voir.

— Nous ?

— Oui. Il a dit qu'il viendrait nous voir, toi et moi, pour la fête.

— La fête ? Quelle fête ?

— Notre fête à nous. Quand tu seras diplômée de ta fac de droit, et que j'aurai réussi à entrer à l'université. »

Amy cligna des yeux, ignorant la pique de Ted.

« Il a vraiment dit ça ?

— La fac de droit, ça prend beaucoup de temps, hein, maman ?

— Non, pas tant que ça, ma chérie. Ce sera fini avant même qu'on s'en aperçoive. »

Sur ces entrefaites, la grand-mère arriva, le souffle court. « Je n'ai jamais vu une enfant de quatre ans courir aussi vite. »

Taylor gloussa. Mamie accueillit Amy d'un sourire, vite effacé par une grimace de reproche.

« Mais tu es maigre comme un coucou ! Je parie que tu t'es encore nourrie de caféine !

— Non, j'ai aussi bu un peu de café avec.

— Allez, entre, que je te prépare quelque chose à manger.

— Je mettrai un truc au micro-ondes, répondit

21

Amy, trop fatiguée pour se préoccuper de faire la cuisine.

— Micro-ondes, répéta sa grand-mère avec mépris. Je suis peut-être vieille, mais je n'ai pas besoin d'allumer un feu en frottant deux bouts de bois l'un contre l'autre pour faire à manger. Le temps que tu sortes de la douche, il y aura un bon petit repas chaud qui t'attendra. »

Avec un excédent en calories et en graisses suffisant pour tenir un mois, pensa Amy. Mamie était de la vieille école, y compris au sujet de la diététique. « D'accord, dit-elle en sortant sa valise de l'arrière du pick-up. À la maison, les filles ! »

Elles traversèrent le parking en tenant chacune par la main une Taylor qui chantait à tue-tête : « Maman est rentrée ! Maman est rentrée ! »

Amy ouvrit la porte. La maison ne comptait que deux chambres, un living et une salle de bains. Mamie disait que « les filles » avaient transformé ce living en dépotoir. Des vélos et des patins à roulettes encombraient le vestibule, les petits appartenant à Taylor, les grands à Amy. Le mobilier se composait d'un vieux canapé et d'un fauteuil assorti, d'étagères en pin chargées de bouquins, de quelques plantes vertes, et d'un petit téléviseur. À droite de la salle de séjour se trouvait une cuisine minuscule.

Amy déposa sa valise dans l'entrée.

« Je vais préparer à manger, dit Mamie.

— Je vais t'aider ! cria Taylor.

— Lave-toi les mains, d'abord », dit Amy.

Taylor se précipita dans la salle de bains.

« Ton courrier est là, reprit Mamie. Avec tes messages téléphoniques. » Elle disparut dans le couloir, derrière Taylor.

Amy s'approcha de la table sur laquelle s'empilait une semaine de courrier : personnel, factures, publicités. La plus grosse pile concernait les factures, souvent des relances. Quant au courrier portant la mention « personnel », il n'était qu'un vulgaire procédé mercantile, tentant de leurrer le client avec une écriture manuscrite confectionnée sur ordinateur. Parmi ces missives, un paquet volumineux accrocha son regard. Il ne portait pas d'adresse d'expéditeur, pas de timbre ni de tampon postal. Vraisemblablement livré à domicile par coursier.

Elle déchira l'emballage de papier kraft, qui révéla une boîte en carton ornée du dessin d'un autocuiseur. Elle la secoua, doutant qu'il contînt ledit ustensile. À en juger par le ruban adhésif qui maintenait fermé le rabat, la boîte avait déjà été ouverte. Amy coupa l'adhésif à l'aide de sa clé et sortit du carton une poche en plastique opaque munie d'une fermeture Éclair. Ni mot d'accompagnement ni carte de visite, rien qui pût révéler l'identité de l'expéditeur. Elle ouvrit et se figea.

« Oh ! mon Dieu ! »

La figure de Benjamin Franklin la contemplait, en une multitude d'exemplaires. Des coupures de cent dollars. Par liasses. Elle les sortit une par une, les aligna sur la table. Ses mains tremblaient quand elle en compta une. Cinquante billets. Quarante liasses.

Elle se laissa choir sur une chaise et regarda cet argent avec stupeur. Quelqu'un qu'elle ne connaissait pas lui avait envoyé deux cent mille dollars.

Elle se demandait bien pourquoi.

2

Le soleil couchant empourprait l'horizon au sud du Colorado. Depuis la véranda de la maison où il avait grandi, Ryan Duffy, trente-cinq ans à ce jour, contemplait pensivement ce flamboiement qui chaque jour annonçait la disparition de la lumière. Le spectacle se fondit rapidement dans un ciel noir sans lune ni étoiles. La palette éclatante des couleurs crépusculaires l'avait un instant trompé. À présent, il s'en voulait d'avoir pensé, même une seconde, que son père serait peut-être mieux mort que vivant.

Le père de Ryan, qui avait soixante-deux ans, n'avait jamais observé qu'une seule règle dans sa vie : « dernier » était le plus vulgaire de tous les mots. Pour Frank Duffy, il n'y avait pas de seconde place, pas de hiérarchie dans les priorités, car tout était prioritaire. Dieu, la famille, le travail… il s'était consacré de toute son âme à chacun des trois. Un travailleur infatigable qui n'avait jamais manqué un sermon dominical, jamais laissé tomber sa famille, jamais quitté un chantier sans que quelqu'un dise de lui : « Ce Duffy est décidément le meilleur électricien de toute la profession. »

Une seule fois, il se refusa à être le premier : quand il engagea la plus grande bataille de sa vie. Il fut le dernier à admettre que son cancer le tuerait.

Et encore attendit-il que la douleur devienne insoutenable pour s'avouer qu'il ne pourrait lutter seul. Ryan lui gardait rancune d'avoir méprisé à ce point la médecine. Et qu'il fût lui-même médecin n'avait peut-être réussi qu'à accroître la méfiance de son père, comme si Ryan avait été l'un de ces distributeurs de médicaments que Frank méprisait tant.

Le traitement n'aurait pu que retarder l'inévitable, cependant : son père en avait pour deux, trois mois, pas plus. Ryan aurait aimé une rallonge, mais, à la place de son père, il aurait opposé le même refus obstiné.

Cela ne lui déplaisait pas de s'entendre dire qu'il était bien le fils de son père ; ils se ressemblaient tellement que la comparaison était inévitable. Ils étaient beaux tous les deux, possédaient les mêmes yeux sombres pleins de chaleur. Son père grisonnait depuis longtemps et Ryan commençait à voir sa tignasse brune blanchir élégamment aux tempes. Avec son mètre quatre-vingt-cinq, il était le plus grand des deux, mais il aurait été le dernier à faire remarquer que son père rapetissait en vieillissant.

À présent, le soleil avait disparu par-delà l'horizon plat. Dans l'obscurité, les plaines du sud-est du Colorado formaient un vaste océan. Calme, silencieux, sans une seule lumière en vue. Un bon endroit pour élever une famille. Pas de criminalité, ici. Le centre commercial le plus proche se situait à Pueblo, une ville ouvrière, à cent cinquante kilomètres à l'ouest. Il fallait aller encore plus loin, à Garden City, Kansas, pour trouver un restaurant digne de ce nom. D'aucuns voyaient Piedmont Springs comme un coin perdu. Pour Ryan, Piedmont Springs était là où il fallait.

Ryan avait soutenu la décision de son père : finir ses jours chez lui. Frank Duffy était très apprécié des douze cents habitants de l'agglomération, et l'hôpital trop éloigné pour faciliter les visites de ses nombreux amis. Ryan avait installé le malade dans sa pièce préférée, à l'arrière de la maison. Un lit d'hôpital au cadre chromé et au sommier inclinable remplaçait la banquette de pin avec ses coussins verts. La grande baie vitrée donnait sur un jardin potager planté de maïs encore en herbe et de tomates. Le plancher de chêne et les poutres de cèdre complétaient cette atmosphère de chalet, dans la pièce la plus chaleureuse de la maison.

« Tu l'as ? » demanda Frank, impatient, quand Ryan entra.

Ryan grimaça un sourire tout en sortant d'un sac de papier la demi-bouteille de Jameson, un whisky irlandais.

Le visage de Frank s'éclaira. « Tu es un bon garçon. Allez, sers-nous à boire. »

Ryan posa deux verres sur le plateau pivotant monté sur le bord du lit et les remplit à moitié.

« Tu sais ce qu'il y a de bien avec le whisky irlandais, Ryan ? dit Frank en levant son verre avec un sourire complice. C'est qu'il est irlandais. À ta santé, petit », ajouta-t-il en forçant sur son accent.

La main tremblait, remarqua Ryan, et ce n'était pas à cause de la boisson mais de la maladie. Frank était encore plus pâle que la veille, son corps affaibli semblait avoir perdu toute forme sous le drap blanc. Ils burent un second verre en silence ; une expression de contentement flottait sur le visage de Frank.

« Je me souviens encore de la première fois où tu as goûté au whisky, déclara-t-il avec une lueur de nostalgie dans les yeux. T'étais rien qu'un gamin de onze ans et tu suppliais ton grand-père de t'en donner un peu. Ta grand-mère a dit : allez, file-lui donc une goutte, elle pensait que tu le recracherais comme un médicament et que ça te servirait de leçon. Mais t'as avalé la chose d'un coup en renversant la tête en arrière et reposé ton verre en le claquant sur la table, comme un cow-boy de cinéma. Tu avais envie de tousser et les yeux te sortaient de la tête, mais t'as simplement passé la manche de ta chemise sur tes lèvres et t'as dit à ta grand-mère, en la regardant dans les yeux : C'est mieux que le sexe. »

Ils rirent de concert. Puis son père le considéra d'un air attentif.

« Dis donc, ça me rappelle que ça fait drôlement longtemps que je ne t'ai pas entendu rire.

— Je suppose que je n'en avais pas trop envie. Pas trop envie de boire non plus.

— Et tu voudrais qu'on fasse quoi ? Qu'on téléphone pour annuler la maladie ? Écoute, on a le choix entre mourir en riant au visage de la Camarde ou mourir en silence, la tête basse. Alors, sois sympa et verse-moi donc un autre verre.

— Je ne crois pas que ce soit une bonne chose, papa. Les calmants et l'alcool ne font pas bon ménage.

— Bon Dieu, pourquoi faut-il que tu sois toujours aussi sérieux, Ryan ?

— Qu'y a-t-il de mal à ça ?

— Rien, et c'est une qualité que j'admire, vraiment. Je regrette même d'en avoir manqué trop souvent... de sérieux. Les gens disent toujours que nous nous ressemblons beaucoup, mais ce n'est qu'une apparence. T'étais mignon quand tu t'asseyais à la table de la cuisine et que tu faisais semblant de lire la page des sports avec moi, alors que tu avais tout juste deux ans et que tu savais pas encore lire. Tu voulais être comme moi. Mais à la vérité, intérieurement, là où ça compte, on est bien plus différents que tu t'en doutes. »

Il se tut pour reposer son verre sur le plateau. Son visage avait pris une soudaine expression de gravité.

« Tu crois que des braves gens peuvent mal tourner ?

— Bien sûr, répondit Ryan avec un haussement d'épaules.

— Je veux dire, mal tourner comme des criminels. Ou bien tu penses qu'il y a des actes tellement horribles que seule une personne mauvaise dès le départ puisse s'en rendre coupable ?

— Je ne crois pas qu'on naisse mauvais, papa. Les gens ont leur libre arbitre. Ils peuvent choisir.

— Alors, pourquoi un homme choisirait de faire le mal s'il n'y était pas enclin ?

— Par faiblesse, je suppose. Par incapacité de résister à la tentation.

— Et tu penses que des faibles peuvent devenir des forts ? Tu crois possible de s'amender, une fois qu'on s'est égaré ? »

Ryan sourit d'un air gêné, tout en se demandant où son père voulait en venir. « Pourquoi ces questions ? »

Frank s'adossa aux coussins avec un soupir.

« Parce qu'un homme mourant doit faire ses comptes.

— Allons, papa, tu as été le meilleur époux qui soit, et le meilleur père. Tes enfants t'aiment. Tu es un brave homme.

— Disons plutôt que je le suis devenu. »

Ces mots restèrent suspendus un instant dans l'air.

« Il arrive à plein de gens de commettre une saloperie, et ça ne fait pas pour autant d'eux des salauds, dit Ryan.

— C'est la grande différence entre toi et moi, fils. Tu n'aurais jamais fait ce que j'ai fait. »

Ryan vida la dernière goutte de son verre ; il ne savait que dire et redoutait il ne savait quels aveux de la part de son père.

« Il y a une vieille commode dans le grenier. Déplace-la. J'ai laissé quelque chose pour toi sous le plancher. De l'argent. Une grosse somme.

— Grosse comment ?

— Deux millions de dollars. »

Ryan se figea, puis il éclata de rire. « Elle est bien bonne, papa. Deux millions de dollars dans le grenier ! Diable, moi qui ai toujours cru que tu les cachais dans ton matelas ! » Son rire mourut dans sa gorge à la vue de l'expression de son père.

« Allons, reprit-il, tu plaisantes, n'est-ce pas ?

— Il y a deux millions de dollars dans le grenier, Ryan, et c'est moi qui les ai cachés là-haut.

— Mais comment pourrais-tu posséder tant d'argent ?

— C'est ce que j'essaie de t'expliquer mais tu ne me rends pas les choses faciles. »

Ryan souleva la bouteille du plateau.

« Eh bien, tu as eu assez de whisky pour ce soir. Tu vois que l'alcool combiné aux tranquillisants te fait délirer.

— J'ai fait chanter un homme. Quelqu'un qui le méritait.

— Arrête, papa. Tu n'as jamais été en mesure de faire chanter quiconque.

29

— Un peu que je l'ai fait, bon Dieu ! » s'écriat-il avec une telle force qu'il fut saisi d'une quinte de toux.

Ryan se pencha vers lui et l'installa plus confortablement sur les oreillers. Son père haletait entre deux quintes, et la salive qui sourdait de sa bouche était teintée de sang. Ryan sonna l'infirmière de garde dans la pièce voisine. Elle arriva sur-le-champ.

« Maintenez-le assis pour qu'il ne s'étouffe pas. »

Elle obtempéra pendant que Ryan rapprochait du lit la bouteille d'oxygène. Il ouvrit la valve et inséra le respirateur dans la bouche du malade. L'assistance respiratoire était un exercice, hélas ! trop familier à la famille, car Frank avait souffert d'emphysème bien avant qu'il soit atteint d'un cancer des poumons. Après quelques inspirations, le souffle se fit moins saccadé et moins sifflant, et redevint bientôt normal.

« Docteur Duffy, je ne mets pas du tout en doute votre appréciation professionnelle, mais je pense que votre père devrait se reposer, maintenant. Il a eu assez d'activité comme ça pour la soirée. »

Elle avait raison, et pourtant le regard de son père le fit hésiter. Ryan s'était attendu à l'expression voilée et délirante d'un homme sous analgésiques, inventant d'incroyables histoires de chantage. Mais les yeux noirs levés vers lui brillaient de lucidité et lui parlaient avec éloquence. Son père avait-il dit la vérité ?

« Je passerai demain matin, papa. Nous reprendrons notre conversation. »

Frank parut apprécier le sursis, comme s'il en avait assez dit pour la journée. Ryan s'écarta en ébauchant un sourire. Il ne manquait jamais de dire

« Je t'aime » à son père lorsqu'il partait, au cas où il le verrait pour la dernière fois, mais, ce soir-là, il quitta rapidement la pièce, préoccupé. Allons, il était inconcevable que son père ait pu exercer un chantage de cette importance. Et pourtant, Frank ne lui avait jamais paru aussi sérieux.

Si c'était une blague, elle était drôlement convaincante.

Bon Dieu, papa. Ne m'enlève pas l'amour que j'ai pour toi.

3

Il faisait encore nuit quand Amy se réveilla. Les rideaux étaient tirés, mais les lumières du parking les encadraient d'un trait de lumière qui adoucissait la pénombre de la pièce. Le lit jumeau à côté d'elle était vide et déjà fait. De la cuisine lui parvenaient les bruits familiers du matin. Mamie était toujours la première à se lever, et ce, de plus en plus tôt d'année en année. Amy jeta un coup d'œil au réveil sur la table de nuit. Cinq heures seize.

Elle doit être en train de préparer le repas de midi.

Amy resta allongée à contempler le plafond. Elle avait bien fait d'en parler à Mamie. De toute façon, celle-ci aurait fini par lui tirer les vers du nez. Amy avait un visage trop expressif pour que sa grand-mère n'y lût pas comme dans un livre ouvert. Et puis Amy avait besoin de son avis. Mamie croyait aux vertus du bon sens, et c'était précisément du bon sens qu'exigeaient les circonstances.

Elle enfila son peignoir de flanelle et gagna la cuisine, d'où émanait un puissant arôme de café.

« Bonjour, ma chérie », dit Mamie. Elle était déjà habillée. Avec un peu de trop de recherche, par rapport à ses anciennes habitudes. Pendant près d'un demi-siècle, sa grand-mère n'avait jamais porté que des jeans en hiver et des bermudas en été. Mais depuis peu, elle affectionnait les pantalons à pinces impeccablement repassés et les chemisiers de soie, même pour se rendre à l'épicerie. Amy soupçonnait la présence d'un homme, bien que Mamie s'en défendît farouchement.

« Bonjour », répondit Amy en s'asseyant à table. Mamie lui apporta une tasse de café noir avec deux sucres, comme elle l'aimait.

« Voilà ce qu'on va faire, dit-elle en prenant place en face d'Amy. Nous allons garder l'argent. Ici même.

— Tu ne m'as pas dit, hier, que la nuit portait conseil et qu'on ne prendrait pas de décision avant qu'on en ait discuté au matin ?

— Oui, c'est ce que j'ai dit.

— Eh bien, ça n'a rien d'une discussion. Tu viens de m'annoncer ta décision.

— Fais-moi confiance, chérie. Ta grand-mère pense que c'est ce qu'il y a de mieux à faire, et elle ne croit pas se tromper. »

Le café avait soudain un goût amer. Amy ne put chasser toute nostalgie dans sa voix.

« C'est exactement ce que tu m'as dit quand tu m'as poussée à abandonner l'astronomie pour me lancer dans ce travail informatique.

— Et ça a bien marché. Tes employeurs t'apprécient tellement qu'ils sont prêts à t'aider financièrement pour que tu suives tes cours de droit.

— Ce n'est pas au cabinet que je dois cette aide mais à Marilyn Gaslow, qui était une amie de maman. C'est elle qui est intervenue auprès d'eux.

— Ne sois pas cynique, Amy. Sois réaliste. Avec une licence d'astronomie, c'est l'enseignement qui t'attendait, et à condition de trouver un poste. Tu gagneras dix fois plus comme avocate.

— Bien sûr. Et avec des talons aiguilles et un string, je pourrais me faire cinquante fois plus...

— Tais-toi, l'interrompit Mamie en se bouchant les oreilles. Ne dis pas des choses comme ça.

— Je plaisantais.

— Tu parles d'une plaisanterie ! »

La vieille femme se leva brusquement pour se verser une tasse de café.

Amy soupira.

« Je suis désolée, mais ce n'est pas tous les jours qu'on dépose dans la boîte aux lettres deux cent mille dollars. J'aimerais seulement qu'on en discute. »

Mamie revint s'asseoir et la dévisagea.

« D'après toi, que devrions-nous faire ?

— Je ne sais pas. Peut-être aller à la police.

— Et pourquoi ? Personne n'a commis de crime, que je sache.

— Justement, qu'en savons-nous ?

— Amy, je dois dire que tu me surprends. Comment t'arranges-tu pour voir toujours les choses sous leur angle négatif ? Il nous arrive quelque chose de bien, et tu t'imagines tout de suite que ça cache quelque histoire sordide.

— J'envisage seulement les possibilités. À ma connaissance, nous n'avons aucun parent fortuné dont tu aurais oublié de me parler.

— Chérie, répliqua Mamie avec un petit rire, dans notre arbre généalogique, les feuilles ne sont pas vertes[1] !

---

1. Allusion à la couleur verte des dollars. *(N.d.T.)*

— Et aucun de nos amis n'est assez riche pour nous léguer une somme pareille, pas vrai ?

— Tu le sais aussi bien que moi.

— Alors, si c'est un don, il vient de quelqu'un que nous ne connaissons pas, quelqu'un qui nous est complètement étranger.

— Ce sont des choses qui arrivent.

— Quand ? Où ?

— Mais tout le temps !

— Cite-moi un seul cas.

— Je ne sais pas, mais ça peut se produire. C'est peut-être quelqu'un que tu as rencontré et dont tu n'as plus le souvenir. Tu es une femme charmante, Amy. Il se peut qu'un vieil homme riche ait eu le béguin de toi sans que tu en saches rien. »

Amy secoua la tête.

« Non, tout cela est bien trop bizarre à mon goût. Nous ferions mieux d'avertir la police.

— Au nom de quoi ? Si nous les prévenons nous pouvons faire une croix sur cet argent.

— Si personne ne le réclame, je pense que la police nous le rendra, objecta Amy.

— J'en doute. Il y a quelque temps, j'ai lu dans le journal qu'un pasteur avait trouvé au bord de la route une valise contenant un million de dollars. Il l'a remise à la police, persuadé que si personne ne venait prouver que l'argent lui appartenait, les flics le rendraient à celui qui l'avait trouvé. Mais tu sais quoi ? La police a prétendu que c'était de l'argent appartenant à des trafiquants de drogue, et ils ont fait main basse dessus, comme le permet la loi sur les stupéfiants. Ils ont tout gardé. Et c'est ce qui nous guette.

— Il n'empêche, cet argent m'inquiète. Je serais plus tranquille si nous n'étions que toutes les deux, mais Taylor vit avec nous, et je me sentirais mieux si nous étions sous protection.

— Une protection contre qui, contre quoi ?

— C'est peut-être de l'argent provenant d'un trafic de drogue, justement, que quelqu'un nous aura envoyé par erreur, en pensant que je fais partie du même réseau ou je ne sais quoi.

— Voilà une hypothèse hasardeuse.

— Ah oui ? Et le cadeau d'un vieux beau plein aux as te paraît plausible, peut-être ?

— Écoute, dit Mamie, j'ignore d'où provient cet argent. Tout ce que je sais, c'est qu'il ne pouvait pas tomber mieux. Gardons-le en attendant. Sans y toucher. Peut-être que dans quelques jours une lettre arrivera pour nous expliquer de quoi il retourne.

— Si ça se trouve, la mafia viendra frapper à notre porte.

— C'est pour ça qu'il vaut mieux le garder, ici, à la maison.

— C'est dingue, Mamie. Nous devrions au moins le déposer dans un coffre à la banque.

— Mauvaise idée. Tu ne regardes donc jamais le journal télévisé ? La meilleure façon de se faire tuer par des voleurs, c'est de ne rien avoir chez soi, ça les met en colère.

— Mais qu'est-ce que tu racontes ?

— Supposons que ce soient des criminels qui nous aient envoyé par erreur cet argent. Supposons qu'ils débarquent ici. On leur dit qu'on ne l'a pas, qu'il est à la banque. Ils ne nous croient pas. Ils deviennent méchants. Ils nous font du mal.

— Tandis que si l'argent est là ?

— On le leur rend. Ils partent contents, et nous reprenons notre petite vie. Les chances que ça se passe mal sont pratiquement nulles. Je n'ai pas envie que des brutes me collent un couteau sous la gorge. Je préfère leur redonner leur fric et oublier cette histoire. »

Amy termina son café avec un regard nerveux en direction de la fenêtre.

« Je ne sais pas, admit-elle.

— Nous ne voulons ni toi ni moi courir de risques. Si c'est un cadeau, nous sommes riches. Si des voyous se pointent, nous leur rendons leur bien. Attendons deux semaines, et puis nous y verrons plus clair. Et si les choses se passent comme je l'espère, tu pourras retourner à tes chères études.

— Tu t'y entends assez bien pour me manipuler.

— Alors, tu es de mon côté ? »

Amy lui lança un regard malicieux par-dessus sa tasse de café.

« Et où prévois-tu de cacher notre butin ?

— Il est déjà dans sa cachette. Le congélateur.

— Le congélateur ? »

Mamie eut un sourire espiègle. « C'est le meilleur endroit pour garder au frais… de la fraîche, non ? »

4

Ryan dormit d'un sommeil agité dans son ancienne chambre.

Unique médecin de l'agglomération, il n'avait pas pris de vacances depuis trois ans. Pour demeurer auprès de son père, il avait dirigé ses patients, à l'exception des cas d'urgence, vers ses confrères des villes voisines.

De fait, il avait passé ces sept dernières semaines dans sa famille. Il était légalement séparé de sa femme et attendait que le juge prononce leur divorce après huit ans de mariage. Une affaire classique d'attentes et d'ambitions déçues. Liz, qui avait travaillé comme serveuse pour l'aider à financer ses études de médecine, avait attendu une récompense pour ses efforts. Ryan avait terminé son internat à l'hôpital général de Denver et aurait pu, comme ses camarades de promotion, exercer dans des cliniques réservées aux plus riches et mener une carrière lucrative. Au lieu de cela, et contre l'avis de Liz, il s'était installé comme généraliste là où il était né. La plupart de ses patients étaient quasiment indigents – enfants d'ouvriers ou de fermiers qui gagnaient trop pour bénéficier de l'aide médicale mais pas assez pour bénéficier d'une assurance santé. Liz avait fini par accrocher un écriteau dans le cabinet : « Tout paiement est dû à la consultation », mais Ryan ne refusait jamais de faire crédit à ceux qui en avaient besoin. Après que l'addition des visites et consultations impayées eut dépassé un chiffre à six zéros, Liz craqua. Pour elle, Ryan tenait une institution de charité. Elle demanda le divorce.

À présent, il était de retour chez lui, pendant que son père se mourait et que sa femme emménageait à Denver. Les murs lui renvoyaient les souvenirs de sa jeunesse. Il n'avait ni le temps ni l'envie de changer le décor de sa chambre et d'effacer le passé. Des posters de footballeurs semblaient lui sourire. Il se demanda où était passée la grande photo de Farah Fawcett avec ses cheveux vaporeux et son Bikini rouge. Disparue, mais non pas oubliée.

Le temps de l'innocence, pensa-t-il.

Il était six heures du matin et Ryan avait à peine fermé l'œil. Il continuait de se demander si son père n'avait pas déliré sous l'effet du whisky et des calmants. Cette histoire de chantage et de millions de dollars tenait de l'hallucination. Et pourtant, Frank lui avait paru sacrément sérieux.

Ne restait plus qu'à monter dans le grenier pour en avoir le cœur net.

Il se leva, enfila un jean, une chemise et des tennis. Le plancher grinçait sous ses pieds. Sa mère devait être déjà en bas, au chevet de Frank, car elle tenait à veiller chaque matin sur l'homme avec lequel elle vivait depuis quarante-cinq ans.

La porte s'ouvrit en gémissant sur ses gonds. Ryan passa la tête et tendit l'oreille. Pas un bruit. Il se rappelait qu'on accédait au grenier par une échelle pliante au bout du couloir. Il avança à pas de loup, passa devant la salle de bains et la chambre d'amis, et s'arrêta sous la trappe d'où pendait une chaîne. Il s'en saisit et la tira à lui. L'abattant s'ouvrit comme la mâchoire inférieure d'un crocodile, et les ressorts de l'échelle déplièrent celle-ci avec une plainte métallique. Ryan grimaça, attendant que sa mère se manifeste. Mais rien. Doucement, sans faire de bruit, il étendit l'échelle jusqu'au sol, rabattit le loquet de verrouillage. Il respira un grand coup et grimpa les marches.

Il fut accueilli par une odeur de moisi et une chaleur de four, qui très vite couvrit son front de gouttes de sueur. Les premières lueurs du jour entraient par la lucarne située à l'est, projetant de longues ombres et éclairant les toiles d'araignées. Ryan tira sur la cordelette qui commandait l'éclairage du plafonnier, mais l'ampoule nue était grillée. Il attendit un instant, le temps de s'accoutumer à la pénombre, et entama sa progression parmi les rebuts accumulés au fil des ans.

Le passé lui revenait lentement. Autrefois, il venait jouer ici avec ses camarades, pendant que Sarah, sa sœur aînée, les espionnait. C'était elle qui avait découvert la cachette où ils planquaient leur unique *Playboy*. Ryan n'avait jamais su si Sarah souhaitait à tout prix se montrer une fille exemplaire ou si elle prenait un malin plaisir à voir son frère puni. Il se demanda ce que cette saintenitouche aurait pensé, à présent.

Les souvenirs surgissaient à chaque pas dans la poussière du plancher. Son premier tourne-disque et sa collection de vinyles, transformés en crêpes par la chaleur. La clarinette de sa sœur, du temps où elle jouait dans la fanfare du collège. La vision de ces objets, jalons du passé, lui rappela qu'il devrait bientôt, en tant qu'exécuteur testamentaire, en dresser l'inventaire : outils rouillés, matériel de pêche, vieilles nippes, épaves de toutes sortes. Sans oublier, si ce n'était pas une blague, deux millions de dollars d'origine crapuleuse.

Non, ce ne pouvait être qu'une plaisanterie.

Ryan s'arrêta devant la commode dont lui avait parlé son père. La présence même du meuble donnait soudain aux paroles du vieil homme une véracité troublante, mais cela ne prouvait pas l'existence d'un magot.

Il dut s'y reprendre à deux fois pour la dégager. Il remarqua tout de suite qu'en dessous les lattes du plancher avaient été déclouées. Il s'agenouilla, les ôta une par une, découvrant l'épaisse couche d'isolant en laine de verre. Il la dégagea et retint son souffle : il avait sous les yeux une mallette en acier, probablement ignifugée. Il la sortit de la cavité et la posa devant lui, découvrit une serrure de sûreté à combinaison ; pourtant, les fermoirs étaient relevés. Son père avait apparemment laissé les chiffres de la combinaison en place, sans fermer, afin de lui rendre la tâche facile. Ryan souleva lentement le couvercle.

« Bon Dieu ! » s'exclama-t-il à la vue des billets.

Frank ne délirait pas. L'argent était bien là. Ryan n'avait jamais vu deux millions de dollars en espèces, mais il ne doutait pas que le compte fût bon à la vue de l'épaisseur des liasses de coupures de cent.

Il passa ses doigts sur les billets. Bien que l'argent ne l'eût jamais intéressé, son contact lui arracha un frisson. La nuit précédente, alors qu'il essayait en vain de trouver le sommeil, il s'était demandé ce qu'il ferait d'une somme pareille, au cas où son père aurait dit la vérité. Il avait fini par décider qu'il la donnerait à des associations de charité. Il se refusait à tirer profit de ce qui restait à ses yeux un crime, même si l'homme, selon Frank, avait mérité ce chantage. À présent, devant ce magot, les notions de bien et de mal étaient beaucoup moins tranchées. S'il n'avait choisi d'être le médecin des pauvres, il aurait possédé un compte en banque dépassant le million de dollars. Peut-être fallait-il voir là un signe de la Providence : cet argent le récompensait de son dévouement envers ses patients.

Allons, reprends-toi, Duffy !

Il referma la mallette, la glissa dans le trou, remit en place la laine de verre, les lattes puis la lourde commode. Il s'occuperait de l'argent plus tard. Après les obsèques. Pour le moment, il voulait s'entretenir avec son père.

Ryan se hâta de redescendre du grenier, rentra l'échelle, gagna la salle de bains. Il transpirait et se sentait couvert de poussière. Il s'aspergea le visage d'eau froide, se débarrassa de sa chemise sale et se dirigea vers sa chambre pour en prendre une propre. En passant devant l'escalier, il entendit sa mère sangloter en bas dans le salon. Il dévala les marches. Elle était seule sur le canapé, les épaules voûtées, le visage dans les mains.

« Qu'y a-t-il, maman ? »

Dès qu'elle leva les yeux, il comprit.

Il vint vers elle, la prit dans ses bras. C'était une femme menue, de petite taille, mais jamais elle ne lui avait paru aussi fragile.

Elle tremblait.

« Ça... ça s'est passé si... si paisiblement... Il m'a regardée, il a fermé les yeux, a poussé un soupir, et puis il est parti...

— Tout est bien, maman.

— On aurait dit qu'il était prêt, continua-t-elle entre deux sanglots. Comme s'il avait décidé qu'il était temps de s'en aller. »

Ryan fit la grimace. *Comme s'il avait préféré mourir plutôt que de me regarder en face une dernière fois.*

Il sentit sa mère trembler dans ses bras et la serra plus fort contre lui. « Ne t'inquiète pas, murmura-t-il, conscient qu'il s'adressait autant à sa mère qu'à lui-même. Je m'occuperai de tout. »

5

Amy s'accorda la matinée du lundi et n'arriva au bureau qu'à l'heure du déjeuner. Après six jours de travail intensif, un voyage aux quatre coins du pays, à essuyer la colère d'avocats hystériques, elle se sentait en droit de passer quelques heures avec sa fille.

Le cabinet Bailey, Gaslow & Heinz à Boulder était sis dans Walnut Street, aux trois derniers étages d'un immeuble qui en comptait cinq. Deuxième du groupe, il ne comptait cependant que trente-trois avocats, ce qui le reléguait loin derrière celui de Denver qui, lui, en totalisait cent quarante. Mais ici, à Boulder, on se targuait d'accomplir le même travail de qualité et d'engranger les mêmes honoraires qu'à Denver. C'était du moins ce qu'avait fixé comme objectif le nouveau directeur, un bourreau de travail, envoyé par Denver pour dynamiser la succursale du Colorado.

« Bonjour », dit Amy en croisant l'un de ses collègues dans le couloir. Elle se servit un café au distributeur et regagna son bureau en redoutant d'y découvrir une nouvelle montagne de dossiers sur sa table.

Elle occupait un petit espace, mais était la seule non avocate de la maison à posséder une fenêtre avec vue sur la rue. Avantage qu'elle devait à Marilyn Gaslow, qui travaillait à Denver et dont le grand-père était l'un des fondateurs du groupe. Marilyn et la mère d'Amy avaient noué au collège une amitié que seule la mort avait interrompue. Et Marilyn avait fait engager Amy comme informaticienne, avant de convaincre le cabinet de subventionner de moitié ses études de droit, à condition qu'Amy s'engageât, une fois diplômée, à mettre ses connaissances scientifiques et juridiques au service du secteur « environnemental », fleuron de Bailey, Gaslow & Heinz. En vérité, depuis qu'Amy avait accepté ces conditions, on la traitait comme une esclave.

Elle s'assit à sa table de travail et alluma son ordinateur. Elle avait vérifié son e-mail depuis l'extérieur, la semaine précédente, mais de nouveaux messages étaient arrivés. L'un émanait de Marilyn : « Bravo, Amy. Tu as abattu un sacré boulot ! »

Elle sourit. Au moins, parmi les deux cents avocats du groupe, quelqu'un savait dire merci à celle qui avait sauvé leur système informatique. Toutefois, cela n'avait rien d'étonnant, venant d'une amie de sa mère. Elle passa à l'enveloppe virtuelle suivante, qui portait la signature de Jason Phelps, chef du service contentieux de Boulder. Elle doutait que le bonhomme lui eût adressé des félicitations.

« Passez me voir ! » ordonnait-il.

Elle leva les yeux de son écran et sursauta. Depuis le seuil, Jason Phelps dardait sur elle un regard réprobateur.

« Euh… bonjour, monsieur Phelps. Bon après-midi, plutôt.

— Oui, il est en effet un peu plus de… midi. Vous avez passé la matinée à jouer au ballon avec Tommy, je suppose ? »

Elle sentit son ventre se nouer. Peu importait le nombre de nuits et de week-ends qu'elle avait consacrés à travailler, et le plus souvent loin de chez elle. En règle générale, on reprochait toujours la moindre indisponibilité à une mère célibataire.

« Ce n'est pas un garçon mais une fille, et elle s'appelle Taylor, répliqua-t-elle d'un ton glacé. Et aimerait-elle jouer au ballon, sa mère n'aurait pas le temps de l'emmener au parc.

— J'ai besoin du dossier de la défense dans l'affaire Wilson… Disons, au plus tard, à quinze heures.

— Je vais devoir consulter six cabinets différents. Vous voulez ça dans deux heures ?

— C'était hier que je le voulais. Aujourd'hui, il me le faut. Peu importe comment vous vous y prendrez. Faites-le, c'est tout. » Il lui jeta un regard peu amène, sous la broussaille grise de ses sourcils, et s'en fut comme il était apparu.

Amy se renversa dans son fauteuil. *C'est avec ta tête d'abruti que j'aimerais jouer au ballon.*

Comme elle aurait aimé lui dire ça en face ! Évidemment, cela lui aurait coûté sa bourse d'études et elle ne pourrait plus faire son droit.

« Ce n'est pas une vie », grommela-t-elle à voix basse. Elle se demanda pourquoi elle acceptait de pareilles conditions mais elle connaissait la réponse. Tous les deux ou trois mois, son ex-mari l'appelait pour lui proposer de payer la moitié de tel ou tel cadeau pour Taylor à condition qu'Amy en règle l'autre moitié. Ce n'étaient, bien sûr, qu'offres creuses : il n'avait ni les moyens ni surtout l'intention de les concrétiser. Cela pouvait entraîner de regrettables perturbations, comme la fois où il avait proposé de les envoyer toutes deux en vacances à Hawaii, si Amy voulait bien assumer une partie des frais. Pendant toute une semaine, Taylor s'était promenée dans la maison drapée d'un paréo et le nez chaussé de lunettes de soleil, jusqu'à ce que la réalité et la déception prennent le relais. Il avait aussi suggéré à Amy de placer dix mille dollars sur un compte destiné à financer les futures études universitaires de l'enfant, alors qu'il savait très bien dans quelle précarité vivait son ex-femme. Il arrivait souvent à Amy de regretter de ne pas avoir l'argent qui la mettrait en position de le prendre au mot.

Mais peut-être aurait-elle bientôt ce moyen.

Son regard s'alluma d'une lueur malicieuse. Elle décrocha le téléphone et appela le père de Taylor à son bureau. Ce fut la secrétaire qui répondit.

« Désolée, dit-elle. Il est en réunion. Voulez-vous que je lui transmette un message ? »

Elle l'avait en tête, le message, ramassé comme un ressort qui sauterait au visage de ce fumier. « Taylor ira à Yale. Et tu vas payer la moitié. » Mais elle songea qu'il était encore trop tôt pour crier victoire. Cet argent trouvé n'était pas à elle. Pas encore.

« Non, merci, je rappellerai. » Elle raccrocha et revint à la réalité.

Elle regarda l'heure à la pendule. Elle allait devoir se démultiplier pour satisfaire la demande de Phelps. Elle respira un grand coup et frappa quelques touches sur son clavier. Ce n'était pas le dossier réclamé par Phelps qui apparut sur l'écran, mais un logiciel de gestion financière.

Elle souriait tandis que l'ordinateur calculait les divers modes de placements et de taux de rentabilité d'un capital de deux cent mille dollars.

Les obsèques eurent lieu le mardi à l'église catholique de St Edmund. Ni Ryan ni sa sœur n'étaient des pratiquants assidus. Leurs parents, toutefois, n'avaient presque jamais manqué la messe dominicale au cours de ces quarante dernières années. C'était à St Edmund que Frank et Jeanette s'étaient juré fidélité, que leurs enfants avaient été baptisés et qu'ils avaient fait leur première communion. À St Edmund encore que Sarah, la sœur de Ryan, s'était mariée. C'était sur l'un des derniers bancs qu'un copain de catéchisme avait appris à Ryan comment on faisait les enfants, et dans l'un des confessionnaux qu'autrefois Ryan se confessait à un prêtre d'origine irlandaise à la tronche de buveur de whisky. *« Notre Père qui êtes aux cieux, pardonnez-nous nos offenses comme nous pardonnons à... »*

Ryan se demanda quand son père était allé à confesse pour la dernière fois, et ce qu'il avait bien pu déclarer en matière de péché.

St Edmund était une vieille église de pierre bâtie dans le style des missions espagnoles. Mais les aventuriers venus d'Espagne sous la bannière de Dieu ne s'étaient pas donné la peine de dépasser les plaines du Colorado, lors de leur quête des sept mythiques cités d'or. Des lieux comme la vallée de San Luis et les montagnes de Sangre de Cristo au sud-ouest portaient les nombreuses traces de leur recherche de ces villes légendaires, puis les Espagnols semblaient s'être arrêtés devant la plate immensité du désert du Colorado. Curieusement, même au XVIᵉ siècle, ces explorateurs avaient dû sentir que Piedmont Springs n'avait jamais abrité un homme riche.

Si seulement ils avaient jeté un œil dans le grenier de Frank Duffy.

Ryan frissonna. On avait beau être au mois de juillet, il faisait froid à l'intérieur de l'antique bâtisse. De sombres vitraux barraient la lumière du jour. Il régnait un lourd parfum d'encens dont la pâle fumée montait vers les arches de la voûte. Les travées étaient bien remplies. Frank Duffy avait de nombreux amis, dont aucun ne devait soupçonner ses qualités de maître chanteur. Vêtus de noir, ils occupaient en rangs serrés les bancs de chêne foncé. Le père Marshall officiait, visage grave et chasuble noire. Ryan siégeait au premier rang, à côté de sa mère, sa sœur et son beau-frère à sa gauche. Liz, son ex-femme, avait été « empêchée ».

Les puissants accents cuivrés de l'orgue se turent soudain, et un grand silence s'abattit dans la nef. Ryan serra la main de sa mère, tandis que son oncle s'approchait du lutrin pour dire l'éloge. Oncle Kevin était chauve et bien trop gros ; son insuffisance cardiaque avait toujours donné à penser qu'il partirait bien avant son jeune frère. De ce fait, il était le moins préparé à la mort de Frank.

Il régla le micro à sa hauteur et se racla la gorge. « J'aimais Frank Duffy, dit-il d'une voix chevrotante. Nous l'aimions tous. »

Ryan écoutait d'une oreille distraite. Depuis des mois, il savait que ce jour viendrait. Cela avait commencé par une vilaine toux, qu'on avait mise sur le compte de l'emphysème chronique dont Frank souffrait depuis longtemps. Puis on avait découvert une lésion au larynx. Ils avaient d'abord craint que Frank ne perde la voix. Frank Duffy n'était pas seulement connu pour la qualité de son travail mais aussi pour son bagout. Toujours à raconter des blagues et à rire le plus fort dans les fêtes. C'eût été une cruelle ironie de se voir privé de cette aisance verbale, comme un peintre devenu aveugle ou un musicien atteint de surdité. Toutefois, la lésion au larynx ne représentait que la partie émergée de l'iceberg. Le cancer avait déjà étendu ses métastases. Les médecins lui donnèrent trois à quatre mois de survie. Il garda sa voix jusqu'à la dernière heure, réduit peut-être au silence par le poids de sa propre honte.

« Mon frère a été toute sa vie un travailleur acharné, poursuivait Kevin. Le genre de gars qui devient nerveux sitôt que la mise dépasse un dollar à une table de poker. »

Son sourire s'effaça, pour laisser la place à une expression douloureuse.

« Mais Frank avait de l'or dans son cœur et la chance d'être entouré d'une famille aimante. »

Ryan pinça les lèvres. Les tendres souvenirs de son oncle ne lui semblaient plus correspondre à la réalité.

Il entendit sa tante pleurer derrière lui. D'autres avaient la larme à l'œil. Il coula un regard discret vers sa mère. Elle se tenait immobile, le visage fermé, sans la moindre expression. Aucun signe de tristesse ni de détresse. Bien sûr, son mari avait été malade si longtemps qu'elle avait déjà pleuré toutes les larmes de son corps.

À moins, se dit-il, *qu'elle n'ait su la vérité ?*

6

Amy boucla à l'heure le dossier demandé par M. Phelps. Elle respectait toujours les délais, même les plus irréalistes. Cette fois, cependant, elle avait le sentiment de s'être fait proprement exploiter. Aussi rentra-t-elle chez elle sitôt après avoir remis son travail.

Sur la route, elle rêva. Si jamais elle pouvait garder cet argent, elle donnerait sa démission, mais à sa manière. Elle se rendrait comme à l'ordinaire dans son vieux pick-up chez Bailey, Gaslow & Heinz, puis elle irait se chercher une tasse de café, se retirerait dans son bureau et s'assiérait tranquillement à sa table de travail. Cependant, elle n'allumerait pas son ordinateur et ne fermerait pas la porte. Elle la laisserait grande ouverte et attendrait que Phelps ou l'un de ses semblables vienne lui faire une remarque.

Il n'empêche, cette histoire commençait à susciter en elle des idées paranoïaques.

Garder l'argent à la maison et voir ce qui se passerait, telle avait été la décision de sa grand-mère. Amy se demandait si quelqu'un n'était pas en train de la mettre à l'épreuve, en guettant sa réaction. Elle se rappelait le questionnaire qu'elle avait rempli pour entrer à la fac de droit. « Avez-vous fait l'objet d'une enquête judiciaire ? » « Avez-vous jamais été condamné(e) pour un délit quelconque ? » Un jour prochain, elle devrait affronter le même genre de questions devant des représentants du barreau du Colorado. Quelle impression pourrait bien leur laisser une candidate qui avait trompé le fisc en omettant de déclarer un don anonyme de deux cent mille dollars ? Pire encore, elle était peut-être la cible d'une manœuvre perverse de son ex-mari. Peut-être avait-il déclaré l'argent volé et communiqué les numéros des billets au FBI, avec l'espoir qu'elle se ferait arrêter après avoir écoulé la première coupure.

Non, ça, c'est de la pure paranoïa, se dit-elle. Son ex-mari faisait toute une histoire pour verser cinq cents dollars de pension à sa fille. Jamais il n'aurait osé expédier deux cent mille dollars dans une boîte en carton. Malgré tout, la prudence commandait d'en parler à la police, ainsi qu'au Trésor public. Mais Mamie lui en voudrait terriblement. Elle-même ne se le pardonnerait pas si elle détruisait sa seule et unique chance de réaliser ses rêves en reprenant ses études d'astronomie, au lieu d'entrer à la fac de droit. Le temps était venu pour Amy Parkens de montrer de l'audace.

Elle gagna la cuisine, ouvrit le congélateur et tendit la main vers la boîte dissimulée sous un sac de haricots verts surgelés.

« Que fais-tu, Amy ? » demanda la voix de sa grand-mère, derrière elle.

Elle se retourna, tentée de mentir.

Puis elle y renonça, sachant qu'elle ne tromperait jamais la sagacité de la vieille dame.

« Rien, je vérifie notre investissement. »

Mamie, qui revenait plus tôt que prévu du supermarché, posa son sac de courses sur la table.

« Tout est là. Je n'y ai pas touché.

— Ce n'est pas ce que je voulais dire.

— Alors, ne trouble pas le repos de cet argent. »

Amy referma la porte du congélateur et aida sa grand-mère à déballer les provisions.

« Où est Taylor ?

— Dehors. Mme Bentley la surveille. Elle nous doit bien ça, pour toutes les fois où j'ai gardé ses monstres ! Nous pourrions peut-être prélever quelques billets pour offrir une gouvernante à Taylor. Une dame bien sous tous rapports, qui sache parler français. J'aimerais tellement que Taylor apprenne le français !

— Oui, c'est une très bonne idée, dit Amy en rangeant une boîte de céréales dans le placard. Elle sera la seule gamine de quatre ans à commander des frites en français au McDonald's du coin.

— Je parle sérieusement, Amy. Cet argent ouvre à ta fille le chemin d'une autre vie.

— Je t'en prie, ne te sers pas de Taylor pour que je me range à ta décision de planquer tout ce fric ici.

— Et qu'y a-t-il de mal à le garder ?

— Ça m'angoisse de rester là à attendre une lettre ou un coup de sonnette. On ne découvrira peut-être jamais l'identité de l'expéditeur. Et j'aimerais tout de même savoir si tout cela est le fruit d'une erreur ou bien, dans le cas contraire, comment s'appelle le Père Noël.

— Engage un détective, si ça te trouble autant. Il pourra peut-être relever des empreintes sur la boîte ou sur les billets.

— Excellente idée.

53

— Je me demande seulement avec quoi tu paieras cet homme. »

Amy cessa de sourire.

« On pourrait tout de même en dépenser un peu, reprit Mamie. Je ne sais pas, moi, cinq cents dollars, quelque chose comme ça.

— Non. Nous ne dépenserons pas un seul de ces billets, tant que nous ne saurons pas qui nous les a envoyés.

— Alors, nous n'avons plus qu'à patienter. » Mamie plia le sac en plastique des courses et le rangea dans un tiroir.

« Je vais voir ce que fait notre petit ange », reprit-elle en embrassant Amy sur le front.

Amy grimaça en entendant la porte d'entrée se refermer. Elle n'aimait pas attendre. Mais que faire d'autre ? L'argent liquide était anonyme, l'enveloppe plastique qui le contenait ne portait aucune marque ni inscription. Restait la boîte en carton.

La boîte !

Elle s'empressa de la sortir du congélateur, la posa sur la table et commença à l'examiner sous toutes ses faces. Rien dessus, rien sur les côtés. Elle la retourna. Dans le mille ! Comme elle l'avait espéré, le fond portait le numéro d'identification de l'article, ainsi que le nom du fabricant, Gemco. Amy avait acheté assez d'articles de ménage pour savoir qu'ils étaient toujours accompagnés d'une feuille de garantie. Elle doutait cependant qu'on lui communique par téléphone le nom et l'adresse de l'acheteur. Elle obtint auprès des renseignements le numéro du fabricant et appela celui-ci.

« Bonjour, dit-elle d'une voix affectée et amicale. J'aurais un service à vous demander. Nous avons donné un goûter à la paroisse, l'autre jour, et vous ne le croirez pas, mais deux de nos paroissiennes sont arrivées chacune avec le même autocuiseur. Des Gemco. Je les ai lavés tous les deux, et ils se ressemblent tellement que je ne sais plus à qui ils appartiennent respectivement. Je préférerais tout de même les rendre à leurs légitimes propriétaires. Si je vous donne le numéro d'identification de l'un d'eux, pourriez-vous me donner le nom de l'acheteur ? »

L'employé hésita.

« Je ne sais pas trop si j'en ai le droit, madame.

— Oh ! je vous en prie, donnez-moi juste son nom, cela m'évitera bien de l'embarras !

— Ma foi, je veux bien vous satisfaire, mais n'en parlez pas à mon employeur. »

Amy donna les onze chiffres du numéro et attendit impatiemment.

« Voilà, dit l'employé. Cet autocuiseur appartient à Jeanette Duffy.

— Oh ! Jeanette ! » Amy aurait aimé demander l'adresse mais elle jugea préférable de s'en tenir là.

« Je vous remercie beaucoup, monsieur. »

Elle avait le cœur battant en raccrochant. Elle s'étonnait elle-même de tant de ruse et de culot, et en éprouvait une espèce d'ivresse. Surtout, sa ruse avait payé : elle était enfin en possession d'un indice.

Il ne lui restait plus qu'à découvrir qui était Jeanette Duffy.

7

La cuisine n'était pas la seule pièce à empester le *corned beef* et le chou. Dans la salle à manger. Dans le salon. Dans toute la maison, à la vérité. Pour autant que Ryan s'en souvînt, chez les Duffy, la tradition remontait à l'enterrement de son grand-père. À peine le corps mis en terre, ils débarquaient tous à la maison pour se gaver de victuailles, comme s'ils voulaient prouver que rien, pas même la mort, n'était capable de leur couper l'appétit. Et il y avait toujours quelqu'un pour apporter du « singe » en boîte et du chou bouilli.

Papa n'aimait même pas le corned beef, pensa Ryan. Mais quelle importance, maintenant ! Frank Duffy n'était plus de ce monde.

« Ton père était un brave homme, Ryan », lui dit Josh Colburn, l'avocat de la famille depuis trente ans. Il n'avait rien d'extraordinaire, mais c'était un type honnête, un juriste de la vieille école, qui vénérait la loi. Ryan ne s'étonna pas que le testament de son défunt père ne fît pas mention du magot planqué dans le grenier. Colburn était la dernière personne à qui son père eût osé parler d'un chantage.

Colburn regagna le buffet avant même que Ryan eût le temps de le remercier.

Sans leurs costumes et leurs robes sombres, on ne se serait jamais douté que tous ces gens revenaient d'un enterrement. Le rassemblement avait commencé dans la dignité, avec de petits groupes évoquant dans un murmure de circonstance les qualités du disparu. Mais le bruit avait grossi en même temps que la foule d'invités. Les conversations à trois passèrent à six, sept, huit, tandis que le buffet achevait de briser la glace. Les tables regorgeaient de victuailles et il y en avait pour tous les goûts : viandes, poissons, tripes. Bientôt quelqu'un se mit à jouer *Danny Boy* sur le vieux piano droit, pendant que l'oncle Kevin versait des rasades de Jameson, portant des toasts à son cher frère rappelé au ciel, au bon vieux temps et à tout ce qui lui semblait digne d'être arrosé de whisky irlandais.

Ryan ne se mêlait pas à ces festivités. Il allait de pièce en pièce, ce qui était le meilleur moyen de ne pas se faire coincer dans l'une de ces conversations convenues qu'il avait en horreur. De toute façon, il n'avait envie de parler à personne, sa mère exceptée.

Ryan l'avait observée durant toute la journée, en particulier depuis l'éloge funèbre de Kevin, qui les avait tous émus aux larmes... tous, sauf Jeanette Duffy. Elle lui avait paru détachée, lointaine. En un sens, cela n'avait rien d'anormal ; elle n'était pas la première veuve à suivre dans un état d'absence l'enterrement du compagnon de sa vie. Toutefois, cela ne lui ressemblait pas. C'était une femme très émotive, qui avait vu au moins trente fois *La vie est belle*, de Frank Capra, et pleurait toujours quand Clarence recevait ses ailes.

Ryan croisa son regard de l'autre côté de la salle à manger. Elle détourna les yeux.

« Mange donc quelque chose, Ryan. »

Sa tante lui présentait une assiette pleine de viande.

« Non, merci. Je n'ai pas faim.

— Tu ne sais pas ce que tu rates.

— Peut-être, mais je me rattraperai. » Il essaya de rencontrer de nouveau le regard de sa mère, mais elle gardait les yeux fixés ailleurs. Il jeta un coup d'œil à sa tante, qui ne mesurait guère plus d'un mètre cinquante-cinq.

« Tu trouves que maman va bien ?

— Si elle va bien ? Je suppose. C'est tellement dur pour elle, Ryan ! Ton père était le seul homme qu'elle ait jamais aimé, tu sais. Ils s'aimaient très fort. Ils ne formaient qu'un, ces deux-là. »

Il reporta son regard en direction de sa mère.

« Ils ne devaient guère avoir de secrets l'un pour l'autre, alors ?

— Je ne pense pas, répondit sa tante. J'en suis même sûre, si tu veux mon avis. Non, pas de secrets entre Frank et Jeanette. »

Ryan continuait de regarder en direction de sa mère mais, perdu dans ses pensées, il ne la voyait plus.

Sa tante lui toucha la main.

« Ça va, mon chéri ?

— Oui, ça va, dit-il d'un ton absent. Je crois que j'ai besoin de prendre un peu l'air. Tu veux bien m'excuser ? » Il se dirigeait vers la porte d'entrée quand il eut la sensation très nette d'être observé. Il se retourna et rencontra le regard de sa mère qui, cette fois, ne détourna pas les yeux.

Il la rejoignit dans la salle à manger où, au bout de la table, elle coupait une tranche de viande en petits morceaux pour l'un des enfants. Lui posant la main sur l'épaule, il lui dit à voix basse :

« J'ai besoin de te parler, maman. En privé.

— Maintenant ?

— Oui. »

Elle sourit, l'air nerveuse :

« Mais les invités…

— Qu'ils attendent, m'man. C'est important. »

Elle reposa lentement le couteau à côté de l'assiette.

« D'accord, dit-elle. Nous pouvons aller dans ma chambre. »

Ryan la suivit dans le couloir. Au moment où ils atteignaient la chambre qu'avaient occupée ses parents, un vieil homme en sortit en remontant la fermeture Éclair de sa braguette.

« Excusez-moi, dit-il, rougissant. C'est cette saleté de prostate. » Il s'empressa de s'éloigner, tout penaud.

Ils entrèrent et, alors que Ryan refermait la porte derrière lui, le bruit s'estompa. Comme dans sa propre chambre à l'étage, rien n'avait changé dans celle de ses parents, ni les murs tapissés de papier à fleurs roses, ni le gigantesque lit, si haut qu'il fallait presque un marchepied pour grimper dessus. Sa sœur Sarah et lui venaient souvent se cacher en dessous, autrefois. Son père feignait de ne pas les trouver, alors même que leurs gloussements étaient assez forts pour être entendus des voisins. Ryan chassa ces souvenirs et jeta un coup d'œil dans la salle de bains attenante, pour s'assurer qu'ils étaient seuls. Sa mère s'assit dans le fauteuil à côté du secrétaire et croisa les mains sur ses genoux. Ryan s'appuya contre l'une des colonnes du lit.

« Que se passe-t-il, Ryan ?

— Papa m'a parlé la veille de sa mort, et ce qu'il m'a dit est pour le moins troublant. »

Sa mère garda le silence. Ryan se mit à arpenter la pièce.

« Écoute, je ne voudrais pas te choquer, mais j'ai une question à te poser : sais-tu que papa se serait livré à un chantage ?

— Un chantage ?

— Oui. Qui lui aurait rapporté deux millions de dollars en espèces. »

Ryan la scruta, s'attendant à une réaction de stupeur, mais le visage de sa mère resta impassible.

« Oui, je le savais », dit-elle avec calme.

Il s'arrêta. « Tu savais quoi ? » demanda-t-il d'une voix que l'émotion altérait.

Elle poussa un soupir. Cette conversation lui déplaisait, pourtant elle s'y était manifestement préparée.

« J'étais au courant pour l'argent, et je savais qu'il s'agissait d'une extorsion.

— Et tu l'as laissé faire ?

— Les choses ne sont jamais aussi simples qu'on a tendance à le croire, Ryan.

— Je t'écoute, maman. Raconte.

— Tu n'as pas besoin de me parler sur ce ton, mon enfant.

— Excuse-moi, mais je n'ai pas le souvenir que nous ayons vécu comme des milliardaires. Papa vient de mourir, et je découvre que c'était un maître chanteur et qu'il y a deux millions de dollars dans le grenier. Sur qui a-t-il exercé son chantage ?

— Ça, je l'ignore.

— Comment, tu l'ignores ?

— Ton père ne me l'a jamais dit. Il ne voulait pas que je le sache. De cette façon, si jamais il y avait un pépin, je pouvais raconter sans mentir à la police que j'étais la première surprise et que je n'avais rien à voir avec cette histoire.

— Mais tu étais contente d'en profiter.

— Non. S'il y a toujours ces deux millions dans le grenier, figure-toi, c'est parce que nous n'y avons jamais touché. Pour moi, c'était de l'argent sale. Je n'aurais jamais laissé ton père dépenser un seul de ces dollars. Oh ! nous nous sommes souvent chamaillés à ce sujet, ton père et moi ! Je l'ai même menacé de le quitter.

— Pourquoi ne l'as-tu pas fait ? »

Elle le regarda d'un air curieux, comme si elle jugeait stupide cette question.

« Je l'aimais. Et il m'a toujours dit que cet homme méritait ce qui lui arrivait.

— Et tu l'as cru ?

— Oui.

— Alors, c'est aussi simple que ça ? Papa te dit que cette personne mérite qu'on la fasse cracher, et tu le laisses faire. Mais vous ne touchez pas à l'argent. Cette histoire est complètement dingue. »

Elle croisa les bras, soudain sur la défensive.

« Nous avons passé un arrangement, ton papa et moi. Il a accepté de ne jamais utiliser cet argent, mais il a pensé que vous, les enfants, vous auriez peut-être un point de vue différent. Alors, nous sommes tombés d'accord pour cacher ces deux millions jusqu'à sa mort et vous laisser le choix, à Sarah et toi : vous pouvez les prendre, les donner, les brûler, bref, ils sont à vous, et si vous pouvez vous en servir sans mauvaise conscience, vous avez la bénédiction de votre père. »

Ryan gagna la fenêtre et regarda dans le jardin de derrière. L'oncle Kevin organisait une partie de fer à cheval.

« Qu'est-ce que je pourrais bien te répondre ? dit-il à sa mère sans se retourner.

— Je te le répète. C'est désormais à ta sœur et à toi de décider. »

Il se tourna enfin vers elle. « Eh bien, dit-il, il est temps d'avoir une petite conversation avec ma grande sœur. »

8

La découverte de l'autocuiseur avait dynamisé Amy. Par mesure de sécurité, elle se refusa à utiliser les ordinateurs du bureau pour rechercher Jeanette Duffy. Après une brève recherche sur Internet, à la maison, elle découvrit qu'il existait des centaines de Jeanette Duffy à travers le pays. Or, comme elle ne possédait aucun élément susceptible de désigner l'une d'entre elles, elle se rendit à la bibliothèque de droit de l'université, qui disposait d'un service informatique très performant. Amy n'était pas encore enregistrée comme étudiante, mais son sourire charmeur et une photocopie de son dossier d'admission pour septembre lui ouvrirent la porte du service gratuit du réseau Nexis. Celui-ci allait lui permettre de consulter des centaines de journaux et de périodiques.

Dans un premier temps, elle décida de limiter ses recherches à l'État du Colorado, tapa « Jeanette Duffy », enclencha la touche de recherche et choisit le plus récent parmi la douzaine d'articles qu'affichait l'écran.

Un texte bref apparut, daté de la veille et extrait du quotidien *Pueblo Chieftain*. Amy, qui n'aurait pas été étonnée d'apprendre qu'une certaine Jeanette Duffy avait détourné deux cent mille dollars à la Banque nationale du Colorado, trouva un avis de décès :

« Jeanette Duffy et ses enfants, le Dr Ryan Patrick Duffy et Sarah Duffy-Langford, ont la douleur de vous faire part de la mort de Frank Duffy, survenue à l'âge de 62 ans, après une courageuse lutte contre le cancer. Une cérémonie religieuse aura lieu ce jour, à dix heures, en l'église catholique de St Edmund, Piedmont Springs. »

Amy contemplait l'écran. Un décès pouvait expliquer certaines choses. Peut-être les deux cent mille dollars constituaient-ils une espèce de legs. Elle imprima l'entrefilet, éteignit l'ordinateur, et appela chez elle depuis une cabine située près des toilettes.

« Mamie, te souviens-tu du jour exact où le paquet a été livré ?
— Je te l'ai déjà dit, chérie. Je n'étais pas là. Je l'ai trouvé sur le pas de la porte.
— Réfléchis. Quel jour c'était ?
— Oh ! je ne sais pas ! En tout cas, juste après ton départ. Ou pas plus de deux jours après.
— C'était donc il y a plus d'une semaine ?
— Oui, il me semble. Pourquoi ces questions ? »

Amy hésita, redoutant de mettre sa grand-mère en colère.

« J'ai mené ma petite enquête.
— Oh ! Amy...
— Écoute-moi. L'argent se trouvait dans l'emballage d'un autocuiseur. J'ai relevé le numéro de série de l'appareil, téléphoné au fabricant, et ainsi appris que l'acheteuse était une certaine Jeanette Duffy. Il se trouve que cette dame habite

Piedmont Springs et que son mari est décédé d'un cancer il y a cinq jours.

— Et alors ? Ils l'ont enterré dans l'autocuiseur ?

— Arrête, Mamie. Je crois bien que je suis sur une piste. Il était dit dans sa nécro qu'il avait lutté courageusement contre un cancer. Il savait donc qu'il allait mourir. Il a très bien pu m'envoyer l'argent avant sa mort, à moins que sa femme ne s'en soit chargée. Il s'agit peut-être d'un legs que cet homme voulait me faire à l'insu de ses propres enfants.

— C'est un peu hâtif, comme conclusion, tu ne penses pas ?

— Non. Je suis de plus en plus persuadée que cet argent ne nous a pas été adressé par erreur par des trafiquants de drogue. Des criminels ne mettraient pas deux cent mille dollars dans l'emballage d'un autocuiseur. Ne le prends pas mal, Mamie, mais seul quelqu'un d'âgé ferait une chose pareille.

— Alors, que vas-tu décider, maintenant ? Appeler cette Jeanette Duffy, alors qu'elle vient juste d'enterrer son mari ? Je t'en prie, laisse à cette pauvre femme le temps de se remettre.

— Je déteste perdre du temps.

— Amy, dit sa grand-mère d'un ton sévère, un peu de commisération, je te prie.

— D'accord, d'accord. Il faut que je te laisse. Embrasse Taylor pour moi. »

Elle raccrocha, résistant à la tentation d'appeler sur-le-champ Jeanette Duffy. Mais Mamie avait raison. Il était possible que le mari ait agi en cachette. Enfin, il aurait été cruel d'importuner cette veuve au plus fort de son deuil. Elle relut la nécrologie et un mince sourire se dessina sur ses lèvres. Elle décrocha de nouveau le téléphone et appela les renseignements.

« J'aimerais avoir le numéro et l'adresse du Dr Ryan Duffy, à Piedmont Springs. » Elle souriait encore en notant l'information sur son agenda.

Si elle ne pouvait avoir la veuve, elle aurait le fils.

9

« Nous sommes riches ! »

Le visage de Sarah Langford était rouge d'excitation. Elle aurait sans doute bondi de sa chaise, pensa Ryan, si elle n'avait été enceinte de huit mois.

Sarah n'avait jamais que cinq ans de plus que lui, mais elle lui avait toujours paru bien plus âgée. Déjà, en primaire, son lourd chignon et ses lunettes rondes lui donnaient l'air plus austère que leur propre mère. Ryan s'entendait souvent dire par ses copains qu'il était plus mignon que sa sœur, ce qui était plus un coup de griffe envers Sarah qu'un compliment au camarade. Hélas ! elle ne s'était pas arrangée durant ces vingt dernières années : elle grisonnait déjà, souffrait de pattes-d'oie au coin des yeux et avait dépassé la limite de la surcharge pondérale. Déjà grosse avant d'être enceinte, elle semblait maintenant gonflée à l'hélium.

« Deux millions de dollars ! » Elle était, mentalement du moins, en état de lévitation.

« Je n'arrive pas à y croire ! » poursuivit-elle.

Ils étaient seuls dans la chambre de Ryan. Leur mère se trouvait en bas avec une poignée de proches qui avaient décidé de dîner des restes du festin de l'après-midi. Ryan se tenait assis au bord du lit, Sarah engoncée dans l'antique chaise pivotante du non moins antique bureau. Il n'avait pas eu d'autre choix que de lui dire la vérité, car la moitié de l'argent lui revenait de droit. Toutefois, il ne s'était pas attendu qu'elle saute ainsi de joie. En tout cas, pas le jour même de l'enterrement de leur père.

« Du calme, Sarah. Il y a un hic. »

Sarah cessa de sourire.

« Comment ça, un hic ?
— Cet argent a été extorqué.
— Mais encore ?
— Papa l'a eu en faisant pression sur quelqu'un, autrement dit en le faisant chanter. »

Elle regarda son frère avec colère.

« Si c'est une plaisanterie, je préfère te dire…
— Ce n'en est pas une. Tout ce que m'a dit maman, c'est que ce type le méritait bien.
— Dans ce cas, nous méritons de le garder.
— Rien n'est moins sûr, objecta-t-il.
— Et que veux-tu faire ? Le rendre ? »

Il ne répondit pas.

« Tu n'es pas sérieux, dis-moi ?
— Je veux seulement y voir plus clair avant de décider quoi que ce soit. Tout ce qu'on a pu apprendre, c'est que papa a soutiré deux millions de dollars à un type, qui a peut-être été obligé de voler pour payer une telle somme. Et j'aimerais bien savoir quel crime a pu commettre ce bonhomme pour être aussi vulnérable à un chantage.
— Ne penses-tu pas qu'on pourrait faire confiance au jugement de papa dans cette histoire ?
— Certainement pas. J'ai toujours aimé mon père, et je découvre qu'il a pas mal réussi comme maître chanteur. Et cet argent soulève, en dehors

de la moralité, de sérieux problèmes juridiques. Si le fisc ou le FBI apprennent que papa avait en sa possession deux millions de dollars sans avoir gagné au Loto ni encaissé de gros gains aux courses, nous aurons, toi et moi, de sérieuses explications à leur fournir.

— Très bien. Donne-moi mon million, et tu feras ce que tu veux du tien. Je veux bien courir ma chance. Je suis persuadée qu'un bon avocat saura protéger sa cliente des tracas du fisc.

— Je ne veux pas me disputer avec toi. Il nous faut un plan, Sarah. Un plan auquel nous devrons nous tenir. »

Elle déplaça son poids sur la chaise en grimaçant.

« Bon Dieu, Ryan, tu as réveillé mes hémorroïdes, avec tes histoires.

— Je te ferai une ordonnance, répliqua-t-il sèchement.

— Elle ne me servira à rien. Je n'aurai pas de quoi payer la pharmacie. Regarde les choses en face, Ryan. Ç'a été une année difficile pour toute la famille. En plus des honoraires du médecin de papa, nous devrons bientôt nous occuper de maman. Elle a toujours dépendu entièrement de lui, et c'est vers nous qu'elle se tournera maintenant. Toi, tu es en plein divorce et, même si Liz s'est toujours bien conduite envers la famille, le fait qu'elle ne soit pas venue aux obsèques signifie tout de même quelque chose. J'ai appris qu'elle avait engagé un avocat de Denver, qui a la réputation de laisser les maris sur la paille.

— Sarah, ce sont mes problèmes, et ils ne regardent que moi, si tu permets.

— D'accord, alors laisse-moi te parler des miens. À mon âge, ça nous a coûté une fortune, à

69

Brent et moi, cette grossesse. Les médicaments ne sont pas donnés, je peux te l'assurer. Nous sommes endettés jusqu'au cou, et le bébé n'est même pas encore né. Et je n'ai pas besoin de te rappeler, puisque maman ne manque jamais de s'en charger, que Brent n'a toujours pas retrouvé de travail depuis qu'ils ont fermé l'usine.

— Et tu penses que deux millions de dollars peuvent résoudre tous les problèmes du monde ?

— Pas ceux du monde, les nôtres.

— Alors, sache que cet argent risque de créer plus de difficultés qu'il n'en résoudra jamais.

— Seulement si tu n'y touches pas, Ryan. Maintenant, si ça ne t'ennuie pas, j'aimerais bien voir ma part.

— Nous ne partagerons pas tant que nous n'aurons pas décidé de ce que nous allons en faire.

— C'est mon argent, j'en ferai ce qu'il me plaira.

— Il faut d'abord considérer ensemble toutes les questions qui se posent, dont les droits de succession.

— Bon Dieu, Ryan, contente-toi de prendre ta part et d'être heureux !

— Je suis l'exécuteur testamentaire de papa, et c'est ma tête qui est sur le billot. Le chantage est un crime puni par la loi et, si nous prenons cet argent, nous devenons les complices de ce crime. Alors, il faut réfléchir, ne pas nous précipiter.

— Que proposes-tu ?

— Je garderai l'argent caché jusqu'à ce que nous ayons découvert qui papa faisait chanter et pourquoi. En attendant, pas un mot à quiconque. Pas même à Brent. Même chose pour Liz, bien entendu. C'est la seule façon de préserver le secret, et nous ne risquerons pas de voir les agents du fisc débarquer ici. Plus tard, quand nous aurons éclairci cette histoire et que nous conclurons peut-être, comme papa, que ce type n'a eu que ce qu'il méritait, nous procéderons au partage.

— Et si cet homme ne le méritait pas ?
— Nous ferons un don anonyme à une association caritative.
— Non, mais ça va pas, la tête ? s'écria Sarah.
— Il en sera ainsi.
— Et si je ne suis pas d'accord ?
— Je n'ai pas envie de jouer les durs, Sarah, mais tu ignores où est planqué le magot. Moi, je sais, et je sais aussi à quel organisme les deux millions seront expédiés si jamais l'un d'entre nous devenait soudain trop vorace.
— Merde, Ryan. C'est du chantage.
— Il faut croire que c'est héréditaire. »
Elle fit la grimace.
« Alors, c'est d'accord ? demanda-t-il. Tu n'en parles à personne, pas même à Liz ou à Brent. Surtout pas à eux. Jusqu'à ce que j'aie découvert la vérité. Marché conclu ?
— Marché conclu, grommela-t-elle.
— Bien. » Il s'avança pour l'aider à se lever, mais elle l'en dissuada d'un geste de la main. Tandis qu'elle se dandinait jusqu'à la porte, il se demanda si elle aurait la force de s'en tenir à leur accord.

Ryan savait sa sœur en colère. Elle quitta sans tarder la maison, en prenant à peine le temps de dire au revoir à leur mère. Il ne vit aucune raison de la rattraper. Ils s'étaient dit ce qu'ils avaient à se dire. Il espérait toutefois qu'elle retrouverait rapidement son calme.

Sa mère et ses tantes débarrassaient la salle à manger. S'occuper était sans doute le meilleur moyen de se protéger de la solitude et des crises de larmes. Ryan se réfugia dans le petit salon et alluma la télé pour écouter les informations. Des inondations au Bengale avaient fait des centaines de morts. Le gérant d'une épicerie avait été tué par balle à Fort Collins.

Un artisan de Piedmont Springs est mort pendant son sommeil. Cette dernière nouvelle ne ferait pas la une du journal. Pas de violence, pas d'horreur, pas de scandale, pas de nouvelles. *Tu aurais dû sauter du haut d'une tour, papa.*

Ryan se demanda si son père avait cédé à l'idée qu'une vie n'avait de valeur que si les médias en faisaient état. Frank Duffy avait toujours minimisé ses propres actes, sans se rendre compte de ses propres qualités, avec cette manière qu'il avait de réconforter ceux qu'il côtoyait. La plupart des gens estimaient que la caissière du supermarché ou le pompiste de la station-service ne méritaient pas le moindre intérêt. Frank Duffy, lui, connaissait leurs noms, et ils connaissaient le sien. Il se montrait ainsi avec tout le monde. Voilà une chose dont il aurait pu être fier. Ryan se souvenait pourtant de la fois où il avait reçu sa lettre d'admission à la faculté de médecine du Colorado. Le premier Duffy à entreprendre des études supérieures. Son père, très enthousiaste, l'avait étreint si fort qu'il avait failli lui briser une côte. Il lui avait murmuré à l'oreille : « Maintenant, les Duffy ont enfin de quoi pavoiser. » Sur le moment, Ryan avait regretté que son père n'eût pas une plus haute opinion de lui-même et de ce qu'il avait accompli par son travail acharné. À présent, il se demandait seulement quelle pouvait être l'origine de la honte du vieil homme.

La page des sports venait de commencer quand on frappa à la porte. Il se leva pour aller ouvrir.

« Liz », dit-il, étonné de voir sa femme.

Elle se tenait devant lui, hésitante.

« Puis-je… puis-je entrer ?

— Bien sûr », répondit-il en s'écartant.

Sa robe d'été ne cachait rien d'un corps parfait qu'elle avait toujours entretenu avec une extrême rigueur. Elle avait changé la couleur de ses cheveux, maintenant plus blonds, accentuant le vert de ses yeux et le bronzage de sa peau. Leur union n'avait jamais souffert d'une perte d'attirance physique. Était-il vrai que l'on désire toujours ce qu'on ne peut avoir ? En tout cas, Ryan trouvait sa femme plus belle que jamais depuis qu'elle lui avait annoncé, deux mois plus tôt, qu'elle avait entamé une procédure de divorce.

« Veux-tu manger quelque chose ? lui demanda-t-il. Il reste des tonnes de nourriture. Tu sais comment sont les enterrements dans la famille Duffy.

— Non, merci. »

Ryan ne s'étonna pas de ce refus. On aurait dit que Liz n'avait jamais besoin de se nourrir. En huit ans de mariage, il n'avait jamais pu découvrir quelle était la source de toute son énergie.

« Nous pouvons parler un peu ? » demanda-t-elle.

Il remarqua que le bruit en provenance de la cuisine semblait la déranger. Il comprit aussi qu'elle n'était pas venue pour des raisons familiales et qu'elle préférait sûrement un endroit plus discret. « Sans vouloir te montrer la porte, que penses-tu de la véranda ? »

Elle hocha la tête, et ils gagnèrent la vaste véranda, le long de la façade principale. Ils se dirigèrent vers la causeuse près de la baie vitrée et s'arrêtèrent brusquement. Le petit canapé leur rappelait trop les soirées où, assis côte à côte, ils avaient contemplé le coucher du soleil. Liz choisit le vieux rocking-chair, Ryan se jucha sur la balustrade à côté d'un cactus en pot.

« Je suis désolée d'avoir manqué l'enterrement, dit-elle, les yeux baissés. J'aimais beaucoup Frank. Je voulais venir, mais j'ai pensé que ma présence pourrait troubler ta famille.

— Je comprends.

— Je l'espère. Parce que je voudrais que nous nous séparions bons amis.

— Ne t'inquiète pas. »

Elle détourna le regard.

« Je crois que Frank aurait aimé cela, dit-elle.

— Papa aurait surtout voulu que nous restions mariés, Liz. Mais la question n'est pas là. En tout cas, je te remercie de m'avoir aidé à lui dissimuler notre divorce. Il n'avait pas besoin de ce souci supplémentaire. »

Elle pinça les lèvres. Elle savait que Ryan avait tout fait pour cacher à son père les problèmes de son couple, mais elle ne croyait pas qu'il y fût parvenu.

« Oh ! il devait bien s'en douter ! Bon sang, on vivait à Piedmont Springs. Tout le monde était au courant.

— Il ne m'en a jamais rien dit.

— Nous en avons parlé ensemble au téléphone, il y a deux semaines.

— Je ne savais pas.

— Il n'a pas prononcé le mot de "divorce", mais

il avait deviné que nous avions des problèmes... matériels.

— Que t'a-t-il dit, exactement ?

— Avant de raccrocher, il m'a dit que tout s'arrangerait pour nous, que nous aurions bientôt de l'argent.

— Qu'entendait-il par là ?

— Je ne le lui ai pas demandé. Sur le moment, je n'en ai pas vu l'utilité... Mais ses paroles m'ont donné à réfléchir, et c'est pour ça que je suis venue te voir.

— À quoi as-tu réfléchi ? demanda Ryan, soudain tendu.

— Oh ! simplement au fait que, sans nos difficultés financières, nous n'en serions sans doute pas là ! » Elle le regarda dans les yeux.

Elle avait l'air sincère et, cependant, il ne lui accordait pas une entière confiance. Il sentit de la colère monter en lui. *Toujours ce foutu pognon.* Soit elle savait quelque chose et elle lui mentait, en dépit de ses airs de franchise. Soit elle ne savait rien, et c'était lui qui faisait un peu de paranoïa. *Oui, foutu pognon.*

« Liz, je mentirais si je prétendais ne plus éprouver de sentiments pour toi, mais je viens d'enterrer mon père, et j'ai eu assez d'émotions pour la journée.

— Je suis désolée, dit-elle en se levant. Je ne suis pas venue avec l'intention de te troubler.

— Je n'ai pas dit ça pour que tu t'en ailles. »

Elle eut un sourire triste.

« Je sais, mais je dois partir. Transmets toute mon affection à Jeanette. » Elle l'embrassa légèrement sur la joue.

« Merci d'être venue. Ça me touche beaucoup.

— J'en avais envie. » Elle descendit les marches et traversa la pelouse. Elle se retourna pour lui adresser un signe d'au revoir et monta dans sa voiture.

Il la regarda s'éloigner : deux feux arrière vite avalés par la nuit. Un instant, il fut tenté de la rappeler sur son portable et de tout lui raconter au sujet de l'argent, puis il se souvint de ce que lui avait annoncé sa sœur : Liz avait engagé un avocat retors. Peut-être était-elle venue dans la seule intention de glaner quelques informations.

Ryan retourna dans la maison en maugréant contre lui-même. Après avoir invité Sarah à se taire, voilà qu'il était prêt à tout avouer à Liz, au premier signe de réconciliation. Certes, il ne pouvait nier son amour pour elle. Et qu'y avait-il de mal, après tout, si une femme désirait une plus grande sécurité matérielle ?

Il gagna le salon, décidé à appeler Liz. Il commença à faire le numéro, hésita et puis raccrocha.

Allons, pas de précipitation.

10

Depuis deux jours, Amy essayait de trouver le courage d'appeler Ryan Duffy. Une seule question – une question à deux cent mille dollars – la paralysait : ne se trompait-elle pas de Duffy ?

Elle avait mené sa petite enquête. Le jour précédent, elle avait même pris un jour de congé maladie afin de se rendre en voiture à Piedmont Springs et de jeter un coup d'œil discret à la demeure des Duffy. Vu l'importance de la somme qui lui avait été envoyée, elle s'attendait plus ou moins à découvrir des signes de richesse. Il n'en était rien. Les Duffy possédaient une maison sans prétention dans un quartier plutôt populaire. Le seul véhicule garé dans l'allée était une vieille Jeep Cherokee. Quant au cabinet de Ryan, il ressemblait à une échoppe de cordonnier, et la clientèle, principalement rurale, devait payer le médecin avec une volaille ou des légumes frais. De son côté, Frank Duffy avait toute sa vie travaillé comme électricien.

Ces découvertes l'avaient troublée au point qu'elle était retournée à son ordinateur pour vérifier les autres Jeanette Duffy de sa liste. Aucune, toutefois, ne lui semblait aussi prometteuse que celle de Piedmont Springs. L'envoi de ces deux cent mille dollars ne devait rien au hasard ; seul un événement dramatique avait pu le déclencher, comme la maladie de Frank Duffy et sa mort prévisible. Non, ce ne pouvait être une coïncidence. Une chose était certaine : quelle qu'en fût la raison, les Duffy n'étalaient pas leur argent.

Amy devait rester prudente dans son approche. Pas question de téléphoner au fils Duffy pour lui dire : « Un membre de votre famille m'a envoyé une boîte de carton remplie de coupures de cent dollars, et j'aimerais bien savoir pourquoi. » S'il l'ignorait, Ryan Duffy, au titre d'héritier, ne serait pas enchanté par cette nouvelle, et il exigerait qu'on lui restitue son bien.

Le mardi matin, au bureau, Amy alla au distributeur se chercher un Pepsi et une orange qu'elle commença à manger tout en examinant les photos qu'elle avait faites de la maison des Duffy. Huit clichés s'étalaient devant elle. Il lui avait paru judicieux de les prendre, au cas où elle devrait aller à la police. Les policiers avaient toujours des tas de photos.

Curieusement, la maison des Duffy ressemblait à celle où elle avait passé son enfance. Une vieille baraque d'un étage avec des volets verts et une grande véranda sur le devant, ceinturée d'une balustrade en bois, comme on n'en fait plus de nos jours. Elle se demanda si Frank Duffy était mort chez lui, comme cela était arrivé à sa propre mère. Qui avait trouvé le corps ? Qui avait été le premier à réaliser que le vieux Frank ne respirait plus ? Cette pensée lui causa un frisson. Quelque chose d'étrange émanait des maisons où il y avait eu mort d'homme. Amy n'était jamais retournée dans la sienne depuis cette sinistre nuit où sa mère avait mis fin à ses jours, mais elle avait souvent revécu en pensée cette affreuse nuit. À présent, dans le silence de son bureau, les photographies du domicile des Duffy s'estompaient sous ses yeux, pour laisser apparaître son ancienne maison, sa chambre d'enfant, son télescope. De nouveau, elle se revit, fillette de huit ans paralysée de terreur dans le noir, frissonnant par une chaude nuit d'été…

Elle avait attendu, mais il n'y avait pas eu d'autre coup de feu. Il n'y avait plus que le silence et l'obscurité.

Elle ne savait pas si elle devait rester dans sa chambre ou aller voir. Peut-être quelqu'un se cachait-il dans la maison, un voleur. Sa mère devait avoir besoin d'aide. Il fallait faire quelque chose. Elle rassembla tout son courage pour descendre de son lit. Le plancher grinçait sous ses pieds. Elle gagna la porte à pas de loup.

Elle tourna la poignée mais, elle eut beau tirer de toutes ses forces, elle fut incapable d'ouvrir le battant de plus de quelques centimètres. Pressant sa joue contre le chambranle, elle regarda par l'entrebâillement. L'extrémité d'une corde était attachée à la poignée, l'autre à la balustrade sur le palier.

Quelqu'un l'avait enfermée dans sa chambre.

Elle referma la porte en tremblant de tout son corps. D'instinct, elle se précipita dans le placard, dont elle claqua la porte sur elle. Il faisait noir à l'intérieur. Elle avait l'habitude de passer des nuits entières dans l'obscurité avec son télescope mais, cette fois, le noir l'angoissait.

Elle se rappela que sa lampe électrique était là, avec ses livres d'astronomie. La troisième étagère. Elle chercha à tâtons, trouva la torche et l'alluma. Aveuglée par l'éclat, elle dirigea le faisceau vers

79

le bas. Des chaussures gisaient par terre en désordre ; ses vêtements pendaient aux cintres au-dessus de sa tête. Sur l'un des côtés, des étagères s'élevaient comme autant de marches jusqu'au plafond, où une trappe donnait accès au grenier.

Elle avait déjà utilisé cette voie un jour où elle jouait à cache-cache avec des camarades. On pouvait sortir du grenier par une autre trappe, qui débouchait dans le placard de la chambre d'amis. Quand sa mère l'avait su, elle lui avait fait promettre de ne jamais recommencer. Elle avait obéi jusqu'alors mais, cette nuit, l'urgence commandait.

Elle avait peur de grimper toute seule et encore plus peur de rester là où elle était. Elle fit appel à tout son courage et, bloquant la torche sous son menton, entreprit d'escalader les étagères.

Le téléphone arracha Amy à ses souvenirs. Une collègue l'appelait pour déjeuner avec elle. « D'accord, à midi, dans le hall. »

Elle raccrocha, encore déconcertée par ces images. Et c'était vrai qu'il avait fallu bien du cran à la fillette pour sortir du placard par le grenier et redescendre voir ce qu'il y avait de l'autre côté de la porte de sa chambre. Il était temps de puiser dans cette force qui avait été la sienne, jadis.

Elle décrocha le téléphone et appela Ryan Duffy à son cabinet. Cette fois, elle resta en ligne quand la secrétaire répondit.

« Puis-je parler au docteur Duffy, je vous prie ?
— Désolée, il est en consultation.
— Écoutez, je n'en aurai que pour une minute, vous ne pourriez pas me le passer ?
— C'est une urgence ?

— Non, mais…

— Si ce n'est pas une urgence, il vous rappellera.

— C'est personnel. Dites-lui que c'est au sujet de son père. »

Un silence. Puis la secrétaire reprit :

« Ne quittez pas, je vous prie. »

Amy attendit, se remémorant une fois de plus qu'elle devait se contenter de dire une partie de la vérité : son prénom seulement, et pas son adresse.

« Docteur Duffy à l'appareil.

— Bonjour, dit-elle. Merci de… de bien vouloir m'écouter.

— Qui êtes-vous ?

— Vous ne me connaissez pas. Mais peut-être n'étais-je pas une inconnue pour votre père, à moins que ce ne soit votre mère.

— Excusez-moi, je ne comprends pas un mot de ce que vous racontez.

— Pardonnez-moi, ce que je dis n'a pas beaucoup de sens, en effet, et je vais essayer d'être plus claire. J'ai reçu un colis il y a deux semaines. Sans mention de l'expéditeur, mais je suis sûre qu'il provenait de votre père ou de votre mère. Je sais que votre père est décédé récemment, et je ne voulais pas ennuyer sa veuve. »

La voix de Ryan avait perdu son tranchant.

« Comment savez-vous qu'il s'agit de mes parents ?

— Disons que j'ai procédé par élimination et par déduction.

— Qu'y avait-il dans le colis ?

— Un cadeau.

— Quel genre ?

— Du genre inattendu, mais je ne peux pas en

parler au téléphone. Pourrions-nous nous rencontrer quelque part et tirer cette affaire au clair ?

— J'aimerais connaître la nature de cet envoi.

— J'aimerais beaucoup satisfaire votre curiosité mais, encore une fois, je ne peux le faire au téléphone.

— Où voulez-vous qu'on se voie ?

— Dans un endroit public. Un restaurant, par exemple. Ce n'est pas par méfiance envers vous, mais je ne vous connais pas.

— D'accord. Ici, à Piedmont Springs ? Je peux me rendre libre ce soir, si vous voulez. »

Amy hésita. Piedmont se situait à cinq heures de route de Boulder, et elle avait déjà fait le voyage la veille. Rouler de nuit avec son tas de ferraille représentait une aventure assez peu exaltante. Et solliciter une nouvelle journée de congé friserait la provocation aux yeux de la direction du personnel.

« C'est un peu trop loin pour moi.

— D'où venez-vous ?

— Je préfère ne pas le dire.

— Ma foi, je dois me rendre à Denver, demain. Ça vous convient mieux ? »

Amy saurait inventer un prétexte professionnel pour aller à leur bureau de Denver.

« Oui, cela m'arrangerait. Connaissez-vous le Green Parrot ? C'est un petit café situé sur Larimer Square.

— Je trouverai.

— Parfait, dit Amy. À quelle heure êtes-vous libre ?

— J'ai un rendez-vous à deux heures. Je ne sais pas trop combien de temps cela me prendra. Disons quatre heures, pour être plus sûr.

— Très bien, alors à quatre heures.

— Ah ! dit-il avant qu'elle raccroche. Comment nous… reconnaître ?

— Donnez votre nom à la serveuse. Je demanderai monsieur Duffy en arrivant.

— À demain, donc.

— À demain. »

11

Ryan déjeuna tôt le vendredi, avant de prendre la route pour Denver. Il avait allumé la radio mais n'écoutait pas, préoccupé qu'il était par son rendez-vous en début d'après-midi avec Liz et l'avocat de celle-ci. Sans oublier cette mystérieuse femme, et la non moins mystérieuse révélation qu'elle était censée lui faire.

Ryan avait appelé Liz le lendemain matin, après leur conversation dans la véranda. Il avait laissé passer la nuit avant de bavarder un peu avec elle, histoire de voir s'il pouvait lui révéler la présence d'une fortune dans le grenier. Il lui proposa de se rendre ensemble à Denver à leur rendez-vous chez l'avocat, espérant qu'elle lui suggérerait d'annuler leur procédure de divorce et d'envisager plutôt une réconciliation. Mais elle déclina son offre, prétextant qu'elle devait arriver à Denver trois heures plus tôt pour s'entretenir avec son avocat.

Trois heures ? Pour qui le prenaient-ils ? Pour Bill Gates ?

Cette dernière pensée eut pour effet d'accélérer son rythme cardiaque. Matériellement, il était millionnaire, mais comment Liz aurait-elle pu le savoir ? Ryan n'en avait pas soufflé mot à sa propre avocate, et cela soulevait un autre problème. Tôt ou tard, il serait contraint, dans le cadre de son divorce, de dévoiler sous serment son revenu annuel, actif et passif compris. Pour le moment, toutefois, il ne considérait pas l'argent dissimulé dans le grenier comme un avoir entrant dans son patrimoine. Plus tard, et seulement s'il décidait de garder ce legs empoisonné, il lui faudrait en informer Liz.

À moins qu'elle ne sût déjà.

Dans la 17e Rue, artère centrale du quartier des affaires à Denver, Ryan chercha un moment parmi les ombres des tours de verre et d'acier un emplacement de stationnement dont le coût à l'heure n'aurait pas excédé celui d'une journée de travail. En vain. Il trouva une place dans le garage souterrain d'une tour de quarante étages appartenant à Anaconda Corporation, un conglomérat minier dont la véritable mine d'or devait être le fric tiré de son parking. Un escalier mécanique le déposa dans l'atrium de l'immeuble, où il prit un ascenseur qui l'emmena à une vitesse tout juste supportable au trente-quatrième étage.

La porte s'ouvrit en coulissant sur un hall spacieux. Les lambris de merisier et le papier japonais rendaient l'impression de prestige et de pouvoir qu'on avait voulu créer. Le sol était dallé d'un marbre qui n'aurait pas déparé un palais romain. Une baie vitrée courait tout le long du mur ouest, offrant une vue spectaculaire sur les montagnes lointaines. Ryan aurait deviné qu'il ne s'était pas trompé d'adresse à la seule vue de l'imposant décor, et la plaque de bronze lui confirma son arrivée chez Wedderburn and Jackson, avocats à la cour.

Ça ne ressemble pas à mon cabinet, pensa-t-il.

Il se sentait mal habillé dans son pantalon kaki et son blazer bleu marine, et sans cravate, qui plus est. Dans ces lieux de pouvoir, la tenue réglementaire devait être le complet sombre sur mesure et les richelieus noirs.

« Puis-je vous aider, monsieur ? »

Ryan se retourna. La jeune femme à la réception devait le prendre pour un touriste égaré. « Je suis Ryan Duffy. Mon avocate et moi avons rendez-vous avec Phil Jackson à deux heures. M. Jackson représente les intérêts de ma femme. Nous… euh, nous divorçons. »

Elle sourit. C'était son rôle. Ryan aurait pu lui annoncer qu'il était un tueur en série cherchant un endroit où jeter les membres de sa dernière victime, elle lui aurait répondu avec ce même sourire suave.

« Je vais annoncer à M. Jackson que vous êtes ici, dit-elle d'un ton enjoué. Je vous en prie, asseyez-vous. »

Ryan s'approcha de la baie vitrée, le long de laquelle courait une banquette de cuir fauve. Il avait vingt minutes d'avance. Heureusement, son avocate n'allait pas tarder. Il avait le sentiment qu'une concertation préalable leur serait utile à tous deux.

Une demi-heure plus tard, Ryan avait feuilleté tous les magazines disposés sur la table basse. À deux heures et quart, son avocate n'était toujours pas arrivée. Cinq minutes plus tard, un homme impeccablement vêtu s'approcha de Ryan. « Docteur Duffy, je suis Phil Jackson. »

Ryan se leva de la banquette et serra la main de l'ennemi. Il n'avait jamais rencontré l'avocat de Liz, mais il le connaissait de nom.

« Enchanté, dit-il, bien qu'il éprouvât une aversion instinctive pour le personnage.

— Je viens d'appeler le cabinet de votre avocate pour savoir à quelle heure elle sera ici et, apparemment, elle a été retenue au tribunal par une audience imprévue.

— Et elle ne m'a rien dit ? demanda Ryan, étonné.

— Je suis sûr qu'elle a essayé de vous joindre. »

Ryan vérifia son *pager*. Pas de message. *Audience imprévue, tu parles.* Elle avait dû avancer son week-end d'une journée. Il ne lui restait plus qu'à faire appel à quelqu'un d'autre pour défendre ses droits.

« Et notre réunion, monsieur Jackson ?

— Nous pouvons la remettre à un autre jour.

— J'ai dû annuler toutes mes consultations pour venir ici et je ne peux pas perdre une autre journée.

— Dans ce cas, nous devrons attendre que votre avocate soit là, ce qui risque de demander une ou deux heures de plus. Cependant, je dois vous informer que mon tarif est de trois cents dollars l'heure, et cela inclut les heures d'attente. Je représente peut-être les intérêts de votre épouse mais, voyons les choses en face, c'est vous qui paierez. »

Ryan lui jeta un regard mauvais. Jackson avait lâché sa dernière remarque avec un plaisir non dissimulé.

« Vous savez vraiment vous y prendre avec les gens !

— Oui, c'est un don, répliqua Jackson d'un air suffisant.

— Alors, commençons sans elle, proposa Ryan.

— Désolé, mais ce n'est pas possible. Le code moral de ma profession m'interdit de traiter directement avec vous, alors que vous êtes représenté par un avocat.

— Plus personne ne me représente. Je viens à l'instant de virer mon avocate. Il n'y a donc plus de problème éthique. »

Jackson haussa les sourcils. « Ma foi, vous me surprenez, docteur. Moi qui vous croyais enclin à vous cacher derrière les jupes de ma consœur ! »

Je suis surtout enclin à te foutre mon poing sur la gueule, pensa Ryan.

« Finissons-en, je vous prie, dit-il en s'efforçant de rester calme.

— Par ici. » Jackson le conduisit à travers un long couloir jusqu'à une salle de réunion aux parois de verre. Liz siégeait à l'une des extrémités de la table, le dos à la fenêtre. Une sténo patientait derrière sa machine.

« Bonjour, Liz. »

Elle lui répondit d'un sourire anémique.

Ryan jeta un coup d'œil en direction de la sténo puis se tourna vers Jackson.

« Que fait-elle ici ? Ce devait être un entretien informel, pas une déposition.

— Personne ne témoigne sous serment, répondit l'avocat. Elle est simplement là pour noter ce qui se dit. Quelle différence y aurait-il si j'enregistrais notre conversation sur une bande magnétique ou si je demandais à ma secrétaire de prendre des notes ? »

Tu sais très bien, mon salaud, que c'est beaucoup plus intimidant ainsi, pensa Ryan.

« Je préfère qu'elle ne soit pas là, dit-il.

— Pourquoi ? demanda Jackson, sarcastique. Seriez-vous de ces gens qui ne consentent à dire quelque chose que s'ils sont sûrs de pouvoir ensuite renier leurs propos ? »

Ryan jeta un regard à la jeune femme, qui avait déjà tapé ce premier échange. « Très bien, qu'elle reste », dit-il, lassé par ce petit jeu.

Jackson prit place à côté de Liz, et Ryan de l'autre côté de la table. Il faisait face à la fenêtre. Les stores vénitiens avaient été réglés dans l'attente de son arrivée car, sitôt qu'il fut assis, il reçut le soleil dans les yeux. Il demeurait persuadé que cela entrait dans la misérable stratégie de Jackson : tout faire pour agacer ou indisposer l'adversaire. *Ce type est incroyable*, se dit-il.

« Commençons par préciser que M. Duffy a renoncé aux services de son avocate, et qu'il est aujourd'hui son propre représentant. Est-ce exact, docteur ?

— Oui.

— Fort bien, dit Jackson. Passons maintenant à l'examen des documents.

— Quels documents ? »

Il tendit une photocopie à Ryan. « Voilà ce que nos services comptables nous ont préparé. Il s'agit d'une évaluation plus exacte de votre revenu annuel. »

Ryan, qui venait de jeter un coup d'œil au bas d'une colonne de chiffres, manqua s'étouffer.

« Sept cent mille dollars ! s'écria-t-il. Mais c'est dix fois ce que je gagne.

— Non, c'est dix fois ce que vous déclarez, monsieur Duffy. Votre déclaration de revenus révèle en effet une somme à cinq chiffres, mais nous savons qu'elle ne correspond pas à la réalité. »

Ryan jeta un regard à Liz. Connaissait-elle l'existence du magot dans le grenier ? « De quoi parlez-vous ? » demanda-t-il à Jackson.

Ce dernier posa une épaisse liasse de documents sur la table.

« Je parle de vos honoraires, répondit-il avec détachement.

— Mes honoraires ?

— Durant les huit derniers mois de votre mariage, Liz s'est occupée du règlement des consultations données à votre cabinet. Elle a expédié vos notes d'honoraires à tous les patients qui n'avaient pas encore réglé un sou. Vous ne niez pas qu'elle ait fait cela, n'est-ce pas ?

— Non, je ne le nie pas. C'était son idée. Je lui ai seulement dit que ce serait peine perdue, que ces gens n'avaient pas les moyens de payer. Elle l'a fait quand même, mais vous ne pouvez tout de même pas compter des honoraires non réglés dans mon revenu ! Ce serait un comble. »

Jackson se pencha en avant.

« Rien ne nous dit qu'ils n'aient pas été réglés.

— Je ne comprends pas.

— Vous saviez que Liz était malheureuse. Vous saviez que ce divorce était dans l'air depuis longtemps. Nous voulons prouver que vous avez accepté des règlements en espèces de vos patients, plus précisément des règlements au noir, de manière à cacher ces rentrées d'argent à votre épouse.

— Vous avez perdu la raison ? Liz, dis-lui. »

Elle détourna les yeux.

« Monsieur Duffy, la vérité, c'est que vous devez à votre épouse la somme forfaitaire de sept cent mille dollars, sans parler d'une pension alimentaire proportionnelle au gros revenu d'un cabinet médical florissant.

— C'est grotesque et, pour finir, risible.

— Personne ne rit, docteur.

— Liz, j'ai du mal à croire que tu te fasses la complice d'une combine aussi misérable.

— C'est à moi, et non à votre femme, que vous devez réserver vos commentaires, monsieur Duffy.

— Vous avez raison, car vous êtes certainement l'auteur de cette machination.

— Ce n'en est pas une.

— Depuis quand représentez-vous ma femme ? Huit mois, n'est-ce pas ? Depuis le moment où elle a commencé à envoyer les factures aux patients. Car c'est certainement sur l'incitation d'un requin de votre espèce qu'elle a harcelé des gens qui n'étaient pas solvables, pour ensuite m'accuser d'avoir accepté des paiements sous la table.

— Je ne puis accepter d'insultes de votre part, monsieur Duffy, et je devrai interrompre notre conversation si nous ne pouvons poursuivre sur un plan strictement professionnel. »

Ryan se leva aussitôt. « Eh bien, ça me convient parfaitement. Pour moi, l'entretien est terminé. » Il jeta un regard courroucé à Liz. « Et pas seulement l'entretien », ajouta-t-il en prenant la porte.

Liz se leva pour le suivre. Jackson essaya bien de la retenir par le poignet, mais elle se libéra. « Ryan, attends ! »

Il l'entendit qui l'appelait mais il ne ralentit pas. Il était indigné par le revirement de Liz. Et dire que trois jours plus tôt, après leur conversation dans la véranda, il avait envisagé de se réconcilier avec elle ! Les trois heures de briefing avec cette petite crapule de Jackson avaient manifestement porté leurs fruits. *À moins qu'elle ait rusé, mardi dernier.*

« Ryan ! »

Il traversa le hall sans se retourner et entra dans l'ascenseur. Liz parvint à s'engouffrer dans la

cabine juste avant que la porte ne se referme. Ils étaient seuls. Liz était essoufflée par sa course.
« Écoute-moi, Ryan. »

Il continua de regarder droit devant lui.

« Ce n'est pas moi qui ai eu cette idée », dit-elle d'un ton plaintif.

Il finit par tourner la tête vers elle.

« Qu'est-ce que tu cherches à faire, tu peux me le dire ?

— Mais c'est pour ton bien.

— Pour mon bien ? Vraiment. J'aimerais bien que tu m'expliques ça.

— Jackson a pensé qu'en t'accusant de te faire payer au noir, cela te mettrait sur la défensive. Je ne le laisserai jamais utiliser un tel stratagème devant une juridiction quelconque, bien entendu. Mais aujourd'hui, ce n'est qu'une rencontre informelle.

— Moi, j'appelle ça du mensonge, de la calomnie. Et je me demande comment tu peux prêter la main à une pareille saloperie.

— Parce qu'il est temps que tu te réveilles, dit-elle avec violence. Pendant huit ans je t'ai supplié d'avoir un peu plus d'ambition et de nous donner le train de vie que nous méritions. Tu pourrais diriger un service de médecine dans n'importe quel hôpital de Denver, mais tu continues de faire de ta vie un gâchis.

— C'est un "gâchis", selon toi, de soigner des malades ? Parce que c'est ce que je fais, au cas où tu l'aurais oublié : je soigne les gens.

— Arrête de jouer les mère Teresa auprès des miséreux de Piedmont Springs et commence donc à gagner de l'argent… pour nous deux.

— L'argent, hein ? Ton avocat et toi, vous êtes prêts à tout pour le fric.

— S'il faut que j'obtienne une grosse pension alimentaire pour que tu abandonnes enfin ton cabinet minable, alors je te jure que je le ferai. C'est toi le responsable de cette situation. Si je t'ai permis de faire ta médecine en travaillant pour deux, ce n'est pas pour finir dans un coin de culs-terreux, à renifler l'odeur de la bouse. Ça fait bien trop longtemps que je traîne dans ce trou. »

La porte de l'ascenseur s'ouvrit. Liz sortit mais, comme elle se dirigeait vers la réception, Ryan la retint par le bras.

« C'est donc cela qui t'importe tellement ? lui demanda-t-il. Quitter Piedmont Springs ? »

Elle le regarda avec dureté. « Non, Ryan, la vérité, c'est que j'en ai assez de t'attendre. »

Sur ce, elle s'en fut, et il la regarda s'éloigner en ressentant soudain un goût amer dans la bouche.

12

Il y avait une forte circulation en ce vendredi après-midi, quand Amy arriva dans Denver. Elle se gara près de Civic Center et prit la navette qui reliait gratuitement le centre-ville. Ce trajet en bus faisait partie de son plan pour dissimuler son identité. Le père de Ryan avait dû envoyer cet argent sans rien en dire à ses proches, emportant le nom et l'adresse d'Amy Parkens avec lui dans sa tombe, et elle n'avait pas envie que Ryan Duffy n'ait qu'à relever la plaque minéralogique de son vieux pick-up pour découvrir qui elle était.

Elle se sentait tendue à la perspective de cette rencontre et regrettait de ne connaître personne à la police, pour vérifier si le dénommé Duffy possédait ou non un casier judiciaire. Par ailleurs, elle avait appris pendant son mariage qu'il ne servait à rien de fouiner pour obtenir des réponses. Des semaines d'enquêtes discrètes n'avaient réussi qu'à susciter la méfiance autour d'elle. Finalement, seule l'approche directe lui avait fourni la réponse. « Est-ce que tu as couché avec une autre femme ? » Elle n'avait usé d'aucun euphémisme du genre : « Est-ce que tu vois quelqu'un d'autre ? » ou

« Aurais-tu une liaison ? » Au moins elle avait su à quoi s'en tenir.

L'approche directe, bille en tête, elle ne connaissait rien de mieux.

La navette la déposa à Larimer Square, une artère historique où l'on pouvait encore admirer quelques fleurons de cette architecture américaine inspirée par la période victorienne. Sans la détermination des conservateurs du patrimoine, ce quartier aurait cédé la place à d'autres tours de verre et d'acier, comme toutes celles qui avaient surgi de terre quand l'or noir faisait la richesse de Denver et que *Dynastie* scotchait les gens devant leur télé. Larimer Square était devenu l'endroit le plus charmant de la ville, avec de jolies boutiques, des cafés et une belle place pavée de brique où se donnaient des concerts.

Au coin de la rue, le Green Parrot, ancienne quincaillerie du siècle dernier, présentait un beau plafond coffré d'où pendait un immense lustre de cuivre. L'antique fontaine à eau faisait aujourd'hui office de comptoir et l'on y servait des expressos. Le sol était dallé de cette brique rouge dite de Chicago. Des orchidées décoraient les petites tables rondes en fer forgé, des jets d'eau murmuraient parmi une abondance de plantes vertes et de grandes cages remplies d'oiseaux exotiques.

Amy vérifia son apparence dans la baie vitrée, avant de pousser la porte. Elle avait choisi sa tenue avec soin. Rien d'aguichant ; inutile de donner l'impression à Ryan que son vieux père avait laissé un joli paquet de fric à sa jeune maîtresse de vingt-huit ans. Elle portait un tailleur bleu avec un chemisier couleur pêche et des chaussures à talons plats. Pas de bijoux voyants, juste un rang de fausses perles et des boucles d'oreilles assorties. Rien que du simple et du discret. Elle entra et s'arrêta devant la pancarte posée sur un trépied de cuivre : « Attendez ici que l'on vous place ».

« Puis-je vous aider ? demanda l'hôtesse.
— J'ai rendez-vous avec M. Duffy. »

La jeune femme consulta son calepin. « Il est ici. Il m'a dit qu'il attendait quelqu'un. Suivez-moi, je vous prie. »

Amy sentit son cœur battre un peu plus vite. Il était donc venu.

Avec la fermeture des bureaux, la foule affluait pour boire le café maison mais aussi les vins et les bières locales. L'hôtesse la conduisit jusqu'à une table à côté d'une fenêtre. L'homme se leva à leur approche, plus jeune qu'elle ne l'avait pensé. Et aussi beaucoup plus beau.

« Docteur Duffy ? »

Ils échangèrent une poignée de main.

« Oui, et vous êtes… »

Elle hésita une seconde. Pas de nom de famille.

« Amy.
— Enchanté… Amy, dit-il, sans insister. Asseyez-vous, je vous en prie. »

La serveuse apparut.

« Vous désirez ?
— Un cappuccino décaféiné, demanda Amy.
— Et pour vous, monsieur ?
— Euh… un café noir.
— Nous avons deux cents espèces et mélanges.
— Je vous laisse le choix. Surprenez-moi. »

Elle roula des yeux et s'en fut en griffonnant sur son calepin.

Amy jeta un regard à Ryan. Un fort beau mâle, décidément.

« Un problème ? » demanda-t-il.

Elle rougit, gênée qu'il l'ait surprise en train de le dévisager.

« Excusez-moi, dit-elle, mais vous ne ressemblez pas à l'idée que je m'étais faite d'un médecin de campagne.

— Ma foi, je n'emporte jamais ma blague à tabac quand je m'éloigne de Piedmont Springs. »

Elle sourit.

« En tout cas, merci d'être venu, docteur.

— Appelez-moi Ryan. Et vous n'avez pas à me remercier. Je suis très curieux de savoir quel est ce... colis dont vous m'avez parlé.

— Je vais satisfaire votre curiosité. Comme je vous l'ai dit, j'ai reçu un paquet il y a deux semaines. Quand j'ai enlevé le papier d'emballage, j'ai découvert un carton qui avait contenu un autocuiseur. Pas d'adresse d'expéditeur, pas de carte non plus. C'est par le numéro de série de l'appareil que j'ai appris du fabricant que la garantie était au nom de Jeanette Duffy.

— C'est le nom de ma mère.

— Et elle possède un autocuiseur ? »

Ryan gloussa au souvenir de la quantité de viande bouillie que l'on avait servie au repas de funérailles.

« Oui, bien sûr.

— Une cocotte de marque Gemco ?

— Exact. Je le sais, parce que j'ai accompagné mon père le jour où il l'a achetée pour ma mère. »

C'était la confirmation dont elle avait besoin.

« Très bien. Mais quand j'ai ouvert le carton...

— Je parie qu'il ne contenait pas d'autocuiseur.

— Non. Il y avait de l'argent. Mille dollars. »

Elle observa attentivement le visage de Ryan, gênée de mentir mais, après tout, ce n'était qu'un demi-mensonge. Il y avait bien mille dollars. Elle oubliait seulement de lui dire que ces billets avaient cent quatre-vingt-dix-neuf mille petits frères.

— Mille dollars ?

— J'ignore si c'est votre mère ou votre père qui me les a envoyés. Ne voulant pas troubler le deuil de votre maman, j'ai préféré vous appeler. À la vérité, je ne sais pas quoi faire de cet argent.

— Gardez-le. »

La promptitude avec laquelle il avait répondu la déconcerta quelque peu.

« Ça ne vous étonne pas ? »

Il eut un haussement d'épaules.

« J'imagine mal ma mère faisant une chose pareille. Ce doit être mon père. Il a manifestement tenu à ce que vous en bénéficiez. Vous ne le connaissiez pas, mais sans le savoir vous lui avez peut-être rendu service, et il a souhaité vous en récompenser. Je ne suis pas étonné qu'il vous ait fait ce petit legs, car vous me semblez être quelqu'un d'aimable et d'honnête. Pour tout vous dire, ça ne me surprendrait pas qu'il ait envoyé quelques cadeaux de ce genre à des tas de gens, après avoir compris qu'il était condamné. »

La serveuse les interrompit. « Un cappuccino décaféiné, dit-elle, servant Amy. Et un mélange brésilien pour monsieur. Autre chose ?

— Non, merci, dit Ryan.

— Vous désirez vraiment que je garde cet argent ? demanda Amy quand la serveuse fut repartie.

— Il s'agit de mille dollars. Ce n'est pas une fortune. Je vous demande seulement de ne pas le dire à ma femme. Elle me poursuivrait en justice pour détournement de biens communs. »

Amy saisit l'occasion pour tenter de découvrir les détails personnels qu'elle recherchait.

« Elle aime l'argent ?

— C'est un euphémisme. C'est même la raison pour laquelle nous divorçons.

— Je suis désolée.

— Moi aussi. Heureusement, nous n'avons pas d'enfants. Rien que des problèmes financiers.

— Vous en avez trop ou pas assez ? D'argent, je veux dire », ajouta-t-elle avec un sourire.

Il haussa les sourcils.

« Votre question est peut-être indiscrète, non ?

— Pardonnez-moi, mais c'est une histoire qui m'est familière. » Elle hésita, car elle ne désirait pas qu'il en sache trop sur elle-même, mais peut-être que, grâce à une confidence ou deux, il s'ouvrirait un peu plus et lui fournirait une idée plus précise de la famille Duffy.

« Je suis devenue malgré moi un peu experte en matière de mariage et d'argent.

— Ah oui ?

— Mon ex est courtier en placements financiers. Il a fait de belles affaires mais il n'en est devenu que plus vorace.

— Vous êtes divorcée, maintenant ?

— Oui, et pour être franche avec vous, je vous remercie de votre générosité, parce que ces mille dollars sont les bienvenus.

— Votre riche ex-mari ne vous verse pas une pension suffisante ?

— Il ne me verse absolument rien, vous voulez dire.

— Vous pouvez me donner le nom de son avocat ? » s'enquit Ryan, l'œil rieur.

Amy lui rendit son sourire. « Ted n'a même pas eu besoin d'un avocat. Après ma demande de divorce, il m'a menacée de cacher un paquet de cocaïne dans mon véhicule, de me balancer aux flics et d'utiliser l'accusation de détention de stupéfiants pour obtenir la garde de notre fille. Je le savais capable de tout, et je n'ai pas voulu courir de risques. Nous avons passé un compromis. Mais j'ai gardé ma fille avec moi, c'était tout ce que je voulais. Ted a eu de son côté ce qui comptait pour lui : pas de pension alimentaire, tout juste une participation mensuelle aux frais de la petite.

— Dur, dur.

— En vérité, je n'ai jamais été aussi heureuse de toute mon existence. » Ce n'était pas tout à fait vrai. La perspective d'entrer à la fac de droit pour mieux gagner sa vie ne la réjouissait toujours pas, même si c'était la solution la plus sage.

Elle leva sa tasse de café.

« Buvons aux RDSE.

— Pardon ?

— RDSE. Récemment divorcés sans enfants.

— Aux RDSE », dit Ryan.

Elle le surprit qui l'observait par-dessus le bord de sa tasse. Le silence soudain aurait pu la gêner, mais le regard de Ryan la mettait étrangement à l'aise. Elle veilla cependant à ne pas sortir du sujet. « Pour en revenir à cet argent, reprit-elle, je dois vous avouer que j'ai été quelque peu inquiète. À présent que je vous ai en face de moi, je suis presque embarrassée de vous dire ce que je pensais. Voyez-vous, cela me faisait un peu peur de le garder, tant que je n'avais pas la certitude de... de l'honnêteté de votre père.

— Que voulez-vous dire ?

— Ma foi, votre père aurait pu être un braqueur de banques. »

Ryan sourit.

« À Piedmont Springs ? La dernière fois qu'il y a eu un hold-up, on a soupçonné Bonnie et Clyde. »

Elle rit.

« Vous êtes un homme plutôt imprévisible, vous savez.

— Comment cela ?

— Un médecin qui ne court pas après l'argent et qui n'a pas perdu son sens de l'humour, c'est plutôt rare, non ?

— Je dois tenir ça de mon père.

— Vous vous ressembliez beaucoup ? »

Ryan réfléchit une seconde. Voilà une semaine, il aurait sans hésiter répondu oui. Désormais, il ne savait plus.

« Je le pense. C'est curieux, j'ai regardé des photos de famille après l'enterrement, et certains portraits de mon père m'ont frappé. J'avais l'impression de me voir moi-même. Il lui aurait suffi de s'habiller et de se coiffer à la mode d'aujourd'hui pour se faire passer pour moi.

— C'est étrange, n'est-ce pas ?

— Nous ressemblons tous plus ou moins à nos parents, mais quand la similitude est aussi forte, c'est assez troublant. »

Amy hocha pensivement la tête. Elle aussi était l'image de sa mère.

« Je comprends, dit-elle.

— Maintenant qu'il n'est plus, je m'en veux de ne pas l'avoir mieux connu. Je ne veux pas dire par là que nous n'étions pas proches l'un de l'autre. Seulement je ne lui ai jamais posé le genre de questions qui m'aideraient à mieux me comprendre moi-même.

— Il arrive souvent, hélas ! qu'on n'en ait pas l'occasion », dit-elle, songeant à sa propre histoire.

Ils continuèrent de bavarder de manière si détendue et si sereine qu'ils en oublièrent le motif de leur rencontre.

« D'autres cafés ? » demanda la serveuse en passant parmi les tables.

Ils se regardèrent. Leur rencontre aurait dû s'arrêter là, mais ils reculaient à l'idée de se séparer.

« Je n'ai pas d'autre rendez-vous », avoua Ryan.

Amy consulta sa montre et esquissa une grimace.

« Il faut que j'aille chercher ma fille. »

Il eut l'air déçu.

« Dommage.

— Oui », approuva Amy malgré elle.

Ryan prit l'addition que la serveuse venait de poser sur la table.

« C'est pour moi, dit-il.

— Merci. Je suis désolée de devoir repartir aussi vite.

— Ça ne fait rien. » Il sortit une carte de visite de son portefeuille et y nota un numéro de téléphone. « C'est ma ligne privée, dit-il, au cas où vous désireriez d'autres renseignements. Au sujet de l'argent, bien sûr. »

Elle prit la carte. « Merci. »

Il la regarda avec une lueur amusée dans le regard.

« Je pourrais vous inviter à venir me voir, si jamais vous passiez par Piedmont Springs, mais je suppose que vous devez connaître plein de gens là-bas, et que je serais le dernier de la liste à qui rendre visite.

— Oui, bien sûr. Où que j'aille, que ce soit à Paris, Londres, Rome ou Piedmont Springs, je dois répondre à tout un tas de mondanités.

— Je m'en doutais. Notez, je peux toujours

vous envoyer mille dollars de plus et attendre que vous veniez en discuter avec moi. »

Elle sourit tout en pensant avec un certain malaise qu'il avait déjà avancé l'argent de cent quatre-vingt-dix-neuf visites. « On ne sait jamais », dit-elle, regrettant aussitôt cette réponse qu'il risquait de prendre pour un refus poli.

« En tout cas, dit-il avec un haussement d'épaules qui confirmait la crainte d'Amy, je suis très heureux d'avoir fait votre connaissance.

— Moi aussi, je suis heureuse de vous avoir rencontré, Ryan », dit-elle avec vigueur.

Ils échangèrent un dernier sourire, plus triste que les autres, et ce fut avec un sentiment d'occasion ratée qu'elle se dirigea vers la porte.

13

De Mile High City aux plaines orientales du Colorado, la route n'était qu'une longue descente, assez métaphorique pour Ryan de l'échec de son mariage. Il roula jusqu'à Piedmont Springs en silence, sans mettre la radio ni même s'arrêter, et arriva au crépuscule, tellement perdu dans ses pensées qu'il emprunta machinalement la direction de River Street, où il avait vécu avec Liz les dernières années de leur union. Ce ne fut qu'à l'approche de la maison qu'il s'aperçut de son erreur, fit demi-tour et gagna la maison de ses parents.

Il souffrait d'une méchante migraine. Durant le trajet, il avait ressassé son accrochage avec Liz. Étrange coïncidence que Jackson, dans sa stratégie, eût prétendu que Ryan s'était fait régler au noir près de sept cent mille dollars d'honoraires par an, en cachette de Liz. S'ils avaient su qu'il en cachait près de trois fois plus !

Cette dernière pensée n'arrangea pas son mal de crâne. Savaient-ils ?

Non, ils ne pouvaient pas. Dans sa colère, Liz se serait trahie si elle avait été informée de la présence de l'argent dans le grenier. À la vérité, tout ce qu'elle désirait, c'était que Ryan lâche ses patients sans le sou pour ne soigner que ceux qui pouvaient payer.

Il arrêta le moteur et descendit de sa Jeep. Il repensa à Amy en remontant l'allée, sans trop analyser ce qui s'était passé à la fin de leur rencontre. Il avait senti passer quelque chose entre eux, il l'avait lu dans le sourire de la jeune femme. Il avait envie de mieux la connaître. Mais, quand il en avait évoqué la possibilité, elle lui avait répondu un « on ne sait jamais », qui avait tout l'air d'une fin de non-recevoir. Peut-être Amy était-elle une connaissance de Liz ou quelqu'un dont Jackson se servait pour évaluer les revenus du Dr Duffy. D'un autre côté, il était possible qu'elle eût vraiment reçu de l'argent de son père et qu'elle eût tâté le terrain pour voir si elle ne pouvait pas en soutirer un peu plus à l'héritier.

Il chercha la clé dans sa poche en maugréant. Merde, un chantage qui avait rapporté deux millions de dollars, de l'argent envoyé à une étrangère, tout en promettant à Liz qu'elle serait bientôt à l'abri du besoin. Si son père avait cherché à lui nuire, il n'aurait pu faire mieux.

Il jeta un regard vers l'ouest. La dernière lueur du jour disparaissait derrière les montagnes. Des montagnes qu'il pouvait seulement imaginer, car elles se dressaient bien trop loin pour qu'on les voie depuis Piedmont Springs, même par temps clair. L'horizon désespérément plat lui rappela une conversation qu'il avait eue un jour avec son père, autrefois, quand Ryan était encore très jeune et que Frank fumait à la chaîne ces cigarettes qui allaient un jour finir par le tuer. Le ciel était dégagé, et l'air pur et cristallin. Ils étaient dans la véranda, et Frank avait sorti les jumelles, dans l'espoir que

Ryan les aperçoit enfin, ces fameuses montagnes. Mais elles restaient bien trop loin, même pour une longue-vue. Déçu, Ryan écoutait avec intérêt son père lui décrire les pics coiffés de neige éternelle.

« Pourquoi on n'habite pas là-bas ? avait-il demandé.

— Parce que notre vie est ici, fiston.

— On pourrait déménager. »

Son père avait gloussé.

« Non, on ne déménage pas comme ça.

— Pourquoi ?

— Parce que.

— Alors, on est obligés de rester ici pour toujours ? »

Frank avait levé les yeux vers l'horizon, et il y avait de la tristesse dans sa voix quand il avait répondu à son fils : « Tes racines sont ici, Ryan. Depuis cinq générations, du côté de ta mère. On n'arrache pas ses racines. »

Trente ans plus tard, Ryan se souvenait plus du ton de la voix que des paroles exactes de Frank. C'était un ton résigné, comme si les merveilleuses montagnes à l'ouest lui rappelaient sans cesse que tout ce qui était beau restait hors de portée de ce trou perdu de Piedmont Springs.

Ryan déverrouilla la porte et entra. Le soleil avait disparu à l'horizon, le couloir était plongé dans l'obscurité. Il fit de la lumière et appela : « Maman, tu es là ? »

Pas de réponse. Il traversa le salon pour se rendre dans la cuisine, où il trouva un mot maintenu par un aimant sur la porte du réfrigérateur. Les Duffy avaient toujours communiqué ainsi. La civilisation était peut-être passée du tam-tam au courrier électronique, rien n'était plus simple et efficace qu'un message sur un frigo. Ryan le lut tout en sirotant une bière fraîche. « Suis allée dîner et voir un film avec Sarah. Serai de retour vers dix heures. »

Il regarda l'heure à la pendule. Huit heures et demie. Il était bon que sa mère sorte de nouveau et se change les idées. Et puis il n'était pas mécontent qu'elle ne soit pas là pour lui demander comment s'était passée la réunion avec Liz. Il avala une gorgée de bière et prit la direction du petit salon, pour regarder les informations télévisées.

À peine eut-il allumé qu'il se figea.

Les meubles avaient été bougés et mal remis en place. Le canapé formait un angle avec le mur. Un coin du tapis restait relevé. La console avec le poste de télévision était de travers et plusieurs tiroirs de la commode étaient ouverts. Quelqu'un avait fouillé dans la pièce.

Quelqu'un qui savait au sujet de l'argent.

14

Amy ne pouvait que se traiter d'idiote. À quoi bon s'être si bien préparée à sa rencontre avec Ryan Duffy pour revenir avec un aussi piètre résultat ? Elle s'était donné pour objectif de découvrir pourquoi Frank Duffy lui avait envoyé l'argent, et elle n'était pas plus avancée qu'au départ. Oui, elle était idiote.

À vrai dire, faire toujours preuve d'intelligence ne représentait pas non plus une sinécure, elle l'avait appris dès l'enfance. Personne ne vous en voulait d'être bête. Mais les gens se méfiaient de ceux qui avaient la tête un peu trop bien faite, comme si c'était un péché. Cette attitude avait rendu Amy timide, et ce trait de caractère avait dû contribuer à son échec auprès de Ryan.

Elle avait à peine six ans quand elle avait commencé à donner des signes d'une intelligence au-dessus de la moyenne ; ceux qui ne la connaissaient pas la trouvaient trop petite pour son âge, jusqu'à ce qu'ils découvrent combien elle était jeune et la regardent alors tel un monstre. « Tu es à part », lui répétait sa mère, et elle avait appris à Amy à assumer sa différence. Après sa mort, les choses devinrent plus difficiles pour Amy. Elle apprit à se durcir, dans son corps et dans son cœur. Surtout avec les garçons. À l'école primaire, ils cherchaient toujours à se battre avec elle, pour lui prouver que l'intelligence s'arrêtait là où la force brute commençait. Plus tard, au collège, sa beauté lui attira de nombreux prétendants, mais il était rare qu'ils lui proposent un deuxième rendez-vous. Elle en était venue à penser qu'une femme intelligente terrorisait les hommes. Son mari ne l'avait pas détrompée sur ce point.

En tout cas, elle ne risquait pas d'avoir ébloui Ryan Duffy.

Elle s'y était prise d'une façon que sa mère aurait désapprouvée. Elle n'en ressentait pas moins une profonde sympathie envers cet homme qui avait su la faire sourire et la mettre à l'aise, malgré la situation plutôt délicate. Elle se surprit à regretter qu'ils ne se soient pas rencontrés dans d'autres circonstances, à une autre époque de leurs vies. Elle ne savait trop ce qui germait en elle, mais depuis qu'elle avait quitté Larimer Square, elle avait plus pensé à lui qu'à l'argent.

Elle s'en voulait toujours de ce « on ne sait jamais », qu'elle lui avait répondu, alors qu'il lui demandait s'ils pouvaient se revoir. En tout cas, elle conservait son numéro de téléphone, et elle devait de toute façon le rappeler. Pour lui dire la vérité. Elle se reprochait d'avoir tourné autour du pot, alors qu'elle s'était promis d'utiliser l'approche directe, bille en tête. Il était temps de mettre en pratique ses belles idées.

Elle décrocha le téléphone, prit une profonde inspiration et composa le numéro.

La sonnerie du téléphone vrillait le silence. Ryan s'arrêta dans le couloir. Il avait jeté un coup d'œil dans toutes les pièces, s'assurant qu'il était seul. Il avait toutefois la désagréable impression que quelqu'un observait la maison, peut-être celui-là même qui l'avait fouillée et qui appelait maintenant pour le défier. Il retourna dans la cuisine et répondit d'une voix rude :

« Qui est à l'appareil ?

— Euh... bonsoir, Ryan. C'est Amy. Je vous dérange, peut-être ? »

Il n'allait sûrement pas lui raconter qu'il avait découvert en rentrant qu'un inconnu avait fouiné chez lui.

« Non, non. Je vous écoute.

— Je ne vous retiendrai pas longtemps. J'ai réfléchi à notre conversation, et il y a une ou deux choses que j'aimerais vous dire. Mais je peux vous rappeler plus tard, si vous préférez.

— Non, vous pouvez parler. De quoi s'agit-il ? »

Elle réfléchit rapidement, peu désireuse qu'il la prenne pour une menteuse.

« Un de vos commentaires m'a frappée. Vous avez dit que cela ne vous surprenait pas que votre père m'ait fait ce don. Vous avez ajouté que cela ne vous étonnerait pas qu'il ait donné de l'argent à d'autres personnes, après avoir compris que ses jours étaient comptés.

— Vous savez, j'ai dit ça comme ça, sans le penser vraiment.

— Mais supposons quand même qu'il ait eu des largesses pour une foule d'autres gens. Je ne voudrais pas vous offenser, mais d'après ce que je sais, votre père n'était pas ce qu'on appelle un homme très riche. »

Ryan s'appuya contre le réfrigérateur, curieux d'entendre la suite. « Où voulez-vous en venir ? » demanda-t-il.

L'approche directe, se rappela-t-elle. « Où aurait-il pu trouver autant d'argent ? » demanda-t-elle d'une voix tendue.

Ryan hésitait, maintenant. Soupçonnait-elle quelque chose ?

« Je suppose qu'il a fait des économies.

— Alors supposons encore qu'il m'ait donné plus de mille dollars...

— Je ne comprends pas très bien.

— Admettons que j'aie reçu non pas mille mais cinq mille dollars ? Me conseilleriez-vous encore de les garder ?

— Mille ou cinq mille, ils sont à vous.

— Et cinquante mille ? »

Il y eut un silence.

« Si c'est ce que mon père a voulu, dit-il enfin, je ne vois pas où est la différence.

— Et cent mille ? »

Cette fois, il ne répondit pas, comme si la chose était impensable.

« Disons qu'il s'agit de deux cent mille dollars. Dois-je vraiment les garder ?

— C'est toujours une hypothèse ?

— Oui, une hypothèse, répondit-elle plus sèchement qu'elle n'aurait voulu.

— Dans ce cas, j'aimerais savoir comment mon père a pu avoir autant d'argent.

— Figurez-vous que moi aussi », dit-elle.

Il s'assit sur un tabouret devant le comptoir de la cuisine.

« Qu'attendez-vous de moi ?

— Apparemment, votre père a désiré pour je ne

sais quelle raison me léguer cette somme, mais, si cet argent est sale, je ne puis l'accepter.

— Si vous demandez d'où mon père a pu sortir deux cent mille dollars, je dois vous répondre que je n'en sais rien.

— Je veux seulement savoir si votre père était un homme honnête. »

Ryan soupira.

« J'aurais besoin d'un peu de temps pour répondre à cette question.

— Je ne comprends pas.

— Moi non plus. Ce que je voulais dire, c'est que je dois vérifier certaines choses.

— Mais encore ?

— Je vous en prie, donnez-moi une semaine, que je puisse mettre certaines affaires en ordre. Des affaires de famille, pour tout vous dire. »

Elle ne voyait pas d'autre solution que celle d'accepter.

« D'accord. Sachez que je ne cherche nullement à nuire à la mémoire de votre père. Mais si je n'ai pas la preuve que cet argent a une origine légale, je me verrai contrainte de le remettre à la police.

— Vous pourriez vous contenter de me le rendre.

— Je suis désolée, mais il m'a été adressé en personne, je l'ai touché de mes mains. S'il est le fruit d'une activité criminelle, il est de mon devoir de le remettre aux autorités.

— Cela ressemble à une menace.

— Je sais mais, croyez-moi, ce n'était pas dans mon intention quand je vous ai appelé. J'espérais…

— Quoi ? »

Elle hésitait. Elle ne pouvait tout de même pas lui dire qu'elle désirait le revoir, alors qu'il n'avait pas su lui répondre quand elle lui avait demandé abruptement si Frank Duffy était un honnête homme.

« Non, rien. J'espère seulement que vous saurez me rassurer quant à l'origine de cet argent. Vous me demandez une semaine, et je vous l'accorde. Je vous rappellerai. À bientôt. » Elle raccrocha.

15

Ryan allait raccrocher quand il entendit le plancher craquer derrière lui. Il se retourna, serrant le combiné dans sa main comme une arme.

Sa frayeur se mua instantanément en soulagement. C'était son beau-frère. Sarah avait dû lui donner la clé.

« Bon Dieu, Brent, à quoi tu joues ? grogna-t-il en reposant le téléphone sur son support mural.

— Excuse-moi, j'voulais pas t'faire peur », répondit Brent d'une voix épaisse. Il puait la bière et avait à la main une bouteille de Coors à moitié vide.

Ryan regarda par la fenêtre. La voiture de Brent était garée de travers derrière la sienne. Il avait dû arriver pendant qu'Amy lui téléphonait. « Et tu as pris le volant dans cet état ? »

Brent eut un sourire idiot. « J'ai toujours mieux conduit bourré. » Ça lui ressemblait bien de dire ça, à ce bon à rien, toujours fier de pouvoir descendre son pack de six en moins de temps qu'il n'en fallait pour le dire.

Tout en ayant quatre ans de moins que Ryan, Brent paraissait plus âgé. Il avait été bel homme, et l'était encore, à un moindre degré certes et seulement quand il était douché, rasé et sobre, ce qui lui arrivait de plus en plus rarement. Avec plus de muscle que de cervelle, il avait un temps brillé dans l'équipe de football du campus, puis s'était orienté vers le culturisme. Ryan l'avait convaincu de décrocher des stéroïdes, et ce crétin s'était alors tourné vers l'alcool. À la fin, ses muscles se ramollirent, son caractère s'aigrit. À présent, il n'était plus qu'un grand type irascible, comme ces pathétiques catcheurs que l'on voyait à la télé… à cette différence près que Brent était chômeur. Ryan n'avait jamais approuvé sa sœur de jeter son dévolu sur un individu aussi médiocre mais, voilà cinq ans, Sarah avait paniqué à la pensée de rester vieille fille à près de quarante ans. Elle avait choisi Brent, de neuf ans son cadet et qui possédait encore de beaux restes. Il lui avait suffi, pour se l'attacher, de devenir sa servante à domicile. Elle avait maintenant dépassé la quarantaine, était enceinte et mariée à un type qui se soûlait chaque soir ou presque, et faisait la grasse matinée pendant qu'elle travaillait comme caissière au supermarché pour un salaire de misère.

« Tu es déjà passé par ici, hein ? demanda Ryan.
— Ouais. Ça fait même une heure que je t'attends. »

Ryan remarqua alors les bouteilles de bière vides sur la table de la cuisine. Il en compta huit.

« Eh bien, je vois que tu as réduit ta consommation, dit-il, sarcastique.
— T'en veux ? » demanda Brent. Il lui tendit en rougissant la bouteille qu'il avait à la main.

Ryan refusa d'un geste de la main et demanda d'une voix durcie : « Qu'est-ce que tu es venu faire ici ? »

Brent ouvrit le réfrigérateur pour se servir une autre bière. Il renversa la tête et la vida d'un trait. Vingt-cinq centilitres en douze secondes. Il s'essuya le menton du revers de la main et regarda Ryan. « J'suis venu pour l'argent. »

Ryan eut l'impression d'encaisser un coup de poing dans le ventre, mais il garda un visage impassible.

« Quel argent ?

— Me prends pas pour un imbécile. Sarah m'a raconté. »

Ryan sentit une violente colère monter en lui. Cette imbécile de Sarah !

« Et alors ? demanda-t-il.

— J'ai besoin de cinquante mille dollars. Et j'les veux ce soir.

— Pour en faire quoi ?

— Ça te regarde pas. Et puis c'est la part de Sarah, donc la mienne.

— Sarah et moi, on a passé un marché. Personne ne touchera à l'argent tant qu'on ne saura pas d'où il vient. »

Brent plissa les yeux d'un air menaçant.

« Qu'est-ce qui me dit que t'y as pas déjà touché, toi ?

— Il faut me faire confiance.

— J'te fais confiance pour les neuf cent cinquante mille restants. En attendant, file-m'en cinquante mille.

— Non mais pour qui tu te prends, Brent, de venir comme ça chez ma mère réclamer du fric ?

— C'est celui de Sarah. Donne-le-moi !

— Je t'ai dit non. »

Brent s'approcha de lui en titubant. « Donne-moi ce putain de fric ou sinon... »

Ryan le fit taire d'un regard glacé. « Sinon quoi, Brent ? »

Brent savait que soûl il n'aurait jamais le dessus sur Ryan. Mais il avait dans les yeux une lueur sauvage, et il avait dû passer la journée à picoler. « Sinon, dit-il d'une voix éraillée, j'serai peut-être forcé de cogner sur une femme enceinte. »

Ce fut comme si Ryan avait reçu un coup de cravache au visage. Il se jeta sur Brent et, le saisissant à la gorge, le renversa par terre. « Je t'ai déjà dit que je te tuerais, Brent, si jamais tu touchais encore à Sarah. Je te l'ai dit ! »

Brent se débattait de toutes ses forces, essayant de défaire l'étau autour de sa gorge, mais Ryan, éperonné par le souvenir des points de suture qu'il avait posés à sa sœur après que Brent l'eut battue, serrait comme un forcené. Cette fois-là, il avait voulu corriger Brent, mais Sarah l'avait supplié de n'en rien faire.

Brent commençait d'étouffer, son visage virait au bleu. « Ry... », gémit-il, les yeux saillants.

Réalisant soudain ce qu'il était en train de faire, Ryan relâcha son étreinte et se releva, tandis que Brent toussait et aspirait de grandes bouffées d'air en se tenant la gorge. « Tu... tu m'aurais tué... salaud. »

Ryan frémissait de tout son corps. Oui, il aurait pu.

Brent se remit péniblement debout en gémissant. « J'veux cet argent. Merde, j'en ai besoin. Je t'en supplie, Ryan, il me le faut. »

Ryan avait les mains tremblantes. Depuis l'enterrement de son père, tout le monde lui parlait d'argent. C'était pour l'argent que Liz se séparait de lui. Pour l'argent que Brent était prêt à battre sa femme. Et Amy... qui pouvait dire quel but elle poursuivait ?

« Tu le veux, hein ? dit-il avec rage. Très bien, je vais te le donner, ton putain d'argent. Attends-moi ici. » Il se précipita hors de la cuisine et grimpa à l'étage. Il ne mit pas une minute pour tirer l'échelle et monter dans le grenier. Il poussa la commode, ouvrit la cachette, empoigna une poignée de billets sans même compter et redescendit. Il haletait en revenant dans le salon. Il s'immobilisa soudain, car il venait d'avoir une idée.

« Hé, Brent ! appela-t-il. J'ai ton pognon. Viens donc le chercher ! »

Brent le rejoignit avec impatience et s'arrêta net. Ryan se tenait devant l'âtre, une poignée de billets dans une main, une allumette de cuisine dans l'autre. Sur le manteau de la cheminée était ouvert un flacon d'essence à briquet.

« Qu... qu'est-ce que tu fais ? demanda Brent d'une voix chevrotante.

— Vite gagné, vite flambé », répondit Ryan.

Il approcha la flamme du coin de la liasse.

« Non ! »

Les billets s'enflammèrent aussitôt. Ryan les jeta dans le foyer, tandis que Brent se précipitait. Mais Ryan s'empara du tisonnier et le leva comme une batte de base-ball. « Un pas de plus, Brent, et tu y as droit ! » dit-il entre ses dents.

Brent s'arrêta, le visage grimaçant d'angoisse. Les billets se consumaient rapidement.

« Si tu poses une seule fois de plus la main sur Sarah, je te jure, Brent, que je brûlerai tout, jusqu'au dernier dollar.

— D'accord, mec, du calme.

— Personne ne touchera à l'argent et personne n'en parlera autour de lui tant qu'on ne saura pas qui a payé mon père et pourquoi, reprit Ryan d'une voix sourde.

— Très bien, très bien, dit Brent en reculant. C'est toi le chef de famille, toi qui commandes. Moi, je rentre à la maison. Mais ne brûle plus rien, d'accord ? Toi et moi, on fera comme si rien ne s'était passé, tu veux bien ? »

Ryan n'abaissa pas le tisonnier. Il le garda levé à hauteur d'épaule, prêt à frapper.

Brent était arrivé à la porte.

« Y a pas de problème, dit-il. Tu as fixé la règle, et c'est OK. Je vais dire à Sarah que dorénavant on fera comme tu as dit, on la boucle et on attend.

— Dégage, Brent. »

Brent hocha la tête et disparut dans le couloir. Ryan gagna la fenêtre, d'où il le vit monter en voiture et démarrer aussitôt. Il se retourna vers la cheminée. Les billets n'étaient plus qu'un tas de cendres ; spectacle qui lui procura une étrange satisfaction. Il leva la tête en direction de l'escalier et du grenier. Il y en avait encore un gros tas làhaut à se disputer.

Ou à brûler.

Son regard rencontra la pendule. Sa mère serait là dans une heure. Il mit du petit bois et une bûche dans l'âtre, arrosa le tout d'un jet d'essence, approcha la flamme d'une allumette. Puis, comme le feu prenait, jetant une lueur gaie dans la pièce, il alla tirer les rideaux et remonta à l'étage.

16

Amy avait un rendez-vous à neuf heures du soir. Avec Taylor.

Le Fiske Planetarium de l'université du Colorado était le plus grand planétarium entre Chicago et Los Angeles. Durant tout l'été, Fiske organisait chaque soir des cours d'astronomie, suivis d'une observation des astres. Ces séances nocturnes étaient évidemment d'un niveau qui dépassait l'entendement d'une petite fille de quatre ans mais, comme Taylor avait beaucoup aimé les matinées du mercredi réservées aux enfants, où l'on projetait le spectacle des constellations à l'intérieur du dôme, Amy lui avait promis de l'emmener un soir à la découverte du ciel nocturne.

Elles passèrent plus d'une heure à l'observatoire de Sommers Baush, à contempler les galaxies grâce à un puissant télescope, en particulier Saturne et ses anneaux. Taylor ne cessait de poser des questions à sa mère, qui, en la matière, avait réponse à tout.

« C'est super, dit Taylor.
— Tu aimes l'astronomie ?
— Oui, c'est mieux que de se coucher tôt. »

Amy sourit devant cette réponse qu'elle aurait pu elle-même faire à sa mère. Taylor témoignait de l'intérêt, mais elle n'avait pas cette passion qu'Amy avait manifestée très tôt pour cette discipline. Il était vrai aussi que, depuis son entrée chez Bailey, Gaslow & Heinz, elle n'avait guère eu le temps d'encourager Taylor.

Elle s'était efforcée de ne pas le montrer, mais elle avait l'esprit ailleurs depuis le début de la soirée. Ses pensées ne cessaient malgré elle d'aller vers Ryan. Elle se souvenait en particulier de ce qu'il lui avait dit au restaurant : qu'il regrettait de ne pas avoir mieux connu son père, car cela lui aurait peut-être permis de mieux se comprendre lui-même. Elle connaissait ce sentiment : ressembler à ses parents, et craindre de commettre les mêmes erreurs qu'eux.

Amy gagna le bord de la plate-forme d'observation, où se trouvait un petit télescope, et pointa celui-ci en direction de la constellation de la Lyre, observable à cette période de l'année. Elle trouva rapidement Véga, son astre le plus brillant. Juste en dessous, la nébuleuse de l'Anneau, l'étoile qu'elle avait vue la nuit d'été où sa mère était morte. Cette étoile qui était en train de mourir, comme ses rêves d'enfant et tout ce que sa mère l'avait exhortée à entreprendre.

Elle n'avait plus observé la nébuleuse de l'Anneau depuis cette nuit-là. Elle n'avait pas à le faire. Les astronomes modernes ne contemplaient plus le ciel pour l'étudier. Ils branchaient leurs télescopes et laissaient leurs instruments se charger du travail.

Elle abaissa la lunette de quelques degrés, pour obtenir une vision détournée et regarder du coin de l'œil, ce qui était le meilleur moyen de repérer des objets flous dans le ciel. Les anneaux gris-vert apparurent. Elle cligna des yeux, déchirée entre le désir et la peur de regarder. Elle avait l'impression de remonter vingt ans en arrière. La nébuleuse lui ouvrait une porte sur le passé. Elle se revoyait, petite fille de huit ans, frissonnant de peur en escaladant les étagères dans le placard, pour atteindre le grenier par lequel elle pourrait s'enfuir...

Elle repoussa sans trop de mal l'abattant et se hissa dans les combles, où la chaleur était sèche, presque suffocante. Un peu plus loin, une autre trappe donnait dans le placard de la chambre d'amis, de l'autre côté du couloir. Elle rampa sur les mains et les genoux, sous les poutres, en prenant soin de ne pas laisser tomber sa lampe électrique.

Elle arriva à la seconde trappe, souleva l'abattant et éclaira le réduit en dessous d'elle. Il ressemblait à celui de sa propre chambre, avec des étagères le long des murs. Coinçant de nouveau la torche sous son menton, elle descendit comme elle était montée, en s'aidant du rayonnage comme d'une échelle. Une fois en bas, elle s'accroupit, le temps de reprendre son souffle. Elle pouvait rester cachée là, mais sa mère avait peut-être besoin d'aide.

Elle se releva lentement. Elle devait se risquer hors de la penderie, mais sans l'aide de sa lampe, qui la trahirait, s'il y avait un intrus dans la maison.

Elle éteignit donc la torche, sortit du placard, traversa sans bruit la chambre et risqua un coup d'œil dans le couloir. Rien de suspect. Elle attendit quelques secondes et, le cœur battant, se hasarda au-dehors.

Elle avança à tâtons, se fiant plus à sa mémoire

qu'à ses sens. La porte de la chambre de sa mère, au fond du couloir, était entrouverte. Elle se rapprocha encore et passa la tête dans l'entrebâillement.

Le lampadaire au coin de la rue jetait une pâle lueur jaunâtre dans la pièce, dont les lumières étaient éteintes. Tout semblait normal. Le téléviseur découpait un carré sombre sur son meuble. Le grand miroir luisait doucement au-dessus de la commode. Amy tourna son regard vers le lit. La silhouette de sa mère était difficile à distinguer sous les plis de la couverture, mais une main pendait mollement au bord de la couche.

« Maman ? » demanda-t-elle d'une petite voix, la gorge serrée par l'angoisse.
Pas de réponse.
« Tu vas bien, maman ? »
Le silence devenait soudain étouffant...
« Maman ! Maman ! »
La voix de Taylor l'arracha à ses souvenirs.
« Laisse-moi voir, maman ! » Taylor la tirait par le bras tout en essayant de grimper sur le pied en fonte où était installée la lunette.

Amy s'écarta et serra Taylor contre elle tout en pointant la lunette vers le bas, cette fois, plus précisément sur la faculté de droit, au sud du campus. On distinguait encore de la lumière dans la bibliothèque du grand bâtiment de brique rouge. Probablement quelques étudiants plongés dans le Code civil. Elle souleva Taylor dans ses bras pour que l'enfant pût voir.

« Tu aperçois cette grande maison ? dit-elle. C'est là que maman ira étudier en septembre.
— Et tu regarderas dans des télescopes, là-bas ?
— Non, ce n'est pas le ciel qu'on y enseigne.
— Alors, pourquoi tu y vas ? »

Bonne question, mais trop douloureuse pour qu'elle y répondît. « Il est tard, il faut rentrer à la maison, maintenant. »

Il était dix heures et demie quand elle reprit la route, mais Taylor s'était endormie avant même qu'elle sorte du campus. De jour, la nationale 36 offrait une vue magnifique de Flagstaff Mountain et des Flat Irons, les formations de grès rouge qui marquaient la frontière entre les grandes plaines et les montagnes. De nuit, ce n'était qu'une immensité sombre et déserte où l'on demeurait seul avec ses pensées et ses soucis.

Cette nuit-là, seule la question de l'argent occupa son esprit pendant tout le trajet.

Elle gara son pick-up devant la maison et porta dans ses bras sa petite princesse endormie. Elle entra sans bruit et emmena directement Taylor dans sa chambre. Amy avait peint la galaxie sur le plafond, laissant le choix des couleurs à Taylor. Elles possédaient ainsi le seul planétarium au monde à présenter un ciel rose bonbon.

Amy réussit à déshabiller la fillette sans la réveiller, l'embrassa sur le front, éteignit la lumière et se retira sur la pointe des pieds.

Elle avait passé une bonne soirée. Sa visite à l'observatoire lui avait redonné espoir : Ryan Duffy la rassurerait sur l'origine des deux cent mille dollars. Si l'argent était « propre », elle dirait adieu aux études de droit et reprendrait la route des étoiles.

17

L'argent brûlait. Dans ses pensées, du moins.

La valise métallique bourrée de billets était plus lourde que Ryan ne s'y attendait. Il redescendit l'échelle, puis l'escalier. Il avait fait si vite que le feu ronflait toujours dans la cheminée quand il revint dans le salon. Il s'agenouilla devant l'âtre, ouvrit la mallette et tendit une main tremblante vers les liasses bien rangées. Décidé à aller jusqu'au bout, il hésita cependant au dernier moment.

Deux millions de dollars !

Il suait à grosses gouttes sous l'effet de la chaleur autant que de la tension. Son regard allait de l'argent aux flammes. Cette histoire le rendait fou, elle faisait perdre la tête à tout le monde. Son père était mort depuis moins d'une semaine, et Liz, appâtée par les promesses du vieil homme, était prête à tout pour obtenir une pension alimentaire sans commune mesure avec la réalité. Quant à son beau-frère, il menaçait de battre sa femme enceinte contre cinquante mille dollars. Enfin, une inconnue voulait savoir pourquoi Frank lui avait fait don de la coquette somme de deux cent mille dollars et si cet argent était « propre » ! Cet argent semblait réveiller le pire en chacun ; le brûler était certainement ce qu'il y avait de mieux à faire.

Il empoigna une liasse pour la jeter dans le feu, mais sa main s'y refusa. À moins que ce ne fût son esprit. Il en éprouva une telle honte qu'il ferma les yeux. Il n'avait jamais ressenti de cette façon le pouvoir de l'argent. Jamais il ne s'était senti aussi faible.

Un bruit soudain le tira de ses pensées, en provenance du dehors. Il se releva d'un bond, courut à la fenêtre et distingua dans l'obscurité la Buick de Brent qui remontait l'allée.

Il est revenu !

Alarmé, Ryan s'écarta de la fenêtre. La mallette ! Il fallait la cacher. Il en rabattit le couvercle et la prit dans ses mains tout en cherchant un endroit. Il entendit une portière claquer. Plus le temps. Il fourra la petite valise sous le canapé. Le feu dansait toujours dans l'âtre. C'était là qu'il aurait dû balancer le tout. Ce regret lui donna cependant une idée. Il ramassa le journal qui traînait sur la table basse et le jeta dans les flammes, où il se consuma en ne laissant bientôt qu'un tas d'écailles de papier carbonisé. Qui pouvait dire que ce n'était pas là tout ce qui restait de deux millions de dollars ?

Ryan se redressa. Si Brent était de retour, ce n'était pas pour discuter. Il devait être encore plus soûl qu'en partant. Plus soûl et plus agressif. Il était là pour l'argent. Ce serait une épreuve de force. Ryan ne possédait pas d'arme à feu, mais il savait où en trouver une.

Il courut à la chambre de ses parents. Le vieux Smith & Wesson de calibre 38 qui avait appartenu à son père était dans le premier tiroir de la commode, et les cartouches sur une étagère au fond de la penderie. Il saisit d'abord le revolver puis les munitions, chargea le barillet à six coups, et serra la crosse nacrée dans sa main, comme Frank le lui avait appris, le doigt écarté de la détente. Ce n'était pas un jouet, avait-il répété à Ryan, mais une arme de protection… de protection contre les ivrognes qui en avaient après les millions, pensa Ryan avec amertume.

Il entendit des pas au-dehors, puis le cliquetis de la clé dans la serrure. Il repartit en direction du salon.

L'arme à la main, il attendit près de l'escalier. Il vit la poignée de la porte tourner et leva le 38. Son cœur cognait fort dans sa poitrine. Le battant s'ouvrit, et il se détendit.

« Ah ! c'est toi, m'man ! » s'exclama-t-il en s'empressant de glisser l'arme dans sa poche.

Sa mère fronça les narines et le regarda d'un air anxieux. « Ne me dis pas que tu as tout brûlé ! »

Il resta un instant interdit. Sa mère avait toujours eu de l'intuition mais interpréter l'odeur de papier brûlé comme la disparition de l'argent tenait de la divination. Il décida de jouer les idiots. « Brûlé quoi ? »

Elle referma la porte et se dirigea vers la cheminée.

« Je parle de l'argent, dit-elle d'une voix blanche. J'étais chez ta sœur quand Brent est arrivé complètement hystérique. Il a dit que tu étais devenu fou…

— Il est ici ? demanda Ryan avec un geste en direction de la fenêtre. C'est bien sa voiture que j'ai vue, non ?

— Sarah m'a raccompagnée, répondit-elle sans pouvoir arracher son regard du tas de cendres noires. Je n'arrive pas à croire que tu aies pu faire une chose pareille.

— Qu'est-ce que Brent vous a raconté ?

— Que tu as brûlé au moins dix mille dollars devant lui et que tu as menacé d'en faire autant avec le reste.

— C'est la vérité. »

Sa mère s'approcha de lui et le regarda dans les yeux.

« Tu as bu ?

— Non, c'est Brent le pochard. Il est venu ici comme un voleur, pour chercher l'argent.

— Ils ont peur que tu les prives de leur part, dit-elle d'un ton radouci.

— Ça n'a jamais été mon intention. »

Elle reporta les yeux sur l'âtre.

« Ryan, tu peux faire ce que tu veux de ce qui te revient, mais tu n'as pas le droit de priver ta sœur de ce qui lui appartient.

— Sarah et moi, nous avions passé un marché. L'argent resterait là où il est jusqu'à ce que nous sachions qui papa faisait chanter et pourquoi. Elle m'a juré qu'elle n'en parlerait pas à Brent. Apparemment, elle n'a pas tenu parole.

— Tu devais bien t'imaginer qu'elle en parlerait à son mari.

— Non, pourquoi ?

— Parce que précisément il est son mari.

— Dans ce cas, pourquoi mon père ne t'a-t-il rien dit de son chantage ? »

Elle baissa la tête. « Je te l'ai expliqué. Je ne voulais rien savoir de cette histoire, et ton père ne tenait pas à ce que j'apprenne la vérité. »

Ryan lui prit la main. « Maman, j'ai failli brûler deux millions de dollars, ce soir. Que tu approuves ou non mon geste, tu dois me dire ce que tu sais, avant que je commette l'irréparable. »

Elle se détourna de lui. Le feu jetait une lueur vacillante sur ses traits creusés.

« À la vérité, je ne sais pas grand-chose, dit-elle d'une voix lasse.

— Dis-le toujours, ça m'aidera, murmura-t-il.

— Je... je crois savoir où tu pourras trouver les réponses que tu cherches.

— Où ?

— La veille de sa mort, Frank m'a remis une clé qui ouvre un coffre dans une banque.

— Et qu'y a-t-il dans ce coffre ?

— Je l'ignore. Ton père m'a simplement dit que si tu cherchais à en savoir plus sur cet argent, je n'aurais qu'à te donner cette clé. Je suis sûre que tu comprendras alors les raisons de ce chantage.

— Comment peux-tu en être sûre ?

— Parce que ton père voulait que tu apprennes la vérité. »

Il scruta le visage qu'elle levait vers lui et n'y vit aucune trace de dissimulation.

« Merci, maman.

— Ne me remercie pas. Ne vois-tu pas combien tout cela me fait peur ? Pour toi, pour nous tous ?

— Qu'attends-tu de moi ?

— C'est à toi, à toi seul d'en décider. Tu peux faire comme moi et refuser d'en savoir plus, ou bien tu peux ouvrir ce coffre et affronter ce que tu y découvriras. »

Un silence tomba. Ils échangèrent un long regard.

« Je dois savoir, maman.

— Bien sûr, acquiesça-t-elle d'une voix éteinte. Mais épargne-moi ce qui te sera révélé. »

18

Panamá. Le mot n'avait jamais évoqué pour Ryan qu'un canal très fréquenté et un dictateur peu fréquentable. Quand sa mère lui avait appris que son père louait un coffre dans une banque, il n'avait même pas imaginé que celle-ci pût être ailleurs qu'à Piedmont, voire à Denver, en tout cas pas plus loin.

Panamá ! Pourquoi là-bas ?

La clé et le reçu de dépôt étaient enfermés dans la cassette où il avait pris les cartouches un moment plus tôt : coffre n° 242 au Banco Nacional, Panamá. Il y avait même un plan de la ville, ainsi que le passeport de son père. Ryan en feuilleta les pages ; elles étaient vierges, hormis l'une d'entre elles, portant les tampons d'entrée et de sortie de l'État de Panamá, datés du même jour, dix-neuf ans plus tôt. Un aller et retour. Rien de touristique. Un voyage d'affaires, pour ainsi dire.

Celui d'un maître chanteur pressé.

Ryan emporta la cassette dans sa chambre et passa sans dormir la plus grande partie de la nuit du vendredi, cherchant à se rappeler les hommes et les femmes qu'il avait pu voir en compagnie de son père ou dont ce dernier avait pu lui parler. Aucun d'eux, pour autant qu'il s'en souvînt, n'était assez riche pour payer le dixième de ce que son père avait extorqué.

À deux heures du matin, il parvint toutefois à élaborer un plan. Il se leva sans bruit, jeta un coup d'œil dans la chambre de sa mère, pour s'assurer qu'elle dormait, puis descendit au rez-de-chaussée et sortit la mallette de sous le canapé. Il possédait un garage fermé près de son cabinet en ville, où il rangeait toutes sortes de rebuts, vieux dossiers, meubles cassés et autres. Même Liz n'en connaissait pas l'existence. Il se glissa comme un cambrioleur hors de la maison et poussa sa Jeep Cherokee jusqu'au bout de l'allée, pour ne pas réveiller sa mère avec le bruit du moteur.

Il se rendit à son garage et dissimula l'argent dans le dernier tiroir d'une antique armoire métallique. Puis il retourna chez lui, se recoucha et attendit que la nuit s'achève.

Il parvint à dormir deux heures et se leva tôt. Il prit une douche, s'habilla et emporta la cassette dans la cuisine. Sa mère se trouvait déjà à table, en train de prendre son café, le *Lamar Daily News* étalé devant elle. Le *Lamar* était le quotidien local de la « métropole » la plus proche : Lamar, huit mille cinq cents âmes. Le journal ne comptait pas plus de seize pages, dont quatre consacrées aux comptes rendus des réunions annuelles des anciens élèves du collège de Cranada ou aux résultats des rodéos, lors de la fête du Cheval. La vision de sa mère plongée dans la lecture des petites nouvelles d'un aussi petit monde renforça le sentiment d'absurdité que lui inspirait l'idée que son père avait jadis pris un avion pour le Panamá afin de déposer entre les murs d'une banque le secret de sa vie.

« J'ai tout examiné », dit Ryan à sa mère.

Elle ne daigna pas relever la tête.

« Tu ne veux pas savoir ce que j'ai découvert ? demanda-t-il.

— Non. »

Ryan attendit, espérant vaguement qu'elle lui prêterait enfin attention, mais elle continua de s'abriter derrière son mur de papier. *C'est commode*, pensa-t-il. La plupart des gens à Piedmont Springs lisaient de temps à autre le *Pueblo Chieftain*, le *Denver Post* ou même le *Wall Street Journal*. Pas sa mère. Son monde à elle passait par le *Lamar Daily News*. Il y avait décidément un tas de choses qu'elle ne voulait pas savoir.

« M'man, j'emporte ces papiers avec moi, si tu n'y vois pas d'inconvénient. »

Elle ne répondit pas. Ryan patienta encore, mais elle se contenta de tourner la page sans le regarder. « Je serai de retour ce soir », dit-il en quittant la cuisine.

Il déposa la cassette sur la banquette arrière de la Jeep et démarra. Le soleil se levait sur les champs de maïs, des milliers d'hectares bientôt transformés en farine. Un nuage de poussière ne tarda pas à se lever dans son sillage, à mesure qu'il accélérait sur la piste de terre qui l'amènerait à la nationale 50 et, trois cent cinquante kilomètres plus loin, à Denver.

L'air conditionné avait une fois de plus déclaré forfait dans la guimbarde d'Amy, rendant les bouchons du samedi après-midi encore plus insupportables. D'après les historiens, Niwot, grand chef indien des Arapahos, aurait dit une fois que « tous ceux qui s'installeraient dans la belle vallée de Boulder finiraient par en détruire la beauté ». Avançant pare-chocs contre pare-chocs dans l'avenue Arapaho, alors que le feu à l'intersection de la 28e Rue passait au rouge pour la quatrième fois, Amy commençait à comprendre pourquoi les gens de Boulder parlaient de la « malédiction de Niwot ».

Amy avait réservé une table à midi et demi dans son restaurant préféré et Mamie avait accepté de lui garder Taylor jusqu'à trois heures de l'après-midi. Pour la fillette, cela signifiait une longue et béate station devant la télé, à dévorer des dessins animés jusqu'à l'heure de la sieste. Amy, qui se sentait coupable de livrer son enfant à la bêtise du petit écran, se promit de réparer les dégâts dès le lendemain.

Elle se gara près de Broadway et se rendit à pied dans le quartier de Pearl Street, le centre historique de Boulder, reconverti en rues piétonnes. D'anciens édifices savamment restaurés côtoyaient des constructions modernes abritant des galeries d'art, de petites brasseries, de nombreuses boutiques et des cafés. Le week-end, jongleurs, musiciens et autres bateleurs créaient une atmosphère de foire. Amy sourit en passant devant l'« Homme code postal » qui, sans autre information que celle de votre code postal, pouvait identifier et même décrire votre quartier, si éloigné fût-il. Taylor avait réussi à lui poser une colle en décembre, avec le code postal de sa lettre au Père Noël.

Quand elle était étudiante en troisième année, avec Maria Perez, sa conseillère à la faculté d'astrophysique et des sciences planétaires, Amy allait souvent déjeuner ou dîner au Narayan, un restaurant népalais, réputé pour ses viandes tandoori et ses plats de légumes. Depuis qu'elle avait abandonné l'astronomie, Amy n'avait pas souvent revu Maria, et elle avait eu du mal à décrocher le téléphone pour l'inviter à déjeuner, car elle se sentait coupable de l'avoir délaissée.

Maria l'attendait devant l'établissement.

« Comment ça va ? dit-elle en embrassant Amy.

— Je suis bien contente de te revoir. »

Elles continuèrent de bavarder tandis que l'hôtesse les conduisait à une petite table près de la fenêtre. Elles avaient tant à se dire ! Maria avait récemment escaladé son huitième sommet de plus de quatre mille mètres. Végétarienne fanatique, ardente sportive, elle avait même installé une barre fixe et un espalier mural dans son petit bureau. Amy était la seule de toute la faculté à pouvoir s'accrocher derrière Maria sur une piste de jogging.

Quand la serveuse fut repartie avec leur commande, elles contemplèrent les dernières photos de Taylor tout en sirotant le chardonnay maison.

« Alors tu t'apprêtes à entrer à la fac de droit, à la rentrée ? demanda Maria, après qu'elles eurent engagé la conversation sur leurs carrières réciproques.

— Euh… oui.

— Je vois que ton enthousiasme a encore grandi d'un cran depuis la dernière fois qu'on en a parlé !

— À la vérité, j'ai de bonnes nouvelles à ce sujet.

— Ah oui ?

— Mais c'est hautement confidentiel. Si je te le dis, n'en parle à personne. Pas même à ton mari.

— Ne t'inquiète pas pour Nate, ma chérie. Je

pourrais lui annoncer que j'ai découvert la formule exacte de Coca-Cola, il me répondrait probablement : "C'est très bien, ma douce. Tu n'aurais pas vu les clés de ma voiture ?" Allons, dis-moi quel est ce grand secret... »

Amy marqua une pause. « Il est possible qu'à l'automne je reprenne... l'astro. »

Maria poussa un cri aigu qui fit se retourner les têtes aux tables voisines, ce qui ne réduisit nullement son enthousiasme. « C'est super ! Et mieux que ça. C'est fabuleux. Mais pourquoi serait-ce un secret ?

— Parce que le cabinet d'avocats où je travaille est prêt à financer une partie de mes études de droit. S'ils découvrent que j'ai d'autres projets, ils reviendront sur leur aide. Et si je ne réussissais pas à reprendre mes anciennes études, je me retrouverais dans un beau pétrin. »

Maria fit le geste de tirer une fermeture Éclair sur ses lèvres.

« Tu peux compter sur ma discrétion. Quand sauras-tu si c'est gagné ?

— À la fin de la semaine, je l'espère.

— Bon Dieu, je suis tellement contente que tu reviennes à tes amours !

— Tu sais, je ne les ai jamais trahies. C'est pour l'argent que je travaille chez des avocats, et c'est grâce à de l'argent que je vais peut-être pouvoir les quitter.

— Quoi, quelqu'un est mort et t'a laissé une fortune ?

— On peut dire ça. »

Le sourire de Maria s'estompa.

« Je suis désolée pour... pour le disparu, mais heureuse pour toi. Enfin, tu comprends ce que je veux dire.

— Ça va bien. Je ne connaissais même pas ce type.

— Quoi ! quelqu'un que tu ne connais pas t'a laissé un paquet de fric ?

— Oui. J'ai rencontré son fils, hier, pour avoir la certitude que je pouvais utiliser cet argent. Mais la situation est délicate, car il est en train de divorcer et…

— Oh ! l'interrompit Maria d'un air devenu soudain sceptique.

— Quoi ?

— Un bonhomme que tu ne connais pas meurt et te fait un legs. Son fils divorce. Tu ne serais pas un peu trop optimiste en pensant pouvoir reprendre tes études à la rentrée ? Ces problèmes juridiques peuvent traîner indéfiniment, tu sais. »

Amy hésita. L'affaire était plus compliquée que ne le supposait Maria.

« Son fils m'a promis d'avoir tout éclairci d'ici à vendredi prochain.

— Vendredi ? Pour être franche, cela m'étonnerait.

— Pourquoi dis-tu ça ?

— Écoute, personne d'autre que moi ne serait aussi heureuse de te voir revenir. Mais nous sommes à la mi-juillet, et je ne suis pas sûre que nous puissions régulariser ta situation universitaire d'ici à septembre.

— Pourquoi ? Il me suffira de reprendre mes cours là où je les ai arrêtés.

— Ce n'est pas aussi simple. Tu arrives en quatrième année de ton cursus, autrement dit tu n'as plus qu'à présenter ta thèse. Il existe déjà de nombreuses recherches sur la naissance et la mort des planètes, et l'existence possible d'autres constellations autour d'elles. Si tu veux publier une thèse de qualité, le meilleur endroit pour conduire ce genre de travail, c'est l'observatoire de Meyer-Womble, sur le mont Evans. »

Amy savait cela. À plus de quatre mille mètres d'altitude, les images obtenues depuis le mont Evans rivalisaient en qualité avec celles du télescope de la station spatiale Hubble.

« Et quelles sont les conditions d'accès à l'observatoire du mont Evans ?

— L'administration du site est sous la double tutelle de l'université de Denver et du ministère des Eaux et Forêts, expliqua Maria. Pour t'envoyer là-bas, il nous faudra l'accord des deux, ce qui prendra du temps. Et puis il y a le problème du logement. Les installations là-haut sont très limitées, surtout si tu veux emmener avec toi ta fille et ta grand-mère. Tu ne peux pas effectuer des aller et retour entre l'observatoire et Boulder. Ce serait non seulement une perte de temps considérable mais, à partir de novembre, la route est quasiment impraticable. »

Amy sirotait son vin d'un air songeur.

« Je t'appellerai vendredi prochain, dès que j'aurai la réponse que j'attends.

— Je ne peux rien te garantir.

— Allons, sois un peu plus positive. Quelle est la date limite d'inscription ?

— Pour l'observatoire du mont Evans ? C'était le mois dernier, pour tout te dire. Alors, si je dois user de tout mon poids pour que tu puisses revenir en septembre, j'ai besoin que tu fasses un effort de ton côté. »

Amy réfléchit rapidement. Elle avait donné une semaine à Frank Duffy, mais ils n'avaient tout de même pas signé d'accord. « Très bien, dit-elle avec un hochement de tête. Je te le ferai savoir lundi. »

19

Il était deux heures de l'après-midi quand Ryan aperçut depuis l'autoroute la ligne des gratte-ciel de Denver. Un nuage brunâtre flottait au-dessus de la ville. En dépit d'efforts dits sérieux, Denver ne s'était pas encore débarrassé de sa pollution, mais Ryan avait vu pire l'hiver précédent, la dernière fois qu'il avait rendu visite à son vieil ami Norman Klusmire.

Les deux inséparables s'étaient rencontrés lors de leur première année à l'université du Colorado où, par le hasard de l'attribution des chambres sur le campus, ils s'étaient retrouvés colocataires. Ils ne semblaient pas destinés à devenir des amis intimes. Ryan, garçon studieux et sérieux, ambitionnait dès son orientation d'entrer à la faculté de médecine. Norm avait choisi l'université du Colorado parce qu'elle était la plus proche des stations de ski, passion étrange pour un jeune homme du Mississippi qui n'avait jamais vu de glace, excepté dans le whisky. Ses notes pouvaient paraître médiocres dans l'absolu mais elles étaient remarquables dans la mesure où il séchait la plupart des cours. Sur un coup de dés, il choisit le droit et décrocha son admission par miracle. Puis le dilettante se mua en bête de travail après qu'il eut rencontré la lumineuse Rebecca, une compatriote attirée elle aussi par les neiges du Colorado. Cela dit, il faillit saborder son mariage avec la belle Sudiste lorsque, dans l'un de ses derniers égarements de jeunesse, il chargea son frère d'organiser l'enterrement de sa vie de garçon. Il se réveilla d'un sommeil éthylique une heure avant la cérémonie, avec un anneau au téton droit assez gros pour affoler un détecteur de métaux, sans savoir d'où provenait pareil piercing. Ryan procéda à l'enlèvement chirurgical de la chose dans le sous-sol de l'église. Les points de suture se fondaient dans les poils du torse. Rebecca ne soupçonna jamais rien.

Ils étaient toujours mariés, heureux, et avaient trois garçons.

Norm avait toujours affirmé que si Ryan se trouvait en difficulté, il pouvait compter sur lui pour lui renvoyer l'ascenseur. Pure plaisanterie, car Norm ne s'occupait que d'affaires pénales.

Ryan téléphona depuis un routier à l'entrée de Denver pour rappeler sa promesse à son ami et lui annoncer que le jour était venu de tenir parole. Norm, qui se souvenait de sa blague, éclata de rire, mais, comme Ryan ne se joignait pas à lui, il redevint sérieux et lui suggéra d'arriver aussi vite que possible.

Norm habitait Monroe Street, dans un quartier résidentiel où il fallait un million de dollars pour acquérir une maison comme la sienne : cinq chambres, mais pratiquement pas de jardin. La construction exhibait un aspect tarabiscoté et prétentieux qu'avait répété le constructeur une bonne douzaine de fois dans la rue.

Ryan se gara derrière la Range Rover tandis que Norm accourait pour l'accueillir. Il portait, comme ses trois fils, un short et un T-shirt qui semblait trois fois trop grand pour lui. Ils étaient en train de disputer une partie de basket à deux contre deux. Norm avait été assez bel athlète, mais il avait pris quelques kilos depuis leur dernière rencontre et perdu quelques cheveux.

Ils échangèrent une accolade – une étreinte d'ours de la part de Norm, sueur comprise.

Ryan fit un pas en arrière en grimaçant. « Tu te souviens de ce que tu me disais ? Les Sudistes ne transpirent pas, ils brillent. »

Norm éclata de rire et entraîna son ami dans le patio, où ils pourraient bavarder tranquillement. Une domestique leur apporta un pichet de thé glacé très sucré, comme on l'aime dans le Sud. Norm exprima ses condoléances et dit combien il regrettait de n'avoir pu venir à l'enterrement.

« Si j'ai bien compris, ce n'est pas seulement une visite d'amitié, ajouta-t-il. C'est le célèbre avocat pénal que tu es venu voir.

— Dois-je en déduire que tu vas me traiter en client ?

— Absolument. Le fait que nous soyons copains et que tu n'aies rien à payer ne change rien à l'affaire.

— Mais je peux te régler tes honoraires, Norm.

— Allons, tu n'en aurais pas les moyens. Et ne prends pas ça pour une insulte, car si j'avais moi-même besoin d'un juriste, je ne pourrais pas m'offrir mes propres consultations !

— C'est justement la raison pour laquelle je suis ici, Norm. Moi, je le pourrais. Mon père m'a laissé de l'argent. »

Norm haussa les sourcils, curieux.

« Combien ?

— Plus que tu ne penses.

— Alors, c'est un spécialiste en droit de succession qu'il te faut. Tu as quelqu'un ?

— Je pensais m'adresser à l'avocat qui a rédigé le testament de papa. Josh Colburn. Pas très futé mais honnête. À vrai dire, je ne crois pas qu'il soit à la hauteur de la situation.

— C'est-à-dire ?

— J'ai des doutes quant à l'origine des fonds.

— Quel genre de doutes ? »

Ryan hésita. Que Norm fût un ami et qu'il eût bien connu son père lui semblait soudain constituer un obstacle. Ce n'était pas une question de confiance, mais plutôt ses scrupules à prononcer le mot d'« extorsion ». Il préféra esquiver.

« Papa louait un coffre dans une banque de Panamá.

— Panamá ? En Amérique centrale ?

— *Si, señor*, répondit Ryan.

— Ma foi, cela ne veut rien dire en soi.

— Norm, oublie le politiquement correct. Mon père n'était pas un financier international, mais un artisan électricien de Piedmont Springs.

— Oui, je comprends.

— Il a loué ce coffre il y a vingt ans. Il est parti un mardi et revenu le jour même. Il n'a jamais fait qu'un seul aller et retour, d'après son passeport.

— Et tu sais ce qu'il y a dans ce coffre ?

— Probablement des documents expliquant d'où vient l'argent. »

Norm secoua la tête d'un air perplexe.

« Il va falloir que tu m'en apprennes un peu plus. Quand tu parles d'argent, tu veux dire des actions, des lingots, des titres… quoi ?

— Des espèces. Une somme à sept chiffres. »

Norm sifflota doucement.

« Félicitations, mon pote. C'est vrai que tu as les moyens de m'engager...

— Que sais-tu des banques de Panamá ?

— La situation était différente du temps où Noriega régnait en despote, mais le secret bancaire est toujours aussi bien gardé. Panamá a longtemps été un des hauts lieux du blanchiment de l'argent de la drogue et il paraît que ça l'est toujours, sauf que ce n'est plus le gouvernement qui sponsorise le trafic.

— C'est fou.

— Je ne voudrais pas t'alarmer, *amigo*, dit-il en se penchant vers Ryan, mais tu n'es pas dans une position très confortable.

— Que veux-tu dire ?

— C'est toi l'exécuteur testamentaire, pas vrai ? Cela signifie que tu as des obligations aussi bien morales que légales. Et la première question à laquelle tu devras répondre, c'est : d'où vient l'argent ?

— Je ne le sais pas vraiment.

— Mais tu as une idée, non ? Allons, sois franc avec ton vieux copain. »

Ryan ne pouvait tout de même pas annoncer à Norm que son père était un maître chanteur.

« J'ai peur de découvrir que papa n'avait aucun droit légal sur cet argent.

— Pour exprimer les choses plus crûment, disons que ton père a embrouillé quelqu'un, n'est-ce pas ? Je présume qu'il n'a pas déclaré cette somme.

— Sûrement pas.

— C'est déjà un sérieux problème en soi. Le fisc n'est pas réputé pour son sens de l'humour.

— Il me faudra réparer son... oubli.

— Pas seulement. Lors d'une succession, la loi exige une déclaration précise de tous les biens des héritiers. Et tu devras le notifier à tous les créditeurs potentiels, qui auront alors la possibilité de réclamer leur dû. Si ton père a arnaqué une ou plusieurs personnes, elles pourront se pourvoir en justice et se considérer comme créditrices. Et il t'appartiendra de répondre à leurs demandes, dès l'instant que leur bien-fondé aura été reconnu par un juge.

— Et si j'ignore l'identité de ces personnes ?

— C'est toi l'exécuteur, c'est à toi de les trouver. Dans l'exercice d'une diligence raisonnable, disons.

— J'ai du mal à croire que papa ait pu être impliqué dans un coup tordu. Je l'ai toujours considéré comme un homme intègre et travailleur.

— C'est toujours ce qu'on veut bien croire. On le pense de nous-mêmes. Et puis un jour, une occasion se présente, et notre sens de l'honnêteté est mis à l'épreuve. Il y a des gens qui sont d'une grande probité toute leur vie, et d'autres qui sont de fieffés escrocs. Mais ce sont les extrêmes. La plupart des gens que je défends se situent entre les deux. Ils se sont bien conduits toute leur vie durant, mais seulement par peur de la punition au cas où ils se feraient prendre. Pour eux, la moralité se réduit à un simple calcul des risques. Le problème, c'est qu'on ne sait jamais s'ils résisteront ou non à la tentation.

— J'ai peur que mon père ait échoué à l'examen.

— Ce n'est pas un examen, Ryan. En tout cas, pas un de ceux qu'on passait à la fac. C'est plutôt la question de savoir de quel bois on est fait. Je ne sais pas comment ton père a eu cet argent. Peut-être légalement, peut-être pas. Mais peut-être a-t-il eu aussi une bonne raison de faire ce qu'il a fait.

— Je n'en sais rien encore.

— Alors, tu n'as pas trente-six solutions. Tu peux aller à Panamá et ouvrir ce coffre. Ou t'abstenir. À mon avis, si tu vas là-bas, tu vas découvrir qui était réellement ton père. T'en sens-tu capable ?

— Oui, répondit Ryan sans hésiter. Je dois savoir.

— D'accord, mais ce ne sera pas le plus difficile.

— Que veux-tu dire ?

— Je veux dire qu'une fois lancé sur la piste de cet argent, il se pourrait que tu te retrouves face à toi-même, autrement dit que tu découvres qui tu es. Te sens-tu aussi capable de ça ? »

Ryan le regarda dans les yeux.

« J'ai mon passeport avec moi, dit-il avec calme. Et ta question, j'y ai déjà répondu, avant de prendre la route pour venir te voir. »

20

Amy rappela Ryan Duffy dans la matinée du dimanche. Une femme âgée lui répondit. Amy n'avait pas pensé que le médecin qu'elle avait trouvé si intéressant ait pu emménager chez sa mère, mais elle en devina la raison : elle savait mieux que quiconque à quels accommodements on était contraint par un divorce.

« Il n'est pas là, dit Mme Duffy.

— Savez-vous quand il sera de retour ?

— Je l'ignore. Il est parti à Denver pour affaires. Puis-je prendre un message ?

— Je rappellerai. Pensez-vous qu'il sera rentré demain ?

— Non, il m'a téléphoné la nuit dernière de l'aéroport pour me dire qu'il serait absent quelques jours. Vous êtes une amie de Ryan ?

— Disons une connaissance. Excusez-moi de vous avoir dérangée. Je rappellerai plus tard. »

Elle s'empressa de raccrocher avant que Mme Duffy lui pose une autre question.

Elle s'assit au bord du lit, encore troublée d'avoir entendu la voix de Jeanette Duffy. Après tout, c'était elle qui, par le biais de cet autocuiseur, l'avait mise sur la piste des Duffy. Il lui semblait encore entendre Ryan lui affirmer que sa mère n'était pas du genre à envoyer de l'argent à des inconnus. En tout état de cause, cette brève conversation au téléphone ne lui avait rien appris.

Amy se leva, ouvrit la penderie et en sortit ses chaussures de tennis. Peut-être Mme Duffy lui avait-elle menti ; peut-être Ryan se trouvait-il chez lui. Elle devait en avoir le cœur net. Et, dans le cas contraire, elle aurait l'occasion de parler directement à la mère.

Il était temps de retourner à Piedmont Springs.

La température grimpa à l'approche de l'après-midi et des plaines orientales. En cinq heures de route, Amy était descendue d'une altitude de dix-huit cents mètres à moins de neuf cents ; un air humide et chaud l'accueillit à son entrée dans le comté de Prowers.

Elle connaissait maintenant le chemin de la maison des Duffy, pour y être venue avant sa rencontre avec Ryan. Sa seule inquiétude concernait son vieux pick-up ; elle craignait qu'un deuxième trajet aussi long en moins d'une semaine n'eût raison du moteur.

Elle arriva chez les Duffy à deux heures de l'après-midi. La Jeep Cherokee n'était plus dans l'allée, ce qui donnait à penser que Ryan Duffy était réellement parti. Une autre voiture était garée à sa place, une Buick blanche derrière laquelle elle se gara.

Près du perron, un carillon éolien tintinnabulait sous la brise. La porte grillagée était fermée par un loquet mais, derrière, le lourd battant de chêne demeurait grand ouvert pour l'aération. À travers le fin grillage, Amy aperçut le salon et une partie de la cuisine. Elle sonna et attendit, les mains moites. Sur la route, elle avait répété ce qu'elle dirait, selon que Ryan serait là ou non.

Elle allait appuyer de nouveau sur le bouton de la sonnette quand elle entendit un bruit de pas à l'intérieur. Un pas traînant. La silhouette d'une femme de forte corpulence apparut dans le couloir. Elle était enceinte et, à en juger par la taille de son ventre, ne tarderait pas à accoucher.

« Vous désirez ? » demanda-t-elle.

Amy sourit. Un sourire nerveux, toutefois. Elle s'était préparée à voir Ryan ou sa mère, et non pas quelqu'un d'autre.

« Je… est-ce que Ryan est ici ?

— Non, répondit la femme en s'immobilisant dans l'entrée.

— Vous n'êtes pas Jeanette Duffy, n'est-ce pas ?

— Non, je suis Sarah, la sœur de Ryan. Et vous, qui êtes-vous ? »

Elle se demanda si ce dernier avait parlé d'elle à sa sœur.

« Je m'appelle Amy.

— Vous êtes une amie de Ryan ? » À en juger par le ton de la voix et l'expression du visage, Sarah ignorait qui était sa visiteuse.

« Amie, ce serait beaucoup dire. Pour être franche, vous pourriez peut-être m'aider autant que votre frère. Et peut-être plus.

— De quoi s'agit-il ?

— D'argent. De l'argent qui vient de votre père. »

Sarah ouvrit de grands yeux en une réaction de stupeur.

« Pourrais-je entrer et m'entretenir avec vous un moment ? »

Sarah hésita. « Installons-nous dehors », finit-elle par répondre. Elle poussa la porte grillagée et invita sa visiteuse à s'installer dans le fauteuil à l'angle de la véranda, tandis qu'elle-même se laissait choir lourdement sur la causeuse.

« Je vous écoute, dit-elle. De quel argent parlez-vous ? »

Amy ne savait trop comment jouer la partie. Elle choisit de résumer ce qu'elle avait appris à Ryan.

« J'ai reçu un paquet voilà quelques semaines. Un paquet contenant de l'argent. Pas d'adresse d'expéditeur, pas de carte, rien. Mais j'ai des raisons de penser qu'il m'a été adressé par votre père.

— Vous connaissiez mon père ?

— Non, je ne l'ai jamais rencontré.

— Alors, comment savez-vous que c'est lui ?

— L'argent était dans le carton d'emballage d'un autocuiseur. C'est par le numéro de série que j'ai pu apprendre que la garantie avait été établie au nom de votre mère. Bien entendu, il se peut que ce soit elle l'expéditrice…

— Non, l'interrompit Sarah, maman ne ferait jamais une chose pareille. Combien d'argent y avait-il ?

— Environ mille dollars et, sincèrement, je ne sais pas quoi en faire. »

Sarah se pencha en avant.

« Je vais vous dire ce que vous devez faire, dit-elle d'une voix tendue. Vous allez le remettre jusqu'au dernier dollar dans son carton et nous le rapporter. Vous n'avez pas le droit de le garder pour vous. »

Amy se figea sur son siège, avec l'impression d'avoir marché sur un serpent à sonnette.

« Je ne suis pas venue ici pour vous causer des ennuis, dit-elle.

— Je l'espère bien, répliqua Sarah. Ryan et moi, nous sommes les seuls héritiers. Notre père n'a pas laissé de testament et il ne nous a jamais parlé d'une Amy.

— Vous en êtes sûre ?

— Tout à fait.

— Est-ce que votre mère est à la maison ? J'aimerais lui dire un mot. Peut-être que votre père lui a parlé de moi.

— Ne vous approchez pas de ma mère. Elle est en deuil et accablée de chagrin, et je veux que vous la laissiez tranquille. Elle n'a pas besoin qu'une enfant illégitime ou je ne sais quoi vienne réclamer son droit à l'héritage.

— Vous vous méprenez sur mes intentions, rétorqua Amy. Tout ce que je veux savoir, c'est pourquoi votre père m'a fait ce don, et aussi d'où vient cet argent.

— Peu importe d'où il vient. Tout ce qui compte, c'est qu'il soit rendu à ceux à qui il appartient. Je veux cet argent, mademoiselle. Et j'espère que vous aurez assez de jugement pour nous retourner ce qui nous revient de droit.

— J'aimerais que vous me laissiez parler à votre mère et éclaircir la situation. »

Sarah la regarda d'un air mauvais. « Il n'y a rien à éclaircir. Je vous ai dit ce que vous deviez faire. Et maintenant, faites-le. »

Amy lui renvoya son regard mais n'insista pas ; il ne restait rien à ajouter.

« Je vous remercie de votre hospitalité. »

Elle se leva et regagna sa voiture.

Ryan acheta un billet d'avion Denver-Panamá, avec correspondance à Dallas. Le premier vol se passa sans encombre, mais le 737 qui assurait le reste du trajet dut subir une désinfection à son retour d'Amérique centrale, après qu'un cas de malaria eut été relevé à bord. Aussi Ryan passa-t-il la nuit de samedi et une bonne partie du dimanche à l'aéroport international de Dallas-Fort Worth, attendant avec deux cents autres passagers de pouvoir embarquer.

Ryan n'avait pas de valise, rien qu'un petit sac de voyage. Norm lui avait prêté deux ou trois chemises brodées à son monogramme. Il sommeilla dans la salle d'attente, la bretelle de son sac enroulée autour de son bras, de peur de se faire voler. Il dut se retenir d'aller aux toilettes, en raison de la foule : s'il quittait son siège, il ne lui resterait plus qu'à s'asseoir par terre. La famille qui campait à même le sol à côté de lui ne parlait pas anglais, ce qui lui donna l'occasion d'exercer son espagnol. En dépit de la pauvreté de son vocabulaire, il fut heureux de constater qu'il pouvait se faire comprendre. Il traitait de nombreux patients d'origine hispanique, des saisonniers agricoles qui faisaient la cueillette des melons près de Piedmont Springs.

Il était près de trois heures de l'après-midi quand on annonça que l'embarquement du vol 97 pour Panamá commencerait dans un quart d'heure.

Ryan prit son sac et gagna les toilettes. En sortant, il s'arrêta à une cabine téléphonique et appela chez lui. Ce fut Sarah qui répondit.

« Bonjour, c'est Ryan. Tout va bien ?
— Oui, ça va.
— Et maman ?
— Elle se repose.

— Tu resteras avec elle, cette nuit ?
— J'ai passé la journée avec elle. Mais c'est d'accord, je resterai cette nuit aussi.
— Il faudra que tu insistes. Elle va te dire qu'elle va très bien et te conseiller de rentrer chez toi. Mais elle est encore très perturbée. Hier, elle a oublié d'éteindre la gazinière. Il faut que quelqu'un soit là pour la surveiller.
— Ryan, je t'ai dit que je restais.
— D'accord. Merci.
— Quand rentres-tu ?
— Dans la nuit de lundi, mardi au plus tard. »
Une nouvelle annonce aux haut-parleurs : embarquement immédiat pour Panamá.
« Il faut que j'y aille, Sarah. Tu es sûre que tout va bien ?
— Oui, répondit-elle d'une voix plaintive. Ce n'est qu'un dimanche de plus à Piedmont Springs.
— Que veux-tu dire ?
— Rien. Ne t'inquiète pas, tout va bien. »

21

Son pick-up commença à rendre l'âme sur les lieux du massacre de Sand Creek : juste au nord de la ville de Chivington, près du petit monument qui marque l'endroit où le colonel John Chivington et ses miliciens massacrèrent une réserve entière de paisibles Indiens, y compris les enfants qui fuyaient le carnage. Amy avait découvert en classe cet épisode peu glorieux de l'histoire des États-Unis. Pour le moment, toutefois, c'était à son propre désastre qu'elle songeait.

De la vapeur jaillissait de sous son capot et s'épaississait à chaque tour du compte-tours. Le moteur se mit à tourner par à-coups, tandis que le véhicule perdait rapidement de la vitesse. Amy brancha le chauffage dans la cabine, sachant d'expérience que cette tactique refroidirait le moteur surchauffé, au détriment du conducteur, bien entendu. La température extérieure, qui avait flirté avec les quarante degrés deux heures plus tôt, était moins élevée mais toujours insupportable. Les plaines s'étendaient à l'infini dans toutes les directions, et on n'apercevait ni maison ni voiture. Rien que des champs de soja à perte de vue. Pendant des kilomètres, le bitume miroita devant elle sur une route rectiligne. Amy, persuadée qu'elle allait s'évanouir d'un instant à l'autre, conduisait la tête à la vitre ouverte. Le pick-up se traînait à trente à l'heure. Elle se voyait mal rouler la nuit sur une route déserte et souhaitait ardemment arriver jusqu'à la prochaine agglomération.

« Allez, tu peux le faire », dit-elle à sa camionnette.

Elle parvint par miracle à atteindre un bled du nom de Kit Carson. Elle ignorait où elle se trouvait, mais il était difficile de se sentir perdue dans un endroit qui portait le nom de l'éclaireur le plus célèbre de l'histoire de l'Ouest. Il existait quelques stations-service, surtout là où la nationale 40 croisait la 287. Elle cala à l'entrée de la première station et son élan l'amena jusqu'à la porte de l'atelier de mécanique. Malheureusement pour elle, on était dimanche, et tout était fermé. D'une manière ou d'une autre, elle était coincée. Elle laissa un mot sur le pare-brise pour signaler au mécanicien qu'elle serait là le lendemain matin à la première heure et s'en fut en direction d'un petit motel, un peu plus loin. L'établissement ne manquait pas de chambres libres. En vérité, elles l'étaient toutes.

Le Kit Carson Motor Lodge était l'un de ces motels où l'on ne s'arrêtait qu'une nuit. On accédait aux chambres par une longue galerie en bois ; celles de devant donnaient sur la route, celles de derrière sur le parking. Seules ces dernières bénéficiaient de l'air conditionné – de vieux appareils bruyants encastrés dans le mur. Amy prit la seule chambre dont le climatiseur fonctionnait.

Elle trouva du savon, du dentifrice et une brosse à dents à la réception, et resta longtemps sous la douche, avant de laver ses affaires trempées de sueur. Elle s'enveloppa dans un peignoir de bain au tissu élimé, râpeux, et étendit son linge sur la balustrade de la galerie, où il sécherait vite.

Le téléviseur ne marchait plus, ce qui était aussi bien. Elle s'allongea sur le lit. Malgré son épuisement, elle n'avait pas envie de dormir. Elle se redressa et téléphona à la maison.

Le matin même, en partant, Amy avait décidé d'informer sa grand-mère de son intention d'aller voir les Duffy, à Piedmont Springs. Sous la pression de la vieille dame, elle avait fini par lui raconter sa première entrevue avec Ryan. Évidemment, Mamie n'avait pas bondi de joie et elle le lui avait fait savoir.

« Mamie ? C'est moi.

— Où es-tu ?

— Dans un motel, à Kit Carson. Le pick-up est tombé en panne.

— Combien de fois t'ai-je dit de te débarrasser de ce tas de ferraille !

— Je sais... À mon avis, c'est une Durit qui a dû claquer. L'ennui, c'est qu'au cas où je ne pourrais pas faire réparer demain je devrai passer une nuit de plus ici.

— Et ton travail ? Veux-tu que j'appelle le cabinet pour leur dire que tu es malade ?

— Mamie, ça fait un moment que je ne vais plus à l'école. Je peux les appeler moi-même. » Elle regretta aussitôt ses sarcasmes. Sa grand-mère n'avait que de bonnes intentions, même si elle la traitait comme si elle avait le même âge que Taylor.

« Alors, tu as pu parler avec Mme Duffy ? reprit Mamie.

— Non.

— Tant mieux.

— C'est sa fille que j'ai vue. Une dénommée Sarah. Elle veut qu'on lui rende l'argent.

— Bon Dieu, Amy, je t'avais bien dit de ne pas te mêler de ça. Et voilà le résultat !

— Écoute, je lui ai seulement avoué que j'avais reçu mille dollars, par deux cent mille, bien sûr.

— Ah ! tu me soulages. »

Amy secoua la tête. La femme qui l'avait élevée en lui apprenant à ne jamais mentir la félicitait pour sa capacité de dissimulation.

« Mamie, cette histoire me dépasse. Je ne suis pas de taille à…

— Allons, allons. Nous sommes sorties de l'ornière. Tu as parlé au fils. Tu as parlé à la fille. Tu as essayé de parler à la veuve. Tu as fait tout ce que tu pouvais pour essayer de savoir d'où venait cet argent. Tu devrais avoir la conscience tranquille, maintenant. Rends à cette Sarah ses mille dollars et tout le monde sera content.

— C'est plus compliqué que ça.

— Que veux-tu dire ?

— Je ne sais pas, mais cette Sarah ne m'a pas plu du tout. Je l'ai sentie vraiment hostile.

— Hostile ? »

Amy ne risquait pas d'oublier le regard que lui avait lancé la sœur de Ryan et son allusion à une enfant illégitime venant chercher sa part du magot. Mais c'était là un sujet délicat à aborder avec la mère de son père. Elle choisit de la rassurer.

« Je me fais peut-être des idées.

— Mais oui, et une bonne nuit de repos te fera du bien. Promets-moi de faire bien attention sur la route, demain.

— Promis. Tu peux me passer Taylor maintenant ?

— Je vais voir si elle ne dort pas déjà. »

Tandis qu'elle patientait, Amy eut le loisir de repenser à ce qu'avait dit Sarah. Amy n'avait rencontré aucun des hommes que sa mère avait intimement connus. Peut-être Frank Duffy était-il l'un d'eux. Peut-être ce legs était-il une manière pour lui de reconnaître Amy comme sa propre fille. Et n'avait-il pas espéré qu'elle remonterait jusqu'à lui, en lui envoyant l'argent dans un emballage qui contenait un indice susceptible de la mettre sur la piste ? Peut-être avait-il consciemment cherché l'anonymat, tout en désirant dans le fond de son cœur qu'elle découvre qui était son vrai père.

Ces pensées l'amenèrent à s'interroger sur l'attirance qu'elle avait éprouvée d'instinct pour Ryan Duffy.

« Elle dort, dit sa grand-mère, à l'autre bout du fil. Elle n'a pas arrêté de faire du skate, aujourd'hui. Rappelle demain matin avant de reprendre la route. Et sois prudente. Je t'aime, ma chérie.

— Moi aussi, je t'aime. »

Elle raccrocha. C'était vrai qu'elle aimait la vieille dame. Elle l'aimerait toujours. Même si elle découvrait que Mamie n'était pas sa vraie grand-mère.

22

Ryan se réveilla le lendemain matin à sept heures trente, heure locale. La banque ouvrirait ses portes dans une demi-heure.

Il prit une douche et s'habilla en un temps record. Un garçon d'étage lui apporta un petit déjeuner continental, qu'il goûta à peine tant il avait le ventre noué. Il sentait que quelque chose en lui avait changé depuis la veille. Dès l'instant où il avait quitté Piedmont Springs, un peu moins de deux jours plus tôt, ses pensées s'étaient détournées malgré lui de la question qu'il se posait depuis la découverte des deux millions dans le grenier : qui était son père ? Il avait pensé à sa mère et à son refus de s'intéresser au monde extérieur, en dehors de ce que pouvait lui apprendre le *Lamar Daily News*. Il avait rencontré son ami Norm et parlé avec celui-ci des banques du Panamá. Il avait bavardé avec une famille panaméenne à l'aéroport. Il avait ainsi évité de penser que son père avait extorqué de l'argent et que ce coffre en banque lui apprendrait pourquoi.

Ce matin, il n'éprouvait plus la nécessité de fuir la vérité. Il se sentait comme un fils qui n'aurait jamais connu son père. Aujourd'hui, il allait faire sa connaissance.

Ryan quitta l'hôtel à sept heures cinquante et laissa à la réception son sac de voyage, qu'il récupérerait avant de reprendre l'avion. Il gardait avec lui sa sacoche en cuir noir, dans laquelle il pourrait ranger ce qu'il découvrirait dans le coffre.

Il n'avait pas fait dix pas sur le trottoir qu'il commença à transpirer. En dehors de son grand canal et de ses fameux chapeaux – fabriqués en Équateur –, Panamá est réputé pour ses pluies diluviennes, qui tombent surtout d'avril à décembre. Aujourd'hui, il ne pleuvait pas encore, mais la chaleur tropicale s'aggravait d'un taux d'humidité de quatre-vingt-dix pour cent. Ryan songea à héler un taxi, mais on l'avait mis en garde contre leur conduite agressive, responsable de nombreux accidents. Les autobus ne valaient pas mieux, et si on les appelait les Diables rouges, ce n'était pas uniquement pour leur couleur. Ryan décida d'aller à pied.

Il marchait vite, impatient d'ouvrir le coffre, mais aussi parce que le quartier était plutôt mal famé. Les mendiants et les sans-abri y régnaient, les rues avaient la réputation de ne pas être sûres. Il s'étonnait que son père soit venu ici. Jamais sa mère n'aurait consenti à un tel voyage.

Et c'était probablement pour cette raison que Frank avait choisi de dissimuler son secret là où son épouse n'aurait jamais osé aller, même si elle avait voulu connaître la vérité.

La physionomie de la ville changea à l'approche de l'Avenida Balboa. Le Banco Nacional de Panamá était sis dans un immeuble moderne au milieu du quartier financier, où des centaines d'établissements internationaux avaient pignon sur rue.

Ryan grimpa lentement les marches de grès rose, quelque peu médusé de suivre les pas de son père.

L'entrée de la banque était sobre et cependant impressionnante, un mélange réussi de chrome, de verre et de marbre. Un garde armé stationnait devant la porte, et deux autres à l'intérieur. Les guichets n'étaient ouverts que depuis un quart d'heure, mais une foule se pressait déjà derrière les cordons de velours rouge. Toute la salle bruissait d'une activité fébrile.

Ryan traversa le vaste hall pour se diriger vers une pancarte indiquant *cajas de seguridad* (coffres de sécurité). Lesdits coffres, situés dans une aile sans fenêtres derrière les guichets, appartenaient à la zone privée de la banque. Ryan donna son nom au réceptionniste et alla prendre place sur un luxueux canapé de cuir blanc. À côté de lui, un homme vêtu d'un impeccable costume sombre lisait un quotidien français. Le réceptionniste devait être amérindien ; l'un des guichetiers était noir, l'autre chinois.

« *Señor* Duffy ? »

Ryan leva les yeux vers la femme qui l'appelait depuis l'entrée du couloir donnant sur la salle des coffres. « *Buenos dias, señora. Yo soy Ryan Duffy.* »

Elle eut un sourire amusé, consciente que l'espagnol de Ryan n'était pas sa langue maternelle. Elle répondit en anglais : « Bonjour. Je suis Vivien Fuentes. Suivez-moi, je vous prie. »

Elle fit entrer Ryan dans un petit bureau, lui offrit une chaise et vint s'asseoir en face de lui.

« Que puis-je pour vous, monsieur Duffy ?

— Je suis venu régler des affaires de famille. Mon père est récemment décédé.

— Je suis désolée de l'apprendre.

— Merci. En tant qu'exécuteur testamentaire, je dois inventorier tous ses biens. Mon père avait un coffre dans votre banque, et j'aimerais y avoir accès.

— Très bien. J'ai besoin de voir votre passeport et votre procuration.

— Bien sûr. » Ryan sortit de sa sacoche son passeport et la procuration que son père avait pris soin d'établir dès le début de sa maladie.

« Voici.

— Merci. » Elle feuilleta les documents et hocha la tête. « Le prénom de votre père ? demanda-t-elle en se tournant vers son ordinateur.

— Mais c'est un compte numéroté.

— Oui, il l'est pour le monde extérieur mais, pour nos données internes, nous avons besoin des noms pour leur affecter un numéro.

— Oui, naturellement, dit-il, se sentant un peu idiot. Il s'appelait Frank Patrick... Duffy. »

Elle tapa le nom et enfonça la touche Entrée.

« Oui, votre père a bien un coffre chez nous.

— C'est le numéro deux – quarante – deux, dit Ryan en sortant la clé de sa sacoche.

— Ça, c'est ce qui est gravé sur la clé, mais c'est en réalité le coffre numéro un – neuf – trois. Il est ainsi codé pour des raisons de sécurité.

— J'aimerais y avoir accès.

— D'accord, mais il me faut d'abord comparer la signature de votre père sur la procuration et celle que nous détenons ici. C'est la procédure habituelle. Ça ne prendra qu'une minute. » Elle fit apparaître une signature à l'écran et introduisit la procuration signée dans un scanner. La superposition des signatures ne laissait aucun doute : elles provenaient de la même main.

« Eh bien, allons-y », dit-elle en se levant.

Ryan la suivit dans le couloir. Ils s'arrêtèrent devant une porte de verre, qu'un garde armé leur ouvrit. Les coffres se trouvaient dans une salle aux murs tapissés de casiers, les plus grands en bas, les plus petits en haut. Le numéro 193 comptait parmi ces derniers. Mlle Fuentes inséra la clé qu'elle possédait dans l'une de ses deux serrures.

« Votre clé est pour l'autre serrure, expliqua-t-elle. Je vous laisse seul. Si vous avez besoin de quelque chose, voyez avec le garde. Il y a une petite pièce avec une table et une chaise à votre gauche. Vous pouvez y porter le coffre et l'ouvrir là-bas, si vous le désirez. Aucun autre client ne sera autorisé à accéder à la salle des coffres tant que vous y serez.

— Merci », dit Ryan.

Elle acquiesça d'un hochement de tête et s'en alla.

Ryan se tourna vers le casier d'acier, en proie à un tel sentiment de stupeur qu'il en éprouvait un engourdissement de tout son être. Cinq minutes plus tôt, il avait eu le plus grand mal à contenir son impatience, tant il lui tardait d'ouvrir ce coffre. À présent, il hésitait. Il se rappelait la nervosité de sa mère et l'avertissement de Norm. Oui, il avait le choix : soulever le couvercle de la boîte de Pandore ou laisser celle-ci fermée. La question, toutefois, n'était pas de découvrir la vérité mais plutôt de pouvoir l'assumer.

Lentement, il inséra la clé et donna un tour. Il sentit sous ses doigts le mécanisme se déverrouiller avec un léger clic. Il tira sur la poignée. Le casier glissa comme un tiroir, de quelques centimètres. Ryan s'immobilisa soudain, désireux de le refermer à jamais. Il était encore temps de rebrousser chemin. Mais il pensa qu'il n'était pas venu jusqu'ici pour contempler une tombe sans en découvrir le secret.

Il sortit d'un seul coup le coffre de ses glissières et le posa sur le banc derrière lui. Grand comme une boîte à chaussures, il était fermé par un mince couvercle en acier. Avec la vérité si proche, la curiosité prit le dessus. Il ne perdit pas de temps à se retirer dans la petite pièce voisine. Le cœur battant, il souleva le couvercle.

Il ne savait trop à quoi il s'était attendu, mais il n'avait sous les yeux que quelques documents. Le premier était un relevé bancaire d'un autre établissement panaméen, le Banco del Istmo. Ryan lut attentivement, reconnut la signature de son père au bas d'une demande d'ouverture de compte. Attaché au verso, un reçu de dépôt. Ryan tressaillit violemment.

Le dépôt était de trois millions de dollars !

« Bon Dieu », murmura-t-il. Les deux millions trouvés dans le grenier en faisaient peut-être partie, à moins que les trois ne s'ajoutent aux premiers. Cette dernière pensée lui donna le vertige.

Il sortit le reste des papiers contenus dans une grande enveloppe marron, qu'il ouvrit. Apparut alors un document au papier jauni et écorné, un document qui avait quarante-six ans.

C'était l'information que sa mère avait redoutée. Un exemplaire d'un compte rendu judiciaire du tribunal pour mineurs du Colorado évoquant la condamnation du jeune Frank Patrick Duffy. Non seulement son père avait commis un crime, mais il avait été puni. En réalité, il avait même plaidé coupable. Ryan tremblait quand il lut le motif de la condamnation.

« En vertu de la loi punissant le viol dans l'État du Colorado… »

Ryan avait espéré et redouté à la fois bien des choses avant d'ouvrir cette boîte. Il n'avait pas pensé à… ça.

À l'âge de seize ans, Frank Duffy avait violé une femme.

23

Ryan Duffy, docteur en médecine et fils d'un violeur.

C'était là l'identité avec laquelle il devrait maintenant compter. Il en éprouvait un mélange de colère et de ressentiment. Il se sentait trahi. Son père et lui avaient été proches. Ryan avait toujours été fier d'être le fils de Frank Duffy. Certes il entrait beaucoup de pudeur dans l'affection qui les liait. Son père était le genre d'homme capable de partager quelques verres de whisky avec son benjamin sur son lit de mort. Sur ce point, Frank et lui se ressemblaient. Mais il existait des choses que Ryan et son père n'avaient jamais abordées, des choses dont ils auraient dû parler. Pas seulement le viol, l'argent, le chantage. Non, d'autres choses.

Par exemple, la véritable raison qui avait poussé Ryan à dédaigner une brillante carrière à Denver pour s'installer à Piedmont Springs.

Les secrets, semblait-il, faisaient partie de la tradition familiale chez les Duffy. Peut-être était-ce héréditaire. Enfant, Ryan avait, comme tous les garçons, voulu ressembler à son père. Mais jusqu'où allait la similitude ?

Il regagna son hôtel vers les six heures du soir. Il avait déjà payé sa chambre et, comme il avait quatre heures à tuer avant de se rendre à l'aéroport pour prendre l'avion de Dallas, il décida d'aller faire un tour au bar de l'hôtel.

« Un Jameson et un verre d'eau fraîche », commanda-t-il au barman.

Il prit place sur un tabouret au bout du long comptoir d'acajou. Il avait eu une longue journée. Après le Banco Nacional, il s'était rendu au Banco del Istmo, où l'attendait une autre surprise de taille. Les deux millions de dollars dans le grenier n'avaient pas été retirés de ce dernier compte. Cela signifiait que les trois millions déposés au Banco del Istmo s'ajoutaient aux précédents. Le total de l'extorsion dont son père s'était rendu coupable s'élevait donc à cinq millions de dollars, au minimum.

Le barman le servit en lui souhaitant « *salud* » et retourna à la partie de football qui passait à la télé. Ils étaient plusieurs au comptoir à suivre le jeu avec une passion bruyante. Ryan, indifférent au ballon rond et aux cris, descendit son verre de Jameson et en commanda un autre, un double. À chaque gorgée, les cris s'estompaient un peu plus. Il commençait à se détendre. Le barman vint lui servir un troisième verre.

« Non, *gracias*, dit Ryan, refusant d'un geste. J'ai atteint ma limite.

— C'est de la part de la jeune *señora* à la table, là-bas », dit l'homme avec un signe discret en direction de la personne en question.

Ryan pivota sur son tabouret. Le bar était faiblement éclairé, mais assez toutefois pour qu'il la vît. Elle était très jolie et très attirante. Ryan jeta un coup d'œil au barman.

« Est-ce que c'est une… vous savez ?

— Une pute ? Non. Vous en voulez une ? *No problema*. Vous me dites quel genre vous aimez, et je vous l'amène.

— Non, ce n'est pas ce que je voulais dire, répondit Ryan, un rien embarrassé.

— Mais celle-ci, *señor*, elle est… *muy guapa* », dit le barman avant de rejoindre le groupe de supporters.

En effet, elle était belle. Ryan jeta un regard à son reflet dans le grand miroir derrière les rangées de bouteilles. C'était bien la première fois qu'une femme lui offrait à boire. Certes, il fréquentait peu les bars, il était bien trop timide pour ça. Il avait même le sentiment qu'il devait être le seul Américain à n'avoir jamais demandé son numéro de téléphone à une femme rencontrée dans un bar. Cela ne lui était jamais arrivé, même au temps de ses études.

Il se retourna de nouveau pour la regarder et la remercia en levant son verre. Elle eut un sourire subtil, retenu et aguicheur à la fois.

Cela faisait longtemps qu'une femme ne l'avait pas regardé de cette manière. Amy l'avait intéressé pendant quelques minutes au Green Parrot, puis s'était enfuie comme un écureuil. Toutefois, flirter était la dernière chose dont il avait envie, cette nuit. Mais impossible de nier que l'intérêt de cette inconnue le flattait agréablement. Il pouvait au moins se montrer poli, la remercier dans les règles. Il descendit de son tabouret et gagna la table qu'elle occupait. Plus il se rapprochait, plus il découvrait sa beauté.

Âgée d'un peu plus de trente ans, elle avait de superbes cheveux noirs et soyeux qui lui tombaient jusqu'aux épaules, des yeux de nuit, chauds et mystérieux. Elle portait un élégant tailleur sable, français ou italien, et une sobre bague en or montée d'un très beau saphir. Elle avait l'air d'une femme riche venue à Panamá pour affaires. Ryan s'étonna qu'elle fût seule.

On n'en voit pas beaucoup comme elle à Piedmont Springs.

« Je vous remercie pour le verre.

— Je vous en prie, dit-elle avec un sourire contenu. Ne le prenez pas mal mais, à voir votre air malheureux, j'ai pensé que vous en aviez besoin.

— J'ai eu une rude journée.

— Désolée. » Elle désigna la chaise vide en face d'elle. « Si vous avez envie de parler de vos malheurs… »

Il faillit accepter, mais la raison l'emporta. Quel intérêt de se confier à une inconnue, aussi ravissante fût-elle ? : « Je vous remercie de votre invitation, mais mon épouse n'apprécierait pas que je bavarde avec une belle étrangère dans un bar. »

Elle eut un sourire moqueur.

« Je comprends, et ce refus est parfaitement… honorable. Votre femme a bien de la chance.

— Merci.

— Mais le sait-elle, au moins ? Je veux dire : qu'elle a de la chance ? »

À cette question, si abrupte et si personnelle, Ryan se dit que cette somptueuse créature devait souvent s'amuser à allumer chez les hommes mariés le désir de passer un moment avec une femme capable de les comprendre et de les apprécier.

« Encore merci pour le verre, dit-il.

— Le plaisir était pour moi. »

Il se détourna et regagna son tabouret, encore

confondu de s'être servi de Liz pour se protéger des avances d'une femme aussi séduisante. L'instinct, toutefois, lui commandait de rester sur ses gardes. Surtout avec ce qu'il transportait dans sa sacoche.

Ma sacoche !

Il se figea devant son tabouret. Il avait posé son sac dessus pour aller remercier la belle inconnue. Il jeta un coup d'œil aux autres sièges, regarda par terre le long du comptoir. Bon sang ! Il avait tout rangé dans sa sacoche. Son passeport, son billet d'avion et les photocopies des papiers contenus dans le coffre du Banco Nacional, sans parler des reçus concernant les trois millions au Banco del Istmo.

« Barman ! appela-t-il d'une voix blanche. Vous n'avez pas vu un petit sac en cuir ? Je l'avais posé sur mon tabouret.

— Non, désolé.

— Quelqu'un ne l'aurait pas pris par inadvertance ?

— Je ne vois pas qui aurait pu faire ça. »

Ryan se retourna en direction de la femme. La table qu'elle occupait était vide. Elle avait disparu.

« Bon Dieu ! » Quittant le bar, il se précipita dans le hall de l'hôtel, manquant renverser un porteur chargé de bagages.

« Vous n'avez pas vu une femme en tailleur clair ? Avec des cheveux noirs ? demanda-t-il au réceptionniste.

— Il y a beaucoup de gens qui passent par ici, *señor* », répondit l'homme avec un haussement d'épaules.

Ryan courut à la porte tambour. Il faisait nuit dehors. Une file de voitures et de taxis s'alignait devant l'entrée de l'hôtel, et les trottoirs restaient très fréquentés à cette heure. Il atteignit le coin de la rue. L'animation était encore plus grande dans cette artère commerçante dont les boutiques restaient ouvertes jusque tard dans la nuit. Il repéra plusieurs robes et tailleurs clairs, mais pas celle qu'il cherchait.

Il serra les poings, furieux contre lui-même. Elle avait servi de diversion. Il s'était fait voler en bonne et due forme. Un joli coup monté. Pendant qu'elle le séduisait, son complice filait avec la sacoche.

Il leva les yeux vers le ciel. « Crétin que tu es ! » grogna-t-il.

24

La réparation ayant demandé plus de temps que prévu, Amy ne reprit la route qu'en fin de matinée. Ce n'était pas seulement une Durit défectueuse. Le radiateur avait subi des perforations en plusieurs endroits, et ce n'était pas la rouille qui avait provoqué ces trous mais plutôt une pointe d'acier. En tout cas, le mécanicien voyait là l'œuvre de petits vandales n'ayant rien de mieux à faire pendant les vacances d'été.

Amy n'en était pas aussi sûre.

Elle conduisit d'une traite de Kit Carson à Boulder, ne s'arrêtant que pour faire le plein et passer quelques coups de fil. Aucune tâche urgente ne l'attendait à son retour au cabinet, et personne ne répondit à la maison. Cela ne l'étonna pas. Mamie emmenait Taylor trois après-midi par semaine au jardin d'enfants, où elle jouait aux cartes avec les autres parents, pendant que la fillette s'amusait avec ses camarades.

Il était près de cinq heures et demie de l'après-midi quand elle atteignit Boulder. Elle aurait aimé se rendre directement au jardin d'enfants pour y récupérer Mamie et Taylor, mais à cette heure de forte circulation elle n'y arriverait pas avant la fermeture. Elle prit donc la direction de sa résidence, impatiente de s'accorder une douche et un peu de repos avant l'arrivée de sa petite famille.

Elle introduisit la clé dans la serrure et s'aperçut que la porte n'était pas verrouillée. Cela l'étonna, car sa grand-mère ne partait jamais sans fermer à double tour. Elle actionna la poignée qui tourna bizarrement dans sa main, comme si le ressort était cassé. En poussant la porte, elle constata que la serrure avait été forcée.

Elles avaient eu de la visite.

Sa première réaction fut de fuir, mais l'instinct maternel l'en empêcha. « Mamie, Taylor ! » appela-t-elle, la gorge nouée par l'angoisse.

Pas de réponse. Elle ouvrit plus grand la porte et le spectacle qu'elle découvrit lui arracha une exclamation horrifiée.

L'appartement avait été saccagé. Tout était sens dessus dessous, les coussins et le canapé éventrés au cutter, la télévision défoncée, les étagères vidées, les livres éparpillés sur le sol. Ses visiteurs, car elle n'imaginait pas que ce fût l'œuvre d'un seul individu, n'avaient pas hésité à mettre la maison à sac.

« Taylor ! » Elle courut à la chambre et le verre des encadrements craqua sous ses chaussures. « Taylor, où es-tu ? »

La chambre de la fillette offrait le même spectacle de désolation que le reste de l'appartement. Dans la pièce voisine, le téléphone sans fil gisait par terre à côté d'une lampe brisée. Elle le ramassa pour appeler le 911, mais les policiers ne pourraient pas la rassurer sur le sort de sa fille et de sa grand-mère. Elle composa le numéro du jardin d'enfants.

« Ici, Amy Parkens. Je suis à la recherche de ma fille, Taylor. Et de ma grand-mère, Elaine. C'est une urgence. Ma grand-mère devrait être dans la salle de loisirs.

— Je vérifie tout de suite, répondit la standardiste.

— Merci. »

Elle n'eut pas à attendre longtemps.

« Que se passe-t-il, ma chérie ? grésilla la voix de sa grand-mère à l'autre bout de la ligne.

— Mamie, tu vas bien ?

— Mais bien sûr, j'ai gagné cinq dollars aux cartes.

— L'appartement a été ravagé.

— Non !

— Où est Taylor ? Elle est avec toi ?

— Elle est… je l'ai laissée avec l'éducatrice. Elles sont dehors. Attends une seconde. » Mamie alla à la fenêtre et regarda dans le jardin. Les enfants jouaient à la balançoire ou dans le bac à sable. Elle aperçut la petite sur une escarpolette.

« Oui, elle joue dehors.

— Oh ! merci, mon Dieu !

— Et l'argent ?

— Je n'ai même pas vérifié ! Je vais voir. »

Amy se précipita dans la cuisine, où il semblait que ses visiteurs se soient acharnés à tout démanteler. Le sol était jonché de victuailles, de débris de verre et de vaisselle (les belles assiettes de Mamie) ; les portes du congélateur et du réfrigérateur béaient, grandes ouvertes.

Amy ouvrit le tiroir du bas, où elles avaient caché l'argent.

Sa main tremblait quand elle s'empara du téléphone.

« Il n'y est plus. Ils l'ont pris.
— Qu'allons-nous faire, maintenant ? demanda Mamie d'une voix nouée.
— Ce que nous aurions dû faire dès le début... appeler la police. »

DEUXIÈME PARTIE

25

Ryan n'appela pas la police. Certes, il avait été volé – délesté des documents susceptibles de prouver que son père était un maître chanteur – mais ce n'était pas un flic qui pourrait l'aider. Il avait besoin d'un avocat. Et d'un bon.

Il appela Norm depuis l'hôtel. Avec les deux heures de décalage, son ami devait se trouver encore à son cabinet, enfoncé dans son fauteuil de cuir, les pieds sur son bureau. Il ne se trompait pas.

« Norm, j'ai besoin de ton aide.

— Quoi, tu as braqué une écluse sur le canal ?

— Je ne plaisante pas. Je me suis fait détrousser.

— Que s'est-il passé ? »

En quelques minutes, il raconta tout à Norm. L'extorsion. La condamnation pour viol. Sa mésaventure au bar. Il lui était moins difficile de parler au téléphone que face à son ami. Et puis le fait de savoir que son père s'était rendu coupable d'un viol chassait les scrupules qu'il pouvait encore nourrir à l'égard de Frank.

Il y eut un silence à l'autre bout de la ligne quand

Ryan eut fini, le temps pour Norm de s'imprégner de ce qu'il venait d'apprendre.

« C'est bizarre, commenta-t-il enfin.

— Bizarre ? répéta Ryan avec un rire nerveux. Un cauchemar, tu veux dire.

— Oui, je sais que c'est horrible, mais c'est le chantage que je trouve curieux. Ton père commet un viol, et vingt-cinq ans plus tard il fait chanter quelqu'un pour cinq millions de dollars. Ça n'a pas de sens. On s'attendrait à l'inverse : que quelqu'un extorque du fric à ton père en le menaçant de révéler des antécédents criminels placés sous scellés.

— Comment ça... placés sous scellés ?

— Oui, tout délit commis par un mineur est classé confidentiel et n'apparaît pas dans son casier judiciaire.

— Alors, il est possible que ma mère ne l'ait pas su ?

— C'est certain, tu veux dire. Est-ce que ta mère aurait épousé ton père, sinon ? C'est pourquoi il serait beaucoup plus vraisemblable que ton père ait été la victime d'un chantage, et non l'inverse.

— Sauf que mon père ne possédait pas de fortune et ne représentait donc pas une proie intéressante pour un maître chanteur. Norm, je n'y comprends plus rien. Tout ce que je sais, c'est qu'une femme et son complice sont actuellement en possession de toutes les informations que je suis venu chercher ici. Sans parler de mon billet d'avion et de mon passeport.

— C'étaient les documents d'origine que tu avais dans ta sacoche ?

— Non, des photocopies. Les originaux sont toujours dans le coffre.

— Bonne nouvelle ! Voici ce que nous allons faire : d'abord, te procurer un passeport. Je m'en occuperai demain à la première heure. Tu as une photo d'identité sur toi ?

— Celle de mon permis de conduire, dans mon portefeuille avec mon argent, qu'heureusement j'ai gardé sur moi.

— Parfait. Retourne à la banque demain. Si tu peux t'adresser à la même personne qu'aujourd'hui, ton permis devrait suffire à t'ouvrir la salle des coffres. Surtout si tu leur expliques que tu t'es fait dérober ton passeport. Refais des photocopies de tous les documents et refais-les sur place, à la banque. Expédie-les-moi tout de suite après, en recommandé. Il est préférable que tu ne transportes plus rien sur toi.

— Et ensuite ?

— Je te ferai parvenir ton passeport par l'ambassade. Mais attends-toi à devoir passer au moins une autre journée à Panamá.

— Très bien, comme ça j'aurai peut-être une chance de coincer cette femme.

— À ta place, je n'irais pas à la police, si c'est ce que tu envisages. Le climat politique à Panamá n'est pas le même que du temps où ton père a ouvert ces comptes en banque. Les flics risquent fort de voir d'un mauvais œil l'héritier d'une fortune de source douteuse.

— Je n'avais nullement l'intention d'aller à la police. Je pensais qu'en faisant la tournée des grands hôtels j'aurais peut-être une chance de la surprendre en train d'essayer d'arnaquer un autre pigeon voyageur.

— Quelque chose me dit que tu ne reverras cette femme dans aucun des bars de luxe de la ville. Il s'agit d'une tout autre affaire.

— Comment ça ?

— Elle a joué son rôle en détournant ton attention pendant qu'un complice filait avec ta sacoche. C'est un classique, mais je ne crois pas que tu aies été leur victime par hasard.

— Quoi ! ce serait après moi, et moi seul, qu'ils en avaient ?

— À ton avis ?

— J'ai bien pensé qu'il y avait peut-être un rapport avec mes visites aux deux banques, mais sans plus.

— On ne peut pas exclure que quelqu'un, averti de ta visite par un employé de la banque, ait voulu savoir ce que tu avais retiré du coffre de ton père.

— J'aurais donc été suivi… dès le départ ?

— Il y a cinq millions de dollars en jeu, Ryan. On tue pour mille fois moins que ça.

— Je sais bien mais, à t'entendre, il y aurait une bande organisée derrière cette histoire !

— Appelle ça comme tu voudras, mais si on est capable de filer autant d'argent à un maître chanteur, on a certainement les moyens de te faire espionner.

— Oui, et pire encore.

— Suis mon conseil. Ne perds pas ton temps à courir après une beauté en tailleur sable. Occupe-toi plutôt de savoir d'où et de qui viennent les trois millions déposés sur le deuxième compte. La racine du chantage est là.

— Au Banco del Istmo, ils me diront que l'argent vient d'un autre compte numéroté et que, au nom du secret bancaire, ils ne peuvent pas me communiquer d'information sur ce compte.

— Oui, il y a des chances, admit Norm. La banque a une obligation de confidentialité envers ses deux clients. Elle ne peut révéler l'identité de l'un sans l'accord des deux... Il faudrait trouver le moyen de les persuader de t'en dire plus. »

Ryan réfléchit un instant.

« Cette femme pourra peut-être nous aider, dit-il soudain.

— Je me demande bien comment.

— Elle l'a peut-être déjà fait.

— Je ne te suis pas.

— Et cela vaut peut-être mieux, remarqua Ryan avec une assurance qui alarma Norm.

— Doucement, mon pote. La dernière fois que j'ai entendu ce ton de voix, tu as failli nous faire virer de la fac. On n'est pas en train de monter une blague de potaches. Tu es en ce moment sans passeport dans un pays du tiers-monde, et il est probable que quelqu'un te file le train. Alors, ne prends pas de risques inutiles.

— Ouais, dit Ryan, l'esprit ailleurs.

— Écoute, je ne sais pas ce que tu es en train de mijoter, mais je te rappelle ce que je t'ai dit avant que tu partes : tu es l'exécuteur testamentaire et, à ce titre, tu devras rendre compte à l'État de tout ce que possédait ton père. Alors, comment vas-tu leur dire qu'il y avait deux millions de dollars cash dans le grenier et trois autres dans une banque de Panamá ? Je suis ton ami et je suis prêt à t'aider, mais je ne pourrai rien pour toi si tu enfreins la loi.

— Je te rappellerai demain et je promets qu'en attendant je n'enfreindrai pas la loi. »

Il raccrocha. *En tout cas, pas la loi américaine.*

Il sortit de la cabine et, traversant le hall, regagna le bar, où il aperçut toujours la même bande d'amateurs de foot agglutinés devant la télé. On approchait de la fin de la partie, le score était serré. Le barman et la serveuse gardaient les yeux collés à l'écran. Personne n'avait débarrassé les tables depuis que Ryan était parti. Il regarda la table qu'avait occupée la femme et eut un bref sourire.

Le verre dans lequel elle avait bu n'avait pas bougé.

26

Deux minutes après l'appel d'Amy, la police de Boulder était là. L'arrivée des deux voitures de patrouille attira vite quelques curieux et, tandis que deux policiers fouillaient les abords de la maison, un troisième délimitait le lieu du délit avec l'habituel ruban jaune.

Un inspecteur questionna Amy sur le seuil. Elle l'aurait volontiers invité à entrer, mais il n'y avait plus un seul siège intact. L'homme avait des cheveux poivre et sel et le visage un peu bouffi de ceux qui travaillent ou boivent trop. Peut-être les deux. Il n'était pas du genre à compatir. « J'espère que vous avez une bonne assurance, madame », fut la seule note de sympathie qu'il exprima. Il prenait des notes dans un calepin à spirale, et cela faisait quelques minutes qu'il interrogeait Amy quand Mamie arriva.

La pâleur de la vieille femme émut Amy, qui la serra dans ses bras.

« Ne t'inquiète pas. » Ces paroles de réconfort, Amy les avait souvent entendues dans la bouche de sa grand-mère quand elle était petite et elle trouvait étrange de les prononcer aujourd'hui.

« Heureusement que nous n'étions pas à la maison.

— Où est Taylor ? demanda Amy.

— Je ne voulais pas qu'elle voie ce carnage. Je l'ai envoyée chez les Bentley. »

Elles tournèrent la tête en direction du salon. Le cœur serré, Amy remarqua des détails qui lui avaient échappé. Les plantes vertes et les fleurs en pots que Mamie avait toujours soignées avec tant d'attention étaient retournées sur le sol. La boîte en bois contenant les jouets de Taylor gisait, brisée en menus morceaux.

« Je n'en crois pas mes yeux, dit sa grand-mère d'une voix éteinte. Ils ont cassé tout ce que nous possédions.

— Excusez-moi, intervint l'inspecteur, mais qui est ce "ils" ?

— Oh ! ce n'est qu'une façon de parler ! répondit la vieille dame.

— Auriez-vous une raison quelconque de soupçonner plusieurs personnes ?

— Franchement, je ne sais pas.

— Même pas une petite idée ?

— Non, désolée. »

Il scruta Amy.

« Vous m'avez dit que vous étiez divorcée, n'est-ce pas ?

— C'est exact.

— Quelles sont vos relations actuelles avec votre ex-mari ? Je veux dire : sont-elles paisibles ou conflictuelles ?

— Elles sont... courtoises. »

Il nota le mot.

« Et lui, saurait-il qui sont vos visiteurs ?

— Mais que cherchez-vous donc ? Ma grand-mère vient de vous répondre sur ce point, et je n'en sais pas plus qu'elle.

— Pour être franc, madame, j'ai l'impression que vous ne m'avez pas tout dit. »

La vieille dame s'interposa.

« Insinueriez-vous que ma petite-fille est une menteuse ? »

Il haussa les épaules.

« Vous ne seriez pas la première femme à mentir afin d'éviter au père de son enfant d'aller en prison.

— Mon ex-mari ne ferait jamais une chose pareille. »

L'inspecteur hocha la tête d'un air patelin. « Permettez-moi de vous dire que ça fait vingt-cinq ans que je suis dans la police et qu'on n'a pas besoin d'être Sherlock Holmes pour deviner ce qui s'est passé ici. Je peux vous assurer que ça n'a rien d'un cambriolage. C'est un acte de vengeance. Quelqu'un est venu tout détruire pour vous faire du mal, vous effrayer. »

Amy réprima un frisson.

« À la vérité, poursuivit-il, le vol n'est certainement pas le mobile.

— Je vous ai raconté ce qui s'était passé. Je suis rentrée chez moi, et voilà ce que j'ai découvert. Je ne vois pas pourquoi ils ont fait ça.

— Et revoilà notre "ils", dit-il en grimaçant un sourire.

— Arrêtez de nous harceler, intervint Mamie.

— Je comprends, dit Amy, que cela puisse vous paraître… inhabituel. »

L'inspecteur lui tendit sa carte.

« Je vais voir ce que je peux trouver comme indices. J'aurais encore quelques questions à vous poser, mais je vais vous laisser vous reposer et vous remettre du choc. Quand ça ira mieux, appelez-moi.

— C'est entendu.

— Parfait. Je vous conseille d'établir l'inventaire de la casse afin de me dire s'il vous manque quelque chose.

— Comment ça "s'il nous manque quelque chose" ? demanda Mamie, perplexe. Mais bien sûr qu'il nous… »

Amy la fit taire d'un regard.

« Oui, vous disiez ? demanda l'inspecteur.

— Euh… je disais, reprit-elle d'une voix hésitante, qu'il suffit de voir cette dévastation pour penser qu'il va nous en manquer, des choses.

— Oui, bien sûr, dit le policier. Mais appelez-moi, vous avez mon numéro. » Sur ce, il s'en fut après un vague salut de la main.

Mamie tira Amy dans le couloir en lui chuchotant :

« Tu ne lui as rien dit de l'argent, n'est-ce pas ?

— Non, je voulais lui en parler, et puis je n'ai pas osé, répondit Amy.

— Tant mieux, c'est un imbécile.

— C'est peut-être un imbécile, comme tu dis, mais ce n'est pas pour ça que je me suis tue. C'est dès le premier jour qu'on aurait dû informer la police, et j'ai pensé qu'on avait assez d'ennuis comme ça, sans que le fisc nous tombe sur le dos pour avoir détenu de l'argent non déclaré. Nous avons besoin d'un avocat.

— Oui, mais qui ?

— Il n'y a qu'une personne à qui je puisse me confier… Marilyn Gaslow.

— Mais elle est l'un des patrons du cabinet où tu travailles !

— Mamie, avant d'être mon patron, elle est ma meilleure amie. »

Elle pouvait voir par la fenêtre de sa suite la ville de Panamá briller de tous ses feux. Elle sortait de la douche et s'était enveloppée dans un peignoir, une serviette nouée autour de ses cheveux mouillés. Une perruque de longs cheveux noirs gisait sur la commode. La sacoche de cuir était posée à côté d'elle sur le lit. Appuyée contre les oreillers, elle parlait dans un téléphone portable d'une voix moins chaude et sensuelle qu'une heure plus tôt au bar.

« J'ai son sac. Pour cent dollars, le barman a bien voulu me filer un coup de main.

— Quoi ! tu as mis quelqu'un d'autre sur le coup ? Je t'avais dit…

— Je n'ai mis personne d'autre sur le coup. Je lui ai seulement demandé de faire ce qu'il a dû faire des dizaines de fois avec les putes de luxe de Panamá. Il a pris la sacoche de Duffy quand celui-ci a enfin décollé les fesses de son tabouret pour venir me voir.

— Qu'est-ce qu'il y a dedans ?

— Rien d'autre que les documents que tu m'avais décrits.

— Tu lui as parlé ?

— Oui, mais il n'a pas accroché et a décliné poliment mon invitation à bavarder.

— Aurais-tu perdu de ton charme ? »

Elle se tourna pour se regarder dans le miroir au-dessus de la commode.

« À ton avis ? dit-elle.

— C'est peut-être un pédé. »

Elle gloussa doucement.

« Et à Boulder, quoi de neuf ?
— J'ai trouvé ce que je cherchais.
— Quoi ?
— Cela ne te regarde pas.
— Allez, je déteste travailler à l'aveuglette. Dis-moi ce que tu as découvert.
— Tu es beaucoup trop curieuse.
— Peut-être, mais, pour accomplir ma part de travail, j'ai besoin d'avoir une vue d'ensemble.
— D'accord, d'accord. Tu avais vu juste : ce rendez-vous au Green Parrot à Denver, entre Amy Parkens et Duffy, n'était pas innocent. Elle avait deux cent mille dollars chez elle, planqués dans le congélateur.
— Elle les gardait au frais ? Eh bien, on dirait que sainte Amy a brisé son vœu de pauvreté.
— Tu es sûre que Duffy ne lui a rien remis, au Green Parrot ?
— Sûre et certaine. Je lui ai filé le train pendant toute la journée, comme tu me l'avais demandé. Je peux même affirmer que je ne l'ai pas quitté des yeux.
— Alors, quelqu'un a dû donner l'argent à Amy avant que le vieux ne casse sa pipe, parce que je ne vois pas comment elle aurait pu gagner elle-même une telle somme.
— Que décides-tu ? Tu veux que je suive encore Duffy ?
— Oui. Mais il va nous falloir être prudents, désormais. J'ai frappé chez Parkens au moment où tu roulais Duffy. On a pu les avoir parce qu'ils ne se méfiaient de rien, mais ils vont être sur leurs gardes, maintenant. Et il est possible que les deux familles se soient liées pour partager les informations et le magot.
— Et les risques.

— Oui, ça aussi. »

Elle se leva et gagna la fenêtre. Il y avait foule sur les trottoirs que les enseignes au néon éclaboussaient de lumière.

« Alors, qu'est-ce que je dois faire exactement ?

— Reste où tu es jusqu'au départ de Duffy et garde l'œil sur lui. Ce crétin serait capable de se faire braquer au coin d'une rue. Je m'occuperai personnellement de lui quand il sera de retour. Fais en sorte qu'il regagne son bled natal sain et sauf.

— Je me vois mal dans la peau d'un ange gardien.

— Dans ce cas, contente-toi de prier pour qu'il ne lui arrive rien.

— D'accord, j'irai brûler un cierge », dit-elle en raccrochant.

27

Ryan retourna le lendemain matin mardi au Banco del Istmo, situé à une cinquantaine de mètres du Banco Nacional. La veille, il n'avait pas remarqué le logo sur les portes de la banque : le dessin de l'isthme étroit de Panamá, qui donnait son nom à l'établissement… la banque de l'isthme.

Ryan dut attendre près d'une heure dans la salle et, en une heure, il ne vit pas un seul client entrer. C'était une vieille bâtisse au décor beaucoup moins impressionnant qu'au Nacional. Pas de tableaux aux murs ni de grandes plantes grasses. Pas d'air conditionné non plus, mais un antique ventilateur brassant l'air chaud qui entrait par les fenêtres ouvertes sur la rue.

Il aurait pu s'entretenir avec quelqu'un d'autre, mais il tenait à revoir le sous-directeur qui l'avait reçu. Il avait déjà bu deux tasses de café pour tromper son attente ; il était onze heures et quart quand Umberto Hernandez sortit enfin de son bureau.

« Monsieur Duffy ? Désolé de vous avoir fait attendre, mais mon téléphone n'a pas arrêté de sonner. »

Ryan se leva et lui serra la main.

« Je comprends très bien.

— Par ici, je vous prie. »

Ryan le suivit dans un petit bureau. Hernandez portait une chemise blanche à manches courtes, sans veste ni cravate, une nécessité par cette chaleur accablante. Son épaisse tignasse noire brillait d'une brillantine au parfum sucré. Il était beaucoup plus petit que Ryan et aussi beaucoup plus gros. Une assiette contenant les restes d'un casse-croûte à base de riz, de haricots et de saucisses traînait sur un coin de la table encombrée de dossiers.

« S'il vous plaît, asseyez-vous, dit-il en se laissant choir dans son fauteuil de skaï noir.

— Merci. »

Ryan prit place sur la seule chaise disponible.

« En quoi puis-je vous aider, docteur ?

— J'aimerais revenir sur un point que nous avons abordé hier.

— Mais volontiers.

— Cela concerne la source des trois millions de dollars qui ont été virés sur le compte que mon père a ouvert chez vous.

— La source, docteur ? Je suis désolé mais, comme je vous l'ai expliqué, nous ne pouvons vous être d'aucune aide à ce sujet.

— Avec votre permission, j'aimerais expliquer ma situation, car je pense que vous pourriez peut-être changer d'avis. »

Umberto Hernandez l'invita à parler d'un geste généreux de la main, mais on pouvait lire sur son visage que rien ne pourrait ébranler sa position.

« Je suis l'exécuteur testamentaire de mon père et, à ce titre, il m'appartient de remettre en son nom les biens qu'il a légués à ses divers héritiers. Or, je ne peux pas distribuer ses biens de bonne foi et en toute confiance si je ne connais pas leur provenance.

— Pourquoi ?

— Parce que mon père n'était pas le genre d'homme à posséder trois millions de dollars sur un compte numéroté au Banco del Istmo.

— Monsieur Duffy, notre établissement a une excellente réputation, et je n'accepterais pas que vous insinuiez que...

— Non, non, l'interrompit Ryan en levant une main en signe d'apaisement, ce n'est pas du tout ma pensée, monsieur Hernandez. Je voulais seulement dire que je suis stupéfait que mon père ait possédé une pareille fortune.

— Peut-être que vous ne savez pas vraiment qui était votre père.

— Que voulez-vous dire ?

— Rien.

— Connaissiez-vous mon père ?

— Non. Mais je pourrais vous poser la même question. »

Ryan encaissa le coup. Que répondre à cela ? Il regarda le sous-directeur dans les yeux. « J'ai besoin de savoir d'où vient cet argent », dit-il fermement.

Hernandez se pencha en avant. « Comme je vous l'ai expliqué hier, les fonds ont été virés depuis un autre compte numéroté dans cette même banque. Et de même que l'identité de votre père a été protégée par les lois du secret bancaire, cet autre compte bénéficie d'une totale discrétion. Ce n'est pas parce que vous venez me le demander que je vais briser le sceau de la confidentialité. »

Ryan ouvrit le sac de papier qu'il avait apporté avec lui.

« J'ai quelque chose pour vous, monsieur Hernandez.

— Ah oui ? Quoi ? »

S'aidant d'un mouchoir, Ryan extirpa avec précaution un verre à cocktail. « Ce verre provient du bar de l'hôtel Marriott. »

Le sous-directeur se montra quelque peu perplexe.

« M'auriez-vous apporté aussi une serviette de l'hôtel ?

— Ce n'est pas une plaisanterie. Quand je suis sorti d'ici, hier, quelqu'un m'a suivi jusqu'à mon hôtel et m'a volé ma sacoche avec tout ce qu'elle contenait.

— Je suis désolé de l'apprendre.

— Je soupçonne l'une des employées de votre banque.

— C'est absurde !

— Je peux le prouver. La femme qui m'a dérobé mon sac a bu dans ce verre, qui porte ses empreintes.

— Vous avez procédé à une analyse ?

— Pas encore.

— Il est donc possible que l'analyse infirme vos soupçons.

— Comme elle peut les confirmer. Et la question est de savoir si vous voulez en courir le risque.

— Le risque ?

— Oui. Si je remets ce verre à la police et que l'examen des empreintes révèle qu'il s'agit bien d'un membre de votre personnel, je vous laisse imaginer quelles seraient les répercussions sur votre réputation. La compétition est rude entre les banques, aujourd'hui. Et c'est le genre de faux pas que guettent les concurrents. Cela ferait certainement du tort à vos affaires si l'on apprenait qu'un

Américain, vous ayant confié trois millions de dollars, s'est fait voler par une employée du Banco del Istmo. Il vous faudra faire preuve de beaucoup d'éloquence pour empêcher d'autres clients de confier leurs avoirs ailleurs. »

Le sous-directeur pinça les lèvres d'un air de dépit.

« Monsieur Duffy, je veux bien admettre que le Banco del Istmo n'a pas un passé… disons parfaitement blanc. Mais nous avons beaucoup travaillé pour changer cette image. Aussi je vous demande de ne pas salir notre bonne réputation.

— C'est à vous de jouer. Si vous êtes totalement sûr de l'honnêteté de votre personnel, vous pouvez me prier d'un cœur léger d'aller voir la police. Mais si vous avez un doute, vous n'avez qu'à prendre ce verre. Considérez-le comme un cadeau. »

Le sous-directeur jeta un regard au verre puis à Ryan.

« Naturellement, je me sentirais coupable d'accepter quelque chose d'un ami sans rien lui donner en retour.

— Vous savez ce que je veux.

— Je vous l'ai dit, c'est contre la loi.

— Je n'ai jamais été un chaud partisan de lois qui permettent à des délinquants de se dissimuler derrière les banques. Je persiste dans ma demande. »

Ryan lui aurait pressé le canon d'un revolver contre la tempe, Hernandez n'aurait pas eu une expression plus désespérée. Il pivota soudain sur sa chaise pour faire face à son ordinateur et tapa le numéro du compte de Frank Duffy. « J'ai ici l'histoire de la transaction faite au bénéfice de votre père. Il y a là tous les virements et tous les retraits, leurs dates et leurs montants. »

Ryan ne pouvait pas voir l'écran depuis son siège. Comme il se levait, Hernandez se tourna vivement vers lui. « Restez où vous êtes ! » ordonna-t-il.

Ryan, décontenancé, obéit.

« Comme je vous l'ai expliqué, poursuivit Hernandez, je ne puis vous donner cette information. Ce serait un grave manquement à la loi. Et je ne reviendrai pas là-dessus. »

Il se leva tout en continuant de parler.

« À présent, je vais prendre ce verre et m'absenter cinq minutes, le temps de me rafraîchir. Vous pouvez rester ici pendant mon absence mais, quoi que vous fassiez, ne regardez pas l'écran de l'ordinateur. Je répète : ne regardez pas. »

Le banquier pouvait avoir la conscience tranquille. Il prit le verre et quitta la pièce. La porte se referma derrière lui.

Ryan resta sur sa chaise. La réponse se trouvait là, sur cet écran qu'il ne pouvait voir. Pour savoir à qui son père avait extorqué cinq millions de dollars, il allait devoir briser le secret bancaire. Ce n'était pas une loi américaine. Ce n'était même pas une loi pour laquelle il éprouvait du respect, car elle servait les barons de la drogue et les fraudeurs du fisc. Mais enfreindre une loi, quelle qu'elle fût, était une route dangereuse, un premier pas qui menait toujours à un deuxième.

Il avait le choix : soit il partait et ignorait à jamais qui son père avait fait chanter, soit il allait regarder.

Il pesa un bref instant le pour et le contre, puis fit le premier pas.

28

Amy emprunta la route de Denver sans prendre rendez-vous avec Marilyn Gaslow, certaine que son amie la recevrait. Peu de gens connaissaient le lieu qui l'unissait au membre le plus influent du cabinet Bailey, Gaslow & Heinz.

Les bureaux du groupe à Denver occupaient cinq étages d'une tour qui en comptait quarante. Théoriquement, la maison mère et ses six filiales œuvraient de concert grâce à une liaison informatique, dont le bon fonctionnement incombait à Amy. Cependant, il n'existait aucun moyen technologique capable de communiquer l'esprit combatif du siège directorial à ses annexes. Chaque visite à Denver rappelait à Amy que ce n'étaient pas les succursales de Boulder ou de Colorado Springs qui avaient assis la réputation du cabinet d'avocats.

Amy se sentait quelque peu tendue en approchant du bureau de la secrétaire particulière de Marilyn, une snob qui protégeait sa patronne comme un cerbère.

« Bonjour, Marilyn est ici ? » demanda Amy.

La femme arqua un sourcil, comme si le seul

fait d'appeler Mme Gaslow par son prénom constituait une offense.

« Elle est ici, mais elle n'est pas disponible.

— Elle est en rendez-vous ?

— Non, elle n'est pas en rendez-vous.

— Et pourriez-vous me dire quand elle sera libre ?

— Cela dépend.

— De quoi ? »

Elle jeta un regard noir à Amy.

« Des clients, de ses associés, de la configuration de Mars ou de Jupiter.

— Dites-lui qu'Amy Parkens est là, que c'est personnel et très important. »

La secrétaire ne bougea pas.

« Si elle se met en colère, je vous autorise à taper vous-même ma lettre de renvoi. »

La secrétaire tendit à contrecœur la main vers l'Interphone et communiqua le message d'Amy. Une expression de stupeur se peignit sur son visage. Elle raccrocha et marmonna : « Mme Gaslow vous attend dans son bureau. »

Marilyn occupait un magnifique espace au trente-deuxième étage dont les baies vitrées donnaient à la fois sur les montagnes et les plaines. Les meubles étaient anciens et de facture française. Des tableaux de petits maîtres décoraient l'un des murs. Un autre était tapissé des citations et des récompenses jalonnant une carrière brillante au cours de laquelle elle avait été la première femme présidente de l'ordre des avocats. Sur plusieurs photos encadrées, elle posait en compagnie de tous les présidents des États-Unis depuis Gerald Ford, photos que tous avaient signées et accompagnées d'un mot chaleureux. Il y avait aussi un vieux cliché un peu jauni, représentant deux jeunes filles souriantes, bras dessus bras dessous : Marilyn et la mère d'Amy.

« Je suis contente de te voir, Amy. » Marilyn se leva et la serra dans ses bras.

Marilyn était un peu comme une mère pour Amy. Elle avait été la meilleure amie de sa mère et, à sa manière, avait veillé sur Amy quand celle-ci s'était retrouvée orpheline. Mais elle était bien trop occupée pour se rappeler que sa protégée se contentait d'une maigre paye et vivait dans un petit appartement avec sa fille et sa grand-mère. Marilyn était une femme ambitieuse qui avait sacrifié sa vie personnelle à sa carrière. Elle ne s'était mariée qu'une fois, avait divorcé vingt ans plus tôt et n'avait pas d'enfants.

Amy lui donna des nouvelles de Taylor et elles s'assirent, Amy sur le canapé, Marilyn dans un fauteuil Louis XVI.

« Alors, que se passe-t-il pour que tu viennes jusqu'ici ? demanda Marilyn.

— En rentrant chez moi, hier, j'ai trouvé l'appartement complètement saccagé.

— Mon Dieu, c'est terrible ! Tu as besoin d'un endroit où dormir ?

— Non, ça va. Heureusement que nous avons pris une assurance. Des voisins nous hébergent en attendant qu'on ait réparé le plus gros des dégâts. »

Marilyn tendit la main vers le téléphone.

« Je connais très bien le chef de la police à Boulder. Je vais l'appeler et lui demander de s'assurer qu'il y ait davantage de voitures de patrouille dans le secteur.

— Non, ce n'est pas utile, Marilyn. Je suis juste venue te demander conseil.

— À quel sujet ?

— Les voleurs ont emporté de l'argent.

— Combien ?

— Deux cent mille dollars. En espèces. Ils étaient cachés dans le congélateur. »

Marilyn ouvrit de grands yeux.

« Mais qu'est-ce que vous faisiez avec une telle somme d'argent chez vous ?

— C'est une longue histoire. »

Et de lui raconter la réception du colis, sa rencontre avec Ryan Duffy, sa visite chez Sarah et son arrêt forcé à Kit Carson. Enfin, le saccage de son domicile et la disparition du magot.

Marilyn se renversa dans son fauteuil, stupéfaite.

« Pour l'instant, la police ignore tout de l'argent ?

— Oui. Je ne savais pas comment le leur dire. C'est pour cette raison que je suis venue te consulter... pour avoir ton avis.

— Pour commencer, arrête de cacher de l'argent dans ton congélo. Mais le conseil arrive trop tard.

— C'était l'idée de Mamie.

— Ça ne m'étonne pas. Tu disais que l'argent était dans un carton qui avait servi à emballer un autocuiseur ? Et tu soupçonnes Frank Duffy, que tu n'as jamais vu ni rencontré, d'en être l'expéditeur ? Et tu sais encore moins pourquoi il t'aurait fait un tel don ? Et pour autant que tu saches, il a été électricien toute sa vie et ne roulait pas sur l'or ? Enfin, il t'a envoyé ce paquet juste avant de mourir ?

— Oui, c'est ça.

— Alors, quiconque entendrait tout ça pourrait te demander, sans vouloir t'offenser, ce que tu as bien pu fumer ?

— Quoi ! tu ne me crois pas ?

— Moi, je te crois. Enfin, parce que je te connais.

— Mais pourquoi inventerais-je une histoire pareille ?

— Qui sait ? Pour éveiller la compassion. Une jeune mère divorcée déclare aux informations télévisées que son appartement a été saccagé et que ses deux cent mille dollars d'économies lui ont été dérobés. Il y aura toujours des gens émus par son drame qui lui enverront des chèques. Je ne dis pas que cela pourrait se passer ainsi, mais une personne sceptique imaginerait volontiers ce scénario.

— Tu sais bien que ça ne me ressemble pas.

— Bien sûr, mais tu ne peux pas écarter le fait qu'il y aura toujours des gens pour voir les choses sous cet angle.

— Je me moque de ce que les autres peuvent penser.

— Pas moi, et tu devrais en faire autant. Tu travailles dans un grand cabinet d'avocats, et tout ce que tu entreprends peut avoir une incidence sur le groupe. Quel âge avait M. Duffy ?

— Soixante-deux.

— Parfait. Un sexagénaire marié, père de deux enfants, lègue deux cent mille dollars à une belle jeune femme de vingt-huit ans. Et elle ne sait pas pourquoi. Pour dire les choses crûment, ne penses-tu pas que les gens puissent te traiter de pute, Amy ?

— Marilyn !

— Je ne fais qu'envisager les retombées possibles. Et puis, la médisance mise à part, d'autres questions plus sérieuses se posent. Qui était ce Frank Duffy ? Qui te dit que cet argent ne provient pas d'un deal de drogue ou de je ne sais quelle combine criminelle ? Pourquoi prendrais-tu le risque de déclarer le vol d'un argent qui est peut-être le fruit d'un délit ?

— Parce que je n'ai rien à cacher.

— Je te l'ai dit, personne ne croira que tu aies pu recevoir une telle somme sans raison. Tu pourrais avoir la police de Boulder, et peut-être même le FBI, sur le dos pour le restant de tes jours. Et souviens-toi qu'il n'est pas nécessaire d'être accusé d'un délit pour se voir refuser l'admission au barreau du Colorado. Si ta probité venait à être mise en doute, tu pourrais toujours sortir première de la fac de droit et te voir refuser l'entrée à l'ordre des avocats.

— Crois-tu que cela pourrait m'arriver ?

— Mais oui, et il y a autre chose. Tu aurais de sérieux problèmes ici même, dans ce cabinet. J'ai dû peser de tout mon poids pour t'obtenir cette bourse. Comment expliqueras-tu à mes associés que tu t'es fait passer pour une nécessiteuse, alors que tu possédais deux cent mille dollars ?

— Mais je ne les ai que depuis peu !

— Oui, mais s'ils n'avaient pas été volés, aurais-tu pris la peine d'en parler à notre cabinet ? »

Amy n'avait pas de réponse à cela. Elle souhaitait se montrer fidèle à ses principes et dire la vérité, à savoir que cet argent lui aurait permis de reprendre ses études d'astronomie, mais elle rechignait à l'avouer à Marilyn.

« Oui, je comprends », dit-elle.

Marilyn regarda l'heure à sa montre.

« Je regrette qu'on doive s'arrêter là, mais j'ai un déjeuner. Je vais réfléchir à ton problème, mais ce que je t'ai dit, je le pense sincèrement.

— Que dois-je faire, alors ?

— Ne pas perdre de vue l'avenir. Aujourd'hui,

ces deux cent mille dollars représentent une fortune pour toi. Dans dix ans, tu seras l'un des rouages de ce cabinet et tu gagneras le double par an. De toute façon, tu ne reverras pas cet argent, alors fais comme s'il avait brûlé. Tu as de belles perspectives devant toi. Alors, ne cours pas le risque de les gâcher. »

Marilyn se pencha en avant pour prendre la main d'Amy dans la sienne et la regarder dans les yeux. « Écoute-moi, Amy. C'était de l'argent trouvé. À présent, il est perdu. Oublie-le. Et oublie aussi notre entrevue. »

Amy n'eut pas le temps de répondre. Le téléphone venait de sonner, et Marilyn s'entretenait avec sa secrétaire. Amy se leva et se dirigea vers la porte.

Marilyn couvrit le récepteur de sa main. « Embrasse Taylor pour moi », dit-elle avant de reprendre sa conversation. Amy lui adressa un sourire contraint et sortit. Telle était Marilyn, déjà tout au prochain client, à la prochaine affaire où de gros intérêts seraient en jeu.

Pendant qu'Amy se débattait avec ses petits problèmes.

Liz Duffy alla déjeuner chez Spencer's, un snack-bar dans Street Mall. Elle prit place à une table pour deux. Installée depuis peu à Denver, elle essayait de se faire des amis et de se construire une nouvelle vie sans Ryan. Elle avait commandé une salade au poulet et tuait le temps en lisant un livre de poche écorné, quand son portable sonna.

Son avocat l'avait persuadée d'acquérir un téléphone cellulaire : il pourrait ainsi la joindre en cas d'urgence. Jusqu'ici, il l'avait appelée deux fois par jour uniquement pour lui dire bonjour et prendre de ses nouvelles. Liz, flattée d'une telle attention, trouvait décidément que le bonhomme avait beaucoup de qualités : intelligent, beau, riche. Que demander de plus à un homme ?

« Bonjour, Liz, dit-il. Qu'est-ce que vous faites ?

— Je déjeune. Que me vaut l'honneur de votre appel ? » demanda-t-elle avec un sourire.

Il était au volant de sa Lexus, et sa voix dans l'habitacle insonorisé résonnait avec clarté.

« Que savez-vous de votre beau-frère, Brent Langford ? demanda-t-il en s'arrêtant à un feu rouge.

— Un bon à rien. Il n'a jamais eu un seul emploi sérieux depuis que je le connais. D'ailleurs, ça doit faire six mois qu'il est au chômage. Pourquoi ?

— Mon enquêteur a récolté sur Brent un tuyau fort intéressant. Votre beau-frère se serait rendu à Pueblo pour y acheter une Corvette flambant neuve, qui coûte un peu plus de cinquante mille dollars. Et un peu plus tard, le même jour, au Bar & Grill de Piedmont Springs, il s'est vanté de toucher bientôt un gros paquet de fric.

— C'est en effet intéressant, et surtout étonnant.

— Peut-être que Frank Duffy ne délirait pas en vous promettant beaucoup d'argent. »

Liz grimaça, gênée par sa manière de présenter la chose. Elle s'était contentée de lui dire ce qu'elle avait rapporté à Ryan dans la véranda, après l'enterrement.

« Vous savez, ce n'est pas à proprement parler une promesse de la part de Frank. Comme je vous l'ai expliqué, il essayait de nous rabibocher, Ryan et moi. Il m'a seulement conseillé d'être patiente, en affirmant que de l'argent viendrait un jour. Il entendait peut-être par là que Ryan finirait par se rendre à la raison.

— Liz, dit Jackson d'une voix douce mais ferme, rappelez-vous ce que je vous ai dit : si nous voulons gagner, nous devons faire comme si le père de Ryan vous avait promis explicitement que vous seriez riche à sa mort. D'accord ?

— D'accord, répondit-elle sans conviction.

— Si nous voulons nous donner correctement la réplique, nous devons bien apprendre notre texte.

— Quelle est votre idée ? »

Le feu passa au vert et il démarra.

« Nous allons avancer pas à pas. Cette dernière information concernant votre beau-frère pourrait s'avérer très utile dans la négociation. Et j'envisage de prendre la déposition de Brent. Le placer sous serment et voir si ses vantardises reposent sur une réalité. Dans ce cas, qu'entend-il par un gros paquet de fric ? »

Par respect envers la mémoire de Frank, Liz réfléchit avant d'entraîner le reste de la famille dans son divorce. Mais Brent était un Langford, pas un Duffy. Diable, si elle avait demandé à Frank ce qu'il pensait de son gendre, il lui aurait probablement répondu que Brent n'était qu'une bête nuisible.

« Alors, Liz, qu'en pensez-vous ?

— Allez-y, Phil. Mangez-le tout cru, cet abruti. »

29

À midi, Ryan appela Norm de l'hôtel Marriott, où il avait loué une chambre en attendant que son passeport fût prêt.

« Ça y est, j'ai découvert comment et par qui les trois millions ont été virés sur le compte de mon père au Banco del Istmo.

— On peut savoir de quelle façon tu t'y es pris pour obtenir une information classée confidentielle ?

— J'ai su me montrer persuasif.

— Quelque chose me dit que je ferais mieux d'ignorer les détails.

— De toute façon, je ne te les dirai pas. En tout cas, pas au téléphone.

— Alors, qu'as-tu trouvé ?

— Crois-le ou pas, le virement a fait l'objet de trois cents versements de neuf mille cent quatre-vingt-dix-neuf dollars, plus un dernier de trois cents dollars, pour un total de trois millions. L'opération s'est étalée sur quinze ans, et le dernier dépôt a eu lieu il y a un peu plus d'un an.

— Je vois, dit Norm. Bonne tactique pour ne pas se faire remarquer.

— Que veux-tu dire ?

— Les banques sont tenues de déclarer au ministère des Finances tout mouvement de capitaux dépassant dix mille dollars. Cela permet aux autorités de surveiller le flux monétaire entre les banques.

— Mais ces virements ont été effectués entre deux comptes du même établissement, à Panamá. Pourquoi auraient-ils pris cette précaution pour des transactions internes ?

— Parce que l'argent du compte à Panamá, celui du donneur, venait nécessairement de l'extérieur, et très vraisemblablement d'une banque américaine, donc contrainte de déclarer les transferts supérieurs à dix mille dollars.

— Ah, je comprends. Cela explique aussi pourquoi le nom du compte au Banco del Istmo ne me dit rien.

— C'est quoi, une raison sociale ?

— Oui, une société étrangère établie aux îles Cayman, l'entreprise Jablon. Je n'ai rien pu apprendre sur son activité.

— Et il est probable que tu ne le sauras jamais. C'est certainement une société écran.

— Sans doute, mais il doit tout de même y avoir un directeur et du personnel, en tout cas une inscription au registre du commerce.

— Oui, à la chambre de commerce des îles Cayman.

— C'est là-bas que j'ai l'intention d'aller.

— Il te faut d'abord ton passeport. Je pense qu'il sera demain à l'ambassade. »

Ryan fit la grimace.

« Ça va me faire perdre toute une journée.

— Sincèrement, Ryan, ça ne me plaît pas que tu te rendes aux Cayman. Tu t'es déjà fait voler, uniquement parce que tu avais ouvert le coffre de ton père. Si tu commences à fouiner aux Cayman dans le but de découvrir qui se cache derrière cette entreprise, tu vas au-devant d'ennuis plus sérieux.

— Je saurai me faire discret.
— Oui, tu peux toujours essayer.
— Tu acceptes de me rendre un service ?
— Quoi, tu veux faire ton testament ?
— Ah ! elle est bien bonne. Écoute, j'ai réfléchi à cette condamnation pour viol. Le fait que la copie du jugement se trouve avec les autres documents bancaires signifie que le chantage et ce viol sont liés, tu es d'accord avec moi ?
— Oui, il ne peut s'agir d'une coïncidence.
— Exactement. Maintenant, il faut convenir qu'il n'existe pas beaucoup de gens qui peuvent payer cinq millions de dollars à un maître chanteur.
— Il y en a peut-être plus que tu ne le crois.
— Admettons, mais cette personne a été à un moment ou à un autre de sa vie en relation avec mon père. Et il y a toutes les chances que cela remonte à l'époque du viol.
— C'est logique.
— Aussi, nous pouvons essayer de reconstituer cette période de la vie de mon père quand il avait seize ans : rechercher les camarades qu'il pouvait avoir et ce qu'ils sont devenus depuis, voir s'il n'y en a pas un qui s'est enrichi, au point de pouvoir payer cinq millions de dollars.
— Et comment envisages-tu de remonter quarante-cinq ans en arrière ?
— En commençant par le collège. J'ai appelé le proviseur ce matin. Malheureusement ils n'ont pas les listes des élèves couvrant cette période. La seule façon de savoir qui était dans la classe de mon père est de consulter les archives.

— Ton père a peut-être gardé des photos de classe, des bulletins trimestriels.

— Non, j'ai fouillé partout à la maison. Je n'ai rien trouvé, pas même un vieux cahier. Il semblerait qu'il ait tout effacé de ces années-là.

— Alors, si j'ai bien compris, tu veux que j'aille consulter les archives scolaires de Piedmont Springs ?

— Inutile d'aller à Piedmont. La famille de ma mère habitait le comté de Prowers depuis cinq générations, mais mon père avait un peu moins de vingt ans quand il a débarqué à Piedmont Springs, donc plus de neuf ans après le viol.

— Et où a-t-il suivi ses études jusqu'à seize ans ?

— Papa est né à Boulder, et il y a passé son enfance et son adolescence.

— Tu veux que j'aille à Boulder ?

— C'est à moins d'une heure de route de Denver.

— D'accord, je pourrai m'y rendre cette semaine.

— Je préférerais que ce soit aujourd'hui. Contente-toi de faire une photocopie du registre scolaire et charge ton enquêteur de découvrir ce que sont devenus les camarades de classe. Il ne doit pas y en avoir beaucoup qui sont devenus richissimes. »

Norm vérifia son emploi du temps.

« Bon, d'accord. Je ferai de mon mieux pour y aller cet après-midi, si c'est tellement important pour toi.

— Ça l'est, Norm, et merci. »

Brent Langford était affalé sur le canapé. Il n'avait qu'un short pour tout vêtement mais il ruisselait de sueur. Il faisait très chaud dans la maison en cette fin d'après-midi. La climatisation était tombée en panne l'été précédent, et ils n'avaient pas d'argent pour la faire réparer. La fenêtre demeurait ouverte et le ventilateur ne brassait que l'air torride des plaines. On n'avait pas subi une telle canicule depuis longtemps. Brent était resté toute la journée à la maison, vautré sur ce même canapé, à feuilleter la brochure publicitaire de la dernière Corvette.

Je vais me payer une décapotable, pensait-il en souriant. *Une décapotable et cette blonde en Bikini qui va avec.*

Un coup de sonnette à la porte d'entrée l'arracha à sa rêverie. Il ne bougea pas, tourna la page, hésitant sur la couleur de la voiture. La rouge ou la jaune ?

On sonna de nouveau, avec plus d'insistance cette fois.

Il saisit la télécommande et baissa le son du téléviseur. « Sarah ! beugla-t-il. Va ouvrir ! »

L'instant d'après, Sarah sortait de la chambre, qu'elle n'avait pas quittée de la journée, sur le conseil de son obstétricien. Elle passa devant Brent en traînant exagérément les pieds, dans l'espoir de le culpabiliser, mais il s'était replongé dans sa lecture.

La silhouette d'un jeune homme se découpait derrière la porte grillagée.

« Vous désirez ? demanda Sarah.

— Bonjour, madame, dit-il avec une inclination de la tête. C'est bien ici votre domicile ?

— Mais oui. »

Il jeta un coup d'œil au ventre proéminent de Sarah.

« Et je présume que vous avez plus de quinze ans ?

— Oui, on peut le dire », répondit-elle en gloussant.

Il sortit une enveloppe cachetée de la pochette de sa chemise. « J'ai ceci à vous remettre, de la part du shérif du comté de Prowers. »

Sarah ouvrit la porte et prit le pli.

« Mais de quoi… ? » voulut-elle demander.

Le jeune homme était déjà reparti, comme s'il venait de lui remettre une bombe. Elle le vit bondir dans sa voiture et démarrer.

« C'est qui, Sarah ? » questionna Brent.

Elle lisait le document en entrant dans le salon.

« Je ne sais pas, mais il m'a donné une convocation.

— Une convocation ?

— Oui, au sujet du divorce de Ryan. Ça vient de l'avocat de Liz. À l'intention de Brent Langford. Il te convoque pour enregistrer ta déposition…

— Déposition ! » Il s'arracha du canapé et lui prit le papier des mains. Il lut rapidement et jeta le document sur la table. « J'ai pas l'intention de répondre, nom de Dieu ! Pourquoi t'a pris ce machin ?

— Mais je ne savais pas ce que c'était.

— Et alors, abrutie, tu pouvais pas demander ?

— Il m'a dit que ça venait du shérif.

— Et s'il t'avait dit que c'était la Maison-Blanche ? Non, ne me réponds pas. Tu l'aurais cru. »

Sarah recula, inquiète de la lueur méchante qui venait de s'allumer dans les yeux de Brent.

« Calme-toi, tu veux bien ? Y a rien de grave. Je vais en parler à Ryan et voir de quoi il s'agit.

— Il s'agit d'argent, connasse. C'est Liz qui veut mettre la main sur mon pognon. Pourquoi tu lui as pas claqué la lourde dans la gueule, à ce type ? » Il disparut dans le couloir et referma si brutalement la porte que les vitres en tremblèrent. « T'avais rien d'autre à faire !

— Comment je pouvais savoir ? insista-t-elle d'une voix craintive.

— Comment ? En faisant marcher tes méninges. À condition que t'en aies. »

Elle avait les larmes aux yeux sous l'effet conjugué de la colère, de l'humiliation et de la peur de cet homme qui était le père de son enfant.

« Oh ! arrête de geindre, tu veux ?

— Je pourrais demander à Ryan de voir s'il peut annuler cette convocation.

— Te mêle pas de ça. Tu as assez déconné comme ça pour aujourd'hui. » Il alla se rasseoir sur le canapé et retrouva sa chère brochure. « Je vais m'en occuper moi-même, et j'peux te dire que le baveux de Liz risquera pas d'oublier ma déposition. »

30

La nuit était tombée sur les montagnes. Du petit balcon de sa chambre, Amy contemplait les nuages qui dérivaient dans le ciel sous la lueur blafarde de la lune. Elle était seule. Sa grand-mère et Taylor resteraient chez des voisins pendant quelques jours, le temps de remplacer les matelas éventrés et les meubles cassés. Elle avait passé tout l'après-midi à nettoyer l'appartement. Bien peu de choses étaient récupérables. Leur assureur était venu dans la journée. Le chèque arriverait dans quelques jours, mais ça ne les aiderait guère. Le mobilier, vieux de plus de dix ans, n'avait guère de valeur. L'assureur semblait partager le point de vue de l'inspecteur de police. Ce n'était pas là un cambriolage mais un avertissement.

Pour la mettre en garde contre quoi ?

Amy avait toujours été très forte pour résoudre des problèmes de toutes sortes, mais depuis qu'elle avait ouvert ce colis, elle n'avait plus la moindre idée et se sentait impuissante. Elle n'avait éprouvé ce sentiment qu'une seule fois dans sa vie, des années auparavant.

Juste après la mort de sa mère.

« Ça va, Amy ? »

C'était sa grand-mère, venue lui dire bonsoir.

Amy jeta un regard par-dessus son épaule. « Oui, ça va. Taylor dort ? »

Mamie la rejoignit sur le balcon.

« Comme une souche. Tu n'es pas trop fatiguée, après tout ce ménage ?

— Tu sais, le ménage a consisté à jeter à la poubelle tout ce qui était cassé.

— Oh ! ce n'étaient que des vieilleries, j'aurais dû m'en débarrasser plus tôt ! Allons, on s'en sortira, ne t'inquiète pas.

— Tu te souviens de ce que tu me disais souvent, que notre ange gardien veillait sur nous ? »

Sa grand-mère sourit.

« Tu as toujours une mémoire d'éléphant, hein ?

— C'est vrai, il n'y a que certaines choses que j'oublie. »

Mamie la dévisagea, devinant à quoi elle pensait.

« Tu sais, quand il nous arrive un pépin, on ne peut pas s'empêcher de se rappeler les malheurs qui nous ont déjà frappés. »

Amy acquiesça d'un signe de tête et leva les yeux vers le ciel.

« On peut voir Véga.

— Où ça ?

— Juste au-dessus de nous. C'est l'étoile la plus brillante de la constellation de la Lyre. Tu la vois ? » Elle désigna du doigt un point du ciel. « Elle forme une harpe ou une lyre avec les autres astres plus pâles qui sont positionnés comme dans un parallélogramme.

— Oui, je la vois, dit sa grand-mère avec un sourire ravi.

— C'est elle que j'observais la nuit où maman est morte. »

Le visage de Mamie se fit grave. Elle baissa les yeux.

« Il ne me reste que des souvenirs incomplets de cette nuit-là. Certaines choses sont restées gravées dans ma mémoire, d'autres sont floues. Je me souviens de la détonation du revolver et puis de mon attente dans ma chambre. De mon passage par le grenier, pour redescendre dans le couloir et aller jusqu'à la chambre de maman... Et je me souviens de sa main qui pendait au bord du lit. »

Elles restèrent en silence, accoudées à la balustrade. « Nous t'avons retrouvée dans ta chambre, dit enfin Mamie. C'est moi qui t'ai retrouvée, toute recroquevillée sur le bord de la fenêtre, à côté de ton télescope.

— Je ne me rappelle plus.

— C'est normal, et cela vaut peut-être mieux.

— Non, dit vivement Amy. Ça me rend folle. Je n'arriverai jamais à comprendre ce qui s'est passé... c'est comme un film dont j'aurais manqué la fin.

— Il est arrivé un grand malheur, à quoi bon remuer le passé ?

— Penses-tu qu'elle se soit vraiment suicidée ? »

Sa grand-mère se tourna vers elle, apparemment surprise par la question.

« Oui. En tout cas, personne n'en a jamais douté.

— Moi, si.

— Tu avais huit ans, Amy. Le suicide n'est pas un acte que tu pouvais accepter.

— Non, il ne s'agit pas de ça. Réfléchis. Pourquoi maman se serait-elle tiré une balle dans la tête, alors que je me trouvais dans la maison ?

— C'est justement à cause de ta présence qu'elle a attaché cette corde à la poignée de ta porte. Elle ne voulait pas que tu sortes et la découvres morte.

— Ça ne tient pas debout, Mamie. Maman savait que je connaissais la trappe qui donne dans le grenier, elle m'avait grondée quelques mois plus tôt parce que j'étais passée par là un après-midi où je jouais avec des camarades.

— Elle a dû oublier. Elle était trop désespérée pour y penser.

— Mais elle n'était pas désespérée au point de se donner la mort. Je me souviens de ce qu'elle m'a dit ce soir-là. Je lui ai demandé de me lire une histoire et elle m'a répondu qu'elle était trop fatiguée, en promettant de le faire le lendemain. Elle a même ajouté que ce serait la plus belle histoire que j'aie jamais entendue.

— Qui sait ce qui se passait dans sa tête ?

— J'imagine mal une femme qui s'apprête à se suicider faisant une pareille promesse à sa fille. Elle m'a souhaité bonne nuit en disant à demain.

— Amy, tu ne sais pas ce qui s'est passé après ça.

— Justement. Je ne sais pas, parce qu'il y a des choses dont je n'arrive pas à me souvenir. J'essaye, pourtant. Je garde en mémoire un chiffre : M 57. Sais-tu ce que c'est ? C'est la désignation par les astronomes de la nébuleuse de l'Anneau que j'observais la nuit où maman est morte. Voilà, je m'efforce de comprendre ce qui est arrivé, et tout ce que je trouve, c'est M 57, le cinquante-septième astre dans le catalogue astral établi au XVIIIe siècle par Charles Messier. On peut voir à l'œil nu la constellation de la Lyre mais pas la nébuleuse de l'Anneau, qui en fait pourtant partie. On a en ce moment même les yeux sur M 57, mais on ne peut pas la distinguer. Et c'est exactement ce que je ressens à propos de la mort de maman, ajouta Amy d'une voix basse. Je regarde et je ne vois rien. »

Sa grand-mère la contempla avec tendresse. « Il ne faut pas t'en vouloir de ne pas te souvenir. Parfois, l'oubli nous protège malgré nous de la douleur. »

Amy essuya une larme au coin de son œil. Sa grand-mère aurait beau essayer, elle ne parviendrait jamais à la réconforter, car Amy n'avait qu'une seule peur : ne jamais savoir ce qui s'était produit cette nuit-là.

Elles observèrent un moment le ciel étoilé, puis rentrèrent.

31

Dans la nuit du mardi, Ryan appela chez lui depuis sa chambre d'hôtel pour consulter ses messages téléphoniques. Il avait annulé ses rendez-vous de la semaine et dirigé ses patients vers un confrère de Lamar. Il tenait toutefois à s'assurer s'il y avait eu des urgences. Le premier message ne donnait pas lieu de s'inquiéter. Marjorie Spader, alerte nonagénaire, voulait savoir si elle pouvait donner à son chat le sirop pour la toux que Ryan lui avait prescrit, car l'animal avait la gorge irritée par une boule de poils. Ryan secoua la tête. Cela ne l'étonnait pas. Il en connaissait plus d'un à Piedmont Springs, capable de négliger sa santé pendant des années mais prompt à sauter sur le téléphone sitôt que chat ou chien souffrait d'un bobo.

Le cinquième message retint son attention. Il émanait de Liz.

« Ryan, je t'appelle pour te faire savoir que mon avocat projette d'enregistrer la déposition de Brent. Une convocation lui a été remise aujourd'hui, mais je ne voulais pas recueillir les témoignages de membres de la famille sans t'en avertir... Porte-toi bien. »

Quelle hypocrite ! Elle devait se frotter les mains. Il raccrocha et appela Norm, chez lui. Son ami était déjà au lit, regardant d'un œil endormi les dernières nouvelles à la télé. Il décrocha le sans-fil sur la table de chevet.

« Allô ? grommela-t-il.

— Désolé de t'appeler à la maison, dit Ryan.

— Je me doute de ce que tu veux savoir. Oui, je suis allé à Boulder et j'ai la liste des camarades de classe de ton père au cours des trois années précédant le délit. Évidemment, il faudra au moins deux jours à mon assistant pour découvrir ce qu'est devenu tout ce petit monde.

— Parfait. Mais ce n'est pas pour ça que j'appelais. J'ai besoin de te parler.

— Attends une seconde », dit tout bas Norm. Il sortit du lit et gagna le vaste dressing pour ne pas déranger sa femme endormie. « Je t'écoute.

— L'avocat de Liz va prendre la déposition de Brent, mon beau-frère. À cette heure, cet abruti a dû recevoir sa convocation. Il faut que j'agisse vite si je veux arrêter la casse.

— Pourquoi ? Brent sait quelque chose ?

— Il ne sait pas tout, mais assez pour créer des tas d'ennuis.

— Tu voudrais bien m'éclairer et me dire qui, en dehors de ta mère et toi, est au courant pour Panamá et pour l'argent ?

— En ce qui concerne le coffre au Banco Nacional, il n'y a que ma mère et moi. Et je suis seul à savoir pour les trois millions au Banco del Istmo. Mais Sarah et Brent n'ignorent plus qu'il y a deux millions dans le grenier.

— Et Liz ?

— Difficile à dire. Elle a eu une conversation avec mon père quelques semaines avant qu'il meure. Elle prétend qu'il lui aurait dit de ne pas s'inquiéter, que bientôt elle n'aurait plus de problèmes financiers.

— Ah, je vois ce que cherchent Liz et son avocat, observa Norm.

— Quoi ?

— Ils veulent établir que l'argent promis par ton père doit être considéré comme un don fait de son vivant, et non comme une partie de l'héritage.

— Quelle est la différence pour Liz ?

— Elle est très grande. Si c'est un héritage, elle ne peut y avoir droit, puisque vous divorcez. Mais si elle peut prouver que ton père lui a fait une promesse formelle alors qu'il était encore en vie, la loi peut lui donner raison.

— Tu veux dire que le divorce ne l'empêcherait pas de toucher sa part ?

— Oui. C'est une partie difficile pour elle, mais le coup est jouable. »

Ryan se leva pour arpenter la chambre.

« Il y a quelques semaines, je n'aurais jamais cru Liz capable de telles manœuvres, mais je ne m'en étonne plus après avoir rencontré son avocat.

— Qui est-ce ?

— Un certain Phil Jackson, de Denver.

— Aïe ! ce type est un requin.

— Tu le connais ?

— Bon Dieu, oui. Il a sa propre attachée de presse, et sa gueule est en première page de toutes les revues de la profession. C'est un malin, et je le crois profondément malhonnête. En fait, je ne serais pas surpris que l'un de ses enquêteurs soit derrière la disparition de ta sacoche.

— Comment cela ?

— Disons que Liz sait qu'il y a de l'argent à Panamá. Peut-être que ton père le lui aura dit. Elle l'apprend à Jackson. Il envoie son homme te surveiller et, sans le savoir, tu le conduis jusqu'au filon. »

Ryan secoua la tête, sceptique.

« Je ne sais pas. Liz est prête à frapper en dessous de la ceinture mais de là à autoriser quelqu'un à me filer jusqu'à Panamá et à me dévaliser…

— Jackson a peut-être trouvé des arguments convaincants, et il a très bien pu le faire sans en parler à Liz. Il attend peut-être le bon moment pour lui montrer la photocopie du reçu bancaire des trois millions de dollars et calmer ses scrupules, si toutefois elle en a encore.

— Que dois-je faire ?

— En parler à l'avocate qui s'occupe de ton divorce.

— Je l'ai renvoyée.

— Eh bien, tu n'as plus qu'à engager quelqu'un d'autre. »

Ryan resta silencieux.

Un silence que Norm n'eut aucun mal à traduire.

« Non, pas question. Je suis un pénaliste, j'ai abandonné les divorces il y a longtemps. Trop cruel pour moi. Tant qu'à voir du sang, autant prendre une affaire d'homicide.

— Mais en qui d'autre pourrais-je avoir confiance ? Ne m'envoie pas chez un type que je ne connais pas pour lui raconter que mon père était électricien et maître chanteur, et que cette dernière activité lui a rapporté cinq millions de dollars.

— Tu me demandes d'aller ferrailler contre un confrère sans scrupule qui a fait du divorce sa spécialité. Je suis un peu trop rouillé pour me colleter avec ce petit salopard.

— Norm, je te le demande au nom de notre amitié. »

Le ton de gravité de Ryan ne tomba pas dans l'oreille d'un sourd. Trois ans plus tôt, Ryan avait forcé Norm à subir la biopsie d'un grain de beauté dans le dos. L'analyse de l'excroissance en question avait révélé la présence d'un carcinome. Sans l'intervention de Ryan, il était probable que Norm aurait développé un cancer de la peau. Ryan n'aurait jamais pensé qu'il jouerait un jour cette carte. Mais comment aurait-il imaginé ce qui était en train de lui arriver ?

« D'accord, dit Norm avec un soupir. J'assisterai à la déposition de Brent.

— Merci, mon pote. Tu me sauves la vie.

— Dans ce cas, nous voilà quittes.

— Exact. » Ryan jeta un coup d'œil au réveil sur la table de nuit. « Sais-tu à quelle heure je devrais avoir mon passeport, demain ?

— Oh ! disons vers midi ! Appelle-moi s'il y a un problème de ce côté-là.

— Je n'y manquerai pas.

— Ouais, tu es en train de devenir mon meilleur client.

— Et ça me fout les jetons, figure-toi, parce que la majorité de tes clients est en prison, si je ne m'abuse ? »

Ils éclatèrent de rire, puis se turent : après tout, ce n'était pas drôle. Ils se souhaitèrent bonne nuit. Ryan raccrocha. Norm était son meilleur ami, songea-t-il, et il se serait volontiers passé d'être son *meilleur client*.

Phil Jackson se réveilla à cinq heures du matin, à l'aube de ses onze heures de travail quotidien. Pas mal de gens le détestaient. Ses confrères jalousaient sa célébrité. Mais personne ne niait son ardeur au travail. Il le fallait. Une solide réputation attirait les clients, et les résultats payaient le loyer.

Il prit sa douche, s'habilla et fut prêt à partir en trois quarts d'heure. Le soleil se lèverait dans quelques minutes. La rue restait silencieuse et déserte. Même le journal n'avait pas encore été livré.

Il traversa la pelouse. Les dalles du passage japonais étaient humides de rosée. Il faisait sombre. La lampe qui éclairait l'entrée du garage avait dû griller.

Il commanda d'une pression de sa clé l'ouverture automatique du rideau, qui se leva sur le vaste espace qui abritait ses trois voitures. Il conduirait la Mercedes 800, aujourd'hui. Le luxueux véhicule de couleur noire était à peine visible dans l'obscurité. Ici aussi, l'ampoule était morte.

Les fusibles avaient-ils sauté ?

Il dut avancer à tâtons jusqu'à la voiture. L'alarme émit une note brève et les feux de position clignotèrent quand il déverrouilla la portière. Il tendait la main vers la poignée quand il perçut un bruit derrière lui. Il se retourna. Le premier coup qu'il encaissa sur la tête lui fit lâcher sa mallette. Il tenta de se réfugier à l'intérieur de la voiture, mais son agresseur, qui l'avait empoigné par le cou, lui cogna le visage contre le pare-brise. Le choc fut si violent qu'il faillit perdre connaissance. L'inconnu lui releva la tête et l'abattit de nouveau, fendant le verre du pare-brise.

Il sentit ses jambes le lâcher, mais l'autre le maintenait plaqué contre la voiture avec une telle force qu'il pouvait à peine respirer. Il sentait sur sa nuque le souffle de son agresseur. Il avait les oreilles qui bourdonnaient sous l'afflux de sang, mais il perçut la voix rocailleuse de l'homme.

« C'est une affaire de famille. Alors, laisse tomber. »

Pour appuyer la menace, son agresseur lui plaqua une troisième fois la tête contre le capot. Jackson s'écroula. Le visage en sang, il ne voyait plus rien. Il eut juste le temps, avant de s'évanouir, d'entendre un bruit de pas qui s'éloignait.

32

Ryan ne se réveilla pas avant midi. Il n'avait pas fermé l'œil de la nuit, et se souvenait qu'il était près de sept heures du matin quand il avait regardé l'heure pour la dernière fois. Il n'avait cessé de penser à son père. Il l'imaginait dans sa tombe, à côté de laquelle se trouvait une excavation encore plus profonde, une véritable caverne souterraine, de celles que son père l'avait emmené visiter longtemps auparavant au Nouveau-Mexique, un repaire assez grand pour contenir tous les secrets qu'il aurait dû emporter avec lui.

Le téléphone sonna, alors qu'il finissait de se raser dans la salle de bains. Il se sécha le visage et alla dans la chambre.

« Allô ?

— Filez en vitesse de l'hôtel. La police est après vous. »

C'était une voix de femme, et elle avait un son familier qui lui rappelait la belle inconnue du bar de l'hôtel.

« Qui est à l'appareil ? demanda-t-il.

— Vous avez trente secondes pour fuir, pas une de plus ! »

Elle raccrocha.

Ryan demeurait persuadé que c'était sa voleuse et que cet appel n'était qu'un autre coup monté.

Il enfila une chemise et alla à la porte, entrouvrit celle-ci et jeta un coup d'œil dans le couloir. Tout semblait calme et vide, à l'exception du chariot d'une femme de chambre. Le timbre de l'ascenseur résonna soudain, les portes s'ouvrirent.

Cinq hommes en sortirent, vêtus de l'uniforme marron et beige de la police militaire panaméenne.

Le souffle coupé, Ryan referma le battant. Ce ne pouvait être qu'une manœuvre de cette femme. Elle avait dû appeler la police. Mais pourquoi l'avait-elle averti ? Peut-être était-ce le sous-directeur du Banco del Istmo, qui l'avait dénoncé pour violation du secret bancaire. Ryan se perdait en conjectures, mais il n'avait pas l'intention de se faire arrêter pour obtenir la réponse.

Il s'assura que la porte était verrouillée, prit le sac de voyage où il avait déjà rangé ses affaires, courut à la fenêtre. Sa chambre, située au premier étage, donnait à l'arrière sur une petite rue. Pour une fois, il était heureux de ne pas avoir préféré une suite avec vue. Il ouvrit la fenêtre mais hésita encore : il pouvait rester et tenter de s'expliquer, mais sans passeport et avec trois millions de dollars sur un compte numéroté, il aurait droit à un interrogatoire en règle, chose qu'il préférait éviter. Panamá n'était plus une dictature, mais restait tout de même un pays du tiers-monde.

Un bruit de pas résonna dans le couloir. Il enjamba la balustrade.

La ruelle, à peine assez large pour qu'une camionnette puisse y passer, abritait un petit restaurant de fruits de mer juste en face. Des ordures débordaient de deux grandes poubelles, qui pourraient amortir sa chute. Mais il en ressortirait puant comme du poisson pourri. Il valait mieux risquer le pavé.

Derrière lui, des coups de poing ébranlèrent la porte. « *Policía ! Abre la puerta !* »

Un craquement de bois. Les policiers enfonçaient le battant.

Plus le temps d'hésiter.

Il sauta, stupéfait de la longueur de la chute. Ses pieds glissèrent sur le sol humide et il roula sur lui-même en serrant son sac contre lui comme un ballon de rugby. Il se releva et prit ses jambes à son cou sous les cris des policiers qui, de la fenêtre, lui intimaient l'ordre de s'arrêter.

Il s'était fait mal au genou mais cela ne le ralentit pas. Il déboucha bientôt dans une rue passante. Refrénant son envie de courir, il se mêla à la foule. Il n'avait pas fait dix pas que des coups de sifflet stridents éclataient derrière lui. Il pressa le pas. Soudain, il vit un taxi s'arrêter à un carrefour pour y déposer un client. Il arriva juste avant que la voiture ne reparte, s'engouffra à l'intérieur et claqua la portière derrière lui.

« *El Embassy de los Estados Unidos* », dit-il dans un mauvais espagnol et, plongeant la main dans sa poche, en sortit une liasse de billets. « *Pronto, por favor.* »

Le chauffeur démarra si brutalement que Ryan fut projeté contre la banquette. Il jeta un regard derrière lui. Des policiers couraient sur la chaussée, l'un d'eux désignait le taxi.

Ryan savait que l'ambassade américaine n'était qu'à quelques centaines de mètres. Une fois là-bas, il serait en sûreté. Si on avait à lui reprocher quelque chose, il préférait affronter la loi de son pays plutôt que celle du Panamá.

Des hurlements de sirènes éclatèrent derrière eux. La chasse était lancée.

« Plus vite, chauffeur ! » ordonna Ryan.

Pourtant, loin d'accélérer, l'homme freina dans un crissement de pneus et se tourna vers Ryan pour lui expliquer en un mélange d'anglais et d'espagnol qu'il avait tout à perdre dans une course-poursuite avec la police. Ryan lui jeta quelques billets et sortit en toute hâte.

Les bâtiments de l'ambassade se situaient à moins de cent mètres de là, dans Avenida Balboa, une artère très fréquentée. La maison de l'ambassadeur donnait sur les eaux bleu-vert de la baie de Panamá. Ryan était à peu près sûr que son passeport l'attendait dans les bureaux du service des visas, mais encore lui fallait-il échapper à ses poursuivants. Il jeta son sac sur son épaule et courut en direction du grand rond-point qui coupait l'avenue en deux. La circulation était dense dans les deux sens. Ryan calcula qu'en traversant tout droit le petit parc, il aurait un avantage sur la police, contrainte d'en faire le tour. Il s'élança sur la chaussée, zigzaguant entre les véhicules, évita de justesse une antique Chevrolet, et atteignit le trottoir de l'ambassade avec quelques mètres d'avance sur les policiers. Ceux-ci se précipitèrent hors de leur voiture, mais Ryan avait déjà atteint les grilles de la résidence, et ils s'arrêtèrent, sachant qu'ils n'avaient pas le droit d'aller plus loin. Ryan jeta un regard derrière lui, heureux d'avoir pu leur échapper.

Un garde s'interposa à l'entrée. Ryan était tellement essoufflé qu'il pouvait à peine parler.

« Je suis un citoyen américain. On m'a volé mon passeport. J'ai besoin d'aide.

— Suivez-moi. »

L'homme l'escorta jusqu'à l'entrée d'un bâtiment, où un marine le prit en charge et le conduisit dans un vaste hall. La seule vue de la bannière étoilée inspira à Ryan un sentiment de soulagement. Même le portrait du président pour lequel il n'avait pas voté lui fit plaisir.

« Merci beaucoup », dit-il au marine.

Celui-ci garda un silence aussi empesé que le col de sa chemise. Il portait au ceinturon un colt et une paire de menottes, et arborait une expression sévère. Ryan le suivit à travers un dédale de couloirs, jusqu'à une lourde porte de chêne à deux battants. Le marine ouvrit l'un d'eux et s'effaça devant Ryan.

« Monsieur, si vous voulez bien entrer. »

Ryan obtempéra, et le marine referma derrière lui. La pièce n'avait pour mobilier qu'une grande table et quelques chaises, et était éclairée par un plafonnier au néon. Deux hommes se levèrent de leurs sièges. L'un était jeune et d'origine hispanique à en juger par son teint mat et ses yeux noirs, l'autre plus âgé, le teint pâle et le regard bleu. Ils étaient tous deux vêtus comme des jumeaux : chemise blanche, blazer bleu et pantalon gris. Et ils arboraient la même mine impassible.

« Monsieur Duffy ? s'enquit le plus âgé d'un ton neutre.

— Oui, c'est moi. »

L'homme sortit de la poche intérieure de sa veste une plaque de police. « Agent Forsyth, FBI, et voici l'agent Enriquez, dit-il avec un signe de tête vers son collègue. Nous aimerions vous poser quelques questions. Pourriez-vous vous asseoir, s'il vous plaît ? »

Ryan, tendu, déclina l'offre d'un mouvement de la tête et resta debout.

« Vous savez, je suis venu ici pour affaires et je me suis fait voler mon sac.

— Et celui que vous portez à l'épaule ?

— Acheté ici. Il le fallait bien. »

Forsyth ne paraissait pas convaincu.

« Avez-vous déclaré le vol à la police panaméenne ?

— Non. Je... je ne m'y suis pas résolu.

— Et pourquoi cela ? Fuiriez-vous la loi ?

— Que voulez-vous dire ?

— Vous avez très bien compris ma question, répondit l'homme, le regard dur.

— Toute cette histoire me dépasse, dit Ryan. On m'a volé mon passeport et j'ai seulement envie de rentrer chez moi le plus tôt possible. Si je fuyais la loi, comme vous dites, je ne viendrais pas à l'ambassade américaine. Par ailleurs, je ne comprends pas pourquoi la police panaméenne m'a poursuivi jusqu'ici.

— Parce que nous lui avons demandé de vous amener ici, répondit Forsyth.

— Comment cela ? Vous lui avez demandé de m'amener ici ? répéta Ryan, confondu.

— Oui, je reconnais que ce n'est pas dans les habitudes du Bureau de charger la police d'appréhender un citoyen américain.

— Appréhender ? Et de quoi serais-je soupçonné ?

— Mais de rien. Je vous en prie, asseyez-vous. Nous aimerions nous entretenir avec vous.

— Que désirez-vous savoir ? demanda Ryan, déclinant de nouveau le siège que l'agent Enriquez venait de pousser vers lui.

— Si nous parlions, pour commencer, de ce compte de trois millions de dollars au Banco del Istmo ? demanda Forsyth en regardant Ryan dans les yeux. Il est plus facile aujourd'hui de percer le secret bancaire que du temps de la dictature, mais vous avez assez agacé ce sous-directeur pour qu'il nous informe de votre démarche. C'est même une première que cette coopération entre une banque panaméenne et notre antenne financière, ici. » Il prit une chemise sur la table et l'ouvrit. « Il y a là les relevés de trois cents virements de neuf mille neuf cent quatre-vingt-dix-neuf dollars, ce qui est une manière pour le moins grossière d'échapper à l'obligation de déclarer tout mouvement bancaire de dix mille dollars et plus. »

Ryan garda le silence.

« D'après nos renseignements, poursuivit Forsyth, vous auriez dit au sous-directeur du Banco del Istmo que votre père n'était pas homme à avoir un compte numéroté de trois millions de dollars dans une banque panaméenne. Pourquoi ne pas vous asseoir, monsieur Duffy ? J'aimerais que vous m'expliquiez le sens de cette remarque. »

Ryan avait chaud, il commençait à transpirer. Il avait envie de parler, car il n'avait rien à cacher, mais il souhaitait fuir ces deux inquisiteurs. Il était également ennuyé d'ignorer ses droits dans une situation pareille. Néanmoins, il connaissait quelqu'un qui pourrait l'aider.

« Je suis tout à fait disposé à vous éclairer, répondit-il à l'agent Forsyth, mais je dois d'abord m'entretenir avec mon avocat. »

33

Ils n'avaient plus de laitue. Depuis neuf jours, Sarah se nourrissait d'un sandwich constitué de deux tranches de pain de mie tartinées de beurre de cacahuète, de mayonnaise et d'une feuille de laitue, qu'elle faisait griller jusqu'à ce que la première fonde et que la seconde ramollisse. Elle trouvait ça *dé-li-cieux*. Mais sans la salade, ce monument de cuisine américaine perdait toute sa saveur.

Désespérée, elle contemplait l'intérieur du réfrigérateur qui, sans sa verdure préférée, lui paraissait douloureusement vide. Elle se baissa une dernière fois, avec effort, pour vérifier le bac à légumes. Non, rien. C'était à pleurer.

Soudain, le téléphone sonna. Elle s'immobilisa, se demandant si cela valait la peine de répondre. L'appareil mural se trouvait à l'autre bout de la cuisine. Ses chevilles avaient encore enflé, et l'air frais du réfrigérateur lui faisait du bien.

Le téléphone sonnait toujours. Apparemment, quelqu'un voulait lui parler. Elle s'arracha à sa contemplation et traîna les pieds jusqu'au combiné, décrocha et lança d'une voix sèche :

« Ouais.
— Sarah, c'est Liz. Où est Brent ?
— Il est pas là.
— C'est bien ce que je pensais. Où est-il ? »
Sarah leva les yeux vers la pendule. « Oh ! ça doit faire un moment qu'il est reparti de Denver à cette heure-ci ! »
Liz hésita un instant.
« Eh bien, j'apprécie ta franchise.
— Que veux-tu dire ?
— Je ne m'attendais pas à ce que tu m'annonces qu'il était allé à Denver.
— Liz, de quoi parles-tu ? S'il est parti là-bas, c'est justement pour te voir.
— Moi ?
— Oui, il a pris la route très tôt, ce matin. Dans la nuit, en fait : il était deux heures du mat' quand il a démarré. Il voulait arriver avant que tu partes au travail. Il ne pouvait plus dormir depuis que ton avocat lui a envoyé cette convocation. Il voulait t'en parler.
— Je ne l'ai jamais vu, objecta Liz.
— C'est bizarre. Dans ce cas, je me demande où il peut être.
— Moi aussi. Mais je crois savoir où il a été. Mon avocat a été violemment agressé ce matin, alors qu'il entrait dans son garage pour prendre sa voiture.
— Oh ! Et il est blessé ?
— Assez pour avoir été transporté d'urgence à l'hôpital.
— Mais c'est terrible, Liz. Je suis désolée.
— Vraiment ? »
Le ton accusateur eut sur Sarah l'effet d'une gifle.

« Attends une minute. Tu ne penses pas que Brent aurait…

— Ah bon ? Brent reçoit une citation à comparaître et il en perd le sommeil. Il saute en pleine nuit dans sa voiture pour aller jusqu'à Denver, soi-disant pour me parler. Il n'est pas venu chez moi mais, en revanche, mon avocat s'est retrouvé à l'hosto. »

Sarah serra plus fort le combiné pour empêcher sa main de trembler.

« Je sais que les apparences sont contre lui, mais de là à en conclure que Brent a commis une agression, il y a une marge.

— Oui, une marge que je n'hésite pas à franchir. Brent est dans la merde, Sarah. Jusqu'au cou. Tout ce que je peux te souhaiter, c'est de ne pas être dans le coup, toi aussi. »

Sarah allait répondre mais Liz avait déjà raccroché. Paralysée par la peur, elle écouta longtemps la tonalité avant de reposer l'appareil d'une main tremblante.

Ryan exigea de s'entretenir sur une ligne privée avec son avocat. L'agent Forsyth lui proposa l'un des téléphones de l'ambassade, mais cela revenait à parler au micro d'une station de radio. La seule solution était une cabine publique dans la rue. Cela ne plaisait guère à l'agent fédéral, mais il n'avait pas reçu l'ordre d'empêcher Ryan de ressortir du bâtiment. Quant à la police panaméenne, elle ne risquait pas de présenter la moindre menace, dans la mesure où sa seule intention avait été de remettre Ryan aux autorités américaines. Ryan trouva une cabine dans Avenida Balboa. Le coin était bruyant, et ce fut une main collée à une oreille qu'il appela Norm.

« Où es-tu ? lui demanda l'avocat.

— À deux pas de l'ambassade. Dans une cabine téléphonique. Ils comptent bien me voir revenir quand j'aurai fini de te parler. Figure-toi que je suis depuis un moment interrogé par deux fouineurs du FBI.

— Quoi ?

— Tu as bien entendu. »

Ryan lui résuma ce qui lui était arrivé depuis la nuit précédente.

« D'abord, dit Norm, nous pouvons tirer une première conclusion du fait que ce soit le FBI et non la DEA[1] qui s'occupe de toi. Si les autorités avaient soupçonné que les trois millions provenaient d'un trafic de drogue, c'est à la DEA que tu aurais eu affaire, et ils sont moins cool que les fédéraux.

— Dans ce cas, sauraient-ils que l'argent est le produit d'un chantage ?

— Non, je ne le pense pas, mais je suis surpris d'apprendre que le FBI a pris la peine de demander l'intervention de la police locale dans le seul but de t'interroger. Il était plus simple pour eux d'attendre tranquillement ton retour aux États-Unis.

— Oui, sauf que la nuit dernière j'ai pris un billet pour les îles Cayman, parce que j'ai toujours envie de savoir qui est derrière l'entreprise Jablon. Le FBI a pensé qu'il valait mieux m'interpeller avant mon départ.

— Oui, bien sûr, mais le Bureau fédéral dispose

---

1. Drug Enforcement Administration, équivalent de la brigade des stupéfiants. *(N.d.T.)*

de peu de moyens pour poursuivre les gens à l'étranger. Si ces deux agents sont basés à Panamá, il n'y a pas lieu de trop s'étonner de leur curiosité. Mais s'ils sont venus des États-Unis dans le seul but de t'appréhender, c'est que cette affaire est plus importante qu'on ne le pense. »

Ces paroles n'étaient pas pour rassurer Ryan. Il en vint à se demander si l'homme qui venait de passer devant la cabine en le regardant n'appartenait pas lui aussi au FBI ou à on ne savait quelle organisation. « Le plus simple, c'est d'avancer d'un pas à la fois. Que dois-je faire, maintenant, d'après toi ?

— Obtenir ton passeport. Il devrait être arrivé à l'ambassade, à cette heure, et ils n'ont pas le pouvoir de te le confisquer.

— Et puis ?

— Légalement, tu n'es pas obligé de répondre à leurs questions, et le FBI n'a pas le droit de te détenir plus longtemps. Mais tu dois tout de même sauvegarder les apparences. Quand tu seras parti, l'agent fera son rapport et je n'aimerais pas qu'il mentionne que, sous la recommandation de ton avocat, tu as refusé de coopérer avec le FBI. Tu aurais l'air de vouloir cacher quelque chose. Il vaut mieux que tu te montres coopératif, sans lâcher grand-chose. Tu vas retourner à l'ambassade et dire au dénommé Forsyth que tu as l'intention de collaborer avec lui, mais que le moment est mal choisi. On vient de te voler ton passeport, tu es fatigué, et plutôt déprimé par la tournure des événements. Tu leur demandes leurs cartes de visite, parce que j'ai besoin de savoir sur quel terrain ces deux-là opèrent, et tu leur dis que ton avocat prendra contact avec eux dès que tu auras regagné les États-Unis.

— Tu veux que je rentre directement, sans m'arrêter aux îles Cayman ?

— Ne va pas là-bas. Je demanderai à mon enquêteur de se renseigner discrètement sur cette société écran. Désormais, attends-toi à faire l'objet d'une surveillance, où que tu ailles.

— Cette histoire devient démente. »

Norm devina l'inquiétude et la colère de Ryan. « Tu n'as rien fait de mal. Si un délit a été commis, c'est ton père qui en est l'auteur. Le FBI ne peut rien contre toi.

— Le FBI est le dernier de mes problèmes, Norm. Quelqu'un m'a suivi de Denver à Panamá, et je ne comprends pas pourquoi la femme qui m'a volé m'a aussi averti de l'arrivée de la police.

— Tu es sûr que c'est elle ?

— Je n'en ai pas la certitude, mais il me semble avoir reconnu sa voix. Si ce n'est pas elle, c'est encore plus étrange. Si c'est elle, la question reste posée : pourquoi a-t-elle dérobé ma sacoche et ensuite pris le parti de me protéger ?

— Peut-être parce que vos intérêts coïncident.

— Que veux-tu dire ?

— Tout chantage est fondé sur le secret. Aucune des deux parties ne désire que l'objet du chantage soit révélé. Si jamais le secret est dévoilé, celui qui fait chanter perd son argent, et celui qu'on fait chanter doit payer le prix de la révélation de la vérité.

— Alors, tu crois qu'elle protège celui à qui mon père a extorqué tout cet argent ?

— Je pense qu'elle sait qui a payé. Et je pense aussi qu'elle a pour mission d'empêcher qu'on découvre l'identité de cette personne. »

Ryan resta songeur un instant.

« Dans ce cas, il lui suffirait de me tuer.

— Ils ne le font pas pour la même raison qu'ils n'ont pas fait disparaître ton père. Il a dû s'arranger pour que le fameux secret soit dévoilé si jamais il arrivait malheur à sa famille, sans parler de lui-même. C'est une mesure de sécurité que prennent tous les maîtres chanteurs.

— Comment a-t-il pu procéder ?

— Je ne sais pas, mais imaginons que ton père ait eu en sa possession des photos de ce prédicateur très médiatique qui avait des relations sexuelles avec son berger allemand. Ce n'est pas le genre de cliché qui fait avancer la carrière d'un homme pieux. Ton père le rançonne mais, par peur d'être éliminé par cet amateur d'amours canines, il expédie les négatifs à un tiers, avec des instructions précises : s'il arrivait à Frank Duffy de mourir dans des conditions suspectes, les clichés seront envoyés au *National Enquirer*. Aussi, celui qui chante n'a surtout pas intérêt à tuer celui qui le fait chanter. Payer est sa seule solution.

— Et dans mon cas, qui pourrait être le… tiers ? Ma mère ?

— Non, ton père n'aurait pas choisi un membre de la famille. Ce pourrait être un ami, mais plus vraisemblablement quelqu'un d'éloigné, sans lien apparent avec lui. »

Peut-être quelqu'un comme Amy Parkens ? Peut-être était-ce pour cela qu'elle avait fui, sitôt qu'il lui avait suggéré de se revoir ?

« Tu es là ? demanda Norm.

— Oui, oui. Je réfléchissais à cette troisième personne. Le fait de jouer les receleurs doit rapporter une part du gâteau, non ?

— Certainement.

— Est-ce que deux cent mille dollars te paraît une somme convenable ?

— Oui. Mais à quoi penses-tu, exactement ?
— Il vaut peut-être mieux que je n'aille pas aux Cayman. Il y a une chose que j'aimerais vérifier à Denver.
— Je devine à ta voix que tu es encore parti sur un coup tordu, dit Norm. C'est quoi, cette fois ? »

Ryan avait un sourire dans les yeux. « Rien, je pensais seulement que certaines choses commençaient à prendre un sens. »

34

Les heures de visite au centre médical de Denver commençaient à sept heures du soir. Il était sept heures une minute quand Liz arriva à la réception et se fit indiquer le numéro de la chambre de Phil Jackson.

Elle était impatiente de le voir et de s'assurer qu'il allait mieux, mais la traversée des couloirs où régnait une activité fébrile lui rappela le temps où Ryan faisait sa médecine et elle ralentit le pas. Elle se souvenait de la nuit où il avait résolu de devenir médecin. Elle se souvenait aussi des années de sacrifice. Ryan acceptait garde sur garde mais cela ne suffisait pas à rembourser l'emprunt qu'il avait dû contracter pour payer ses études. Ils vivaient de ce que gagnait Liz et ne se voyaient qu'une fois par jour, à l'hôpital, pour dîner d'un hamburger, avant qu'il commence sa permanence de nuit. Ryan s'était lancé à corps perdu dans cette aventure, et elle avait suivi. Et dire qu'elle avait consenti tous ces efforts pour finir à Piedmont Springs !

Pour Liz, cela signifiait un retour à la case départ. Aînée de sept enfants dans une famille de petits fermiers, elle avait connu une enfance difficile. Amère ironie, elle était la seule de tous ses frères et sœurs à ne pas avoir quitté son trou natal. Elle avait eu le cœur brisé quand Ryan était parti à l'université, alors qu'elle devait rester, à l'âge de dix-sept ans, à jouer les mamans auprès des plus jeunes, expérience qui lui avait fait passer le goût d'avoir elle-même des enfants. Quatre ans plus tard, ses amies l'avaient beaucoup jalousée quand Ryan l'avait invitée à le rejoindre à Denver et lui avait proposé de devenir sa femme. Il était étudiant en médecine, promis à un bel avenir. C'était sa chance. Jamais elle n'aurait pensé que le billet qu'elle avait acheté pour Denver n'était qu'un aller et retour.

« Toc-toc-toc », dit-elle en poussant la porte de la chambre.

Jackson était assis dans son lit. Il avait tout un côté du visage enflé et couvert d'ecchymoses ; un pansement recouvrait les onze points de suture au-dessus de l'arcade sourcilière droite, et une aiguille de perfusion était plantée dans son bras gauche. Le plateau de son dîner reposait sur ses genoux. Il avait à peine touché à sa nourriture, mais semblait curieusement en forme et alerte. À côté de lui sur le lit, elle avisa un calepin et une petite pile de dossiers que sa secrétaire avait dû lui apporter du bureau.

« Phil ? »

Il lui fit signe d'entrer et essaya de sourire, mais tout mouvement des muscles faciaux lui était manifestement douloureux.

« Mon pauvre ami, dit-elle.

— Une bonne dose de travail, et je serai sur pied en moins de temps qu'il n'en faut pour le dire.

— Vous ne vous arrêtez donc jamais ?

— Ne vous plaignez pas, c'est sur votre affaire que je travaille. »

Elle frissonna de soulagement.

« Vous ne savez pas le bien que cela me fait de vous entendre dire ça. J'avais tellement peur que vous me laissiez tomber !

— Et pourquoi ferais-je une chose pareille ? »

Elle haussa les épaules d'un air timide.

« J'ai informé votre assistant de la conversation téléphonique que j'ai eue avec ma belle-sœur, Sarah Langford. Elle vous l'a répétée ?

— Oui, mais vous savez, je soupçonnais Brent avant même que vous appeliez.

— Et vous êtes toujours de mon côté ? »

Il posa son calepin pour lui prendre la main et la regarda dans les yeux. « Laissez-moi vous dire quelque chose. J'ai assigné toutes sortes de gens – des camionneurs syndiqués comme des gangsters – et je les ai taillés en pièces. On a lacéré mes pneus, saccagé ma maison, menacé de me tuer. Si j'étais facilement intimidable, je travaillerais pour un gros cabinet spécialisé dans le droit international. Je suis plus que jamais engagé dans votre affaire. Personne ne menace impunément Phil Jackson. Et certainement pas une loque puante comme Brent Langford. »

Elle lui serra la main, avant de retirer pudiquement la sienne.

« Ne rougissez pas, dit-il. C'est plus fort que vous. Toutes les femmes trouvent irrésistibles les hommes à la gueule cassée.

— Je dois avouer que votre visage est d'un très beau violet. »

Il sourit puis redevint sérieux.

« Vous savez, je ne suis pas le seul qui doive se

préparer à la bagarre. Vous allez devoir retrousser les manches, vous aussi.

— Je ferai ce que j'ai à faire.

— Bien. Parce que le jeu va se durcir. Et je ne parle pas seulement de la déposition de Brent. C'est toute la famille Duffy qui va subir la pression. Il se pourrait bien que le FBI vienne fouiner dans leurs affaires.

— Le FBI ?

— Je compte parmi mes anciens clients une femme qui est aujourd'hui agent du Bureau fédéral de Denver. Je l'ai appelée ce matin en lui demandant de voir ce qu'elle pourrait dégotter. L'agression de Brent est un crime fédéral, dans la mesure où il constitue une obstruction à la justice. Bien entendu, le FBI a d'autres chats à fouetter, mais j'ai présenté les choses de façon à provoquer la curiosité de mon amie : les fausses déclarations de revenus de Ryan, cet argent que Frank vous a promis avant de mourir, la menace de Brent me disant de ne plus m'occuper... selon ses propres mots... d'une affaire de famille. Bref, cela ne fait peut-être pas grand-chose au total, mais il ne serait pas mauvais pour nous que votre mari soit l'objet d'une enquête fédérale pour fraude fiscale et violence envers un avocat, par beau-frère interposé. »

Liz cligna des yeux d'un air nerveux.

« C'est plutôt sévère, vous ne trouvez pas ?

— Voulez-vous que l'on gagne ou pas ?

— Oui, je le veux, mais...

— Il n'y a pas de "mais". Maintenant, vous allez me rendre un petit service, ajouta-t-il en lui tendant un bout de papier sur lequel il avait noté deux numéros de téléphone.

— C'est quoi ?

— Ma secrétaire a reçu aujourd'hui un appel du

cabinet de Norman Klusmire. C'est le nouvel avocat de votre mari. Le numéro du haut est celui de son bipeur. En rentrant chez vous, ce soir, arrêtez-vous à une cabine téléphonique et composez le premier numéro. Choisissez une cabine, de manière qu'on ne puisse pas remonter jusqu'à vous. Entrez le second numéro et raccrochez.

— Ce second numéro appartient à qui ?

— Au juge qui devra prononcer votre divorce. C'est un vieil emmerdeur qui devient fou furieux chaque fois qu'un avocat d'une des parties ose l'appeler. Il ne voudra même pas écouter Klusmire quand celui-ci tentera de lui expliquer qu'il s'agit d'un coup monté. Le juge Novak mènera la vie dure à Klusmire jusqu'à ce que le divorce soit prononcé en votre faveur. Et ça apprendra à un grand pénaliste comme Klusmire à ne pas se mêler d'affaires civiles.

— Je dois reconnaître que c'est un joli stratagème, dit Liz en glissant le papier dans son sac.

— Je n'en suis pas l'inventeur. J'ai volé l'idée à l'une de mes clientes. Chaque fois qu'elle soupçonnait son mari d'être chez sa maîtresse, elle l'appelait avec le numéro du bipeur du rabbin qui les avait unis.

— Vous volez souvent vos clients ?

— Parfois.

— Que me volerez-vous ? » demanda-t-elle, espiègle.

Il haussa un sourcil, mais esquissa une grimace de douleur. « Nous verrons. »

35

Amy n'avait emmené Taylor à Denver qu'une douzaine de fois et leur destination préférée était le bas de la ville, où elles admiraient les plus grandes montagnes russes de tout l'État et le stade de base-ball de Coors Field, patrie de l'équipe des Colorado Rockies. Ce mercredi soir était un grand soir au Coors, car les dix mille premiers spectateurs à franchir les grilles recevaient en cadeau une casquette aux armes du club. Taylor était persuadée que les supporters venaient du bout du monde pour une telle offrande. Il fallait que sa maman l'emmène voir le match. Amy avait répondu oui ; changer un peu d'air après le saccage de l'appartement ne leur ferait pas de mal.

Construit en brique rouge et poutrelles d'acier peintes en vert-de-gris, Coors Field était l'un de ces nouveaux stades conçus uniquement pour le base-ball, qui ressemblaient un peu aux anciennes arènes. Une vraie pelouse et des gradins proches de l'aire de jeu créaient une atmosphère plus conviviale et plus intime que les grands stades couverts, et le gazon synthétique avait été aboli. Mais même les plus nostalgiques n'en appréciaient pas moins les grands panneaux électroniques, l'accès facile et les nombreuses toilettes, qui permettaient d'emmener Taylor au petit coin sans rater dix tours de batte.

C'était une belle soirée d'été, parfaite pour le jeu de balle. Elles occupaient des places bon marché en haut, sur le côté droit des tribunes. Taylor avait enfilé son gant pour attraper toute balle qui viendrait à voler dans sa direction. La casquette gratuite était trois fois trop grande pour elle et ne cessait de lui tomber sur les yeux, bloquant sa vision. Toutes les vingt secondes, elle demandait ce qui se passait à sa mère, qui joua les commentateurs pendant le premier tour de batte, jusqu'à ce que la fillette se lasse et consente à ôter sa coiffe.

Au sixième tour, elle commença à somnoler sur son siège. De son côté, Amy avait cessé de s'intéresser au match. Elle repensait à sa conversation avec Marilyn Caslow. Elle pouvait même apercevoir son bureau depuis le stade. Les lumières étaient toutes allumées au quarante-deuxième étage de la tour. Elle se demandait si Marilyn avait informé quelqu'un de leur entretien.

Elle chassa ses doutes. Marilyn appartenait en quelque sorte à la famille. Ce qui l'ennuyait, cependant, c'était le scepticisme dont celle-ci avait fait preuve en écoutant son histoire. Peut-être n'avait-elle pas cru un mot de l'histoire de ces deux cent mille dollars. Peut-être avait-elle douté qu'Amy n'ait eu aucune relation avec le vieil homme qui lui avait envoyé cet argent. Pire, Marilyn avait peut-être plus ou moins exprimé ses propres sentiments en la mettant en garde contre le danger de passer pour une prostituée.

Amy se félicitait toutefois de ne pas avoir mentionné l'étrange attirance qu'elle avait éprouvée pour Ryan Duffy. Cela n'aurait fait que renforcer les soupçons de Marilyn.

« Je suis fatiguée », gémit Taylor à côté d'elle en se couchant en travers des genoux de sa mère.

Amy lui caressa la tête puis la prit dans ses bras.

« Allez, il est temps qu'on s'en aille.

— Mais je n'ai pas encore attrapé de balle.

— La prochaine fois, ma chérie. »

Elles descendirent main dans la main l'escalier de béton. Taylor devait presque courir, car Amy avait hâte de rentrer. Il était temps de se ressaisir, pensait-elle. Elle avait déjà dépassé la date limite d'inscription au programme du doctorat d'astronomie pour la rentrée et, de toute façon, elle ne possédait plus assez d'argent pour régler les frais. Elle devait maintenant regagner la confiance de Marilyn et lui prouver qu'elle n'avait pas raconté d'histoires au sujet de cet argent. Et Ryan Duffy pouvait l'y aider. Elle lui avait accordé une semaine pour qu'il lui fournisse la preuve que ces deux cent mille dollars n'avaient pas une origine douteuse. Ils devaient se revoir ce vendredi et, bien que l'argent eût disparu, elle comptait se rendre à leur rendez-vous. Elle enregistrerait en cachette leur conversation et la ferait écouter à Marilyn.

Un rugissement de la foule l'arracha à ses pensées. Les Rockies menaient aux points. Elle continua d'entraîner Taylor avec elle en direction du parking nord, où elle avait laissé sa voiture.

C'était la première fois qu'elle emmenait Taylor assister à un match en nocturne. Les lampadaires éclairaient les abords du stade d'une sinistre lumière jaune. Les grandes poubelles débordaient de canettes et de bouteilles de bière confisquées aux supporters. Le sol était jonché de talons de billets. Le bruit de la foule décroissait derrière elles. Amy éprouvait une troublante sensation de solitude, comme si les quarante mille spectateurs avaient disparu dans la nuit, les laissant seules, Taylor et elle, dans une mer de voitures.

Amy prit dans ses bras sa fille qui dormait debout et s'en fut d'un bon pas à la recherche de son pick-up. Elle savait qu'elle s'était garée dans l'aile E, mais toutes les rangées se ressemblaient, et ce ne fut qu'après qu'elle fut passée deux fois devant la même Honda rouge qu'elle prit la direction opposée. Taylor dormait maintenant sur son épaule, mais ce n'était plus un bébé, et Amy commençait à fatiguer. Elle poussa un soupir de soulagement en apercevant enfin sa fidèle guimbarde.

Elle coupa entre deux véhicules, chercha sa clé, installa Taylor sur le siège du passager et ferma doucement la portière. Elle contournait la voiture par l'arrière quand un bruit derrière elle la fit se figer. Mais elle n'eut ni le temps de se retourner ni même celui de crier. L'homme s'était jeté sur elle, lui plaquant une main sur la bouche et, de l'autre, une lame de couteau sur la gorge.

« Bouge pas », gronda-t-il tout bas.

Elle tremblait, pressée par son agresseur contre le hayon du pick-up.

« On a vu le rapport de police, lui murmura-t-il à l'oreille. Tu n'as pas parlé de l'argent, c'est une bonne chose pour toi. »

Elle ne pouvait même pas respirer. C'était ce qu'elle avait redouté : que l'argent appartienne à des gangsters.

« Continue comme ça. Pas un mot sur les deux cent mille dollars. Et tiens-toi à l'écart des flics. » Il lui tordit le bras. « Maintenant, tu vas remonter dans ta caisse et foutre le camp d'ici. Tu cries ou tu parles à la police, et c'est ta môme qui paye. »

Il l'écarta du pick-up pour la jeter brutalement à terre, avant de partir en courant. Elle se releva et le chercha en vain des yeux. Elle trouva instinctivement le sifflet qu'elle tenait accroché à son trousseau de clés mais ne le porta pas à sa bouche. La menace résonnait encore dans son oreille.

Elle monta dans la voiture et démarra. Taylor dormait sur le siège. La vue de son enfant lui serra le cœur. Elle se pencha pour lui caresser doucement la tête puis s'empressa de sortir du parking.

36

L'avion de Ryan atterrit à l'aéroport international de Denver à minuit moins dix. Comme il n'avait pas pris la peine de récupérer sa valise à l'hôtel, il n'avait pour tout bagage que le sac qu'il avait acheté en remplacement de celui qu'on lui avait volé. Il avait déjà passé la douane à Houston, où il avait attrapé une correspondance pour Denver. Norm l'attendait avec la Range Rover moteur en marche devant la porte des arrivées. Ryan sauta à l'intérieur. Après une journée consacrée à fuir la police panaméenne, à subir un interrogatoire par le FBI et neuf heures de vol, ce fut avec délice qu'il s'enfonça dans le siège en cuir de la voiture.

« Je suis content de te revoir, mec, dit-il en claquant la portière.

— Tu ressembles à Steve McQueen dans ce vieux film qui se situe à l'île du Diable, dit Norm en lui jetant un regard amusé.

— *Papillon* ?

— Ouais. Tu as flotté depuis Panamá sur un radeau de noix de coco ?

— Tais-toi et démarre, Norm. »

Un coup de sifflet les fit tressaillir : l'un des

gardiens de l'aéroport était prêt à leur coller une contredanse pour stationnement interdit, comme si les passagers devaient sauter dans des voitures en marche. Norm accéléra en direction de la sortie.

« Tout s'est bien passé avec les fédéraux ? demanda-t-il.

— J'ai suivi tes conseils et obtenu leurs cartes de visite. Forsyth est en poste à Denver. L'autre n'appartient pas au FBI. C'est un agent du fisc, du service des fraudes. Il vient de Washington.

— Je m'attendais à ce que le fisc se manifeste, dit Norm en s'engageant dans la bretelle d'accès à l'autoroute. Je me suis livré à une petite enquête de mon côté et j'ai appelé un ami qui travaille au ministère de l'Intérieur.

— Alors ?

— Si le FBI se fait aider d'un fonctionnaire du service des fraudes, c'est que ton affaire est considérée comme un délit majeur.

— Majeur ?

— Ne t'arrête pas au mot. Tout est majeur pour ces messieurs. Ce n'est pour eux qu'une façon de cataloguer des cas dont ils ne peuvent encore préciser le cadre ou la nature exacte.

— Et dans quel cadre s'orienteraient-ils, selon toi ?

— Ce pourrait être une simple enquête pour fraude, puisque ton père n'a jamais payé d'impôts sur cet argent. Maintenant, si le FBI a eu vent de l'extorsion, ils chercheront à établir un délit de corruption. Enfin, s'ils reniflent un blanchiment, il y aura une investigation pour crime économique. Mais il est trop tôt pour le déterminer.

— Et tout ça parce que j'ai pris à rebrousse-poil un sous-directeur de banque !

— En fait, il n'a pas été le seul à appeler le FBI.

D'après ce que j'ai pu apprendre, l'avocat de ta femme a sa part là-dedans.

— Jackson ? »

Norm acquiesça.

« Figure-toi qu'il est à l'hosto. Il semblerait que Brent lui ait démoli le portrait, pour se venger de l'assignation à comparaître que lui a envoyée Jackson.

— Quel con !

— Qui ? Jackson ou Brent ?

— Les deux.

— Bref, Jackson a su présenter sa mésaventure de manière à piquer la curiosité du FBI. Trois millions de dollars dans une banque panaméenne, ça ne fait pas la une des journaux, mais, quand un avocat de renom se retrouve aux urgences pour s'être mêlé de ce qui le regarde, cela éclaire l'affaire d'une autre lumière. Surtout quand l'avocat se trouve être Me Jackson. Crois-le ou pas, mais ce salaud a des amis. Et si tu ne comptes pas parmi ces derniers, c'est qu'il détient quelque chose contre toi. Je t'ai expliqué comment fonctionnait un chantage en te citant le cas de ce prédicateur qui enfilait son clébard, tu te souviens ?

— Ouais.

— Jackson est le genre de type qui pourrait très bien avoir ce style de photos dans son tiroir. Je suis persuadé qu'il a dans son armoire un tas de saloperies contre un tas de gens, du gouverneur du Colorado au poisson rouge de ta tante. Il est le J. Edgar Hoover de la profession. Et ton beau-frère vient de lui donner toutes les raisons de s'énerver.

— Formidable. Ça veut dire que Jackson sait, pour l'argent ?

— Seulement si le FBI a laissé passer une fuite,

251

ce dont je doute. Mais je suis sûr que ce salopard s'est mis à fouiner. »

Ils roulèrent en silence pendant un moment, tandis que les lumières de Denver se rapprochaient.

« À propos, tu as découvert un milliardaire parmi les copains de classe de papa ?

— Non, pas encore, mais on continue de chercher.

— Et cette société écran aux Cayman ? Après ce que ça m'a coûté de découvrir qui avait payé mon père, j'aimerais bien suivre cette piste.

— Mon enquêteur est dessus. Heureusement, il n'aura pas besoin d'aller aux Caraïbes.

— Comment vais-je pouvoir le payer ? Il m'a l'air d'abattre un sacré travail.

— Ne t'inquiète pas. Il est sous contrat. Tu n'auras que ses dépenses personnelles à régler.

— J'espère qu'il ne mange pas du caviar midi et soir.

— Ne sois pas pessimiste, il se contente de langouste, répliqua Norm. Attendons de savoir ce que cherche le FBI. S'ils disent que ton père est redevable de l'impôt sur ces trois millions, attends-toi à payer une forte amende, mais ce sera le prix de ta tranquillité.

— Crois-tu qu'ils se doutent qu'il y a encore deux millions en espèces dans le grenier ?

— Comment pourraient-ils le deviner ? Nous avons le temps de décider, au sujet de cet argent. En tant qu'exécuteur testamentaire, tu as quatre-vingt-dix jours pour remplir une déclaration au fisc.

— Qu'est-ce que je vais leur dire, quand je les reverrai ?

— C'est moi, et moi seul, qui vais aller à ce

premier rendez-vous. Tu n'as pas besoin d'être présent.

— Je viendrai avec toi, dit fermement Ryan.

— Je ne te le conseille pas. Il est préférable que je me présente seul, afin de découvrir ce qu'ils cherchent au juste. Nous pourrons ensuite examiner en toute sérénité la marche à suivre.

— Norm, je te fais confiance comme à un frère, mais je dois être à tes côtés. »

Norm soupira mais n'insista pas.

« Si tu viens, ne dis rien. Ne bouge même pas un sourcil.

— Ça, je peux.

— Parfait. Nous devons aborder cette rencontre comme une négociation. Comme je te l'ai déjà dit, j'ai dans l'idée que cette affaire est plus grosse que ton père ne le soupçonnait. Et si c'est effectivement le cas, je doute que le FBI s'intéresse longtemps à toi. Mais ils feront pression sur toi pour obtenir des noms et pour que tu les aides à découvrir qui est derrière cet argent. Et s'ils apprennent qu'il s'agit d'un chantage, ils voudront en savoir encore plus.

— Le seul nom que je connaisse est celui de mon père. »

Norm tourna la tête vers Ryan.

« Je connaissais ton père. Et à mon humble avis, je ne le crois ni assez rusé ni assez malhonnête pour orchestrer seul un chantage de cinq millions de dollars. Le FBI voudra savoir avec qui il était de mèche.

— Eh bien, je ne risque pas de les éclairer là-dessus.

— Les noms ne sont pas tout. Refile-leur quelque chose à se mettre sous la dent. Par exemple, cette femme qui t'a piégé à Panamá.

253

— Je ne sais rien d'elle.

— Il y a bien un détail que tu pourrais leur révéler, non ? Je n'insinue pas que nous devrons tout leur raconter dès cette première rencontre, mais, si nous devons négocier ta liberté avec eux, il faudra bien leur offrir quelque chose en retour. »

Ryan se pencha pour prendre son sac qu'il avait posé à ses pieds.

« J'ai peut-être quelque chose.
— Quoi ? »

Ryan saisit une pochette en plastique.

« Il y a là-dedans le verre dans lequel elle a bu.
— Mais tu l'as donné au sous-directeur du Banco del Istmo !
— Je n'allais tout de même pas me défaire de la seule preuve susceptible de me conduire vers ceux qui m'ont suivi jusque là-bas ! Je lui ai apporté un verre de l'hôtel, mais pas le bon. »

Norm eut envie de le réprimander d'avoir menti à son avocat, mais la curiosité l'emporta sur la colère.

« Et tu penses que les empreintes sont encore exploitables ?
— Je l'espère. J'ai fait de mon mieux pour les protéger dans cette pochette. Et si les choses se gâtent, le FBI appréciera sûrement que je lui fournisse une piste.
— Oui, mais cela dépendra de la tournure que prendra leur enquête. » De sa place, Norm pouvait distinguer le croissant de rouge à lèvres sur le bord du verre. « Il y a là peut-être assez de salive pour une analyse d'ADN.
— Nous n'irons pas à cette négociation sans atout.
— C'est un bon début. Mais ce ne sera peut-être pas suffisant.

— Il faudra s'en contenter », dit Ryan en détournant les yeux.

Cette attitude trop retenue réveilla la vigilance de Norm.

« Tu ne me cacherais pas autre chose, par hasard ? » demanda-t-il.

Ryan continua de regarder droit devant lui. Il était temps de parler d'Amy. Cela ne lui prit qu'une minute.

Norm frappa du poing le volant et, accélérant, roula jusqu'à l'aire de repos suivante, où il freina.

« Bon Dieu, j'en ai marre de tes cachotteries, dit-il d'une voix sourde. D'abord, ce verre, et maintenant cette Amy. Tu continues de te comporter comme le médecin omniscient qui prend ses patients pour des ignares. Tu te fais une idée très personnelle de ce que je dois savoir et, surtout, de ce que je dois ignorer. Eh bien, ça ne marche pas comme ça. Je suis ton avocat. Tu es mon client. J'ai besoin de tous les éléments, tous.

— Je ne joue à aucun jeu avec toi, Norm. Je ne voulais pas qu'Amy soit impliquée dans cette affaire.

— Pourquoi ? Il se pourrait qu'elle soit le chaînon manquant, qu'elle sache qui ton père faisait chanter. Peut-être que c'est elle que ton père a chargée de divulguer le secret si jamais il lui arrivait un accident.

— J'y ai pensé, figure-toi. Mais il serait injuste de la mouiller avant que j'aie éliminé une autre possibilité.

— Laquelle, si ce n'est pas trop demander ? »

Ryan baissa les yeux. Le fait qu'il eût ressenti à l'égard d'Amy un sentiment de tendresse rendait l'explication encore plus difficile.

« J'ai besoin de savoir si elle a un lien avec la victime. Je parle de la victime du viol.
— À quoi penses-tu ?
— Nous savons que mon père a été inculpé de viol quand il était encore mineur. Qui a subi le viol ? De toute évidence, Amy est bien trop jeune pour que ce soit elle. Mais peut-être est-ce sa mère ou un autre membre de sa famille. Je voudrais juste m'assurer que mon père ne lui a pas envoyé cet argent en réparation de cette faute. »

Norm hocha la tête.

« Le problème, c'est que le compte rendu d'audience est sous scellés, peut-être même détruit. La loi autorise la destruction du casier judiciaire de tout délinquant mineur sitôt qu'il a dépassé l'âge de vingt et un ans. Je ne vois donc pas comment on pourrait apprendre le nom de la victime.
— En tout cas, c'est mon premier souci, en ce moment. Quand nous nous sommes vus, vendredi dernier, elle m'a donné une semaine pour lui prouver que l'argent n'avait pas une origine criminelle. Je m'attends donc à ce qu'elle m'appelle dès demain ou vendredi.
— Que vas-tu décider ?
— Je ne sais pas, reconnut Ryan en regardant par la vitre. Mais je devrai avoir trouvé quelque chose d'ici à vingt-quatre heures.
— Et si tu n'as rien trouvé ? »

Il jeta un regard à Norm. Il avait déjà tant souffert d'avouer à son ami le crime de son propre père qu'il redoutait un nouvel aveu, cette fois à une femme.

« Alors, je ferai la seule chose que je puisse faire.
— Quoi ?
— Lui demander ce qu'elle sait d'un certain viol. »

37

Ryan téléphona chez lui le jeudi matin. Cette fois, son père ne répondrait pas.

Il ne s'était pas encore habitué à cette réalité. Son père avait toujours été le seul à répondre. Sa mère détestait parler au téléphone. Frank Duffy, lui, adorait ça, on le sentait à sa voix. Ce n'était pas un « allô ? » paresseux ou ennuyé, mais plein d'entrain et de chaleur envers quiconque lui faisait le plaisir de l'appeler. C'était devenu une blague parmi les amis : qu'on appelât Ryan, Sarah ou Jeanette, c'était toujours avec Frank qu'on faisait la conversation.

Ryan avait passé la plus grande partie de la nuit à se demander s'il devait avertir sa mère de ce qu'il avait appris, surtout au sujet du viol. Ce n'était pas facile. Il aurait préféré le lui dire de vive voix, mais depuis que le FBI était entré en scène, il se devait de l'informer de la tournure des événements.

Dès l'aurore, il appela depuis la chambre d'amis où Norm l'avait installé. À cette heure si matinale, sa mère s'était déjà levée et habillée, non pas à cause des coqs du voisin, mais parce que Jeanette était née Greene : elle venait d'une famille de pionniers qui, voilà plus d'un siècle, s'était installée dans les plaines du Colorado avec deux mules, dans une maison de pisé. Elle avait toujours été une lève-tôt, comme si elle avait été génétiquement programmée pour se lever à matines afin de traire les vaches et nourrir les poules, même s'ils ne possédaient ni les unes ni les autres.

Depuis l'enterrement, elle se levait même plus tôt que de coutume. La grande maison lui paraissait déserte sans Frank et sa voix de stentor. Et le large lit lui semblait encore plus vide. Cette image attristait Ryan. La perte de son mari avait tué chez sa mère cet esprit de pionnière qui lui avait fait traverser la vie avec tant de force. Elle avait vieilli d'un coup. Il l'imaginait assise dans la cuisine devant un bol de café qui refroidissait, pendant qu'il essayait de lui dire la vérité sur l'homme qu'elle avait épousé.

« Je ne veux rien entendre », répéta-t-elle d'une voix ferme.

C'était comme une prière revenant sans cesse dans leur conversation. Ryan se voyait dans l'incapacité de lui donner le moindre détail. Elle s'y refusait et menaçait de raccrocher. Après avoir rempli sa promesse à Frank – révéler à Ryan l'existence du coffre bancaire à Panamá –, elle se murait dans le silence. Ryan avait eu le choix : ouvrir ou ne pas ouvrir la boîte de Pandore. Il devait maintenant en supporter seul les conséquences. Pas elle.

« Maman, laisse-moi au moins te dire que le FBI cherchera peut-être à prendre contact avec toi.

— Oh ! mon Dieu !

— Tu n'as pas à t'inquiéter. Il n'est pas du tout sûr que ça arrive. Hier, Norm a notifié au procureur qu'il représentait les intérêts de la famille Duffy. Aussi ils ne devraient plus approcher un seul d'entre nous, maintenant que nous avons un avocat.

— Mais que dois-je leur dire si jamais ils m'interrogeaient ?

— De s'adresser à Norman Klusmire. Point final. N'essaie même pas de te montrer polie et coopérative. Au contraire, fais preuve de fermeté.

— D'accord.

— Je voulais en informer Sarah, mais j'ai eu beau appeler chez elle, personne n'a répondu. Elle va bien ?

— Oui, elle va bien.

— Si tu la vois, répète-lui ce que je viens de te dire. Et demande-lui aussi de me téléphoner dès que possible. Je serai chez Norm ou à son cabinet pour le restant de la journée. J'ai besoin de parler de Brent avec elle.

— Brent est rentré hier.

— Alors, tu as dû apprendre ce qu'il a fait à Denver ?

— Euh… quand rentres-tu à Piedmont, Ryan ? »

Il marqua une pause. Il était évident qu'elle ne voulait pas parler de Brent. Elle ne voulait parler de rien.

« Je rentrerai demain, peut-être. J'ai encore deux ou trois choses à faire ici, à Denver.

— Et ta clientèle ?

— Ne t'en fais pas. J'ai envoyé tous mes patients chez le Dr Weber, à Lamar.

— Oh ! c'est un très bon médecin ! Et sa secrétaire est tellement charmante ! Douce et très jolie. Tu pourrais l'appeler, maintenant que Liz et toi êtes légalement…

— Maman, l'interrompit-il, agacé d'entendre sa mère tenter si piètrement de détourner la conversation, je vais te laisser. Je t'aime. Et rappelle-toi qu'aucun d'entre nous n'a de raison d'avoir honte. Nous n'avons rien fait de mal.

— Oui, dit-elle d'une petite voix, j'essaierai de m'en souvenir. »

Sarah attendit le déclic sur la ligne pour raccrocher le téléphone du salon. Elle avait tout entendu à l'insu de Ryan.

Sa tentative pour demander à Brent des explications lors de son retour de Denver s'était avérée désastreuse. Elle avait cherché refuge chez sa mère, en attendant que son mari se calme. Elles avaient passé la nuit à parler de Ryan. Sarah nourrissait à l'égard de son frère des soupçons dont les propos de Brent n'étaient pas seuls responsables. Elle pensait que Ryan lui cachait des choses afin de préserver ses propres intérêts. Jeanette lui avait permis d'espionner au téléphone dans le seul but d'apaiser ses doutes.

Elle gagna la cuisine d'un pas traînant et, s'arrêtant sur le seuil, regarda sa mère sans aménité. « Pourquoi ne l'as-tu pas laissé s'expliquer ? » demanda-t-elle d'un ton lourd de reproche.

Jeanette sirota une gorgée de café et fit la grimace. Il était froid.

« Que veux-tu dire ?
— Que tu l'as empêché de raconter ce qu'il a découvert.
— Je ne voulais pas le savoir.
— Eh bien, moi, je le voulais.
— Il te le dira lui-même. »

Sarah grogna, exaspérée. « C'était pour ça que tu m'as autorisée à écouter votre conversation, pour voir s'il te confierait des choses qu'il ne me dirait pas. »

Jeanette remplit de nouveau son bol et revint s'asseoir à table.

« Je suis désolée, mais ce n'est pas parce que tu deviens paranoïaque que je vais m'impliquer dans cette histoire.

— Je ne suis pas paranoïaque ! s'écria Sarah. Tu es de son côté, alors ?

— Comment ?

— Ni toi ni lui ne voulez que je sache ce qui se passe, c'est bien ça, hein ?

— C'est ridicule, Sarah.

— Et dès que je serai partie d'ici, tu le rappelleras pour qu'il te raconte tout, n'est-ce pas ?

— Sarah, je te prie de te reprendre. C'est de ta famille que tu parles.

— Maman, j'ai tout entendu ! Il a suffi qu'il mentionne le nom de Brent pour que tu lui parles de cette idiote de secrétaire à Lamar. C'est quoi, le problème ? Tu as peur de Brent ? Ou bien tu ne me fais plus confiance ?

— Tu as toujours ma confiance, Sarah. Et tu as aussi celle de ton frère.

— Alors pourquoi ne m'a-t-il rien dit de cette femme prénommée Amy ?

— Quelle femme ?

— La femme à qui papa a envoyé de l'argent dans une boîte en carton. Elle est allée voir Ryan, et il ne m'en a pas parlé. Et puis, elle est passée me voir. »

Jeanette secoua la tête avec force. « Je n'en savais rien du tout, mais je suis sûre que Ryan a ses raisons. »

Sarah vint s'asseoir en face de sa mère. Il était clair que Jeanette ne voulait rien entendre de tout cela, mais elle n'avait nullement l'intention de se taire.

« Oui, elle est venue ici, à Piedmont Springs. Je lui ai parlé. Elle m'a confié que papa lui avait donné mille dollars. Cette femme ne m'a pas fait une bonne impression, c'est le moins que je puisse dire. Le genre agitée et fureteuse. Non, elle ne m'a pas plu, mais alors pas du tout. »

Jeanette garda le silence.

« Elle se donnait des airs, comme si elle appartenait à la famille ou je ne sais quoi. »

Jeanette avait plongé le nez dans son bol, mais ses mains tremblaient, comme si elle s'attendait au pire.

« Maman, j'ai une question à te poser. Est-ce que papa t'a été infidèle ? »

Jeanette refusa de regarder sa fille. Finalement, elle répondit d'une voix assourdie :

« C'est une question très personnelle.

— Il l'a été ?

— Je ne vois pas en quoi cela pourrait t'intéresser.

— Un homme ne peut avoir une enfant illégitime prénommée Amy, à moins qu'il n'ait été infidèle. »

Sarah observa sa mère, qui cherchait ses mots. « Alors ? » demanda-t-elle encore.

Jeanette releva la tête. « Il est possible qu'il l'ait été. »

À sept heures et demie du matin, Amy se dirigeait vers son bureau. La circulation était dense mais, plongée dans ses pensées, elle conduisait en automate.

Elle n'avait pratiquement pas dormi de la nuit. Sitôt rentrée du stade, elle avait couché Taylor, mais elle n'avait cessé de trembler que des heures plus tard. Incapable de parler de ce qui lui était arrivé, elle n'avait rien dit à sa grand-mère. Quatre fois au cours de la nuit, elle avait décroché le téléphone pour appeler la police, et raccroché aussitôt. Chaque fois, les paroles de son agresseur venaient la hanter.

Tu cries ou tu parles à la police, et c'est ta môme qui paye.

Elle se demandait qui pouvait être cet homme, et s'il avait lui-même des enfants. Un père pouvait-il prononcer des paroles aussi terribles devant une mère ? Bien sûr que oui. La seule espèce qui ne serait jamais en voie de disparition était celle des tueurs et des ordures de son espèce. Ils étaient nombreux, elle le savait, à ne pas hésiter à faire du mal à un enfant. Personne n'avait encore menacé sa fille. Elle se souvenait de sa terreur, quand elle avait appris qu'une fillette avait été assassinée à Boulder. Cela s'était passé à des kilomètres de chez elle, quand Taylor n'était qu'un bébé mais, en tant que maman et membre de la même communauté, elle s'était sentie atteinte dans sa chair. Et, ce matin, elle éprouvait de la terreur.

Elle devait agir.

Elle stoppa à un feu rouge. Elle se souvint soudain que le lendemain était vendredi, la date limite qu'elle avait fixée à Ryan Duffy. Il devait être à même de lui fournir une explication concernant l'origine de l'argent, et peut-être de l'éclairer sur l'agression dont elle venait de faire l'objet.

Et dire qu'elle avait eu envie de mieux le connaître ! Quelle idiote !

Elle s'arrêta dans une station-service pour l'appeler d'une des cabines. À la quatrième sonnerie, elle tomba sur un répondeur.

Elle réfléchit à ce qu'elle allait dire, en souhaitant se montrer précise et vague à la fois, au cas où ce serait une secrétaire ou un tiers qui prendrait le message.

« Docteur Duffy, dit-elle d'une voix neutre, je vous donne rendez-vous ce soir même, jeudi, à huit heures, au Half Way Café, à Denver. Je suis désolée de ne pouvoir attendre jusqu'à demain, comme convenu. C'est important. »

Elle raccrocha et prit une profonde inspiration. *C'est très important.*

38

Amy arriva à Denver avec quelques minutes d'avance. La circulation à la sortie de Boulder était plus fluide que prévu et, à la différence des autres jours, personne au bureau ne lui avait confié une tâche de dernière heure.

À huit heures moins dix, elle poussa la porte du Half Way Café, un bar-restaurant branché, situé près de Larimer Square. Elle songea à laisser son nom à l'hôtesse, mais s'en abstint ; Ryan savait à quoi elle ressemblait. Elle dépassa les tables bruyantes de la partie restaurant pour gagner le bar et choisir le seul box encore libre dans le fond de la salle, au son d'une musique un peu trop forte à son goût. À une table voisine, deux couples mastiquaient du pop-corn salé en éclusant force bières maison, tandis que deux jeunes gens se livraient à une bruyante partie de fléchettes électroniques. Au-dessus du grand comptoir de chêne, un énorme poste de télévision diffusait un match de base-ball. Amy détourna les yeux de l'écran, qui lui rappelait trop son agression sur le parking du stade. Elle parcourut la carte des boissons d'un œil distrait, l'estomac noué.

La serveuse arriva.

« Vous êtes seule ?

— Non, j'attends quelqu'un.

— Désirez-vous quelque chose en attendant ?

— Un café noir, s'il vous plaît. »

La serveuse s'en fut. Amy jeta un coup d'œil à sa montre. Huit heures.

« Puis-je me joindre à vous ? »

Elle sursauta. Ryan se tenait devant le box.

« Mais je vous en prie. »

En se glissant sur la banquette en face d'elle, il faillit heurter de la tête la lampe Tiffany suspendue au-dessus de la table. Amy eut le temps de l'observer et d'étudier ses traits avec plus d'attention, au cas où elle serait amenée à faire la description du Dr Duffy. Dire qu'il était « bel homme » ne suffisait pas.

Ryan surprit son regard.

« J'ai l'impression de participer à une séance d'identification dans un commissariat, dit-il.

— Pourquoi, ça vous est déjà arrivé ?

— Oh ! voilà une curieuse façon de reprendre notre entretien de la semaine dernière », fit-il remarquer.

Amy allait lui répondre, mais la serveuse revenait déjà et, posant la tasse de café devant Amy, demandait à Ryan : « Et pour monsieur, ce sera… ?

— La même chose », répondit Ryan.

Quand ils furent de nouveau seuls, Amy s'excusa.

« Je crois que mes paroles dépassaient ma pensée. J'ai eu une semaine très difficile, comme vous le savez peut-être.

— Pardonnez-moi, mais je n'ai pas la moindre idée de ce qu'a pu être votre semaine.

— Et je devrais vous croire ?

— Oui. »

Elle le fixa droit dans les yeux, guettant une lueur d'hypocrisie, mais n'en trouva pas. Par ailleurs, le fait qu'il soit présent à leur rendez-vous parlait plutôt en sa faveur. Pourquoi se serait-il donné la peine de venir, s'il avait su que l'appartement avait été saccagé et l'argent volé ?

Elle essaya un autre angle d'attaque :

« Votre sœur est un personnage intéressant…
— Ma sœur ?
— Vous êtes très différents l'un de l'autre.
— Vous avez parlé à ma sœur ? »

Elle le considéra de nouveau avec une grande attention et la stupeur qu'elle lut sur son visage n'était pas feinte.

« Oui, nous avons eu une petite conversation pendant que vous étiez en voyage d'affaires. C'est du moins ce que votre mère m'a dit.
— Vous avez également rencontré ma mère ?
— Non, au téléphone seulement. Je ne lui ai pas dit qui j'étais.
— Vous avez donc vu Sarah seule ?
— Oui. Mais je suis étonnée que les Duffy se fassent si peu de confidences.
— Je ne vois pas pourquoi nous devrions tout nous dire. »

La serveuse apporta son café à Ryan, sourit à Amy et s'en fut vers une autre table.

« Comment s'est passé ce voyage… d'affaires ?
— Disons qu'il a été fort intéressant.
— Intéressant ? » Elle jeta un regard en direction de l'écran de télévision. « Le base-ball aussi est intéressant. Et regagner sa voiture après un match en nocturne peut l'être encore davantage, croyez-moi.

— Je ne suis pas sûr de bien saisir ce que vous dites. »

Elle chercha de nouveau un signe de duperie mais dut conclure que soit il ne savait rien, soit il était un excellent comédien.

« Je suppose que votre voyage n'était pas sans rapport avec notre conversation de vendredi dernier. Pouvez-vous me prouver que cet argent n'est pas d'origine frauduleuse ?

— Non, hélas !

— Nous étions convenus que, dans le cas où vous ne pourriez me garantir sa source, je le remettrais à la police.

— Cette démarche irait à l'encontre de nos intérêts communs. »

Amy se pencha en avant.

« Je ne plaisante pas, Ryan. Si vous ne pouvez m'apporter la preuve que cet argent est propre, je devrai m'en séparer.

— Mais je vous crois ! »

Il ne sait pas que j'ai été cambriolée, pensa-t-elle.

« J'espère que vous n'essayez pas de gagner du temps, dit-elle.

— Non, pas du tout. Ce que je m'efforce de vous faire comprendre n'est pas chose facile, et je sens en vous une hostilité qui me rend la tâche encore plus difficile.

— D'accord, dit-elle. Qu'avez-vous à me dire, exactement ? »

Il baissa les yeux, incapable de soutenir le regard qu'elle posait sur lui. « J'ai le sentiment que toute cette affaire nous pose, à vous comme à moi, un problème très personnel. »

Elle le considéra d'un air perplexe. Elle s'était

attendue à un échange plus rude. Or, il semblait terriblement gêné.

« Personnel, dites-vous ?

— Oui. »

Il avait l'air d'un collégien timide, n'osant déclarer sa flamme à une jeune fille.

« Vous voulez dire... vous et moi ? insista-t-elle.

— Oh, non ! répondit-il en rougissant. Ce n'est pas à cela que je...

— Non, bien sûr que non. Ce serait plutôt... inopportun, non ?

— Si, tout à fait. »

Ils échangèrent un même regard troublé.

« Alors, c'est quoi ? demanda Amy.

— Cela me répugne d'en parler, mais je dois le faire. »

Ces dernières paroles provoquèrent chez Amy une inquiétude soudaine. Où voulait-il en venir ?

« Je vous écoute.

— Eh bien, je me demande depuis le début pourquoi cet argent nous a réunis, vous et moi. »

Qu'entendait-il par là ? Faisait-il allusion au destin ?

« Je l'ignore moi-même, rétorqua Amy.

— De mon côté, plus je cherche à savoir d'où vient cet argent, plus je découvre la personnalité de mon père. Et je songe aussi que vous êtes peut-être dans la même situation. Qu'il y a peut-être un membre de votre famille à propos duquel vous aimeriez en savoir plus. »

Amy pensa aussitôt à sa mère.

« Si vous savez quelque chose au sujet de ma mère, dites-le.

— Il y aurait donc quelque chose que vous aimeriez apprendre sur elle ?

— Je vous en prie, répondez à ma question. »
Il hésita, incertain.

« Avant que je le fasse, Amy, il y a une question que je dois vous poser. Mon père avait soixante-deux ans quand il est mort. Quel âge a votre mère ?

— Ma mère est morte.

— Je suis désolé… Quel âge aurait-elle, si elle était toujours en vie ?

— Soixante et un.

— Quand est-elle morte ?

— Vous avez parlé d'une question, pas de deux.

— Pardonnez-moi, mais cela pourrait avoir son importance… pour nous deux. Dites-moi seulement quand elle a disparu.

— Il y a longtemps. Je n'avais que huit ans.

— Et elle a toujours vécu à Boulder ?

— Qu'est-ce que cela a à voir avec ma mère, vous pouvez me le dire ? »

Ryan plissa le front, embarrassé. Amy ignorait s'il détenait ou non un secret, mais après toutes ces années d'interrogations, elle ne pouvait manquer l'occasion. « Si vous savez quelque chose, j'ai le droit de l'apprendre. »

Elle perçut, dans le regard qu'il levait vers elle, une étrange tristesse. « Amy… votre mère a-t-elle été impliquée dans un viol ?

— Comment cela, "impliquée" ?

— Je voulais dire : a-t-elle été victime d'un viol ? »

Amy se tut.

« Quoi ? Seriez-vous en train de me dire que ma mère a été…

— C'est possible. Il y a longtemps. Quand elle était encore adolescente.

— Comment pouvez-vous le savoir ? »

Il ne répondit pas. « Comment le savez-vous ? » répéta-t-elle avec force.

Il déglutit péniblement. « Comme je vous le disais, reprit-il, cette histoire d'argent nous amène à découvrir certaines choses. »

Amy tremblait.

« Votre père, dit-elle d'une voix blanche, votre père aurait violé ma mère, c'est ça ? Et c'est pourquoi il m'aurait envoyé cet argent ?

— Je... » Il baissa les yeux, incapable de répondre à la fille de la victime, assise là, en face de lui.

Le visage d'Amy s'était empourpré, tandis qu'un flot d'émotions la submergeait, où se mêlaient de la rage envers les Duffy et le dégoût d'avoir flirté avec Ryan.

« Oh ! mon Dieu ! dit-elle tout bas.

— Écoutez, Amy...

— Je vous interdis de prononcer mon nom. »

Elle se glissa hors du box.

« Où allez-vous ?

— Le plus loin possible de votre sale famille. »

Elle se hâta en direction de la sortie.

« Attendez, je vous en prie ! »

Mais elle ne s'arrêta pas. Une larme coulait sur sa joue quand elle déboucha sur le trottoir. Elle tourna dans la mauvaise direction, mais elle s'en fichait. Elle n'avait qu'une envie : s'en aller. Elle avança, la vue brouillée par un soudain chagrin. Elle souffrait pour sa mère, meurtrie par un viol qui l'avait peut-être conduite au suicide.

39

Ryan ne chercha pas à la suivre. L'abattement et un sentiment de honte l'en empêchèrent. Jusqu'à cet instant, il n'avait fait qu'observer et ressentir les conséquences que le crime d'un père pouvait avoir sur son fils. À présent, il mesurait ce que devaient éprouver les véritables victimes.

Sous ce nouvel éclairage, l'attirance instinctive qu'il avait ressentie pour Amy lors de leur première rencontre lui paraissait répugnante. Le fils d'un violeur séduit par la fille de la violée. Il se rappelait aussi qu'au cours de cette conversation au Green Parrot ils avaient même parlé des enfants destinés à ressembler à leurs parents. Il se demandait maintenant si une pulsion inconsciente n'excitait pas ses propres démons, emplissant son esprit d'une vision où se superposaient l'image de son père forçant la mère et l'image de lui-même violentant la fille. Possédait-il en lui un gène relevant de la pathologie criminelle ou bien vivait-il une situation qui aurait traumatisé tout homme dit « normal » ?

Il se demanda où et comment avait été commis l'acte. À l'arrière d'une voiture ? Dans une maison ? Son père avait-il menacé sa victime avec une arme ? Frank Duffy était un homme solide. Il n'était pas un alcoolique, mais buvait plus que les autres dans les fêtes. Pourtant, même éméché, Ryan ne l'avait jamais connu agressif et ne l'avait jamais vu frapper quelqu'un. Son père semblait être heureux comme il était.

Semblait. Maintenant qu'il était mort, cette bonne humeur lui paraissait un masque. En public, son père avait toujours été le plus gai, celui qui faisait rire ses amis, qui chantait le plus fort. Les gens aimaient ce boute-en-train. Qu'il fût au milieu d'une foule, on n'entendait que lui. Et il adorait bavarder au téléphone, à condition que le sujet restât léger. À la réflexion, Ryan avait rarement eu l'occasion de cerner la véritable personnalité de son père. Il avait cependant gardé le souvenir de ces rares instants. Comme cette conversation qu'ils avaient eue voilà très longtemps, plus de quinze ans, le jour du vingt-cinquième anniversaire de mariage de ses parents.

Depuis le matin, son père n'avait cessé de s'activer dans la maison. Ryan avait toujours pensé que ses parents formaient un couple harmonieux mais, ce jour-là, il avait estimé que son père ne se comportait pas vis-à-vis de son épouse comme il aurait dû le faire. Il alla le voir au-dehors, alors que Frank était juché en haut d'une échelle, à réparer la lampe extérieure.

« Papa, qu'est-ce que tu fabriques là-haut ?

— Tu le vois bien. Les fils sont pourris, alors je les change.

— Ce n'est pas ce que je voulais dire. Tu ne crois pas que tu devrais plutôt rester avec maman, aujourd'hui ? »

Pour toute réponse, son père sortit une paire de pinces de sa poche.

« Papa, tu es en train de faire de la peine à maman. »

Frank cessa de dévisser l'un des écrous qui maintenaient l'un des fils en place dans la douille. Ryan venait d'avoir dix-huit ans et il allait entrer à l'université. Il ne savait pas trop ce qu'il allait décider au sujet de Liz, avec qui il sortait depuis deux ans déjà.

Son père désigna les câbles électriques qui pendaient au-dessus de sa tête.

« Tu vois ces fils ? demanda-t-il sans baisser les yeux vers lui. L'un d'eux est chargé d'assez de volts pour tuer un homme.

— Papa, sois prudent. Je vais fermer le compteur.

— T'inquiète pas. Voyons voir ce qui se passe si j'en prends un dans ma main.

— Non, fais pas ça ! »

Frank se saisit du fil dénudé.

« Rien, dit-il en le relâchant. Mais qu'arrivera-t-il si je prends l'autre ?

— Papa, arrête de jouer avec ça.

— Qu'arrivera-t-il, Ryan ? Tu te souviens de ce que je te disais quand tu voulais devenir électricien, comme ton père ?

— Allez, descends de cette échelle. »

Frank eut un sourire espiègle et se saisit de l'autre câble.

« Papa ! »

Frank éclata de rire. Il tint le fil entre ses doigts pendant un moment puis le lâcha.

« Merde, tu m'as foutu la trouille. Tu disais qu'il était chargé !

— Mais il l'est. Sauf que je me tiens sur une

échelle en fibre de verre. Elle n'est pas à la terre. Quand tu n'es pas relié à la terre, tu peux prendre tous les câbles que tu veux. Tu comprends ce que je veux dire ?

— Oui, je crois.

— Je l'espère, fils. Cette Liz est une chic fille, mais pense à ton avenir. Projette-toi… disons dans quinze ou vingt ans. Quand tu seras installé. Avec les pieds sur terre, cette fois. Il ne sera plus question de tripoter les fils, alors. »

Dix-sept ans plus tard, la métaphore semblait toujours aussi crue… les femmes considérées comme des câbles de haute tension. Et maintenant, à la lumière noire de ce viol, Ryan songeait que c'était ainsi que son père avait considéré ses propres choix dans la vie et décidé de se marier dès la sortie du collège, pour ne plus se dévouer qu'à son épouse. Cela éclairait aussi sous un nouveau jour une autre conversation qu'ils avaient eue, alors qu'ils contemplaient les montagnes au loin. Frank lui avait dit qu'ils ne pourraient jamais quitter Piedmont Springs, que sa mère avait ici ses racines remontant à cinq générations, et qu'à cause de cela ils ne s'en iraient jamais.

C'était une bien piètre excuse pour justifier leur immobilité, comme si son père s'était exilé lui-même dans ce désert de plaines. Un homme flanqué d'une femme dans un monde isolé où les tentations se révélaient rares. Comme le désir de se punir d'une faute ancienne, et en même temps de se prémunir contre toute récidive.

Cela pouvait paraître absurde mais Ryan, qui avait lui-même commis des fautes, pouvait comprendre. Il n'y avait pas de pire juge ni de pire bourreau que soi-même.

Ryan connaissait le péché de son père. Son père ne connaîtrait jamais le péché du fils.

La serveuse apporta l'addition. Il régla rapidement, gagna la cabine téléphonique près des toilettes et appela Norm.

« Alors, comment ça s'est passé ?

— Mieux que prévu, répondit Ryan. Elle ne m'a pas jeté son café brûlant à la figure.

— C'était si moche que ça ?

— Oui, et plus encore.

— Tu veux qu'on en parle ? »

Une jeune femme lui sourit en se rendant aux toilettes. Ryan détourna la tête.

« Pas tout de suite. Demain, peut-être. Je crois bien que je vais encore dormir chez toi, cette nuit, si ça ne te dérange pas.

— Mais pas du tout.

— Alors, à tout à l'heure. »

De la pâtisserie de l'autre côté de la rue, elle vit Ryan Duffy sortir du Half Way. Elle portait un jean, un grand chandail de coton, et avait troqué sa perruque noire contre une blonde qui lui descendait jusqu'aux épaules. Elle ressemblait davantage à une étudiante qu'à la femme d'affaires dont elle avait tenu le rôle dans l'hôtel de Panamá. Elle ne risquait pas d'être reconnue, mais elle prit tout de même la précaution de ne pas dévoiler son beau visage, tandis qu'elle regardait par-dessus son magazine.

Ryan traversait la rue, et elle se leva de la table qu'elle avait choisie près de la fenêtre. Elle allait sortir quand elle vit la conduite intérieure garée au coin de la rue démarrer lentement derrière Ryan. Elle avait déjà remarqué la voiture et l'homme immobile derrière le volant. À présent, elle comprenait ce qu'il faisait là.

Seul un flic pouvait avoir l'arrogante bêtise de prendre aussi peu de précautions. L'enfant de salaud !

Elle sortit sur le trottoir et partit dans l'autre sens. Elle ne savait pas qui, de Ryan ou d'Amy, avait mis la police dans le coup. D'ailleurs, c'était sans importance.

Ils le regretteraient tous les deux.

Amy effectua le trajet Denver-Boulder en un temps record. Il n'y avait pas d'urgence, pourtant. Personne ne la suivait. Mais ce qu'elle avait appris à Denver était comme un nuage noir qu'elle devait fuir le plus vite possible.

Elle se gara à la première place libre près de son domicile et se hâta d'entrer chez elle. Pendant une fraction de seconde, elle pensa combien cela faisait du bien d'être chez soi. *Chez soi !* Elle ne reconnaissait plus l'appartement. Celui-ci n'avait jamais été luxueux, mais sa grand-mère et elle s'étaient efforcées de le rendre agréable. Il y avait eu un beau tapis oriental, le ciel étoilé dans la chambre de Taylor, quelques meubles anciens chinés aux puces, de jolis bibelots. Tout cela avait été saccagé, brisé, souillé. À présent, ce n'était plus qu'un logement pauvre et froid, avec deux ou trois meubles loués.

Elle poussa la porte du living. Mamie, assise sur une chaise de bois, regardait la télé. Elles n'avaient pas encore remplacé le canapé. Amy s'approcha du téléviseur et l'éteignit.

La vieille femme sursauta.

« Je croyais que seule Taylor n'avait pas le droit de regarder la télé, le soir.

— Elle dort ?

— Oui, depuis une bonne demi-heure.

— Bien. » Elle tira une autre chaise et prit place en face de sa grand-mère. « J'ai une question importante à te poser. »

Mamie considéra Amy d'un œil inquiet.

« Tu as pleuré, ma chérie ?

— Je vais bien. Écoute, il faut que tu me dises la vérité. Promis ?

— Euh... bien sûr. Je n'ai rien à te cacher.

— Cela pourra te paraître hors sujet, mais il y a une chose que je dois savoir : est-ce que ma mère a été victime d'un viol ? »

Mamie vacilla légèrement sur sa chaise.

« Qu'est-ce qui te fait penser qu'elle a pu l'être ?

— Sois franche avec moi et ne réponds pas à ma question par une autre question. Je recommence : est-ce que maman a été violée ?

— Mais comment veux-tu que...

— Réponds par oui ou par non.

— Je l'ignore. Comment le saurais-je ? Tu me demandes ça comme si j'avais nécessairement la réponse. Aussi je te le répète, je l'ignore. Je peux même te le jurer. »

Amy s'adossa à son siège. Elle avait l'impression de se cogner contre un mur de brique.

« Excuse-moi, je ne t'accuse de rien. Je pensais seulement que toi, tu savais peut-être.

— Non, je l'ignorais, mais c'est horrible si ça lui est arrivé. Pourquoi disais-tu que c'était important ?

— Parce que je me suis demandé toute ma vie pourquoi maman s'était suicidée. Ce viol n'explique pas tout mais c'est le seul indice que j'ai pu découvrir à ce jour.

— Et tu le tiens de qui ?

— De Ryan Duffy. Nous nous sommes revus, ce soir. C'est sûrement la raison pour laquelle ils m'ont envoyé l'argent. Son père aurait violé maman.

— Ce serait donc pour soulager sa conscience que son père t'aurait fait ce don ?

— Oui, probablement.

— Je regrette de ne pouvoir t'aider.

— Moi aussi, je le regrette. Les gens qui le pourraient ont tous disparu. Maman est morte il y a vingt ans. Je doute que papa l'ait jamais su. J'espérais que tu pourrais m'éclairer. »

Mamie secoua la tête.

« Nous sommes tellement proches, toi et moi ! Nous nous disons tout. Mais ne crois pas que ta mère et moi nous ayons eu la même relation de confiance. Nous nous entendions bien, certes, mais je restais tout de même la belle-mère à ses yeux.

— Je comprends.

— Il doit y avoir un autre moyen d'en savoir plus. À quelle époque ce viol aurait-il été commis ?

— Avant que maman et papa se rencontrent. D'après Ryan, ça se serait passé quand elle était adolescente.

— Alors, c'est là que tu dois chercher, dans le passé, auprès des gens qui ont pu la connaître à ce moment-là, des camarades de collège, des amies. »

Ce mot d'« amies » resta suspendu en l'air et eut la même résonance pour toutes deux.

« Sais-tu à qui je pense ? demanda sa grand-mère.

— Oui, répondit Amy. À Marilyn Gaslow. »

40

Ryan s'était assis sur le canapé de cuir blanc devant un grand téléviseur flanqué de deux baffles hauts de un mètre. Avec tous ses appareils éteints, l'auditorium que Norm avait aménagé dans le sous-sol de sa grande maison représentait une pièce idéale pour une conversation privée. Insonorisée, sans fenêtres, si ce n'est un soupirail au verre épais, elle aurait mis à l'aise tout espion atteint de paranoïa professionnelle. Ici même, Norm avait recueilli au cours de sa carrière d'avocat pénal un bon nombre d'aveux, y compris certain secret que Ryan lui avait confié huit ans plus tôt.

Ce soir, cependant, Ryan n'avait qu'un seul sujet en tête : Amy.

« Tu veux une bière ? demanda Norm.

— Euh… quoi ? » répondit Ryan, encore sous le choc de sa rencontre au Half Way Café.

Norm interpréta cette question comme un acquiescement et sortit deux bouteilles de Coors du minibar, en tendit une décapsulée à son ami et prit place dans le fauteuil en face du canapé.

« Je suis tout ouïe, reprit-il. Dis-moi ce que t'a raconté cette mystérieuse Amy.

— Elle ne m'a pas révélé grand-chose, remarqua Ryan d'un air distrait, tout en grattant de l'index l'étiquette de sa Coors. Elle était... indignée et furieuse d'apprendre que mon père avait violé sa mère.

— Elle savait que sa mère avait été victime d'un viol mais pas que c'était ton père le coupable ?

— Non, je ne pense pas qu'elle ait été au courant du viol. C'est seulement quand j'ai laissé entendre que mon père avait peut-être violenté quelqu'un de sa famille... Alors elle en a déduit que c'était sa mère. À cause de la similitude de leurs âges, je suppose. Sa mère est morte ; elle aurait à peu près le même âge que papa. Quand je lui ai demandé si sa mère avait toujours vécu à Boulder, elle a refusé de me répondre, mais j'ai l'impression que c'était le cas.

— Dommage qu'on ne connaisse pas le nom de famille d'Amy. On pourrait vérifier dans les registres du collège de Boulder et voir si ton père et la mère d'Amy étaient dans la même classe.

— C'est le nom de jeune fille de sa mère, pas celui d'Amy, qu'il nous faut chercher. » Ryan réfléchit un instant en sirotant sa bière. « Tu sais, je crois que ça vaudrait quand même le coup de jeter un coup d'œil dans ces registres. Il y a peu de chances qu'on découvre quelque chose, mais je pourrais reconnaître sa mère, si jamais Amy lui ressemble.

— Oui, comme tu dis, on peut toujours essayer.

— À moins que tu n'aies une meilleure idée. » Norm haussa les épaules.

« On pourra s'en charger demain. Les photocopies que j'ai faites sont d'excellente qualité, on n'est donc pas obligés de retourner à Boulder pour voir les originaux.

— J'aimerais bien m'en occuper maintenant. Si on faisait un tour à ton cabinet ?

— Elles ne sont pas là-bas. C'est mon enquêteur qui les a. Il continue d'explorer du côté des camarades de classe de ton père, pour découvrir lequel d'entre eux est devenu assez riche pour payer cinq millions de dollars à un maître chanteur.

— Appelle-le. Il pourrait nous les apporter. Si je dois chercher une jeune fille qui a des traits proches de ceux d'Amy, je préférerais le faire maintenant, pendant que le souvenir de son visage est encore frais. »

Norm consulta sa montre. Il n'était pas encore neuf heures et demie. « Je pense qu'il n'est pas trop tard pour le lui demander, et puis il habite à quelques minutes d'ici seulement. »

Ryan s'adossa plus confortablement à la banquette pendant que Norm téléphonait à son collaborateur. Il avait devant lui son reflet sur l'écran de télé... un reflet à peine perceptible, comme celui de Norm, légèrement en retrait. Mais l'image avait beau être floue, elle restait tout de même précise, et il avait l'impression de se regarder lui-même en une autre circonstance, huit ans plus tôt, la dernière fois qu'il avait cherché conseil auprès de Norm. À l'époque où il était interne à l'hôpital de Denver, on avait admis un célèbre athlète pour une opération bénigne. Les analyses de contrôle révélèrent qu'il était séropositif. À cette époque, les athlètes atteints du virus craignaient d'être interdits de compétition. Sa maladie avait été un secret bien gardé ; il demanda à Ryan, son médecin, de veiller à ce qu'elle le reste, en lui interdisant d'en parler à quiconque, pas même à sa femme, qui ne se doutait de rien.

« Voilà, c'est arrangé, dit Norm. Il sera ici dans dix minutes avec les photos. »

Ryan continuait de fixer l'écran d'un regard lointain.

Norm claqua dans ses doigts. « Oh ! Ryan. Redescends sur terre, tu veux ? »

Ryan sourit à son ami, confus.

« Excuse-moi, j'étais ailleurs.

— Où ça ? »

Ryan soupira, pas très sûr de vouloir en parler.

« Dans le passé, et plus précisément il y a huit ans, quand je faisais mon internat à Denver et que je suis passé te voir, un soir.

— Oui, je m'en souviens, c'est ce soir-là que tu as commencé ta descente au purgatoire.

— Ma descente au purgatoire ?

— Je parle de ton installation à Piedmont Springs, qui n'est ni le paradis ni l'enfer, mais entre les deux. Et c'est exactement ce que Piedmont représente pour toi. Tu travailles beaucoup pour trois fois rien, tu joues les bons samaritains auprès des nécessiteux et tu sues pour gagner ta place au paradis.

— Ridicule !

— Tu crois ? Liz et toi, vous étiez sur le chemin de la réussite, et puis badaboum ! tu as tout laissé tomber pour aller t'enterrer dans ton bled. Je te l'ai déjà dit, et je te le redis. Ce n'est pas ta faute si la femme de ce branleur a chopé le sida et qu'elle en est morte. Le secret professionnel t'interdisait de divulguer la séropositivité de ton patient. C'était à lui, et à lui seul, d'en informer son épouse et de prendre des précautions.

— Ouais, dit Ryan, sarcastique, j'ai joué cette partie dans les règles.

— Et tu ne pouvais pas la jouer autrement,

merde ! Tu avais un devoir envers ton patient. Point final. »

Ryan secoua la tête, exaspéré.

« Comme j'ai un devoir envers mon père, hein ? Un devoir de loyauté. Je dois la boucler et taire ses sales petits secrets, même devant les gens qui ont le droit de savoir.

— Ce sont deux situations différentes et, même si elles ne l'étaient pas, tu as réagi d'une autre manière, cette fois-ci : tu as parlé du viol à Amy.

— Oui, je lui en ai parlé. La dernière fois que j'ai respecté la règle du secret, une innocente est morte. Alors, aujourd'hui, j'ai préféré transgresser cette putain de loi du secret et placer la victime avant le devoir. Et voilà que ça m'a pété à la gueule. Amy était bouleversée d'apprendre le viol de sa mère. Apparemment, celle-ci ne lui en a jamais rien dit, certainement pour son bien. Quel droit avais-je de contrevenir aux désirs d'une mère ?

— Dans un cas comme dans l'autre, c'est un terrible dilemme.

— Et je me suis planté dans le premier comme dans le second.

— Tu vas faire quoi, maintenant ? Fermer ton cabinet à "Purgatoire Springs" et émigrer en Sibérie ? »

Ryan lui jeta un regard noir.

« Tu penses que je m'amuse ?

— Oh non ! je pense seulement que tu es trop dur envers toi-même ! Ce sont là des problèmes qui n'ont pas de solutions. Non, je me trompe, dit Norm en levant l'index, tu avais une autre option avec ton athlète... Connaissant son état, tu pouvais le faire chanter...

— Très drôle.

— Ton père l'aurait peut-être fait.
— Arrête, Norm.
— D'accord, excuse-moi. Oublions que j'ai dit une connerie, d'accord ?
— Non, pourquoi oublier ? Si tu penses que mon père était une fripouille, dis-le franchement.
— Allons, Ryan, je n'ai jamais jugé personne, et je ne vais pas commencer maintenant. D'ailleurs, je suppose que même un maître chanteur peut avoir ses raisons.
— Mais on ne peut pas pardonner un viol ? demanda Ryan, une expression douloureuse sur le visage.
— Non, on ne le peut pas, répondit Norm.
— C'est pour ça que je devais le dire à Amy ou, tout au moins, essayer. J'ai eu le sentiment que c'était la seule chose à faire. Maintenant que j'ai vu combien ça la blessait, je ne sais plus très bien. Peut-être aurait-il mieux valu qu'elle continue d'ignorer.
— Ryan, si tu crois t'être trompé en lui parlant, tu as une chance de te rattraper et, cette fois, d'agir en toute conscience.
— Une seconde chance ? À quoi penses-tu ?
— Mais à notre rendez-vous avec le FBI. Et la question est de savoir... est-ce que tu vas leur dire, à eux ? »

Ryan secoua la tête de dépit.

« Oh ! c'est toujours pareil ! dit-il.
— Comment cela ?
— Encore un problème pour lequel il n'y a pas de solution. »

41

Amy appela Marilyn Gaslow à son domicile de Denver et apprit par la femme de ménage que son amie avait quitté la ville pour le week-end. Amy comptait cependant parmi les rares personnes qui, en cas d'urgence, pouvaient joindre Mlle Gaslow où qu'elle se trouvât, et elle résolut pour la première fois d'user de ce privilège.

« Mlle Marilyn séjourne au Mayflower Hotel, à Washington », lui expliqua la femme de ménage.

Amy nota le numéro, la remercia et appela le Mayflower.

La suite qu'occupait Mlle Gaslow était richement meublée, le papier peint était signé Laura Ashley et un beau tableau représentant une chasse au renard était accroché au-dessus d'un secrétaire en bois de rose. Il était minuit passé à Washington mais Marilyn ne dormait pas quand le téléphone sonna. Adossée à la tête capitonnée du grand lit, les pieds surélevés sur un coussin, elle était plongée dans l'étude d'un dossier.

« Oui ?
— Marilyn ? Aurais-tu une minute à me consacrer ?

— Amy ? Que se passe-t-il ?

— J'ai une question très importante à te poser. J'aurais préféré venir te voir mais je ne peux pas attendre. Je ne te dérange pas trop ? »

Il y eut un bref silence avant que Marilyn se décide à répondre.

« Amy, j'ai une journée très chargée, demain. Je suis encore en train de m'y préparer et il faut que je prenne un peu de repos.

— Je suis désolée, j'ai oublié qu'il y a deux heures de décalage avec Washington.

— Ça va, dit Marilyn en repoussant la chemise ouverte sur ses genoux. Je t'écoute. Que veux-tu me demander ?

— Quelque chose que je voudrais savoir au sujet de maman. »

Le silence à l'autre bout de la ligne devint soudain palpable. Marilyn se redressa un peu plus contre la tête de lit.

« Et... c'est quoi ? demanda-t-elle.

— J'ai rencontré un homme, ce soir. Je pense que son père a connu maman.

— Qui est-il ?

— Il s'appelle Ryan Duffy. Son père se prénommait Frank. Il s'agit de ces Duffy dont je t'ai parlé. Ce sont eux qui m'ont envoyé l'argent qu'on a volé dans l'appartement.

— Je t'ai dit de ne plus t'occuper de ça.

— Je sais, mais ça a été plus fort que moi. Il fallait que je sache. Et maintenant, je viens d'apprendre que...

— Écoute, Amy, l'interrompit Marilyn, tiens-toi à l'écart de Ryan Duffy et de sa famille.

— Tu les connais ?

— Fais ce que je te dis : garde-toi d'eux.

— Alors, c'est vrai ? dit Amy d'une voix que l'émotion faisait trembler.

— Qu'est-ce qui est vrai ?

— Ce qu'a voulu me faire comprendre Ryan... que son père avait violé maman.

— Frank Duffy n'a pas violé ta mère.

— Comment le sais-tu ? Tu connaissais Frank ? Dis-le-moi.

— Oui, je l'ai connu quand je fréquentais le collège.

— Vous étiez en classe ensemble ?

— Non, nous n'étions pas dans le même établissement. Lui était à Boulder, et moi à Fairmont.

— Mais tu l'as rencontré ?

— Oui, on peut dire ça.

— Pourquoi ne m'as-tu rien dit, la dernière fois ?

— Parce que... parce que je ne le pouvais pas.

— Parce qu'il a violé maman et que maman ne voulait pas que je le sache. Voilà pourquoi.

— Amy, je te le répète : Frank Duffy n'a pas violé ta mère.

— Qu'en sais-tu ?

— Ta mère et moi étions comme des sœurs. Nous nous disions tout.

— Tout, sauf qu'elle avait été violée.

— Si ç'avait été le cas, elle m'en aurait parlé.

— Comment peux-tu en être aussi sûre ?

— Crois-moi, je le sais.

— Marilyn, ne me raconte pas d'histoires. Si cet homme a violenté maman, j'ai tout de même le droit de le savoir.

— Encore une fois, il ne l'a pas touchée.

— Tu mens ! Pourquoi ne me dis-tu pas la vérité ? cria Amy, exaspérée.

— Je ne mens pas, Amy.

— Alors comment sais-tu qu'il ne l'a pas touchée ?
— Parce que...
— Parce que... quoi ?
— Parce que c'est moi qu'il a violée, Amy. Frank Duffy n'a pas violé ta maman. Il m'a violée, moi. »

Amy resta interdite un instant, la main serrée autour du combiné.

« Oh ! je suis tellement désolée, Marilyn ! Je ne pouvais pas savoir. Je... j'espère...
— Oublie, Amy. Oublie. C'était il y a longtemps. Tout cela est derrière moi, et j'ai bien l'intention d'enterrer cette histoire. Alors, promets-moi de ne plus jamais reparler de ça. À personne.
— Mais...
— Plus jamais, Amy. » La voix de Marilyn avait pris une dureté qu'Amy ne lui connaissait pas. « Je n'ai pas besoin de m'entendre rappeler cet épisode. Surtout pas maintenant. Tu comprends ? »

Amy avait la gorge serrée ; elle déglutit péniblement.

« Oui, je comprends, répéta-t-elle d'une voix faible. Ou plutôt j'aimerais comprendre. »

42

Ryan resta dans le salon de musique toute la nuit, à scruter dans les anciens registres du collège de Boulder des photos d'élèves prises près d'un demi-siècle plus tôt. Norm s'était vanté de l'excellente qualité des photocopies mais, après l'examen de huit cents clichés en noir et blanc et au grain épais, Ryan avait les yeux rouges comme ceux d'un lapin. Même après une dizaine de tasses de café, il avait du mal à rester concentré.

Il n'avait jamais vu autant de binoclards. Nombreux étaient les gens qui estimaient que l'avion et la télévision constituaient les deux plus grandes inventions de ce siècle. La vision de tous ces gosses affublés de besicles pouvait propulser les lentilles de contact à la troisième place.

Au bout de quelques heures, Ryan avait adopté une méthode qui consistait à vérifier d'abord les yeux (ceux d'Amy étaient en amande et brillants) puis la structure osseuse des visages (celui d'Amy était d'un bel ovale). À partir de là, la tâche devenait plus difficile. La plupart des filles posaient en souriant. Cela le ramenait douloureusement à leur première rencontre et au joli sourire de la jeune femme, un sourire qu'elle avait peut-être hérité de sa mère.

À cinq heures du matin, il ne savait plus combien de fois il avait vu et revu les photos. Il avait détaillé tant de visages qu'il commençait à oublier à quoi ressemblait Amy. Il avait cependant réussi à en sélectionner une trentaine, sans avoir pour autant la certitude que l'une d'entre elles fût bien celle qu'il cherchait. Il allait abandonner quand son attention fut attirée non pas par un visage mais par un nom. Un nom de garçon, pas de fille.

Joseph Kozelka.

Ce n'était pas un patronyme ordinaire… Kozelka. Et cependant il lui était familier. Au bout d'un moment, il se souvint que toute une aile à l'hôpital de Denver portait le nom de son fondateur : le centre de cardiologie Kozelka. Ryan avait vu la plaque dans le hall lors de son internat.

Il examina le cliché. Un beau garçon. Bien habillé, l'un des rares à porter un costume et une cravate qui lui allaient bien. Combien de Kozelka pouvait-il y avoir au Colorado ? Si ce garçon appartenait à la famille du mécène, il devait être bigrement riche. Assez pour payer cinq millions de dollars.

Ryan se leva du canapé et se hâta de gagner le couloir. Norm avait fait installer un ascenseur reliant le sous-sol aux autres niveaux de la maison, mais Ryan choisit l'escalier, plus rapide. L'instant d'après, il frappait à la porte de la chambre de son hôte.

La porte resta fermée, mais il entendit la voix ensommeillée de Rebecca. « Allons, Norm, reviens te coucher. Tu te fais trop vieux pour ce genre de chose. »

Ryan, un peu embarrassé, chuchota :

« Euh... je suis désolé, Rebecca. C'est Ryan. Il faut que je parle à Norm. »

Il attendit, perçut un grognement, puis un bruit de pas, et la porte s'entrebâilla. Norm était en peignoir. La longue mèche qu'il rabattait sur sa calvitie croissante n'était plus qu'une touffe ébouriffée.

« Quelle heure est-il ? grommela-t-il.

— Tôt. Excuse-moi. Je crois avoir trouvé qui, au collège Boulder, a pu payer mon père. On ne pourrait pas vérifier sur ton ordinateur ?

— Maintenant ?

— Oui, c'est peut-être le tournant de notre enquête. »

Norm se frotta les yeux. « D'accord. » Il se glissa dans le couloir et referma sans bruit derrière lui.

Son bureau se situait à l'étage au-dessus. Un ordinateur trônait sur une grande table de travail encombrée de papiers et de magazines. Norm s'assit devant sa machine et l'alluma.

« Le type s'appelle Joseph Kozelka. Ce n'est pas un nom courant. J'espère qu'on pourra trouver quelque chose *via* Internet.

— Qui est-ce, ce Kozelka ?

— Je pense qu'il est de la famille qui a financé la construction du centre de cardiologie à Denver. Ça leur a coûté des dizaines de millions de dollars. »

L'écran s'alluma. Norm passa sur le réseau. « Comment tu épelles son nom ? »

Ryan se pencha par-dessus l'épaule de Norm, tapa le nom et appuya sur la touche Entrée. Ils n'avaient plus qu'à attendre les informations.

« Autant chercher dans une meule de foin, bougonna Norm.

— Je sais, mais si ce type est aussi riche que je le soupçonne, son nom doit nécessairement apparaître quelque part. »

L'écran afficha les résultats en même temps qu'un message, qui leur fit pousser un hoquet : « Votre recherche a découvert 4 123 documents. »

« Merde », dit Ryan.

Norm fit défiler lentement les diverses données portant le nom de Kozelka. Il en déchiffra beaucoup en espagnol.

« Il semblerait que le bonhomme ait vécu à l'étranger pendant un temps.

— Oui, il a été responsable d'opérations financières en Amérique centrale et en Amérique du Sud pour la compagnie K & G. Jamais entendu parler.

— Moi non plus. Mais s'ils font des affaires de l'autre côté de la frontière, cela expliquerait le choix d'une banque au Panamá. »

Ryan prit la souris et consulta la suite des données.

« Le bonhomme fait aussi dans l'agroalimentaire, à ce que je vois.

— Oui, dit Norm, et tiens, regarde ça. »

Une page du magazine *Fortune* emplissait l'écran. « Une affaire de famille », indiquait le titre. Suivait un bref portrait d'une « entreprise familiale » dont les ventes rivalisaient avec celles de Coca-Cola.

« Joseph Kozelka, lut à haute voix Ryan. Président et principal actionnaire de K & G, troisième groupe financier et commercial du monde. Chiffre d'affaires annuel estimé à plus de trente milliards de dollars.

— C'est le genre d'empire dont on parle peu parce qu'il est aux mains d'une famille. Pas de comptes à rendre à une foule d'actionnaires, pas de cotation en Bourse. Personne ne sait jamais combien valent ces compagnies. »

Ryan poursuivit la recherche et s'arrêta à la mention du centre de cardiologie, où il découvrit un descriptif de l'établissement, de ses recherches et de ses directeurs, y compris Joseph Kozelka, président honoraire.

— Excellent, commenta-t-il. C'est tout ce que je désirais : une biographie complète.

— Ouais, plutôt une hagiographie, qui commence par son bac obtenu avec mention au collège de Boulder.

— Tais-toi, Norm. »

Le texte apparut à l'écran, flanqué d'une photo d'un homme d'une soixantaine d'années, qui avait le même sourire que l'adolescent dans le registre du collège.

« Oui, compare les yeux et le menton, dit Ryan. C'est lui, pas de doute. » Il chercha d'autres indices. « Né à Boulder, la même année que papa. Ils sont certainement allés en classe ensemble.

— Parfait. Il est riche et il a l'âge de ton père. Ça ne signifie quand même pas que c'est lui que ton père a fait chanter.

— Je ne suis pas de ton avis, dit Ryan. Kozelka est né et a grandi à Boulder. Il a l'âge de mon père, ils étaient dans le même collège l'année où le viol a été commis. Nous savons que le chantage est lié à ce viol, sinon mon père n'aurait pas mis dans un coffre à Panamá une copie de sa condamnation. La victime de l'extorsion doit répondre à deux critères : un, elle a connu mon père à l'époque du délit ; deux, elle doit être assez riche pour payer une telle somme. Qui d'autre que Kozelka répond à ces deux conditions ?

— Oui, ton raisonnement est logique, à condition que tes critères soient les bons.

— C'est tout ce qu'on possède. »

Norm hocha la tête d'un air pensif.

« Admettons, dit-il, mais qu'allons-nous faire, maintenant ?

— Continuer de creuser. Il y a une tonne de matériel dans cet ordinateur, on tombera peut-être sur le point de rencontre entre mon père et Kozelka.

— Cela risque de prendre du temps.

— Qu'importe ! »

Norm s'adossa à son siège et réfléchit un instant.

« Il existe peut-être un autre moyen d'avoir confirmation que Kozelka est bien notre homme.

— Comment cela ?

— Voici ce que je propose : on va d'abord à notre rendez-vous avec les fédéraux. Tu te souviens de ce que je t'ai dit ?

— Oui, on aborde l'entretien comme une négociation. Donnant, donnant.

— Parfait, dit Norm. Avant de nous attaquer à un requin tel que Kozelka, j'aimerais bien savoir qui d'autre est parti à la pêche. »

Amy se réveilla avec une fourrure sur le visage. D'abord, cela la chatouilla, puis l'effraya. Elle chassa violemment la chose de sa main, et Taylor gloussa en voyant son ours en peluche voler à travers la chambre. Amy se redressa, soulagée que cela n'ait pas été un rat.

« T'aimes pas les ours, maman ?

— Je les adore, mais je préfère que tu m'embrasses pour me dire bonjour. »

Taylor grimpa sur le lit pour l'embrasser.

« Viens, dit-elle. C'est moi qui vais préparer le petit déjeuner, avant que tu partes à ton travail.

— Oh ! merci beaucoup ! J'arrive dans cinq minutes. »

Elle disparut dans la salle de bains, où elle prit une douche et se prépara rapidement. Sa conversation avec Marilyn lui était revenue dès qu'elle avait rouvert les yeux. L'aveu de Marilyn réduisait à néant sa supposition initiale : le père de Ryan ne lui avait donc pas envoyé cet argent pour se faire pardonner le viol de sa mère.

« Maman ! C'est prêt ! »

Taylor criait assez fort pour inviter les voisins. Mais Mamie ne cédait pas souvent sa cuisine à une fillette de quatre ans, et Taylor se montrait fière du petit déjeuner qu'elle venait de concocter. Amy remit à plus tard son maquillage et se rendit à la cuisine.

Sa grand-mère mangeait son bol de céréales en regardant les informations télévisées. Amy s'installa devant son assiette, tandis que Taylor lui versait du lait.

« Écrémé pour toi, hein, maman ?

— Oui, ma chérie. Merci. » Elle allait tirer sa chaise quand elle se figea. Un jeune journaliste de télévision se tenait devant le Mayflower Hotel à Washington.

« Écoute, dit Mamie. Il parle de Marilyn. »

Amy sentit son cœur battre plus vite et, se penchant vers le poste, elle augmenta le volume.

« D'après des informations recueillies à la Maison-Blanche, disait le journaliste, Mlle Gaslow a rencontré hier plusieurs conseillers du président, avec lequel elle a rendez-vous ce matin. Si tout se passe bien, nous serons en mesure de rendre compte des résultats de cet entretien d'ici à la fin de la journée. Si elle obtient l'appui du Sénat, Marilyn Gaslow sera la première femme à se voir confier la direction de la Banque de la Réserve fédérale américaine. »

Le présentateur du journal télévisé intervint pour demander à son correspondant à Washington :

« Todd, nous entendons souvent parler de la Réserve fédérale, mais peu de gens savent ce qu'elle représente exactement. A-t-elle la grande importance qu'on lui prête ?

— Tout à fait. La Réserve est en quelque sorte le quatrième pouvoir du pays. C'est elle qui définit la politique monétaire de la nation, elle qui contrôle les réserves, fixe les taux d'intérêt, régule le système bancaire et engage diverses actions qui conditionnent le marché des changes. C'est ainsi qu'historiquement elle a été autant responsable de la Grande Dépression des années trente que de la stabilité économique des années soixante. Bref, elle détermine le bien-être économique du plus puissant pays du monde. Si Marilyn Gaslow est nommée à sa direction, elle deviendra la femme la plus influente des États-Unis.

— Y a-t-il des signes d'opposition à son mandat parmi les sénateurs ?

— Non, pas à ma connaissance, répondit le correspondant, mais rien n'est jamais joué d'avance quand l'enjeu est de cette taille.

— Merci », dit le présentateur, qui poursuivit avec d'autres informations.

Amy semblait paralysée.

« Maman, ils ont parlé de la Marilyn pour qui tu travailles ? »

Amy, perdue dans ses pensées, hocha la tête.

« La femme la plus influente des États-Unis, dit Mamie. C'est quelque chose, non ? »

Amy cligna des paupières. Elle avait tenu sa promesse de ne rien révéler de leur conversation... pas même à sa grand-mère.

« Oui, dit-elle tout bas, c'est vraiment quelque chose. »

TROISIÈME PARTIE

43

À dix heures du matin, Joseph Kozelka arriva au siège de la K & G, une tour moderne parmi d'autres dans le quartier des affaires de Denver. Dans le vaste hall passaient des hommes et des femmes en costume et tailleur strict ; leurs talons claquaient sur les dalles de marbre. Quatre grands ascenseurs flanquaient le mur du fond. Les sociétés qui louaient les trente premiers étages à la K & G se partageaient les trois premiers ascenseurs ; le dernier, qui desservait les vingt étages suivants, était réservé aux seuls employés et visiteurs de la puissante entreprise.

Kozelka s'arrêta au poste de contrôle devant l'appareil. Le garde, quelque peu gêné par la procédure, lui adressa un sourire poli.

« Bonjour, monsieur. Veuillez vous approcher du scanner, je vous prie. »

Kozelka fit un pas en avant et regarda dans le scanner rétinien. Le service de sécurité de la K & G s'enorgueillissait de la haute technologie de ce détecteur capable de confirmer l'identité de tout employé d'après la configuration des vaisseaux sanguins situés derrière la rétine, et ce avec la même fiabilité que s'il s'était agi d'une empreinte digitale.

Un voyant vert clignota, signalant l'approbation, et le garde actionna le bouton commandant la porte.

« Je vous souhaite une bonne journée, monsieur. »

Kozelka hocha la tête et entra dans la cabine. Chaque matin, c'était le même cérémonial stupide, tribut que payait Kozelka à l'image qu'il voulait donner de lui : un homme qui ne tolérait aucun traitement de faveur, à commencer par lui-même. Et il ne manquait jamais une occasion de raconter l'histoire du garde précédent qui l'avait accueilli d'un respectueux « Bonjour, monsieur Kozelka » sans le faire passer au scanner. Kozelka avait viré sur-le-champ l'employé négligent. Pour ses amis fumeurs de havanes du Club des banquiers, c'était là une jolie illustration du souci d'égalité dont était pénétré ce grand magnat. Et tant pis si un bonhomme marié et père de trois enfants se retrouvait brutalement au chômage, après trente ans de loyaux services. Kozelka ne se souciait guère de la misère des humbles dont il se servait pour promouvoir son image.

Car ce n'était qu'image. Égalité et responsabilité ne faisaient pas partie du vocabulaire de la K & G. L'entreprise n'avait que deux actionnaires : Joseph, qui détenait cinquante et un pour cent des parts, et ses enfants pour les quarante-neuf restants. Les bruits d'une offre publique de vente de K & G, qui couraient de temps à autre à Wall Street, donnaient le vertige à ses avocats, mais Kozelka ne semblait pas intéressé. Des actionnaires étrangers à la famille signifieraient pour lui une perte de contrôle, et il n'avait pas besoin de l'argent que lui rapporterait une telle vente. C'était le pouvoir qu'il aimait, un pouvoir absolu sur un empire qui, par de multiples canaux, fournissait un repas sur les trois servis quotidiennement en Amérique du Nord, ce qui représentait une mainmise totale sur le tiers de la chaîne alimentaire, depuis les engrais et les pesticides jusqu'aux produits livrés et vendus dans toutes les surfaces commerciales.

L'ascenseur le déposa au trente et unième étage, où il prit un deuxième appareil, qui l'amena tout en haut, dans les bureaux directoriaux édifiés sur le toit.

Il occupait à lui seul la moitié de la superficie, l'autre étant divisée entre ses différents directeurs, des étrangers à la famille à qui il imposait ses quatre volontés. La décoration était d'une élégante simplicité. Murs lambrissés de cerisier, parquet de chêne et tapis orientaux. La vue sur les montagnes était impressionnante mais Kozelka n'y prêtait jamais attention. Cela faisait vingt ans qu'elles étaient sous ses yeux, depuis que son père était mort, lui laissant son fauteuil et sa fortune, évaluée alors à trente milliards de dollars.

« Bonjour, monsieur Kozelka, lui dit sa secrétaire particulière.

— Bonjour. »

Elle le suivit dans le bureau, le débarrassa de son manteau et de son attaché-case. Elle avait déjà posé sur la grande table de travail les rendez-vous de la matinée. Les vendredis n'étaient pas des journées très chargées, depuis que son médecin l'avait mis en garde contre une tension trop élevée. Il s'installa dans son grand fauteuil en cuir et parcourut des yeux son emploi du temps.

Sa secrétaire se retourna juste avant de sortir.

« Oh ! il y a autre chose, monsieur !
— Oui ?
— Je me suis demandé si je devais vous en parler, mais un homme se trouve dans le salon d'attente. Il prétend qu'il doit absolument vous voir ce matin. Quand je lui ai dit qu'il devait pour cela prendre rendez-vous, il a répondu que sa visite ne devait pas être une surprise pour vous. Cela fait deux heures qu'il patiente là-bas. J'ai pensé appeler le service de sécurité, mais je voulais d'abord vous en informer, avant que les hommes interviennent.
— Qui est cet homme ?
— Il dit qu'il est médecin et qu'il s'appelle Ryan Duffy. »

Kozelka ne dit rien, son visage resta de marbre.
« Que dois-je lui répondre, monsieur ?
— Rien, dit-il en tendant la main vers le téléphone. Je m'en occuperai moi-même. Fermez la porte en partant, je vous prie. »

Norm avait une audition tôt le matin au tribunal correctionnel et il n'arriva à son bureau que sur le coup de onze heures. Ryan lui avait paru s'en étonner quelque peu, mais il avait d'autres clients à défendre et d'autres affaires à plaider. Il accrocha son pardessus derrière la porte. Il allait s'asseoir à sa table quand sa secrétaire apparut sur le seuil.
« Le juge Novak sur la ligne un, annonça-t-elle.
— Novak ?
— Oui. C'est lui qui doit juger le divorce de M. Duffy. »
Allons bon, pensa-t-il. Il décrocha.
« Allô ?
— Ici, l'assistant du juge Novak, maître Klus-

mire. Nous sommes en conférence par téléphone avec Phil Jackson. Comme les blessures de Me Jackson l'empêchent de se déplacer lui-même jusqu'au tribunal, le juge a accepté de tenir cette audioconférence afin de reporter à une autre date la déposition de Brent Langford. Veuillez rester en ligne, maître Klusmire, Me Jackson va vous parler. »

Norm perçut un déclic.

« Pourquoi ce report de l'audition de Langford ? demanda-t-il.

— Klusmire, ce n'est pas un report mais un avancement. J'avais convoqué Langford pour jeudi prochain, or, je le ferai déposer demain samedi.

— Pourquoi ?

— Parce que sa déposition pourrait bien nous fournir la preuve que votre client, le Dr Duffy, est responsable des blessures qui m'ont valu un séjour à l'hôpital. Si cela s'avère être le cas, je demanderai que le Dr Duffy soit placé sous contrôle judiciaire, afin de nous protéger, mon client et moi, contre toute nouvelle tentative d'intimidation de la part de ce bon docteur.

— Pour l'amour du ciel, de quoi parlez-vous ?

— Tout est dans le courrier que je vous ai fait parvenir. Allez voir dans votre boîte aux lettres, cher confrère. »

Norm n'avait pas encore eu le temps de prendre connaissance du courrier que sa secrétaire avait rangé dans la corbeille. Il trouva une enveloppe provenant du cabinet de Jackson, l'ouvrit. Il ne lui fallut pas plus de quelques secondes pour deviner les intentions de son adversaire. La déposition de Brent était secondaire. L'objectif principal consistait à troubler le juge en portant des accusations contre Ryan.

Le salaud.

À présent, le juge prenait le relais.

« Bonjour, messieurs. J'ai lu le rapport de Me Jackson. Excellent, comme d'habitude. Maître Klusmire, sur quoi vous fondez-vous pour refuser la demande de Me Jackson ?

— Votre Honneur, je viens à l'instant de prendre connaissance de son courrier. »

Jackson s'empressa d'intervenir. « Monsieur le juge, j'ai fait déposer un courrier au cabinet de Me Klusmire hier soir. L'enveloppe porte la mention URGENT. Je lui demandais notamment de m'appeler ce matin à neuf heures, ici même à l'hôpital, pour que je puisse le convaincre de me laisser avancer à samedi la déposition de M. Langford, prévue à l'origine pour jeudi prochain. Il m'est très pénible de demander au tribunal de trancher lui-même, alors que j'aurais pu régler cette question de changement de date avec Me Klusmire... s'il avait daigné m'appeler.

— Maître Klusmire, intervint le juge, je ne vous ai jamais rencontré, mais c'est la deuxième fois que je vous ai au téléphone. La deuxième, en effet, car vous m'avez appelé chez moi l'autre nuit, et ce en violation flagrante avec mon principe de ne jamais entendre les parties en dehors du tribunal.

— Monsieur le juge, je vous affirme que j'ai été victime de...

— Ne m'interrompez pas. Je n'aime pas vos manières, maître Klusmire. Un bon avocat n'appelle jamais un juge à son domicile. Et il ne force pas un confrère à chercher une solution de dernière minute auprès du tribunal, alors que la bonne vieille courtoisie et l'esprit de coopération devraient permettre à deux confrères de résoudre entre eux ce genre de problème mineur.

— C'est bien ce que je pense, dit Jackson.

— Maintenant, poursuivit le magistrat, j'ai pris connaissance de la déclaration écrite sous serment que Me Jackson a jointe à sa demande, et je dois avouer mon trouble. Si M. Duffy et son beau-frère sont responsables d'une manière ou d'une autre de l'agression dont a été victime Me Jackson, je mettrai un terme à cela, avant que quelqu'un d'autre n'en souffre. La requête de Me Jackson de faire déposer M. Langford avec quelques jours d'avance est parfaitement fondée. D'ailleurs, si Me Jackson n'était pas blessé, je me passerais de la déposition et procéderais directement à une audition, de manière à décider de la nécessité ou non d'émettre un ordre de contrainte à l'égard de M. Duffy.

— Monsieur le juge, dit Jackson, je me sens beaucoup mieux. Si le tribunal a la place pour une audition dans son emploi du temps chargé, je me devrais d'être là vis-à-vis de ma cliente.

— Êtes-vous sûr de pouvoir le faire ? Physiquement ?

— Oui, j'ai le crâne plus dur que je ne le pensais, et finalement se faire cogner la tête contre un pare-brise est plus spectaculaire que véritablement efficace. »

Le juge grogna.

« Je n'arrive pas à croire qu'ils aient pu en arriver là. Je fixe rarement une audition le samedi mais, dans ce cas, je ferai une exception. Vos témoins pourront-ils se présenter ici, demain matin à dix heures ?

— J'en suis persuadé, monsieur le juge.

— Votre Honneur, intervint Norm, M. Duffy sera là, mais si Me Jackson a l'intention d'interroger M. Langford, je ne garantis pas la présence de ce dernier. Il n'est pas mon client.

— Maître Klusmire, dans votre propre intérêt, je vous conseille de vous assurer que votre client pourra persuader son beau-frère d'être là demain matin. Est-ce clair ?

— Parfaitement, Votre Honneur.

— Merci, monsieur le juge, dit Jackson.

— Bonne journée, messieurs. » Le juge raccrocha, laissant les deux avocats en ligne.

Norm secoua la tête.

« Vous êtes vraiment conforme à votre réputation, Jackson.

— Oui, et même plus que ça.

— Ce coup bas n'était pas nécessaire.

— Oh ! que si ! riposta Jackson. Ce n'est plus le feuilleton à quatre sous de Liz et Ryan. J'en fais désormais une affaire personnelle, Klusmire. À demain, au tribunal. »

44

Depuis deux heures et demie, Ryan attendait. Il se réjouissait qu'on ne l'eût pas jeté dehors, voire défenestré, et il se sentait prêt à patienter toute la journée s'il le fallait. La salle d'attente des visiteurs était plus que confortable, et ses canapés de cuir aussi moelleux que des marshmallows.

Ryan avait longuement réfléchi avant de prendre la direction du quartier général de K & G. La douloureuse réaction d'Amy lui avait enseigné au moins une chose : il ne pourrait garder cet argent s'il ne connaissait pas la vérité. Il ne voyait aucun honneur à tirer profit d'une victime, et devait donc découvrir le lien entre le viol et l'extorsion.

Le père de Ryan était mort, la mère d'Amy aussi. La seule personne qui détenait peut-être la réponse était l'homme que son père avait fait chanter. Certes, il avait été convenu avec Norm qu'ils iraient répondre aux questions du FBI avant d'entreprendre quoi que ce soit. Mais cela risquait de priver Ryan du seul moyen de pression en sa possession, car il entendait menacer Kozelka de divulguer son nom au FBI, si celui-ci refusait d'avouer qu'il avait payé Frank Duffy, et surtout pour quelle raison.

Il savait ce qu'objecterait Norm : c'était risqué, même dangereux. Mais Frank avait maintenu son chantage pendant près de vingt ans sans qu'il lui arrive rien. Ryan était prêt à tenter sa chance. Et s'il n'en avait rien dit à Norm, c'était par peur que celui-ci ne l'en dissuade.

« Docteur Duffy ? » demanda une voix de baryton dans son dos.

Ryan se leva et se retourna. La carrure de l'homme suggérait qu'il appartenait au service de sécurité.

« C'est moi, dit Ryan.

— Veuillez me suivre, je vous prie. »

Ils traversèrent côte à côte, en silence, un long couloir. Ryan mesurait un bon mètre quatre-vingts mais il se sentait petit à côté de l'autre, qui devait le dépasser d'une bonne dizaine de centimètres et était puissamment bâti. Pas un de ces monstres gonflés aux anabolisants, mais un athlète bien proportionné, au pas souple. Peut-être un ancien marine.

« Où allons-nous ? » s'enquit Ryan.

Son guide poussa une porte donnant sur une salle de conférence. « Après vous, je vous prie », dit-il en s'effaçant pour le laisser passer.

C'était une vaste pièce sans fenêtres. Huit grands fauteuils en cuir entouraient une table ovale en noyer. La lumière était douce et indirecte.

Il indiqua un siège à Ryan de l'autre côté de la table. « Asseyez-vous là. »

Sa voix emplit l'espace sans le moindre écho et rappela à Ryan le salon de musique de Norm, où l'acoustique était parfaite. Ryan se souvenait d'avoir vu dans un magazine financier des photos de salles analogues, aménagées par les entreprises soucieuses de se protéger de l'espionnage industriel, avec des caméras cachées et des détecteurs de micros et autres appareils électroniques. Il se félicita d'être venu sans magnétophone.

L'homme s'assit en face de lui. « Pourquoi êtes-vous venu ici ? »

Les doutes qu'il pouvait encore avoir quant au bien-fondé de sa visite s'évanouirent sur-le-champ. Cette lourde atmosphère de suspicion renforçait son intuition que Kozelka était celui qu'il cherchait.

« J'ai pensé qu'il était temps que nous établissions le dialogue.
— Pourquoi ?
— Pour régler définitivement certaines questions.
— Je ne vois pas quelles questions il y aurait à… régler.
— Il y en a. Pour moi. Et je pense que M. Kozelka pourrait m'éclairer.
— Ça ne risque pas.
— Pourquoi pas ? »

L'homme se pencha légèrement en avant et considéra Ryan d'un regard d'acier. « Parce que M. Kozelka n'a pas de temps à vous accorder. »

Ryan remarqua soudain que, derrière l'homme, se trouvait un tableau judicieusement placé. Un tableau qui devait être muni d'un œilleton indécelable, en tout cas à cette distance. Kozelka devait être en train de les espionner et d'enregistrer leur conversation.

Il allait devoir contrôler ses propos. Il ne fallait surtout pas qu'il donne l'impression de vouloir exercer une pression sur Kozelka.

« Je voudrais transmettre un message à M. Kozelka. Dites-lui que la femme qui m'a volé ma sacoche à Panamá a commis une erreur en oubliant le verre dans lequel elle buvait dans ce bar. Il porte ses empreintes et une jolie trace de rouge à lèvres.

— Je doute que M. Kozelka sache de quoi vous parlez.

— Oh ! il le sait, mais ce n'est pas pour ça que je suis ici ! En vérité, je suis venu le remercier personnellement pour tous les conseils qu'il a prodigués à mon père pendant toutes ces années. Aucun petit artisan ne devrait entreprendre quoi que ce soit sans les services d'un expert en matière de secret bancaire. »

L'homme ne put empêcher une rougeur de lui monter au visage mais garda le silence.

« Je suis pour le moins embarrassé, poursuivit Ryan, mais j'aimerais à mon tour solliciter l'avis de M. Kozelka. Depuis cette mésaventure au Panamá, figurez-vous que le FBI tient à fourrer son nez dans le compte en banque panaméen de mon père, et ils m'ont paru plutôt déterminés à découvrir d'où venait tout cet argent. »

La réaction de son vis-à-vis fut presque imperceptible.

« À présent, je vous le redemande : puis-je compter sur vous pour rapporter ce que je viens de vous dire à M. Kozelka ?

— Je ne fais jamais de promesses.

— Comme vous voudrez. » Ryan se leva et, portant son regard en direction du tableau, ajouta : « Dites à votre patron que je me fiche éperdument de l'argent et que je ne suis pas venu ici pour en demander davantage. Je respecte la loi et je ferai ce qu'elle me dicte, avec ou sans l'aide du FBI. Tout ce que je désire, c'est une réponse franche à une simple question : pourquoi ? Rien d'autre. Dites-lui seulement que je veux savoir pourquoi. »

Il se dirigea vers la porte, l'ouvrit et jeta un regard par-dessus son épaule. « Dites-lui aussi que j'ai rendez-vous lundi matin à dix heures avec le FBI. Ne vous dérangez pas, je connais la sortie. »

Sur ce, il ferma la porte derrière lui.

Amy alla déjeuner au Sink, hors du centre commercial de Boulder, où elle ne risquait pas de tomber sur quelqu'un du cabinet. Elle était encore sous le choc de ce que lui avait révélé Marilyn et préférait un peu d'isolement.

Elle connaissait bien le Sink, qui attirait une clientèle plus jeune et qui était célèbre pour avoir eu comme serveur le jeune Robert Redford, avant qu'il s'en aille tenter sa chance à Hollywood. Il régnait une joyeuse exubérance entre ces murs couverts de graffiti, et la cuisine était du genre étouffe-chrétien – gros sandwiches et pizzas. Amy prit un croque-monsieur et trouva une petite table près de la fenêtre.

Un poste de télé dans le coin de la salle attira son attention. Le bruit ambiant empêchait d'entendre les commentaires du journaliste, mais l'image parlait d'elle-même : Marilyn se tenait en compagnie du président devant la Maison-Blanche, face à un demi-cercle d'officiels qui applaudissaient. Voilà, Marilyn avait été élue à la tête de la Réserve fédérale. Il ne lui restait plus qu'à obtenir l'approbation du Congrès.

« Je peux m'asseoir ? »

Amy tourna la tête. Le visage ne lui disait rien, mais il était le seul dans le restaurant à être plus âgé qu'elle. Beaucoup plus âgé. À en juger par la veste de velours et le pantalon de flanelle, il devait être professeur.

« Je vous connais ? » demanda-t-elle.

Il posa son verre de soda sur la table et lui tendit la main en se présentant :

« Jack Forsyth, FBI.

« Oh ! » Ce fut tout ce qu'elle put dire.

« Je m'en veux d'interrompre votre repas, mais il faut que je vous parle. »

Amy se raidit. Elle n'avait pas oublié qu'un homme l'avait menacée de s'en prendre à Taylor si jamais elle parlait à la police. Mais il était trop tard pour s'enfuir.

« Me parler ? demanda-t-elle, feignant l'innocence. Mais de quoi, mon Dieu ?

— Je pense que vous le savez.

— Non, et vous feriez mieux de me le dire, ça nous ferait gagner du temps.

— Nous surveillons Ryan Duffy depuis plusieurs jours, et nous avons enregistré ses appels téléphoniques. Nous avons ainsi intercepté le message que vous lui avez laissé à son cabinet. Et nous vous avons vue le rencontrer hier soir, à Denver. »

Amy s'efforça de dissimuler son trouble. Elle se rappelait avoir laissé un message volontairement vague, au cas où quelqu'un d'autre que Ryan en prendrait connaissance.

« Et alors ? interrogea-t-elle.

— Alors, nous nous sommes renseignés sur vous et avons appris que vous aviez été récemment cambriolée. Nous avons parlé avec l'inspecteur de Boulder. Il vous a jugée bizarre, comme si vous cherchiez à cacher quelque chose.

— Ce n'est qu'une impression.

— Oui, et à ce propos, depuis que je vous parle, j'ai moi aussi la même impression. »

Amy détourna le regard. C'était une malédiction

que ce visage trop expressif. Mamie n'était pas la seule à y lire comme dans un livre ouvert.

« Dites-moi, reprit Forsyth, que faites-vous avec un type comme Duffy ? »

Elle n'avait aucune envie de rencontrer ce regard aigu qu'elle sentait braqué sur elle et elle avait deux raisons de ne pas lui répondre : la menace qui planait sur sa fille, et sa promesse à Marilyn.

Elle se leva et prit son plateau.

« Je n'ai rien à vous dire, rétorqua-t-elle sèchement.

— Je suis persuadé du contraire. Tenez, voici ma carte. Appelez-moi quand vous serez prête. »

Amy le regarda enfin dans les yeux. Elle n'y lut rien qu'une patience de chien d'arrêt. Elle prit la carte sans un mot et s'en fut sans se retourner.

45

Ryan se rendit directement du siège de K & G au cabinet de Norm. Il trouva son ami occupé à préparer l'audience du lendemain au tribunal. Ryan fut étonné d'apprendre que la déposition de Brent était susceptible de déboucher sur sa propre mise en accusation. Puis, comme Norm désirait qu'ils planchent tous deux sur la stratégie à adopter, Ryan lui apprit qu'il revenait d'un entretien avec le bras droit de Kozelka.

Norm l'écouta sans l'interrompre, mais il bouillonnait de colère.

« Eh bien, c'était une belle connerie d'aller là-bas, finit-il par dire, parce que ça ne va pas arranger nos affaires.

— Tu connais une meilleure méthode pour découvrir comment mon père a pu faire d'un viol dont il s'est rendu coupable un moyen d'extorquer cinq millions de dollars à un tiers ?

— Non, mais ce n'est pas par Kozelka que tu l'apprendras.

— Si j'avais revu l'agent Forsyth, je serais d'accord avec toi. Mais j'ai bien précisé que je n'avais pas encore contacté le FBI, et Kozelka peut très bien m'en dispenser en me donnant l'information que je lui demande.

— Ryan, cet homme n'est pas un crétin. Si tu ignores comment ton père le tenait, ce n'est pas lui qui va te le dire, car cela reviendrait à te permettre de prendre le relais de ton père pour poursuivre le chantage. En ce moment, il doit être en train de sabler le champagne dans son bureau, à la pensée que Frank a emporté son secret dans la tombe. »

Ryan demeura songeur un instant.

« J'avoue que je n'avais pas pensé à ça, dit-il, un rien penaud.

— Bien sûr que non. Tu as toujours été très brillant, Ryan, mais tu n'as pas pris une seule bonne nuit de sommeil depuis la mort de ton père. Je ne t'ai pas vu fermer l'œil pendant ces quatre derniers jours. Ta femme et toi, vous divorcez. Ton abruti de beau-frère n'a rien trouvé de mieux que de casser la gueule à Jackson. Ta mère a la tête dans le sable. Ta sœur est grosse jusqu'aux yeux. Tu as découvert que ton père avait été condamné pour viol. Tu t'es fait faucher tes papiers par une belle inconnue, pourchasser par la police de Panamá, et maintenant tu as le FBI et le fisc sur le dos. Tu veux que je continue la liste de tes déboires ? Tu dois prendre le temps de réfléchir et aussi de m'écouter, bon sang ! À moins que tu ne préfères devenir un individu activement recherché par le FBI, il serait temps d'arrêter les bêtises.

— C'est vrai que j'aurais dû mieux calculer mon coup. Mais Kozelka est la clé, j'en suis sûr, et j'avais peur qu'en commençant par le FBI on perde à jamais l'occasion de connaître la vérité.

— La vérité, c'est que tu as commis une grossière erreur. Et ce pour une seule raison : tu protèges encore ton père.

— De quoi parles-tu ?

— Ton obsession est de savoir pourquoi Kozelka a payé ton père. Tu aurais pu chercher de l'aide auprès des fédéraux et les laisser s'occuper de Kozelka, mais pour cela tu aurais dû leur dévoiler le délit de viol et de chantage dont ton père s'est rendu coupable. Tu as choisi de foncer chez Kozelka.

— Et alors ? En quoi serait-ce idiot de se demander pourquoi ce type a filé cinq millions de dollars à un ancien copain de classe condamné pour viol ?

— Le viol, le viol, le viol, c'est une obsession chez toi. Tu ne vois que ça. Prends un peu de recul, merde ! Si ça se trouve, le chantage n'a aucun rapport avec ce fameux viol.

— Alors pourquoi l'acte de condamnation était-il dans le coffre de la banque avec les autres papiers ?

— Je veux bien supposer que le viol explique ce don de deux cent mille dollars à Amy Parkens, car c'était peut-être une manière pour Frank de se faire pardonner ce qu'il a fait jadis à sa mère, mais ce crime n'a peut-être rien à voir avec l'extorsion des cinq millions de dollars. »

Ce que disait Norm n'avait rien d'invraisemblable, et cela attristait Ryan, qui n'était pas près d'oublier l'expression horrifiée d'Amy, au Half Way Café.

« C'est donc la mère d'Amy qu'aurait violée mon père ?

— Peu importe que ce soit elle ou une autre, Ryan. Il est grand temps pour toi d'oublier ton père et de songer à sauver ta propre peau. »

Ryan devait reconnaître que son ami avait raison.

« Ce qui est fait est fait, répondit-il d'une voix plus calme. Et il y a tout de même une bonne nouvelle : nous savons, bien que nous n'en ayons pas la preuve formelle, que c'est Kozelka qui a payé.

— La mauvaise nouvelle, intervint Norm, c'est que nous ignorons encore ce que ton père a pu utiliser contre Kozelka. Pourtant, sans que tu le veuilles, tu lui as laissé l'impression que la famille Duffy continue de le faire chanter.

— Ah non ! s'écria Ryan. Certainement pas. J'ai bien précisé que l'argent ne m'intéressait pas.

— Le chantage n'implique pas toujours le fric. D'une manière générale, chaque fois qu'on force quelqu'un sous une menace quelconque à agir contre son gré, on pratique une forme d'extorsion.

— Je ne l'ai pas menacé.

— Allons, Ryan, tu l'as fait, mais de manière voilée. Sans l'expliciter, tu lui as fait comprendre que si tu n'avais pas l'information d'ici à lundi matin dix heures, tu donnerais son nom au FBI.

— Et tu appelles ça de l'extorsion ?

— Ça n'en est pas, mais seulement d'un point de vue juridique. Il n'empêche qu'à la place de Kozelka je prendrais cela pour ce que c'est : un chantage.

— Alors, que doit-on faire ?

— Attendre et nous préparer à encaisser... parce qu'on ne va pas tarder à savoir comment Kozelka apprécie les menaces.

Assis derrière son bureau, Kozelka avait la mine sombre. La prestation de Ryan Duffy, qu'il avait enregistrée et suivie depuis ce même bureau, l'avait mis en rage. Peu enclin aux explosions de colère, il préférait les atmosphères lourdes et tendues, et toujours en présence de ceux qu'il tenait pour responsables du moindre grain de sable dans la machine. C'était chez lui une manière d'affirmer un peu plus son pouvoir sur ses subordonnés paralysés par l'appréhension.

Cet après-midi, c'était Nathan Rusch qui, assis en face de Kozelka, attendait non sans inquiétude la réaction du maître.

Rusch n'appartenait pas au personnel de K & G ; il était coordinateur extérieur des opérations de sécurité, ce qui couvrait toutes sortes de services. Si Kozelka avait besoin de protection lors d'un voyage dans un pays du tiers-monde, Rusch réunissait une équipe capable de rivaliser avec le Service secret[1]. Qu'un cadre congédié menace de révéler certaines malversations imputables à K & G, Rusch était plus rapide, plus efficace et moins cher que n'importe quelle meute d'avocats. Et quand Kozelka se retrouvait face à un chantage, c'était encore Rusch qui lui disait comment payer et quand… se venger.

« Je n'en reviens pas qu'elle ait été assez conne pour laisser un verre avec ses empreintes, grogna Kozelka. Vous avez une explication, Rusch ?

— Non, monsieur.

— Vous devriez. C'est vous qui l'avez engagée.

— Il me fallait agir vite, et elle m'avait été chaleureusement recommandée.

— Je ne vois même pas pourquoi vous avez fait

1. Service de la sécurité à la Maison-Blanche. *(N.d.T.)*

appel à ses services. Vous auriez dû vous charger vous-même de cette opération.

— Il ne fallait pas seulement s'emparer de la sacoche de Duffy. C'est une très belle femme et elle a du charme. Nous pensions que Duffy se laisserait tenter, la suivrait jusque chez elle, où elle pourrait le faire parler. Mais il n'a pas mordu à l'hameçon.

— Peu importe. Que risque-t-il de se passer, maintenant ? »

Rusch détestait annoncer les mauvaises nouvelles, mais il s'était toujours montré franc envers Kozelka.

« Duffy remet le verre au FBI lundi matin. Le FBI procède à une analyse et lance un mandat d'amener contre la femme. Après ça, c'est elle qui a les cartes en main.

— Que voulez-vous dire ?

— Qu'elle a deux solutions : se mettre à table ou la boucler.

— Que peut-elle bien leur avouer ? Vous ne lui avez rien dit, n'est-ce pas ? »

Rusch tressaillit imperceptiblement. « Je ne pouvais pas la laisser totalement dans le noir, mais je ne lui ai dit que le strict nécessaire. »

Kozelka se renversa dans son fauteuil. Il n'allait pas hurler, ce n'était pas son style, mais il avait aux tempes une rougeur qui n'annonçait rien de bon.

« Que lui avez-vous dit, Rusch ? demanda-t-il d'une voix métallique.

— Je vous le répète, le strict nécessaire. Nous désirions qu'elle séduise Duffy et le pousse à parler. Il fallait bien lui fournir quelques indices pour qu'elle joue le rôle attendu.

— Vous avez pris contact avec elle depuis Panamá ?

— Oui. Je l'ai utilisée ici même à Denver, pour surveiller Duffy. Je ne tenais pas à impliquer quelqu'un d'autre dans cette opération. Comme elle en faisait déjà partie, j'ai préféré la maintenir en poste. Elle connaît son métier. Enfin, elle a la réputation de le connaître.

— Est-ce qu'elle n'en sait pas trop ?

— Pas assez pour que nous nous inquiétions. Tout ce que le verre prouve, c'est qu'elle a consommé de l'alcool en compagnie de Ryan Duffy au bar d'un hôtel, point final. »

Kozelka croisa ses mains sur la table.

« À moins qu'elle panique. À moins qu'elle fasse l'objet d'un mandat d'arrêt pour de précédents délits dont nous ignorons tout, et que le FBI lui demande, afin d'effacer l'ardoise, de leur dire qui a acheté ses services et ce qu'il y avait dans cette sacoche.

— C'est une hypothèse.

— Une hypothèse ? répéta Kozelka en se penchant en avant. Eh bien, Rusch, je compte sur vous pour que ça n'aille pas plus loin. »

46

Le samedi, le tribunal était aussi désert qu'une église un lundi. Le prétoire était vide, le silence régnait dans les couloirs, le moindre bruit se répercutait à travers tout l'édifice. Cette atmosphère semblait peser sur le petit groupe réuni là. Seul Jackson affichait une belle énergie, doublée d'un prodigieux contentement de soi.

Ryan essayait de ne pas regarder dans la direction de l'avocat de sa femme. Il était assis à côté de Norm, à l'antique table de chêne située à l'opposé du box des jurés. Liz partageait l'autre banc avec Jackson. Alors qu'ils attendaient le juge, Ryan avait coulé malgré lui quelques regards en direction de sa femme mais à aucun moment elle n'avait tourné la tête vers lui.

« Debout, je vous prie », dit l'huissier.

Le juge Novak entra par une porte latérale et gagna l'estrade. Norm avait annoncé à Ryan que le bonhomme était âgé, mais il aurait été plus juste de dire qu'il s'agissait d'un vieillard. Le crâne chauve tavelé, un appareil auditif saillant de chaque oreille, le visage plus ridé qu'une peau d'iguane, il avançait d'un petit pas hâtif. En passant devant

Ryan, celui-ci remarqua que le juge avait oublié de boutonner le dos de sa robe, ce qui laissait entrevoir le caleçon à pois rouges qui couvrait ses fesses osseuses.

« Bonjour, dit le magistrat en prenant place. Nous sommes réunis ici à la requête de l'une des parties pour entendre des témoins en vue d'émettre ou non un ordre de contrainte temporaire à l'encontre de la partie adverse. Comme vous devez le savoir, il n'y a pas de jurés dans ce genre de procédure, aussi prierai-je messieurs les avocats de m'épargner leurs habituels effets de manche. J'ai quatre-vingt-un ans et j'ai eu mon compte de simagrées au cours de ma longue carrière. Maître Jackson, veuillez, je vous prie, appeler votre premier témoin. »

Jackson se leva avec une lenteur précautionneuse, comme s'il craignait de craquer aux jointures. Il avait le visage légèrement enflé. Hormis le bandage qui lui recouvrait un œil, il portait peu de traces de son agression. Seul un examen rapproché révélait qu'il avait dissimulé sous une savante couche de fard les ecchymoses marquant sa joue et sa pommette droites. Comme il fallait être vain, songea Ryan, pour se maquiller avant de se produire dans une salle de tribunal déserte un samedi matin !

« Votre Honneur, notre premier témoin est la demanderesse, Elizabeth Duffy. »

Le juge se pencha en avant. « Encore un petit mot d'avertissement, dit-il. Vous pouvez interroger votre témoin, maître Jackson, mais je vous rappelle que je n'ai accordé que trois quarts d'heure à cette audience. Aussi épargnez-moi le récit de l'échec conjugal des Duffy. Ce sera pour une autre fois. Concentrez-vous plutôt sur le but de cette audience, qui est de déterminer quelle responsabilité a eue M. Duffy dans l'agression dont vous avez été l'objet et de débattre de la nécessité de le placer sous contrainte afin de l'empêcher de nuire à nouveau.

— Votre Honneur, je vous promets d'être le plus bref possible.

— Veuillez poursuivre. »

Ryan observa Liz prêter serment. Elle portait un tailleur Chanel, sobre et élégant. Soit elle avait vendu sa voiture, soit quelqu'un lui avait prêté de quoi renouveler sa garde-robe. Elle paraissait tendue.

« Madame Duffy, votre nom, je vous prie.

— Elizabeth Frances Duffy.

— Vous êtes mariée à M. Ryan Duffy, exact ? »

Le juge intervint. « Résumez, je vous prie. Nous savons tous qu'elle est mariée, qu'elle veut divorcer, etc. Allez au vif du sujet.

— Madame Duffy, connaissiez-vous Frank Duffy ?

— Oui, très bien. Frank était le père de Ryan. Il est mort d'un cancer, il y a deux semaines.

— Lui avez-vous parlé avant qu'il meure ? Et, en particulier, a-t-il été question d'argent dans votre conversation ? »

Norm bondit.

« Objection. Quel rapport a cette question avec le motif de cette audience ?

— Votre Honneur, je vous demande quelque latitude, plaida Jackson. Si j'échoue à démontrer qu'il existe bel et bien un lien entre cette question et mon prochain témoin, vous pourrez m'infliger un blâme pour outrage à la cour et me jeter en prison.

— C'est ce que nous verrons, répliqua le juge. Poursuivez.

— Madame Duffy, avez-vous parlé d'argent avec Frank ?

— Oui, au téléphone, deux semaines avant sa mort.

— Pourriez-vous nous faire part de l'essentiel de vos propos ?

— Objection maintenue, insista Norm.

Le juge grimaça. « N'est-ce pas suffisant que Me Jackson ait proposé qu'on le jette en prison s'il échouait ? Objection rejetée. »

Liz baissa les yeux et parla d'une voix basse.

« Frank savait que Ryan et moi nous souffrions de difficultés financières, et il désirait que nous restions ensemble. Aussi, lors de cette dernière conversation, il m'a dit de tenir bon, que nous aurions bientôt de l'argent.

— Vous a-t-il précisé combien ?

— Non.

— A-t-il appuyé cette promesse d'un indice ou d'une précision quelconque ? »

Cette fois, Liz jeta un bref regard à Ryan. Puis elle reporta les yeux sur son avocat. « Oui. »

Ryan tressaillit. Il se rappelait la fois où Liz et lui avaient parlé dans la véranda, le soir de l'enterrement. Elle ne lui avait rien dit de tel.

« Que vous a-t-il fourni comme indice ? demanda Jackson.

— Il m'a donné une combinaison.

— Une de ces combinaisons qui servent à ouvrir une serrure de sûreté, un coffre ?

— Oui, ce genre de combinaison, mais il ne m'a pas donné de précisions, répondit-elle. Il m'a dit de voir avec Ryan. Qu'il saurait, lui.

— Et quelle est cette combinaison ?

— Trente-six. Dix-huit. Onze.

— Merci, madame Duffy, c'est tout pour le moment. »

Liz se leva lentement. Ryan était sous le choc. Ces chiffres, il les connaissait ; c'était la combinaison de la mallette dans le grenier. Et son père l'avait révélée à Liz, pas à lui.

« Maître Klusmire ? demanda le juge. Pas de contre-interrogatoire ? »

Ryan échangea un regard avec Norm. Ils se doutaient tous deux qu'ils s'avançaient en terrain miné. Le FBI ne savait encore rien des deux millions dans le grenier. Mieux valait ne pas trop fouiller le sujet.

« Non, Votre Honneur, annonça Norm. Pas de contre-interrogatoire.

— Maître Jackson, votre témoin suivant, je vous prie, dit le juge. Et souvenez-vous, ajouta-t-il avec un mince sourire, que si vous échouez à établir ce fameux lien, une cellule vous attend.

— Je suis persuadé que je dormirai dans mon lit, ce soir, Votre Honneur. J'appelle Brent Langford. »

Norm se leva et s'adressa au juge de son ton le plus courtois.

« Votre Honneur, j'ai pris votre mise en garde d'hier soir très au sérieux, mais nous n'avons pas réussi à joindre M. Langford. En dépit de tous nos efforts… »

Il s'interrompit. Toutes les têtes venaient de se tourner en direction des portes d'entrée. Brent remontait la travée. Norm et Ryan se regardèrent et ils eurent la même pensée : cela sentait mauvais.

Le pas de Brent résonnait dans la salle. Il avançait, le regard fixé droit devant lui, le visage tendu par la concentration, avec l'air d'un écolier avant un examen oral, s'efforçant de se remémorer sa leçon.

En l'entendant prêter serment et jurer de dire la vérité, toute la vérité, rien que la vérité, Ryan pensait à la dernière fois où Brent avait juré devant Dieu et tous les témoins de son mariage d'aimer, de protéger et de chérir une femme qu'il n'avait pas tardé à battre et qu'il battait encore. La parole donnée n'aurait jamais aucun sens pour un individu pareil.

« Votre nom, monsieur Langford.

— Brent Langford.

— Vous êtes le beau-frère de M. Duffy, n'est-ce pas ? »

Le juge intervint de nouveau.

« Maître Jackson, épargnez-moi l'arbre généalogique des Duffy.

— D'accord, monsieur le juge. Monsieur Langford, vous avez reçu une convocation pour déposer dans cette affaire de divorce, n'est-ce pas ?

— Oui. Je l'ai reçue chez moi, à Piedmont Springs, mardi dernier dans l'après-midi.

— Qu'avez-vous fait après la réception de cette convocation ? »

Brent haussa les épaules.

« À dire vrai, ça ne m'a pas plu.

— Vous en avez parlé à quelqu'un ?

— Oui, à mon épouse.

— À personne d'autre ?

— Si, au Dr Duffy. »

Ryan ouvrit de grands yeux. Il savait Brent menteur, mais pas à ce point-là. Il gribouilla quelques mots à l'intention de Norm : « Foutaises ! »

« Dans quelles circonstances vous êtes-vous entretenu avec lui ?

— Il m'a téléphoné dans la nuit.

— Pour vous dire quoi ?
— Il m'a dit : "Brent, il ne faut pas y aller. Il y a beaucoup trop en jeu."
— Ce qui signifiait ?
— Objection, dit Norm en se levant. Ce sont des conjectures.
— Laissez-moi formuler différemment ma question, dit Jackson. Qu'en avez-vous déduit ?
— Objection maintenue », insista Norm.
Le juge se pencha en avant.
« Il n'y a pas de jurés présents, maître Klusmire. Aussi, écoutons ce que dit le témoin.
— J'en ai déduit qu'il devait avoir un paquet d'argent et qu'il ne voulait pas que Liz le sache.
— Sur quoi avez-vous fondé cette… déduction ?
— Euh… parce que Sarah m'en avait parlé.
— Objection ! s'écria Norm. Monsieur le juge, nous passons des conjectures aux propos supposés d'une tierce personne qui est absente à ce débat.
— Objection accordée. Monsieur Langford, vous pouvez nous dire ce que vous savez personnellement, et aussi ce que M. Duffy a pu vous déclarer, mais pas ce que d'autres gens ont pu raconter.
— Oui, Votre Honneur », répondit Brent du ton le plus respectueux.
Jackson reprit :
« Monsieur Langford, est-ce vraiment votre femme qui vous a parlé de cet argent ou bien est-ce M. Duffy lui-même ?
— Objection, dit Norm. Me Jackson oriente les réponses du témoin.
— Objection rejetée.
— Maintenant que j'y pense, dit Brent, ça pour-

rait bien être Ryan qui m'a parlé de l'argent. Oui, c'est bien lui, j'en suis sûr.

— Parfait, dit Jackson. À présent que ce point est éclairci, j'aimerais un peu plus de précisions au sujet de ces fonds que le Dr Duffy voulait dissimuler à sa femme. Savez-vous si cet argent se trouvait dans une valise ou un coffre à combinaison ?

— Non, je ne sais pas.

— Mais ce serait possible ? insista Jackson.

— Objection.

— Accordée.

— Votre Honneur, dit Jackson, je veux seulement démontrer que M. Duffy avait un motif pour empêcher cette déposition. Il craignait en effet que Brent puisse parler de cet argent, qu'il entendait soustraire à ma cliente.

— L'objection demeure, dit le juge. Mais vous avez prouvé le rapport entre les deux témoignages, et vous n'irez pas en prison ce soir.

— Merci, monsieur le juge. » Il jeta un coup d'œil à ses notes et reprit l'interrogatoire. « Monsieur Langford, revenons à cette conversation téléphonique avec votre beau-frère. Qu'avez-vous dit quand il vous a conseillé de ne pas aller déposer ?

— Je lui ai répondu que je n'étais pas avocat et que je n'avais aucun moyen de me soustraire à cette convocation.

— Et que vous a répondu M. Duffy ?

— Il a dit qu'il se fichait pas mal de la loi, et que la seule façon d'empêcher cette déposition, c'était de donner une bonne leçon à l'avocat de Liz.

— Pourriez-vous nous rapporter plus précisément ses propos ? »

Brent rougit, embarrassé. « Je n'aime pas dire des grossièretés. »

Ryan se retint de bondir. Brent était l'incarnation même de la grossièreté.

« Il est important pour nous de le savoir, monsieur Langford, intervint le juge.

— D'accord. Il a dit : "Brent, je veux que tu ailles casser la tête à cet… cet enculé de Jackson."

— Que lui avez-vous répondu ?

— J'ai répondu : pas question.

— Et que s'est-il passé, alors ?

— Il est devenu comme fou. Il m'a traité de… pédé, et d'autres mots que je préfère ne pas répéter. Et puis il a dit : "D'accord, je peux me passer de toi. Je trouverai quelqu'un d'autre pour le faire."

— A-t-il précisé qui ?

— Non.

— Et qu'avez-vous fait après ça ?

— Je ne savais pas quoi faire. Je n'arrivais pas à dormir ni rien.

— Pourquoi ne pas m'avoir averti de ce qui m'attendait ?

— Mais c'est ce que j'ai essayé de faire. Je suis parti en pleine nuit pour Denver. Vous savez, c'était difficile pour moi, parce que je me dressais contre le frère de ma femme. Il est de la famille, quoi. Je ne pouvais tout de même pas le dénoncer à la police. Je voulais parler à Liz et lui demander d'intervenir.

— Mais vous n'êtes pas arrivé à temps.

— Non. Je ne pensais pas que Ryan engagerait quelqu'un aussi rapidement. Après que j'ai appris ce qui vous était arrivé, monsieur Jackson, j'ai pris peur. J'ai traîné à Denver pendant toute la matinée, sans savoir quoi faire. Et puis j'ai repris la route de Piedmont.

— Je vous remercie, monsieur Langford. Je sais que ce n'était pas facile pour vous de témoigner contre les vôtres. Nous apprécions que vous vous soyez déplacé jusqu'ici.

— Contre-interrogatoire, maître Klusmire ? »
Norm se leva.

« Votre Honneur, comme vous pouvez le présumer, nous sommes très étonnés de la présence de M. Langford dans ce tribunal. Et franchement, nous sommes sidérés par la teneur de son témoignage. Pourriez-vous m'accorder quelques minutes d'entretien avec mon client ?

— J'allais vous le dire, fit le juge. Prenez tout le temps que vous voudrez. Je dois faire une pause moi-même pour soulager ma vessie, et peut-être autre chose, si vous voyez ce que je veux dire. De toute façon, j'en ai assez entendu pour un samedi. Ceci n'était qu'une première audience, et dans l'intérêt de l'impartialité, je reporterai ma décision à cinq heures de l'après-midi, lundi. Le défendeur aura ainsi le temps de soumettre au tribunal tout témoignage sous serment qu'il jugera bon de faire.

— Mais, monsieur le juge...

— Le tribunal se retire, dit le magistrat en ponctuant ses paroles d'un coup de marteau.

— Debout, je vous prie ! » cria l'huissier.

Ryan se leva. « Je n'arrive pas à y croire », chuchota-t-il à Norm.

Le juge regagna ses quartiers. Brent descendit du box des témoins et, comme il se hâtait en direction de la porte, Ryan s'avança vers lui, mais Norm le retint par le bras.

« Laisse-le partir, dit-il doucement. Et ne regarde ni Jackson ni même ta femme, parce que tu seras tenté de leur dire quelque chose que tu regretteras ensuite. Et crois-moi, ils en prendront note. »

Ryan ravala sa colère et s'efforça de se calmer, alors que Jackson rassemblait ses papiers puis quittait sans se presser le prétoire en compagnie de Liz. Il était presque arrivé à la porte quand il se retourna et lança à Ryan et à Norm : « Ah ! j'oubliais. Bienvenue dans le petit monde des divorces, messieurs ! »

Ryan parvint une nouvelle fois à se dominer. Il se contenta de les regarder franchir la porte. Liz avait passé son bras sous celui de Jackson. Les deux battants se balancèrent plusieurs fois sur leurs gonds, et Ryan eut le temps d'apercevoir Brent et Jackson qui se serraient la main en souriant. Liz souriait, elle aussi.

« Non, je n'arriverai jamais à le croire », murmura-t-il.

47

Sur la route du retour, Norm et Ryan s'appliquèrent à faire le point.

« C'est tout de même bizarre, fit remarquer Ryan, que le juge Novak ait menacé Jackson de la prison, pour ajourner ensuite sa décision et nous foutre pratiquement dehors.

— Oh ! j'ai déjà vu des présidents au tribunal correctionnel se comporter de cette façon ! Ils commencent par menacer de blâme le procureur. De cette façon, ils peuvent ensuite le soutenir sans passer pour partiaux. Chaque fois que j'en vois un jouer à ce jeu, je sais que mon malheureux client est bon pour un long séjour à l'ombre, aux frais du contribuable. Aussi la manœuvre de Novak ne m'a pas étonné, mais tu as quand même échappé à une assignation à résidence, voire pire.

— Oui, et c'est toute l'ironie de l'histoire. C'est Brent qui aurait dû être sur la sellette et jeté en prison. Au lieu de ça, Jackson et lui sont de mèche.

— Je suis convaincu que Brent a agressé Jackson, mais celui-ci a dû, peut-être par ses contacts au FBI, avoir connaissance du compte en banque de trois millions. Rien de tel qu'un gros paquet d'argent pour panser les blessures. Ces deux salopards ont conclu un marché.

— Sur quelles bases, d'après toi ?

— Jackson lui a probablement donné à choisir entre aider Liz à toucher sa part ou lui foutre le FBI au cul et s'assurer qu'il passera les trois prochaines années en taule.

— Crois-tu que Brent a parlé à Jackson des deux millions dans le grenier ?

— C'est possible. Jackson a posé ses questions avec une extrême prudence. Il n'a donné aucun détail concernant l'argent. Il sait trop bien qu'en spécifiant le montant il ne ferait qu'attiser la curiosité du FBI et du fisc, et il n'a nullement l'intention de tuer la poule aux œufs d'or.

— Je n'arrive pas à croire que Liz ait pu accepter d'entrer dans de telles magouilles. Elle a toujours détesté Brent.

— Il est tout ce qui lui reste. Considère les choses de son point de vue, Ryan. Tu ne lui as rien dit de l'argent. Elle a dû apprendre par son avocat que ton père possédait trois millions de dollars sur un compte bancaire au Panamá. Elle n'aime pas Brent, mais elle peut très bien croire ce qu'il raconte, à savoir que tu as engagé quelqu'un pour casser la gueule à Jackson. Pour couronner le tout, ton père lui a indiqué la combinaison. Alors, il est normal qu'elle pense avoir droit à sa part. »

Ryan secoua la tête avec dépit.

« Je ne comprends pas comment mon père a pu lui donner la combinaison.

— C'est pourtant simple. Frank aimait beaucoup Liz. Il a dû éprouver de la peine quand elle s'est retrouvée seule à Piedmont Springs, après ton départ pour la fac.

— Mais c'est papa qui m'a conseillé de ne pas

l'emmener avec moi. Je t'ai déjà raconté sa métaphore électrique : si on est relié à la terre, ne jamais toucher l'autre câble.

— Peut-être a-t-il regretté ce conseil.

— Ou sa mauvaise comparaison.

— Peu importe, il désirait sauver votre mariage. Alors, il t'a dit où se trouvait l'argent, et il lui a donné la combinaison. De cette façon, il vous obligeait à coopérer.

— Sauf qu'il a sans le vouloir saboté son stratagème. Il a oublié de brouiller les chiffres. La combinaison était en place quand j'ai découvert la mallette. J'ai donc pu l'ouvrir sans mal.

— Il n'empêche, son intention était de vous rabibocher. »

Ryan jeta un regard par la fenêtre.

« Que faire, maintenant ?

— Cette audience est une cause perdue d'avance. Jackson a été attaqué alors que tu te trouvais à Panamá, et, pour s'opposer aux allégations de Brent, il te faudrait rendre compte sous serment de tous tes faits et gestes à Panamá. Or, avec le FBI qui nous tourne autour, il vaut mieux éviter ce genre de témoignage. Ils pourraient le retourner contre toi.

— Alors, tu vas laisser le juge décider ?

— J'appellerai Jackson et tenterai de négocier une solution médiane dans laquelle, sans admettre explicitement ta responsabilité dans l'agression de Jackson, tu accepterais de ne plus approcher ni Jackson ni ton épouse jusqu'à ce que le divorce soit prononcé.

— Formidable ! Pendant des années, Brent a trompé et battu ma sœur, il a agressé Jackson, et le voilà promu au rang de témoin à charge contre moi avec la bénédiction du juge. Ah ! c'est trop fort !

— Le juge t'interdira tout contact avec Liz et Jackson, mais probablement pas avec Brent. Je te conseille tout de même de prendre tes distances avec ton beau-frère.

— J'y compte bien, grogna Ryan. Dès que je lui aurai réglé son compte. »

Jeanette Duffy rentra de chez le coiffeur vers deux heures de l'après-midi, selon son rituel du samedi. Elle remonta l'allée et gara la voiture devant la porte du garage, derrière la maison. Une averse avait mouillé le petit chemin pavé qui menait à la porte de la cuisine. Elle chercha ses clés tout en se dépêchant de grimper les marches du perron, afin de préserver sa mise en plis. Elle allait ouvrir quand elle se figea. La vitre du battant était brisée et la porte déverrouillée.

Elle regagna à la hâte sa voiture, introduisit d'une main tremblante la clé de contact, démarra sur les chapeaux de roue et prit la direction de la ferme des McClenny, ses plus proches voisins. Elle courut sonner à la porte. M. McClenny vint lui ouvrir.

« Ma porte a été fracturée ! s'écria-t-elle, bouleversée. Je peux utiliser votre téléphone ? »

McClenny eut un moment de stupeur. Il ne s'était jamais rien produit de semblable dans le voisinage.

« Bien sûr, dit-il. Entrez donc, madame Duffy. Le téléphone est dans la cuisine.

— Merci. » Elle traversa le salon et décrocha le combiné mural. Elle forma le 9 du 911 et s'arrêta, pensant soudain que cela pouvait être un nouveau chapitre de la bagarre entre Ryan et Brent, et qu'il valait mieux ne pas mêler la police à ce qui devait rester une affaire de famille. Ryan avait peut-être de nouveau menacé de brûler l'argent, et Brent était venu fouiller la maison.

Elle appela le numéro de Norm, que Ryan lui avait donné, tomba sur l'épouse de Norm, qui lui passa Ryan. À la voix de son fils, ses nerfs lâchèrent, et ce fut en pleurant qu'elle lui annonça :

« Je crois qu'on nous a cambriolés.

— Quoi ?

— Quelqu'un est entré dans la maison en cassant la porte vitrée de la cuisine.

— Tu es blessée ?

— Non.

— Tu as vu quelqu'un ?

— Non.

— D'où appelles-tu ?

— De chez les McClenny.

— Bon. Ne retourne pas à la maison. Va chez Sarah. Euh non, réflexion faite, il vaut mieux pas. Brent ne tardera pas à rentrer, et ça ne ferait que compliquer les choses. Est-ce que tu peux rester quelques heures chez les McClenny ?

— Oui, je pense.

— Très bien. Je pars tout de suite. J'arriverai à la nuit tombée.

— J'appelle la police ?

— Non, dit-il fermement. Surtout pas. Je serai là dans quelques heures. Je m'occuperai de tout. »

Amy téléphona plusieurs fois chez Marilyn dans la matinée du samedi, chaque fois pour apprendre que son amie n'était pas disponible. Elle laissa des messages sur le répondeur, sans obtenir de rappel. Elle savait Marilyn de retour de Washington, car la presse locale en avait rendu compte. À quatre heures de l'après-midi, elle rappela, tomba une fois de plus sur la femme de ménage et, cette fois, indiqua la raison de son appel : « Dites-lui que j'ai été contactée par le FBI, et que je dois absolument lui parler. »

Vingt minutes plus tard, Marilyn donna signe de vie.

« Je ne cherchais pas à t'éviter, tu sais, mais j'ai dû recevoir une bonne centaine de coups de fil de félicitations, et je n'ai même pas eu le temps de respirer depuis mon arrivée.

— Je suis désolée. Et laisse-moi te féliciter à mon tour. Mais je dois dire que mon enthousiasme a été un peu assombri par ce type du FBI.

— Tu n'as pas à t'inquiéter. Le FBI procède à un contrôle de routine auprès de tous ceux qui me sont proches. Ça fait partie de leur travail.

— Ce n'était pas un contrôle de routine, Marilyn. J'étais en train de déjeuner, hier, quand un agent m'a abordée au restaurant. Et ce n'était pas à cause de ta nomination.

— C'était à cause de quoi, alors ?

— Il voulait savoir pour quelle raison j'avais rencontré Ryan Duffy.

— Oh! mon Dieu, Amy, je t'ai dit et répété de ne plus te mêler de ça ! Tu ne peux pas savoir la surveillance dont je fais désormais l'objet. Tout ce qui arrive à mes amis peut rejaillir sur moi. Et ce n'est un secret pour personne que nous sommes proches.

— Proches comment ? demanda Amy d'une voix tendue.

— Mais très proches, tu le sais bien.

— Oui, mais je suis troublée. Je n'ai pas dormi

de la nuit. Je ne pouvais m'empêcher de repenser à ce que tu m'as dit l'autre jour. Et je ne comprends pas pourquoi un homme qui t'aurait violée il y a plus de quarante ans m'enverrait deux cent mille dollars juste avant sa mort.

— Je n'en ai pas la moindre idée.

— Marilyn... est-ce que nous sommes... parentes ? »

Il y eut un lourd silence à l'autre bout de la ligne.

« Je t'ai dit de ne plus jamais parler de ça, Amy, répondit enfin Marilyn.

— Mais cela soulève tellement de questions pour moi !

— Il y a des questions dont il vaut mieux ne pas connaître les réponses.

— Peut-être pour toi.

— Pour nous deux. Et encore une fois, ne t'aventure pas sur cette route. C'est un cul-de-sac.

— Je t'en prie, Marilyn.

— Au revoir, Amy. »

Amy allait ajouter quelque chose, mais Marilyn avait interrompu la communication.

Amy resta interdite. C'était la première fois de sa vie que Marilyn Gaslow lui raccrochait au nez.

48

Rouler seul sur la 287, c'était faire l'expérience de la monotonie. La route traçait vers le sud d'interminables lignes droites à travers les immenses plaines plantées de maïs. On avait l'impression d'être prisonnier d'un tapis de jogging. Le seul paysage qui s'offrait à la vue était le bitume qu'éclairaient les phares et la première haie de céréales ; on pouvait aussi compter les poteaux du téléphone qui défilaient d'un côté de la route.

Brent remit les essuie-glaces, petit jeu auquel il jouait avec la pluie. De minuscules gouttes constellaient une à une le pare-brise. Il maintenait sa vitesse à cent dix à l'heure et attendait de voir le nombre de kilomètres qu'il pouvait parcourir sans avoir à balayer la vitre.

Quinze bornes, cette fois. Un nouveau record du monde.

Il arrêta les essuie-glaces et tripota le bouton de la radio. Les stations de Denver n'émettaient plus depuis longtemps. Il n'était plus très loin de la maison, maintenant. Pas besoin de panneaux pour le savoir. La civilisation s'arrêtait là où Piedmont Springs commençait.

Il trouva une station de country et monta le volume malgré les parasites. Il jeta un coup d'œil à la montre de bord. Il quitta la route des yeux juste un instant, mais ce fut assez pour qu'il heurte à pleine vitesse une saloperie de planche qui n'avait rien à foutre sur le macadam.

Les pneus éclatèrent sur la longue rangée de clous. La voiture chassa violemment en travers. Il braqua à droite puis à gauche pour tenter de redresser. L'auto se déporta sur l'autre voie, heurta le talus, tournoya sur elle-même et s'immobilisa brutalement, face à la direction de Denver.

Brent avait toujours les mains crispées sur le volant. Finalement il baissa les bras et poussa un grand soupir de soulagement. Il tremblait mais n'avait aucun mal. Il resta assis pendant un moment, le temps de reprendre ses esprits.

Le pare-brise était de nouveau constellé de pluie. Les phares éclairaient le talus et le champ de maïs. Il les éteignit et se mit en feux de détresse, ouvrit la portière et descendit. Il avait deux pneus à plat, à l'arrière et à l'avant, côté conducteur.

« Merde et merde », grogna-t-il en shootant dans la poussière.

Il gagna l'arrière de la voiture et ouvrit le coffre. La loupiote diffusait un faible éclairage qu'accentuaient par intervalles les feux de détresse. Il savait qu'il avait une roue de secours, et Sarah avait acheté une de ces bombes qui regonflaient et colmataient provisoirement une chambre à air. Il releva le tapis pour dégager la roue de secours et se pencha à l'intérieur pour repousser le bric-à-brac qui le gênait.

Il n'entendit pas le bruit de pas derrière lui.

« Besoin d'un coup de main ? »

Brent sursauta violemment et se cogna la tête

contre le hayon du coffre. L'homme n'était qu'une silhouette sombre, qui se dressait à moins de dix pas, hors de portée de la lumière clignotante des feux.

« Ouais, dit Brent, vaguement inquiet. J'ai deux pneus à plat.

— C'est vraiment pas de chance. »

Le ton de l'inconnu ne le mit pas à l'aise. Le type n'avait pas bougé. Brent chercha au-delà de la silhouette noire, mais n'aperçut pas de voiture. Bizarre, il n'avait même pas entendu un bruit de moteur. Le bonhomme semblait surgi de nulle part.

L'instinct de survie prit la relève. Sans se retourner, il tendit la main vers le démonte-pneu.

D'un geste fluide, le type sortit un revolver de sa poche. Une seule détonation déchira la nuit. La tête de Brent partit sèchement en arrière. Il tomba à genoux, puis sur le ventre. Son œil droit n'était plus qu'un trou qui pissait le sang sur le gravier.

Tout était calme et immobile, à l'exception des plants de maïs qui se balançaient dans un doux froissement sous la brise.

L'homme abaissa son arme et s'approcha en passant par le bitume afin de ne pas laisser d'empreintes. À la lumière des feux de détresse, ses grandes mains gantées de latex ressemblaient à des prothèses. Il leva de nouveau le revolver, visa le crâne de Brent et tira un second coup de feu. Puis il sortit de sa poche une pochette en plastique et y glissa l'arme encore chaude.

Il longea la voiture, s'arrêta à hauteur du pneu avant gauche et, mettant un genou à terre, se pencha pour retirer le petit transmetteur qu'il avait fixé sur la colonne de direction, pendant que Brent témoignait à la barre. L'appareil lui avait permis de suivre la progression de la Buick depuis Denver et de savoir quand disposer la planche à clous sur la voie.

Il se releva, ouvrit la portière et, se penchant à l'intérieur, donna un appel de phares. En réponse, une voiture sortit d'un chemin de terre encaissé entre deux haies de maïs, à une cinquantaine de mètres de là. Elle roula vers lui, s'arrêta à côté de la Buick. La portière du passager s'ouvrit, et il s'engouffra à l'intérieur.

La voiture repartit vers Denver, laissant le cadavre sur le bas-côté. L'homme jeta un regard derrière lui puis ressortit la pochette de plastique et admira à la lueur du tableau de bord le Smith & Wesson à crosse nacrée. L'arme ne lui appartenait pas, mais elle avait parfaitement servi son dessein.

Frank Duffy avait acheté là un bien joli revolver.

49

Le *pager* de Ryan sonna alors qu'il se trouvait au nord d'Eads, à environ une heure de chez lui. Gardant un œil sur la route, il vérifia le numéro. Celui-ci lui était inconnu. Un appel un samedi soir signifiait le plus souvent une urgence. Mais quelque chose lui disait toutefois qu'il ne s'agissait pas d'un patient.

Il s'arrêta dans une station-service, gagna la borne téléphonique et composa le numéro. La pluie se mit soudain à tomber plus fort et il s'abrita comme il put sous le petit auvent. Dieu merci, on répondit à la première sonnerie.

« Brent est mort. »

Le tambourinement des gouttes brouillait l'écoute.

« Que dites-vous ?

— Votre beau-frère est mort. De deux balles dans la tête. Son corps gît sur la 287, à une demi-heure de votre maison. »

Ryan reconnut soudain la voix. C'était celle du bras droit de Kozelka, l'homme qui l'avait reçu chez K & G.

« Vous l'avez tué, lâcha Ryan.

— Non, monsieur Duffy, c'est vous. Avec le revolver de votre père. »

Il pensa immédiatement à l'effraction chez sa mère.

« Vous l'avez volé.

— Oui, mais je doute que la police avale cette version.

— Comment saviez-vous que mon père possédait une arme ?

— J'ai consulté les registres. Pour le reste, c'était assez facile, les gens rangent presque toujours leur arme de poing dans le tiroir de leur commode.

— Salauds, vous ne vous en tirerez pas comme ça !

— N'en soyez pas si sûr. Écoutez plutôt ça. »

Il y eut un déclic, suivi de la propre voix de Ryan : un enregistrement de sa conversation avec Norm après l'audience. Ryan écouta avec stupeur Norm qui disait : « Je te conseille tout de même de prendre tes distances avec ton beau-frère. » Il grimaça en entendant sa propre réponse : « J'y compte bien, dès que je lui aurai réglé son compte. »

Ryan ferma les yeux.

« Vous avez piégé la voiture de Norm.

— Pas moi. Mais c'est peut-être ce crétin que vous avez bousculé en arrivant au tribunal. Il a dû glisser quelque chose dans votre poche. Nous n'avons rien perdu des débats et de la suite. »

Ryan fouilla frénétiquement sa veste. Ses doigts retirèrent un minuscule microphone du fond de la poche gauche.

« Arrêtez avec tout ça ! Que voulez-vous de moi ?

— Que vous n'approchiez pas le FBI et que vous oubliiez jusqu'à l'existence de Joe Kozelka.
— Sinon ?
— Sinon la police découvrira ce revolver, elle entendra cette bande et viendra frapper à votre porte. »

Ryan n'eut pas l'occasion de répliquer quoi que ce fût. L'homme avait raccroché. Il reposa le combiné. La pluie tombait à verse. Il ne savait qui appeler en premier. Sarah. Sa mère. Norm. Et comme il décrochait de nouveau, il était certain d'une seule chose : il ne téléphonerait pas au FBI.

Nathan Rusch raccrocha et regagna la voiture. Pour plus de précaution, il était passé par Pueblo pour regagner Denver, et il venait d'arriver à Rocky Ford, la capitale du melon. De grands panneaux annonçaient la foire d'Arkansas Valley, qui avait lieu chaque année en août, quand les melons étaient de saison.

Il pensa au crâne éclaté de Langford… éclaté comme un melon. La comparaison l'amusa.

Le parking de Chez Denny était presque complet. L'endroit semblait avoir la faveur des routiers et des voyageurs de commerce. Il traversa plusieurs rangées de voitures avant de s'arrêter à côté d'une Taurus blanche. La vitre du conducteur s'abaissa. Son associée était au volant. Elle ne portait pas de perruque ce soir, et ses cheveux étaient d'un beau châtain foncé.

« Tu lui as parlé ? demanda-t-elle.
— Ouais.
— Bien. » Elle glissa sur le siège du passager, et Rusch s'installa derrière le volant.

« On forme une bonne équipe, tous les deux, non ? » remarqua-t-elle.

Il démarra et ce ne fut qu'en sortant du parking qu'il répondit :

« T'as encore déconné, Sheila.

— Je ne vois pas comment j'aurais pu. J'ai suivi tes instructions à la lettre.

— Tu n'avais pas besoin de casser la vitre. Le but de la manœuvre est de piéger Duffy avec le revolver de son père. S'il y a des traces d'effraction et que la police conclut à un vol, tout ça n'aura servi à rien.

— La maison était fermée. Que pouvais-je faire ? Je considère que c'est un exploit d'avoir trouvé l'arme aussi vite.

— Non, Sheila, c'est loin d'être une prouesse. Quatre-vingt-dix pour cent des gens gardent leur arme dans la commode de leur chambre. »

Elle détourna le regard.

« Tu ne veux jamais reconnaître mes mérites.

— Tu vas à Panamá, et tu laisses tes empreintes sur un verre de cocktail. Tu vas chez les Duffy, et tu casses la porte comme un amateur. Tu appelles ça des "mérites" ? Tu n'as jamais été bonne qu'à soutirer aux mecs des confidences sur l'oreiller. »

Elle se pencha vers lui, le visage durci. « Nous avons tous nos forces, dit-elle en caressant la cuisse de Rusch. Et nos faiblesses. »

Il lui écarta brutalement la main.

« Tu ne t'en tireras pas comme ça, cette fois, dit-il. Kozelka ne tolère pas les erreurs.

— Que veux-tu dire, Nathan ? »

Il lui jeta un regard. « M. Kozelka voit d'un très mauvais œil la possibilité que Duffy apporte au

FBI un verre qui conduira les fédés jusqu'à toi. Il est très inquiet à la pensée que tu puisses lâcher son nom. Maintenant, il y a deux moyens d'empêcher que ça arrive. La première, c'est de rendre impossible la rencontre de Duffy avec le FBI. La seconde... ma foi, tu peux l'imaginer. »

Elle jeta un regard inquiet sur les grandes mains de Rusch, comme si elle prenait soudain conscience qu'il était bien trop fort pour elle.

« Dans ce cas, je regrette que le piège ne soit pas parfait.

— Oh ! il fonctionnera pendant un temps ! Même avec ton effraction intempestive, Duffy ne va pas aller se jeter dans les bras du FBI. Lui et son avocat vont d'abord prendre le temps de réfléchir et de trouver une autre parade.

— Et après ?

— Après, nous verrons. »

Elle ébaucha un pâle sourire.

« J'espère que ça marchera.

— Oui, dit-il d'un ton froid. Il ne faut jamais désespérer. »

Le premier appel de Ryan fut pour sa mère. Elle était encore chez les McClenny. Il pleuvait toujours quand il entreprit de tout lui raconter, depuis l'audience au tribunal jusqu'au coup de fil du tueur.

Elle était choquée plus que peinée par la mort de Brent. L'esprit combatif des pionniers qu'elle avait perdu depuis la mort de son mari revenait maintenant que le danger rôdait. Le cercle des charrettes se formait.

« Tu es sûr qu'il est mort ?

— Je n'ai pas vu le corps, si c'est la question.
— Alors, comment sais-tu que cet homme ne bluffait pas ?
— Il n'aurait pas volé le revolver de papa dans le seul but de bluffer. Je peux toujours prendre la 287 et vérifier par moi-même.
— Non, ne fais pas ça.
— Pourquoi pas ?
— Parce que la police est peut-être déjà là-bas. Je ne crois pas que ce serait très malin de leur parler. Il faut d'abord réfléchir. Et puis, que leur dirais-tu ?
— Qu'on cherche à me coller sur le dos un meurtre que je n'ai pas commis. Ce serait une façon de devancer l'homme de main de Kozelka et de lui couper l'herbe sous le pied.
— Non, je t'en prie, pas ça !
— Pourquoi, maman ?
— Parce que si tu dis à la police qu'on a cherché à te piéger, tu devras aussi leur dire pourquoi.
— Eh bien, je pense qu'il est temps de régler toute cette affaire.
— Non.
— Comment ça, non ?
— Tu n'es plus seul dans le coup, Ryan. J'ai aussi mon mot à dire.
— Maman, on cherche à me faire tomber pour homicide.
— Pour l'instant, ce n'est qu'une menace, mais ils l'exécuteront si tu racontes au FBI ce que ton père a fait. Si tu te tais, le meurtre de Brent ne sera qu'une affaire non élucidée parmi d'autres. »

Il ouvrit la bouche, mais les mots ne vinrent pas, tant il était sidéré par l'attitude de sa mère.

« Maman, un homme a été tué.

— Non, pas un homme. Brent. Désolée, mais je ne verserai pas une larme sur une vermine qui passait son temps à lever la main sur ma fille. Il est mort, et tu n'y changeras rien en allant expliquer à la police que tu fais l'objet d'une machination. Tu ne réussirais qu'à ruiner l'honneur et la réputation de ton père.

— Maman, j'ai déjà fait plus que je n'aurais dû pour garder secrète cette histoire de chantage.

— Bon Dieu, ce n'est pas ça qui m'inquiète, c'est le viol. Je ne tiens pas à ce que tout le comté de Prowers apprenne que j'ai été mariée pendant quarante-six ans à un violeur ! »

Ryan tressaillit.

« J'avais cru comprendre que tu ignorais tout de ce viol. Tu m'as dit aussi que tu ne savais pas ce que contenait ce coffre à Panamá. Tu m'as dit que tu ne voulais pas le savoir. »

Elle avait la voix chevrotante, mais elle ne criait plus.

« Bien sûr que si, je le savais.

— Alors, pourquoi m'avoir menti avant que je me rende au Panamá ?

— Je suis navrée.

— Pourquoi ne m'as-tu rien dit ?

— Parce que j'avais peur.

— Peur de quoi ?

— Peur que tu ne puisses pas comprendre comment j'avais pu lui pardonner. Je t'en prie, Ryan. Le mari de ta sœur vient d'être assassiné. Il faut que j'aille lui annoncer la nouvelle, avant qu'elle l'apprenne par le téléphone arabe.

— N'essaie pas de te cacher derrière Sarah.

— Je ne me cache pas. C'est fini, les dissimulations. Retrouve-moi à la maison. Et puis, Sarah,

toi et moi, nous parlerons de tout ça. Comme une famille.
— Ce qu'il en reste.
— Je t'en prie, mon fils, obéis-moi. »
Ryan hésita, mais le ton implorant de sa mère l'incita à céder. « D'accord. À tout à l'heure. »

50

Ryan s'engagea dans les chemins de terre qu'il parcourait à vélo quand il était gamin. Ce n'était pas un raccourci, mais un détour qu'il effectuait, afin de ne pas être tenté de prendre la 287 et de pousser jusqu'au lieu du meurtre de Brent. La police devait déjà être arrivée là-bas, et il n'avait aucun intérêt à se faire voir dans le coin.

Il roulait aussi vite que les ornières le lui permettaient. Certaines étaient si profondes que, sans la ceinture de sécurité, il se serait cogné la tête contre le toit. N'importe qui, à sa place, aurait ralenti. Mais pas Ryan, pas cette nuit. Les secousses, le nuage de poussière qu'il soulevait derrière lui et le rugissement du moteur de la Jeep s'accordaient au chaos des pensées dans lesquelles il se débattait.

La mort de Brent surtout le confondait. Il n'avait jamais apprécié son beau-frère, et l'attitude de ce dernier au tribunal avait confirmé, si besoin était, le mal qu'il avait toujours pensé de lui, mais que cet argent dans le grenier eût conduit au meurtre lui paraissait troublant. Il se demandait aussi ce que Liz en conclurait. Il lui était plus facile d'imaginer ce que Jackson ferait. Ce fumier s'empresserait de pointer un doigt accusateur sur lui. Qui d'autre que Ryan Duffy avait un motif aussi évident pour éliminer Brent Langford ?

En réalité, il portait sa part de responsabilité dans ce meurtre. S'il n'avait pas menacé Kozelka, Brent serait toujours en vie.

Il atteignit enfin le bitume, tourna à droite sans ralentir et rejoignit la maison de Sarah en un temps record. Il remonta l'allée, coupa le moteur et sauta à terre. La lampe du porche jetait une lumière crue sur les dalles luisantes de pluie. Il ne se donna pas la peine de sonner et poussa la porte, qui n'était pas fermée à clé.

« Maman ? appela-t-il en entrant dans le vestibule.

— Je suis là », répondit Jeanette depuis la cuisine.

Ryan entra. Sa mère était assise à la table. Sarah, effondrée sur une chaise à côté d'elle, leva la tête vers lui, et son visage exprimait plus de haine que de tristesse.

« Comment tu as pu faire ça ? dit-elle d'une voix sifflante.

— Quoi ?

— Je vais accoucher le mois prochain, et tu as tué mon mari !

— Mais je n'ai pas touché à Brent. » Il implora sa mère du regard. « Maman, dis-lui.

— Je lui ai raconté, répondit Jeanette.

— Tu t'es fait piéger, hein ? J'en crois rien, figure-toi. Brent m'a tout raconté avant de partir à Denver ce matin. Il avait peur que tu te venges. Mais ni lui ni moi n'aurions pensé que tu... tu...

— Écoute, j'ignore ce que Brent a pu te dire, mais…

— Il m'a expliqué que tu l'avais appelé du Panamá pour lui demander d'aller casser la gueule à l'avocat de Liz. Et, comme il ne voulait rien savoir, tu as engagé un homme de main.

— Oui, c'est ce dont il a témoigné, et c'est un foutu mensonge !

— Et pour assassiner mon mari, Ryan, tu as aussi payé quelqu'un ou bien tu l'as fait toi-même ?

— Sarah, comment peux-tu penser que j'ai tué Brent ?

— Ça remonte à cette nuit où Brent t'a demandé un peu d'argent. Tu es devenu cinglé et tu as brûlé des billets devant lui. Maman dit que tu avais le revolver de papa à la main. Tu l'as glissé dans ta poche quand elle est entrée, mais elle l'a vu. Tu avais déjà l'intention de tuer Brent !

— Je ne l'ai pas tué, alors ferme-la, tu veux ? »

Sarah s'appuya sur sa mère en sanglotant, et Jeanette passa un bras autour de ses épaules. Elle regarda Ryan.

« Nous avons tous besoin de nous calmer, avant qu'on ne se dise des choses qu'on regrettera. Nous allons nous coucher et dormir, et nous reparlerons de tout ça demain.

— Non ! cria Ryan. Tu m'as dit au téléphone que nous devions nous réunir et parler. Comme une famille. Alors, ne t'esquive pas, maman. Nous allons en parler, et tout de suite.

— Ce n'est pas le bon moment. »

Ryan allait répliquer avec colère, mais un coup de sonnette l'en empêcha. Tous trois se regardèrent, se demandant de qui il pouvait s'agir.

« Vous attendez quelqu'un ? » questionna Ryan. Les deux femmes secouèrent la tête.

« Va répondre, Ryan, ordonna Jeanette. Ta sœur n'est pas en état. »

Il poussa un soupir et s'en fut d'un pas lourd dans le couloir. Il ouvrit la porte si brusquement que leur visiteur sursauta.

« Bonsoir, Ryan », dit ce dernier d'un air timide.

C'était Josh Colburn, le vieil avocat qui avait rédigé le testament de Frank. Ryan ne l'avait pas revu depuis l'enterrement.

« Maître Colburn ! s'exclama-t-il, sans dissimuler sa surprise. Que désirez-vous ?

— Je me trouvais au bowling quand j'ai appris au sujet de Brent... Pauvre gars. Je suis d'abord allé chez votre mère, mais il n'y avait personne. Alors, je suis venu ici aussi vite que j'ai pu.

— C'est très aimable à vous, maître Colburn, mais pourquoi tant de hâte ?

— Ma foi, il fallait que je vous parle. J'ai du mal à interpréter les instructions de votre père.

— Les instructions de mon père ? »

Le vieil homme se pencha vers Ryan pour lui chuchoter à l'oreille :

« J'ai l'enveloppe.

— Je ne sais pas de quoi vous parlez...

— L'enveloppe, docteur. Frank m'a bien recommandé de l'expédier au *Denver Post* si jamais il arrivait malheur à quelqu'un de la famille. »

Ryan sentit un frisson lui parcourir l'échine. Norm le lui avait dit : un chantage n'était possible qu'à la condition qu'une tierce personne eût la charge de divulguer le secret, au cas où le maître chanteur ou un membre de sa famille serait éliminé.

« Et vous l'avez déjà envoyée au *Post*, cette enveloppe ? demanda-t-il.

— Non, car je ne sais trop quoi faire. Je sais ce que votre père pensait de Brent. Il le détestait encore plus que vous. Et, pour être tout à fait franc, je ne suis pas certain que Brent ait été considéré comme faisant partie de la famille Duffy.

— Alors, où se trouve l'enveloppe, maintenant ?

— En sûreté. Dans le coffre de mon cabinet. Frank m'a toujours recommandé de ne jamais l'avoir sur moi. »

Ryan sortit sur le perron et posa une main amicale sur l'épaule du vieil homme. « Nous allons nous rendre à votre cabinet, maître Colburn, et nous parlerons de tout ça en route. »

Il était minuit passé quand le téléphone sonna. Amy, dans le living, regardait un vieux film d'Audrey Hepburn. Elle décrocha avant que la sonnerie perçante ne réveille Taylor ou sa grand-mère.

« Allô ?

— Ici, Ryan Duffy. »

Elle se redressa vivement.

« Comment avez-vous eu mon numéro ?

— J'ai trouvé une vieille lettre écrite de la main d'une certaine Debby Parkens. »

Amy se leva, stupéfaite.

« C'est ma mère.

— C'est ce que j'ai pensé. L'enveloppe porte le tampon de la poste de Boulder. J'ai appelé les renseignements, et il n'y avait qu'une seule Amy Parkens. »

Elle regretta soudain de ne pas avoir utilisé un faux prénom.

357

« Que voulez-vous ?
— Il fallait que je vous appelle. Amy, mon père n'a pas violé votre mère.
— Je le sais bien. Il a violé... » Elle se tut, se rappelant qu'elle ne devait en aucun cas prononcer le nom de Marilyn. « Arrêtez de me harceler, et ne m'appelez plus jamais.
— Non, attendez. Je sais pourquoi mon père vous a envoyé de l'argent. »
Elle résista à l'envie de raccrocher.
« Je vous écoute.
— Vous ne me croiriez pas si je vous le disais au téléphone. Accordez-moi un rendez-vous.
— Je n'ai pas l'intention de vous revoir, monsieur Duffy. Vous n'avez qu'à me le dire maintenant.
— Amy, vous devez d'abord voir cette lettre. Je ne peux vous répondre tant que je ne sais pas si cette lettre est bien de la main de votre mère, et il n'y a que vous pour me le dire. Apportez une pièce quelconque qui puisse nous aider à identifier l'écriture de votre mère. »
Amy réfléchit. Il savait où elle habitait. Si elle refusait de le voir, il viendrait, et le FBI, qui devait sûrement surveiller la maison, aurait de nouveau des questions à lui poser.
« D'accord, vous n'avez qu'à venir à Boulder, mais pas chez moi. Convenons de nous...
— Non, je ne peux pas quitter Piedmont Springs, dit-il. Il y a eu... une autre mort dans la famille, et je dois rester auprès de ma mère.
— Je suis désolée de l'apprendre, mais si vous pensez que je vais refaire la route jusqu'à Piedmont Springs, vous vous...
— Vous ne voulez pas savoir pourquoi votre

mère a écrit à mon père deux semaines avant de mourir ? »

Amy frissonna. « Très bien, je serai chez vous demain dans la matinée », dit-elle avant de raccrocher.

51

Il était encore très tôt quand on frappa à la porte d'entrée. Sarah, allongée dans son lit en position fœtale, s'efforçant de soulager une douleur dorsale due à sa grossesse, regarda l'heure au réveil de la table de nuit. Six heures vingt. Elle se leva péniblement, enfila un peignoir et entreprit de descendre au rez-de-chaussée.

Elle avait passé une mauvaise nuit, dormant peu et pleurant beaucoup, mais pas tant sur Brent que sur elle-même. Les jours prochains s'annonçaient sombres et l'inquiétaient. Deux policiers étaient venus mais Jeanette s'était interposée, arguant que sa fille n'était pas en état de répondre à leurs questions. Mais ils reviendraient et lui demanderaient si elle savait pourquoi on avait tué son mari.

On frappa de nouveau.

« J'arrive », répondit-elle en gagnant le vestibule d'un pas traînant. Elle regretta aussitôt d'avoir trahi sa présence, car elle ne pouvait plus épier par la fenêtre pour vérifier l'identité de ses visiteurs et faire comme s'il n'y avait personne. Elle risqua tout de même un regard par la fente du rideau.

L'homme qui se tenait sous le porche tournait

le dos à la porte. Le profil qu'il offrait ne lui était pas familier. Il était beau garçon et vêtu d'un élégant costume sombre. Elle remarqua la montre de prix qu'il portait au poignet et en déduisit qu'il n'appartenait pas à la police. Qui, dans le bureau du shérif, aurait eu les moyens de se payer une Rolex ? Elle retira le verrou et ouvrit la porte.

« Madame Langford, dit l'homme avec chaleur, je suis Phil Jackson. »

Le nom ne lui était pas inconnu ; c'était celui de l'avocat de Liz.

« Oui, vous êtes l'avocat de ma belle-sœur.

— Exact. Je suis sincèrement désolé de ce qui est arrivé à votre mari. Je sais quelle terrible épreuve cela représente pour vous mais il faut absolument que je vous parle.

— À quel sujet ?

— Puis-je entrer, s'il vous plaît ?

— Non. »

Il recula légèrement.

« Madame Langford, je comprends très bien que vous puissiez avoir des réserves à mon égard, mais quand vous aurez compris que je suis de votre côté, nous saurons exactement ce qui est arrivé à Brent.

— Je sais très bien ce qui lui est arrivé. Il a voulu s'occuper de quelque chose qu'il aurait mieux fait de laisser tomber. Et il s'est fait descendre.

— Mais il l'a fait pour vous. Pour vous et le bébé.

— J'en doute.

— C'est la vérité. Après son témoignage au tribunal, hier matin, nous avons eu une conversation, lui et moi. Il m'a confié qu'il n'avait pas toujours été un bon époux pour vous et qu'il pensait que vous méritiez mieux. »

Sarah sentit ses yeux se mouiller, et sa méfiance envers Jackson fondit d'un seul coup.

« Il a vraiment dit ça ?

— Je peux vous le jurer. Il savait qu'il n'avait pas été à la hauteur, et il le regrettait amèrement. Son témoignage représentait pour lui une façon de réparer ses torts.

— Il m'a plutôt semblé que c'était pour enfoncer Ryan.

— Non, le but n'était pas de nuire à votre frère. Ce qu'il voulait, c'était vous protéger, vous.

— Je ne comprends pas.

— Je serai franc envers vous, madame Langford. Je sais qu'il y a trois millions de dollars au Banco del Istmo, à Panamá. Un ami du FBI me l'a confirmé. Brent lui aussi était au courant. Et sa plus grande peur était de voir Ryan, qui, entre nous, veut se faire passer pour un petit saint, tout bousiller et laisser filer cet argent.

— Ça, j'en ai bien peur, moi aussi.

— Et vous avez raison d'avoir peur. Vos besoins ne sont pas les mêmes que ceux de votre frère. Il est médecin et il pourrait gagner beaucoup d'argent s'il le voulait. Mais, comme vous, Liz a besoin de cet argent, et elle le mérite aussi. Aussi, en témoignant pour Liz, Brent pensait à vous. Et de mon côté, ce que je fais pour Liz, je le fais pour vous. »

Sarah le considéra d'un air perplexe.

« Et que pouvez-vous pour moi ?

— Faire en sorte que Brent ne soit pas mort pour rien.

— Que voulez-vous dire ?

— Que je compte bien honorer l'accord que Brent et moi nous avons passé. À condition, bien sûr, que sa veuve m'aide de son côté.

— Vous pourriez être un peu plus explicite ?
— Il y a trois millions de dollars en banque. D'après Brent, Ryan et vous allez les diviser en deux. Et Liz, elle, n'aurait eu droit à rien. »

Sarah cligna des paupières. Il y avait du vrai dans les paroles de Jackson : Liz divorçait de Ryan, alors pourquoi aurait-elle eu sa part ?

« Alors, voilà ce que je propose, continua Jackson. Vous gardez votre part de l'héritage et, à condition que vous aidiez Liz à obtenir la sienne, vous toucherez vingt pour cent sur tout ce qu'elle pourra prendre à Ryan.

— Monsieur Jackson, c'est de mon frère que nous parlons. »

Il se rapprocha d'elle pour lui montrer les ecchymoses visibles sous le maquillage dans la lumière matinale. « Votre frère a payé quelqu'un pour me tabasser, et il a peut-être fait tuer votre mari.

— Ça, nous n'en savons rien.
— Et nous n'avons pas besoin de le savoir. Je ne cherche pas à l'envoyer en prison, et je ne vous le demande pas non plus. Tout ce que nous désirons, c'est que le juge qui doit statuer sur leur divorce pense que Ryan a pu être impliqué dans ces deux actes de violence. Si le juge se contente de le soupçonner, nous sortons tous gagnants, Ryan compris, car présomption n'est pas preuve.

— Je ne suis pas sûre...
— D'accord, admit Jackson. Vous aurez trente pour cent de ce que Liz prendra à Ryan. Déduction faite de mes honoraires, bien sûr. »

Sarah perçut soudain en elle une poussée d'adrénaline. Après des années à courber l'échine devant Brent, le seul fait de négocier avec Jackson lui inspirait un sentiment de puissance qu'elle n'avait encore jamais éprouvé. Elle en jouissait d'autant plus que Jackson ignorait tout des deux millions de dollars dans le grenier. Manifestement, Brent ne lui en avait soufflé mot.

« Eh bien, monsieur Jackson, dit-elle avec un sourire complice, je vais y réfléchir, croyez-moi. » Sur ce, elle recula dans l'entrée, prenant congé.

Jackson leva la main.

« Quand me donnerez-vous de vos nouvelles ?

— Dès que je serai prête », répondit-elle, et elle ferma le battant.

Un assistant du shérif du comté de Prowers arriva au domicile des Duffy avant l'heure du petit déjeuner. Sur le conseil de Norm – sur son insistance, en fait – Ryan avait parlé de l'effraction. L'assistant était un ancien camarade de classe de Ryan, et celui-ci s'entretint seul avec lui, laissant sa mère en dehors de l'affaire. Pour le policier, le coupable ne pouvait être qu'un jeune délinquant, comme il en appréhendait tous les jours dans le comté.

Ryan ne fit aucun commentaire quant à l'âge supposé du coupable. L'essentiel était pour lui de signaler une tentative de cambriolage, en évitant d'évoquer le reste.

« On t'a pris quelque chose dans la maison ? demanda le policier.

— Je ne sais pas encore, je n'ai pas eu le temps de bien regarder ce qui pouvait manquer », dit Ryan. À la vérité, il n'avait même pas pris la peine de vérifier que le revolver avait bien disparu, car il n'en doutait pas une seconde.

« Et quand as-tu remarqué la porte fracturée ?

— Ce matin. »

Le rapport fut terminé en quelques minutes. Par sympathie pour Ryan et sa famille, frappée deux fois en si peu de temps, l'homme prit rapidement congé. Ryan le remercia et le regarda partir au volant de sa voiture.

Il remontait les marches du perron quand il perçut du coin de l'œil un véhicule qui approchait sur la route : un pick-up qui roulait vite, provoquant des gerbes d'eau au passage des flaques de pluie. Il reconnut bientôt qui était au volant.

Elle avait tenu parole. Amy était venue.

Il descendit l'allée au pas de course. Il n'avait rien dit à sa mère, et il n'avait pas envie d'une nouvelle explication. Amy s'arrêta à hauteur de la boîte aux lettres et baissa sa vitre. Son expression était neutre, ni hostile ni amicale. Rouler de nuit lui avait légèrement rougi les yeux.

« Merci d'être venue, lui dit Ryan.

— Ne me remerciez pas. Vous avez la lettre ?

— Je l'ai rangée dans mon coffre, à mon cabinet. Comme je vous l'ai expliqué au téléphone, je ne veux la montrer à personne avant que vous n'ayez confirmé son authenticité. Je n'en ai même pas parlé à ma mère. »

Elle embraya, prête à redémarrer.

« Alors, allons en ville.

— Vous pouvez venir avec moi dans ma voiture, si vous voulez.

— Non, je vous suis. »

Il sentit un peu plus que de la méfiance dans la voix de la jeune femme. « Très bien. Suivez-moi. »

52

On n'avait jamais retrouvé de mot laissé par sa mère lors de son suicide. Telle avait été la première pensée d'Amy quand Ryan avait mentionné une lettre écrite de la main de Debby. Or, c'était cette absence de message qui avait fondé sa certitude que sa mère ne s'était pas donné la mort. Aussi n'avait-elle pas hésité à rouler toute la nuit pour se rendre à Piedmont Springs, et sa main tremblait quand elle prit la lettre que lui tendait Ryan.

Elle la déplia soigneusement, délicatement, comme si elle redoutait que le papier s'effrite dans ses doigts, puis elle l'étala sur le bureau devant elle, avec le sentiment d'accomplir un rituel sacré, destiné à la relier au passé de sa mère. Elle vérifia la date. Ryan avait dit vrai ; la lettre avait été écrite deux semaines avant sa disparition.

Amy lut en silence, s'efforçant de paraître calme et maîtresse d'elle-même. Elle savait que Ryan l'observait de l'autre côté de la table mais, à aucun moment, elle ne leva les yeux du papier vert gravé aux initiales de la défunte.

L'atmosphère était chaude et confinée dans le cabinet de Ryan Duffy. L'air conditionné y était arrêté depuis plusieurs jours, et l'unique fenêtre était bloquée par des étagères chargées de dossiers et d'ouvrages médicaux. Les lambris qui recouvraient les murs à mi-hauteur étaient en bois plastifié bon marché, du genre qu'on utilisait pour les caves. Quant à la lampe halogène suspendue au-dessus de la table, elle dégageait plus de chaleur que de lumière.

Mais la sueur qui perlait à son front venait surtout de l'émotion que soulevait en elle la lecture de chaque phrase. Elle essayait en vain de retrouver la voix de sa mère derrière ces mots écrits, mais la douceur du chant maternel d'autrefois se heurtait au souvenir de la troublante inquiétude qu'elle avait perçue dans le ton et les paroles de Debby, les derniers jours avant sa mort. Par moments, le brouillage était tel qu'elle avait l'impression d'entendre Marilyn, sa grand-mère, voire elle-même. Ces parasites suscitaient en elle une colère sourde et réveillaient la terrible amertume de la fillette de huit ans à qui on avait volé sa maman.

Ce ne fut qu'à l'approche du bas de la page qu'elle parvint enfin à trouver cette voix qu'elle cherchait. Elle avait le sentiment d'être entièrement avec celle dont elle lisait les derniers mots, et elle termina sa lecture sur une muette mais puissante conviction.

« Ce n'est pas possible, dit-elle tout bas.

— Qu'est-ce qui n'est pas possible ? demanda Ryan. Voulez-vous dire que votre mère ne dit pas la vérité ou bien qu'il s'agit d'un faux ?

— Les deux. »

Ryan n'était pas de cet avis.

« Considérons d'abord l'authenticité, dit-il d'un ton conciliant. Avez-vous apporté un écrit de votre mère, afin que nous puissions comparer avec cette lettre ?

— Oui, mais je n'ai pas besoin de me livrer à une comparaison quelconque pour vous affirmer que c'est un faux.

— C'est votre opinion, mais j'aimerais le constater par moi-même.

— Pourquoi, seriez-vous un expert en graphologie ?

— Non, mais si vous êtes certaine de ce que vous avancez, je ne vois pas en quoi cela pourrait vous gêner que l'on compare les deux textes. »

Amy vit là un défi qu'elle ne pouvait que relever. « D'accord. »

Elle ouvrit son sac et en tira une enveloppe. « Voici une lettre que ma mère m'a écrite quand j'avais sept ans. Comme vous le constaterez, l'écriture est très différente. »

Ryan prit l'enveloppe avec embarras, l'ouvrit et étala la feuille à côté de celle qui avait été envoyée à son père. Il s'attacha à examiner les pleins et les déliés, relevant comment étaient pointés les « i » et barrés les « t ». Il confronta les lettres entre elles, puis par groupes de deux, enfin par mots. Il fit tout ce que Norm lui avait appris. Finalement, il releva la tête.

« Je ne suis pas un expert, mais je dirais volontiers que ces lettres sont écrites de la même main.

— Et moi, je prétends le contraire. »

Ryan s'adossa à son fauteuil, troublé par l'hostilité croissante d'Amy.

« Écoutez, dit-il, essayant d'en appeler à la raison, je reconnais que, dans la lettre adressée à mon père, l'écriture est tremblée. Mais, dans l'ensemble, toutes deux me paraissent identiques.

— Vous les voyez identiques parce que cela vous arrange.

— J'aimerais faire une copie de celle que vous avez apportée et confier cela à un expert.

— Pas question.

— Mais pourquoi ?

— J'ai travaillé assez longtemps dans un cabinet d'avocats pour savoir que les gens attendent des experts qu'ils confirment ce qu'ils veulent entendre.

— Mais je ne cherche que la vérité.

— Vous voulez laver le nom de votre père.

— Qu'y a-t-il de mal à ça ?

— Ce qu'il y a de mal ? dit-elle, élevant la voix. Marilyn Gaslow était la meilleure amie de ma mère. Et votre père l'a violée. Et maintenant, quarante-six ans plus tard, vous voulez me faire croire que Marilyn a tout inventé ?

— Mais c'est écrit noir sur blanc dans cette lettre. D'après votre mère, mon père a été condamné pour un crime dont il est innocent.

— C'est pourquoi je prétends que c'est un faux. Quelle raison aurait eue ma mère d'écrire cela ?

— L'unique raison que c'est la vérité.

— Ce n'est pas la vérité. Si ça l'était, votre père aurait clamé son innocence à la face du monde. N'importe qui se serait battu pour se disculper.

— Il n'a pas eu à le faire, du moins dès qu'il a atteint sa majorité. Il était mineur quand il a été condamné, et le dossier a été classé.

— Comme c'est pratique ! observa-t-elle avec un sourire sardonique. Marilyn a mené durant tout ce temps une vie irréprochable, et, maintenant que la voilà promue à la tête de la Réserve fédérale, une lettre surgie de je ne sais quelle poubelle prétend qu'elle aurait injustement accusé un jeune homme de l'avoir violée.

— Ce n'est pas ma faute si cette lettre reparaît aujourd'hui.

— Eh bien, je persiste à dire que c'est un mensonge, un coup monté pour nuire à Marilyn. Et cela aux dépens de ma propre mère.

— Si c'est un mensonge, pourquoi mon père vous aurait-il envoyé deux cent mille dollars ?

— Qu'est-ce que cela vient faire là-dedans ?

— Mon père vous a fait don de cet argent par reconnaissance envers votre mère. Elle était la meilleure amie de Marilyn. Celle-ci a dû se confier à elle et lui dire que mon père ne l'avait jamais violée. Votre mère a pensé que c'était son devoir d'en faire part à mon père, afin de lui donner la preuve dont il avait besoin pour clamer son innocence.

— Je n'en crois pas un mot.

— Alors, vous voyez peut-être une meilleure explication à cet envoi d'argent juste avant qu'il meure ? »

Amy ne détenait pas de réponse à cette question.

« C'est bien ce que je pensais, insista Ryan.

— D'accord, dit Amy d'une voix tremblante de rage. Supposons que vous ayez raison et que ma mère ait effectivement écrit cette lettre et que Marilyn ait injustement accusé votre père. Dites-moi alors comment votre père a eu les moyens de me faire un aussi beau cadeau.

— Bonne question. Et je n'y répondrai qu'à une seule condition. Je voudrais faire une copie de la lettre que vous avez apportée, pour qu'un expert puisse la confronter avec l'autre.

— Et si je refuse ?

— Eh bien, vous ne saurez pas d'où vient l'argent. »

Amy réfléchit. Non seulement elle n'avait rien à perdre, que Ryan lui dise ou non la vérité sur l'origine de ces deux cent mille dollars, mais elle pouvait aussi y gagner quelque chose.

« D'accord, vous pouvez faire une photocopie de ma lettre, mais j'en veux une de celle écrite à votre père.

— Marché conclu. » Il se leva de son bureau et emmena Amy dans la pièce voisine, où se trouvait la photocopieuse. Il tendait la main vers la lettre d'Amy, mais elle s'écarta.

« La vôtre, d'abord. »

Ryan ne discuta pas. Il fit la copie et la donna à Amy. « La vôtre, s'il vous plaît », demanda-t-il.

Elle la lui donna. Il allait récupérer la copie qui sortait de la machine quand Amy l'arrêta. « Pas si vite. J'attends vos explications. »

Il sentit sa gorge se serrer. Avouer la chose à Norm, son ami et avocat, lui avait déjà été très pénible. Avec Amy, cela le serait encore plus, car il ne pouvait pas oublier l'attirance qu'il avait ressentie pour elle lors de leur première rencontre et il attachait malgré lui une très grande importance à ce qu'elle pourrait en penser.

« Je crois... que mon père a utilisé la lettre de votre mère pour obtenir l'argent.

— Comment ça, "utilisé la lettre" ? Que voulez-vous dire ? »

Il ôta la photocopie du bac de réception.

« Je parle de chantage. Les deux cent mille dollars viennent de là. Et ce n'est qu'une petite partie du montant total de l'extorsion.

— Il a fait chanter Marilyn ?

— Non, pas elle. Un homme d'affaires. Un certain Joseph Kozelka. »

Amy fit un pas en arrière, soudain impatiente de s'en aller.

« Cette histoire est démente.

— Écoutez-moi, je vous prie. C'est horrible de reconnaître que son père était un maître chanteur, mais mettez-vous à sa place. Il n'aurait jamais fait ça s'il n'avait pas été injustement condamné.

— Alors, il n'était pas seulement un violeur, mais aussi un maître chanteur.

— Non, il ne pouvait être que l'un ou l'autre. Et le fait qu'il ait pu exercer un chantage prouve, si besoin était, qu'il était innocent du viol.

— Ah, oui ? Et comment cela ?

— C'est évident. Un homme ne peut pas être coupable d'un viol et utiliser son crime pour extorquer de l'argent à sa victime. C'est inconcevable. Et c'est bien parce qu'il n'y a pas eu viol, et que mon père pouvait prouver que la victime avait tout inventé, qu'il a pu exercer son chantage. Et la preuve, c'est la lettre de votre mère qui la lui a fournie.

— Pour moi, tout cela ne prouve qu'une chose : j'aurais dû écouter Marilyn Gaslow. Les Duffy sont des gens méprisables, dont il faut se tenir éloigné le plus possible. » Elle lui arracha la photocopie. « Je ne vous laisserai pas utiliser cette lettre pour appuyer votre délire », dit-elle en gagnant la porte.

« Amy, attendez ! » Il courut après elle pour tenter de lui reprendre la lettre et ne réussit qu'à déchirer celle-ci en deux. Elle poussa un cri et lui fit face, le poing serré, prête à frapper.

Ils se regardèrent un instant. La scène aurait pu avoir quelque chose de comique s'ils n'avaient été bouleversés l'un et l'autre. Leurs parents avaient en quelque sorte prédestiné leur rencontre, observant depuis un autre monde leurs enfants qui passaient d'un flirt subtil au Green Parrot à une franche confrontation dans le cabinet de Ryan.

« Ne vous approchez plus de moi, lança Amy d'une voix sourde. Je ne veux ni de votre argent ni de vos mensonges. » Elle se détourna et sortit rapidement.

Il refréna son envie de la suivre. Il aurait dû se douter qu'il ne parviendrait jamais à la convaincre. Il possédait au moins un échantillon de l'écriture de Debby Parkens. Et cela suffirait à l'un des experts de Norm pour vérifier si les deux lettres provenaient de la même main.

Il posa la feuille déchirée sur son bureau, y écrivit une note et aplatit les plis du papier, avant de le glisser dans son fax et de composer le numéro de Norm.

Alors que la machine avalait la feuille, il songea que l'expertise pourrait toujours confirmer la similarité des écritures, mais que cela ne prouverait toujours pas que Frank Duffy était innocent du crime pour lequel on l'avait condamné. Une seule personne pouvait faire cela : Marilyn Gaslow. La prochaine présidente de la Réserve fédérale américaine.

Le fax signala d'un bip sonore que la transmission prenait fin. Ryan pinça les lèvres d'un air décidé et, décrochant le téléphone, composa un numéro.

53

Ryan s'arrêta en route pour prendre un petit déjeuner. Après son entrevue houleuse avec Amy, il ne se sentait pas prêt pour une nouvelle confrontation avec sa mère. Il alla au C.J. Diner, une ancienne station-service reconvertie en restaurant, qui semblait s'être fait une spécialité de l'alimentation riche en graisse. Ils semblaient mettre plus de beurre dans leurs sablés que d'huile dans les moteurs, du temps où ils s'occupaient de voitures. Cela ne les empêchait pas de connaître une popularité croissante, et Ryan patientait pour une table quand son *pager* sonna. Il vérifia le numéro. C'était Norm.

Il entra dans une cabine à l'extérieur de l'établissement et rappela son ami.

« Tu as reçu mon fax, tout à l'heure ? demanda-t-il.

— Oui, et je vais confier le tout à l'un de mes experts. Mais ce n'est pas pour ça que je t'appelais.

— Tu as déjà trouvé quelque chose sur Marilyn Gaslow ?

— On peut le dire, répondit Norm. Elle a exactement l'âge de ton père, et elle habitait près de

Boulder à l'époque où lui-même vivait là-bas. Elle est allée au collège de Fairmont, et il est donc probable qu'ils se soient fréquentés ou, en tout cas, rencontrés.

— Ce qui signifie qu'elle a dû aussi connaître Kozelka.

— Pour le connaître, elle l'a connu... elle l'a même épousé, figure-toi.

— Quoi ?

— Joseph Kozelka est l'ex-mari de Marilyn.

— Ils ont été mariés pendant combien de temps ?

— Longtemps. Ils ont convolé deux années après la fin de leurs études secondaires. Et leur union a duré vingt-deux ans, ça en fait donc vingt ou presque qu'ils sont séparés.

— Eh bien, le voilà, le lien qu'on cherchait ! s'écria Ryan. Marilyn Gaslow accuse mon père de viol. Elle épouse un richard. Il s'avère qu'elle a menti au procès. Kozelka paye pour elle. Ça prouve que mon père est innocent. »

Ryan jubilait. S'il l'avait pu, il aurait embrassé son ami.

Mais comme Norm restait silencieux, Ryan lui demanda :

« Eh bien, qu'est-ce qu'il y a ? Tu ne dis plus rien.

— Je pense que tu t'emballes un peu.

— Norm, tu ne vas pas gâcher mon plaisir !

— Tu veux mon opinion ou pas ?

— Oui, mais je constate que tu n'as jamais envisagé une seule fois que mon père ait pu être innocent.

— Ce n'est pas vrai.

— Si, c'est la vérité. Tu ne serais pas jaloux,

des fois, que j'aie hérité de cinq millions de dollars ?

— Tu racontes n'importe quoi, Ryan. Je suis ton ami.

— Tu parles d'un ami ! Tu es bien placé pour savoir que les erreurs judiciaires, ça existe, et que tous les jours des innocents sont condamnés.

— Tous les jours, j'en doute.

— En tout cas, ça arrive.

— Oui, parfois.

— Mais tu pourrais me dire ce que tu as contre mon père ?

— Merde, Ryan, si Frank était aussi innocent que tu le désires, pourquoi ne t'en a-t-il jamais rien dit, en particulier avant de mourir ? »

La voix de Norm avait claqué comme un fouet. C'était comme s'il avait secoué Ryan par les épaules. Tous deux en restèrent muets un instant.

Norm fut le premier à reprendre la parole.

« Excuse-moi, dit-il d'un ton de profond regret.

— Non, tu as raison, dit Ryan. Pour le moment, il y a quelque chose qui nous échappe, mais nous finirons bien par trouver quoi.

— Alors, il faut faire vite, parce que l'agent Forsyth m'a encore rappelé ce matin. Ils nous attendent demain.

— Dis-leur que j'ai un beau-frère à enterrer et que j'ai besoin de quelques jours.

— Forsyth m'a laissé entendre que, si on traînait encore les pieds, il demanderait au procureur d'entamer une procédure de confiscation auprès du Banco del Istmo. Et ce serait un problème à trois millions de dollars.

— Mais pour qui me prennent-ils ?

— Ils ne te considèrent pas comme un fils uniquement affligé par la mort de son père, et encore moins par celle de son beau-frère. Le FBI n'a pas pour habitude de se mêler des affaires de meurtre. Mais quand un témoin est assassiné et qu'un avocat est agressé dans le cadre d'une affaire qui pourrait inclure une extorsion et un blanchiment d'argent, ça risque fort de déboucher sur une accusation fédérale pour trafic de fonds.

— Attends une minute. Tu penses qu'ils auraient établi un lien entre le meurtre de Brent et moi ?

— Tu es le suspect numéro un, Ryan, après ce qui s'est passé au tribunal. Il ne leur manque que le revolver pour lancer un mandat d'arrêt contre toi.

— Formidable. Et Kozelka se fera une joie de leur remettre le flingue si nous allons à ce rendez-vous demain.

— J'avoue que c'est sans issue, mais il y a tout de même un moyen de s'en sortir.

— Lequel ?

— Raconter au FBI comment tu t'es fait piéger.

— Je ne peux pas. Ma mère a raison : si je leur dis ça, je devrai leur dire le pourquoi de ce piège, ce qui revient à parler du viol et de l'extorsion. Et tu sais quoi, Norm ? Tu as peut-être des doutes au sujet de mon père, et des doutes concevables, mais si cette lettre de Debby Parkens est authentique et que mon père n'a pas commis de viol, alors je dis, moi, qu'il a mérité cet argent. Ces cinq millions de dollars, c'est le prix de la justice. Et les remettre au FBI en racontant qu'il s'agit de l'argent d'un chantage ne serait pas seulement une bêtise mais une trahison.

— Je comprends que tu voies les choses de cette façon, Ryan, mais si tu attends trop, tu ne pourras plus prétendre être victime d'un coup monté.

— Je n'ai pas encore été accusé formellement.
— Exact. Mais plus le temps passe, plus Kozelka peut tisser sa toile.
— Pourquoi se donnerait-il le mal de me piéger ? S'il veut m'empêcher de parler au FBI, pourquoi ne me fait-il pas descendre ?
— À mon avis, ta visite chez K & G t'a sauvé la vie. Ce serait assez embarrassant pour lui qu'on retrouve ton cadavre juste après ton entrevue avec l'un de ses hommes de confiance.
— Oui, tu as peut-être raison. »
Ils marquèrent un instant de réflexion. Finalement, Norm demanda :
« Tu as une idée ?
— Peut-être. Tu disais que Joe Kozelka et Marilyn Gaslow avaient divorcé il y a vingt ans. Était-ce avant ou après que la mère d'Amy eut écrit cette lettre à mon père ?
— Après. Le divorce a été réglé en moins d'un an.
— Ils étaient donc encore mariés quand Kozelka a commencé à payer mon père.
— Oui, c'est exact.
— Alors, pourquoi a-t-il continué de payer après son divorce ?
— Probablement pour la raison qui fait qu'il refuse de te laisser parler au FBI.
— Imaginons que quelqu'un fasse chanter Liz, je ne me sentirais pas tenu de continuer à payer pour elle, dès lors que nous ne sommes plus ensemble. Alors, qu'est-ce qui pouvait l'obliger à poursuivre ses versements ?
— En effet, il y a là quelque chose de louche.
— C'est bien ce que je pense, dit Ryan. Essaie de retarder notre rendez-vous avec le FBI jusqu'à demain soir. J'ai besoin d'un petit délai.

— Merde, la dernière fois que tu m'as demandé la même chose, tu as failli te retrouver dans une prison panaméenne.

— Ne t'inquiète pas. Cette fois, je mettrai mes chaussures de jogging. Je te rappelle. » Il raccrocha et courut à sa Jeep.

54

Ce dimanche ne serait pas férié pour Marilyn Gaslow. Il ne lui restait plus que quelques jours pour se préparer à son passage devant le Sénat, qui confirmerait ou non sa nomination.

Ses conseillers s'étaient donné rendez-vous chez elle, à Denver. Certains étaient des amis, d'autres des consultants appointés. Aujourd'hui, ils se livreraient à une répétition de la procédure sénatoriale. Dans le rôle des sénateurs, cinq avocats de son cabinet l'assailliraient de questions, auxquelles elle devrait répondre, comme elle le ferait le jour venu. Aucun d'entre eux n'était disposé à la ménager, et tous lui assuraient que cette simulation s'avérerait plus dure que la réalité.

Marilyn espérait qu'ils avaient raison.

Dire qu'elle rêvait depuis longtemps de parvenir au sommet de la Réserve fédérale n'aurait pas été exact. Elle était bien trop réaliste pour nourrir des ambitions qui ne relevaient pas du domaine du possible. Certes, elle avait été l'un des premiers supporters du président en exercice. Son cabinet avait rassemblé des millions de dollars pour ses deux campagnes. Aussi était-il prévisible que quelqu'un à Bailey, Gaslow & Heinz bénéficierait un jour ou l'autre d'un renvoi d'ascenseur. Les pronostics penchaient pour un poste dans quelque cabinet ministériel ou un fauteuil à la cour d'appel fédérale. Mais pas le comité des gouverneurs de la Réserve fédérale, et encore moins sa direction. Certains de ses confrères lui avaient dit en plaisantant qu'elle avait dû cacher dans sa manche de sacrés atouts pour rafler pareille mise. Pour toute réponse, Marilyn s'était contentée de sourire.

« J'ai besoin d'une pause », déclara-t-elle. Il était neuf heures du matin, et, depuis déjà une heure et demie qu'elle répondait au feu roulant des questions, elle commençait à avoir la migraine.

« Vous allez bien ? lui demanda Felicia Hernandez, consultante appointée, une jeune femme débordante d'énergie qui semblait carburer à la caféine.

— Oui, ça va, répondit Marilyn en se massant les tempes. J'ai seulement besoin d'une aspirine.

— Très bien. On va s'arrêter un quart d'heure. »

Le groupe suspendit la séance pour se diriger vers le percolateur et la corbeille de petits pains, tandis que Marilyn allait se retirer dans sa chambre. Elle était sujette aux migraines, mais celle-ci était d'une amplitude inaccoutumée. L'excitation de sa nomination et l'appréhension de la confirmation par le Sénat formaient un mélange détonnant. Elle ouvrit son armoire à pharmacie et avala deux comprimés. Elle rebouchait le tube quand le bourdonnement de son fax dans la chambre attira son attention. Curieuse, elle ressortit de la salle de bains. La machine venait d'imprimer deux feuilles, encore tièdes au toucher.

Elle prit connaissance de la première et fut d'abord décontenancée de découvrir qu'un mot sur deux était barré d'un épais trait noir, ce qui rendait le texte illisible à tout autre qu'à l'expéditeur. Toutefois, un examen plus attentif augmenta d'un cran sa douleur crânienne. C'était une lettre adressée à Frank Duffy. Elle reconnut la signature de Debby Parkens, son amie… la mère d'Amy.

Quant à la deuxième feuille, elle portait un bref message : « Rendez-vous à Cheesman Dam, lundi, deux heures du matin. Venez seule. »

Felicia Hernandez passa la tête par la porte entrebâillée. « Marilyn, demanda-t-elle de sa voix pleine d'entrain, vous venez ? Nous avons encore beaucoup à faire.

— J'arrive », dit-elle en pliant la lettre avant de la fourrer dans sa poche.

Un nuage de poussière suivait Ryan quand il arriva en vue de la maison. Le soleil avait déjà asséché la terre, effaçant toute trace des pluies précédentes. Comme il descendait de la Jeep, il aperçut sa mère dans la véranda. « Alors, tu veux bien qu'on parle ? » demanda-t-elle en s'asseyant dans la bergère.

Il grimpa les marches sans rien dire, peu convaincu que la visite de Josh Colburn, la veille, fût un pur hasard. Pas plus qu'il ne croyait à la sincérité des larmes de Sarah. Tout cela ressemblait fort à une diversion orchestrée par sa mère pour empêcher la réunion de famille qu'elle avait elle-même organisée. Aussi éprouvait-il le sentiment désagréable que Jeanette ne lui révélerait peut-être jamais l'ensemble de la vérité. Pour le moment, elle préférait lui dévoiler le mystère bribe par bribe, à la manière d'un puzzle.

Il s'appuya à la balustrade, le dos au jardin.

« Cette visite de Colburn a été une surprise.
— Oui, en effet.
— Pourtant, j'en doute.
— Tu as tort.
— Es-tu en train de me dire que tu ignorais tout de cette lettre dans le coffre de Josh ?
— Ryan, je jure sur l'âme de ton père que je ne sais rien du chantage.
— Mais pour le viol, tu sais.
— Oui.
— Alors, pourquoi ne m'avoir rien dit ?
— Parce que, pour moi, il n'y a jamais eu de viol.
— D'où t'est venue cette certitude ?
— Ton père me l'a dit.
— Et ça t'a suffi pour… le croire ?
— Ça m'a pris du temps.
— Pas seulement du temps. Tu devais avoir une raison. Est-ce que papa t'a montré ou précisé quelque chose ?
— Non, rien. Je n'avais pas besoin qu'il me fasse une déclaration sous serment. Je l'ai cru pour une seule raison, Ryan : parce que je le voulais. »
Ryan la scruta d'un air sceptique.
« Maman, lança-t-il d'une voix légèrement tremblante. Je ne te l'ai encore jamais dit, mais je dois le faire : je ne te crois pas.
— Et pourquoi donc ?
— Je ne crois pas que tu aies pu accepter sans douter qu'il n'y ait pas eu viol. Papa a été condamné, et on ne prend pas pour argent comptant la parole d'un homme qui a été reconnu coupable d'un tel acte.
— On le fait, quand cet homme est son mari et le père de ses enfants.

— Non, répliqua-t-il en s'efforçant de contenir sa colère. Tu as vu cette lettre, n'est-ce pas ?

— Non, je te le répète.

— C'est pourtant à cause de toi ou pour toi qu'il y a eu cette lettre.

— Comment ça ?

— Papa te répétait qu'il n'avait violé personne mais tu ne le croyais pas. Alors il a demandé à Debby Parkens, la meilleure amie de Marilyn Gaslow, de lui envoyer la preuve qu'il disait la vérité.

— Encore une fois, je n'ai jamais eu connaissance de cette lettre.

— Mais tu savais que papa l'avait reçue. »

Elle observa un bref silence.

« Ton père m'a dit qu'il détenait la preuve de sa bonne foi. Il m'a dit aussi qu'il allait s'en servir pour faire payer le salaud qui l'avait trahi. Cette preuve, je ne l'ai jamais vue. Et puis, l'argent a commencé d'arriver. Par centaines de milliers de dollars. Il y avait de quoi me persuader de l'innocence de ton père, non ? Je n'avais pas besoin d'en apprendre davantage.

— Tu as refusé de voir cette lettre parce que tu te serais sentie coupable de ne pas le croire.

— Ryan, il ne t'est jamais arrivé de penser que, si je me refusais à la voir, c'était parce que je n'en avais pas besoin pour avoir confiance en lui ? »

Il la dévisagea. Elle avait une expression douloureuse, et il aurait voulu la consoler, mais une question l'en empêchait, une question que Norm avait soulevée : si son père était innocent, pourquoi ne lui avoir rien dit ? La réponse se trouvait peut-être devant lui, dans les yeux de sa mère. Peut-être son père s'était-il gardé de provoquer la souffrance d'un autre être aimé, qui lui répondrait « Je te crois » d'un cœur torturé par le doute.

Mais il y avait autre chose.

Il mit un genou à terre et prit la main de sa mère dans la sienne. « Maman, je dois te demander quelque chose de très important, et je veux une réponse sincère. Penses-tu que papa ait pu forger cette preuve ? Aurait-il été jusque-là pour prouver son innocence ? »

Sa mère laissa passer un silence avant de répondre d'une voix douce et lasse à la fois : « Je ne sais pas, Ryan, mais voilà comment je vois la chose : est-ce que quelqu'un aurait payé cinq millions de dollars pour un faux ? »

C'était le genre de question qui se passait de réponse. « Cela dépend de la qualité de la contrefaçon », fit-il cependant remarquer. Il se releva et entra dans la maison, laissant la porte grillagée se rabattre derrière lui.

55

La matinée du dimanche était bien avancée quand Liz émergea du sommeil. Elle avait eu le plus grand mal à s'endormir. Cette séance au tribunal l'avait troublée, et une bouteille entière de bordeaux n'avait pas réussi à la calmer. C'était la première fois qu'elle mettait les pieds dans un prétoire. Jackson lui avait certifié qu'elle s'était remarquablement comportée, mais elle seule savait ce qu'elle avait enduré. Heureusement, l'avocat de Ryan lui avait épargné tout contre-interrogatoire. Elle savait toutefois qu'il n'en serait pas de même lors de la prochaine confrontation. La journée de la veille s'était peut-être achevée sur une victoire, mais Liz y avait appris une chose : cette guéguerre juridique passionnait sûrement Phil Jackson, mais pas elle.

Toutefois, elle n'était pas près d'abandonner. La nuit précédente, errant dans cette zone grise entre la veille et le sommeil, elle avait arpenté des lieux qu'elle avait connus enfant. Elle s'était ainsi revue à l'âge de neuf ans, à la foire du comté de Prowers. On y admirait plein de jeux et d'attractions, notamment un poteau enduit de graisse, en haut duquel était collé un billet de vingt dollars. Les enfants attendaient, impatients de grimper. Cette fois-là, Liz fut la seule à décrocher la timbale. Au lieu de porter un vieux short, elle avait enfilé par-dessus son maillot de bain une robe dont elle s'était servie comme d'un chiffon pour essuyer la graisse et ne pas glisser à mesure qu'elle montait. Après sa descente triomphante, sa mère l'avait giflée. « Quelle espèce d'idiote es-tu, Elizabeth ? Tu bousilles une robe de vingt dollars pour un billet de vingt dollars ? » Pour Liz, le raisonnement était peut-être juste, mais complètement hors de propos, car la joie et l'orgueil d'avoir gagné ces vingt dollars valaient bien la ruine de toute une garde-robe.

Le téléphone sonna sur la table de chevet. Liz tendit le bras pour décrocher. C'était Sarah.

Elle se redressa dans le lit et se frotta les yeux. Sarah venait de lui annoncer la mort de Brent. Assassiné !

« C'est horrible, dit-elle, jamais je n'aurais imaginé que...

— Alors, comment se fait-il que ton avocat m'ait rendu visite ce matin, à la première heure ?

— Phil était à Piedmont Springs ?

— Oui, il est venu frapper à ma porte pour me proposer un marché : trente pour cent sur tout le fric que je t'aiderai à soutirer à mon frère. »

Liz en resta bouche bée. « Sarah, dit-elle enfin, je te jure que je n'étais pas au courant. Il n'a jamais été question de ça entre Jackson et moi. Et jamais je n'essaierais de te retourner contre Ryan. Tout ce que je veux, c'est ma part. Je ne cherche pas à détruire votre famille.

— J'aimerais bien te croire.

— Je t'en supplie, c'est la vérité. »

Sarah garda le silence un instant.

« À mon tour de te proposer un marché, dit-elle enfin.

— Oui, lequel ?

— Une chose me paraît sûre, c'est que ce serpent que tu as engagé va nous coûter à tous une fortune. Tu devras claquer un max pour essayer de toucher ce qui te revient de droit. Et Ryan en dépensera autant pour tenter de protéger le patrimoine familial. »

Ce que disait Sarah lui parut sensé.

« D'accord. Que proposes-tu ?

— Pour Jackson, on n'est que des pions. Il s'est servi de Brent. Il se sert de toi. Et il ne s'arrêtera qu'après avoir empoché dans son costume trois-pièces tout ce que mon père a économisé durant sa vie.

— Je reconnais que les méthodes de Phil sont… agressives.

— Agressives ? répéta Sarah avec un grognement. C'est un requin, Liz, il est en train de tourner autour de nous et il nous bouffera tout crus à la première occase.

— Que suggères-tu ?

— D'après ce que j'ai entendu, papa voulait que tu aies ta part du gâteau. Alors, je veux bien honorer son souhait. À une condition. Tu vires Jackson.

— Tu veux que je renvoie mon avocat ?

— Immédiatement. Jackson ne cherche qu'à nous baiser et, à la fin, le seul vainqueur, ce sera lui. »

Liz ne répondit rien, mais elle ne pouvait lui donner tort. Pendant une seconde, elle redevint la fillette de neuf ans qui avait saccagé une robe de vingt dollars pour un billet de vingt dollars. En vérité, elle se passerait volontiers d'une seconde victoire à la Pyrrhus.

« Je vais y réfléchir, Sarah, promit-elle. Mais je crois que tu as raison. »

Amy roula d'une traite jusqu'à Boulder, où elle arriva peu après midi. Taylor avait un thé avec sa poupée Barbie. Amy apparut juste à l'heure pour se joindre à elles, mais elle dut d'abord convaincre la fillette que sa maman avait besoin de prendre une douche, après avoir traversé le Colorado dans les deux sens. L'enfant acquiesça en se pinçant le nez comme si sa maman s'était parfumée à l'ail, et Amy allait s'éclipser dans la salle de bains quand sa grand-mère l'appela.

« Pas si vite, jeune dame. »

Mamie lisait dans sa chambre, le dos appuyé contre la tête du lit. Amy était fatiguée, mais elle connaissait la vieille dame ; celle-ci ne la laisserait pas en paix tant qu'elle n'aurait pas obtenu un compte rendu complet.

Aussi Amy alla-t-elle s'asseoir au pied du lit pour raconter son périple. Elle donna même lecture de la lettre.

« À ton avis, pourquoi Marilyn a-t-elle menti ? demanda-t-elle à sa grand-mère.

— Pourquoi une femme accuse-t-elle injustement un homme de viol ? Peut-être parce qu'ils avaient une relation sexuelle et qu'il l'a quittée. Peut-être parce qu'elle s'est trouvée enceinte et qu'elle n'a pas osé dire à ses parents que c'était le fruit d'une liaison. C'étaient les années cinquante, après tout. Marilyn venait d'une excellente famille. Son grand-père avait créé le plus grand cabinet d'avocats du Colorado.

— Mais la lettre ne parle pas du tout de ça.

— Peut-être parce que Frank Duffy savait pourquoi elle avait menti, mais sans pouvoir le prouver.

— À propos de preuve, cette lettre ne dit pas que Marilyn n'a jamais été violée par le jeune Duffy. »

La vieille dame jeta un coup d'œil à la missive.

« Oh ! elle dit plus que ça, elle dit que Marilyn et ta mère sont allées au vingt-cinquième anniversaire de l'association des anciens de Fairmont, qu'elles ont bu un peu trop, ont parlé de leurs anciens petits copains, et que Marilyn lui aurait alors confié que Frank Duffy ne l'avait pas violée !

— Quelle différence cela fait-il ?

— Ça rend cette dénonciation plus plausible. Ce n'est pas comme si ta mère avait gardé ce secret pendant vingt-cinq ans et puis, sans raison apparente, s'était décidée à écrire à Frank Duffy. Apparemment, c'est seulement après les aveux de Marilyn, lors de cette soirée, qu'elle a décidé de s'en ouvrir à Frank Duffy.

— Crois-tu que ce soit elle l'auteur de cette lettre ?

— Je ne vois aucune raison d'en douter. »

Amy lui reprit la lettre.

« C'est une écriture tremblante, qui ne ressemble pas à celle de maman.

— Cela peut s'expliquer. Elle a pu l'écrire en revenant de la fête, elle était fatiguée, peut-être un peu soûle.

— À moins qu'elle n'ait eu peur.

— Peur de quoi ?

— Marilyn était encore mariée à Joe Kozelka, et on peut dire qu'ils formaient un duo impressionnant. Il fallait du courage pour s'attaquer à eux.

— Ce qui veut dire, Amy ?

— Qu'elle redoutait peut-être des représailles et

qu'elle craignait probablement pour… pour sa propre vie. »

Sa grand-mère soupira.

« Ça y est, tu recommences à divaguer.

— Ce ne sont pas des divagations. Je n'ai jamais cru que maman se soit suicidée, et je t'ai dit pourquoi : sa promesse de me raconter une histoire le lendemain. Et puis elle n'aurait jamais pris la peine d'attacher cette corde pour m'empêcher de sortir, alors qu'elle savait que je pouvais passer par le grenier. D'un autre côté, je n'ai jamais pu comprendre pourquoi quelqu'un aurait voulu la tuer. Mais cette lettre est un bon motif, non ?

— Personne n'a tué ta mère, Amy. Elle s'est donné la mort.

— Je n'y crois pas.

— Amy, nous en avons parlé cent fois. Ta mère était arrivée au stade final d'un cancer généralisé. Quand elle nous a quittées de son plein gré, elle n'en avait plus que pour quelques semaines.

— Non, elle avait plusieurs mois devant elle, d'après un autre médecin qu'elle avait consulté.

— Qui t'a dit ça ?

— Marilyn.

— Cela ne la regarde pas, dit sèchement Mamie.

— Je pense le contraire, et tu n'as pas le droit de me cacher des choses pareilles. Et plus maman avait du temps devant elle, moins elle avait de raisons d'en finir plus tôt que prévu.

— Tu te raccroches à des riens.

— Ce n'est pas parce que tu es convaincue qu'il s'agit d'un suicide que cela te donne le droit de me cacher la vérité, répéta Amy avec colère.

— Je ne souhaitais pas que tu reproches à ta

mère de t'avoir abandonnée avant l'heure. Comment pourrais-tu m'en vouloir ?

— Parce que c'est ma mère et que j'ai le droit de savoir ce qui s'est passé.

— Et moi, j'avais des responsabilités... envers toi.

— Tu en as eu, mais tu n'en as plus. J'ai vingt-huit ans. Arrête de me traiter comme si j'avais l'âge de Taylor ! »

Des larmes perlaient aux yeux de sa grand-mère.

« Je suis désolée. Si j'ai pris cette décision, c'était pour ton bien.

— N'en prends plus à ma place ! cria Amy en se levant.

— Laisse-moi t'expliquer. »

Amy refréna son envie de planter là la vieille femme. Elle se rassit au bord du lit.

« Quand ton père a été tué au Viêt Nam... j'ai voulu savoir ce qui était arrivé à mon fils. »

Elle parlait d'une voix brisée. Amy, émue, lui toucha la main.

« Ça ne me suffisait pas de savoir qu'il était mort au combat. J'avais besoin de détails. J'ai demandé à ceux qui étaient avec lui, là-bas. Mais ils ne m'ont donné que de vagues réponses. Et puis, un jour, je suis tombée sur un de ses camarades qui a bien voulu me dire ce qui s'était passé. Aujourd'hui, je regrette d'avoir voulu savoir. J'avais pensé que cela me permettrait de faire mon deuil. Je me trompais. Ça ne m'a jamais apporté que des cauchemars. »

Amy se pencha vers elle pour l'embrasser. Mamie lui rendit avec force son étreinte, tout en lui murmurant à l'oreille : « Tu as remplacé le fils que j'ai perdu. »

Amy frissonna. Cela venait peut-être du cœur,

mais c'était le genre d'aveu qu'il valait mieux garder pour soi. Puis, comme Amy s'écartait, Mamie la retint, la serrant plus fort dans ses bras.

« Maman ? »

Amy s'arracha à l'étreinte de sa grand-mère, pour regarder Taylor, qui se tenait sur le seuil, affublée du tablier rose de la vieille dame.

« Qu'y a-t-il, mon chou ?

— Alors, tu viens prendre le thé, maintenant ?

— Oui, mais maman va d'abord prendre sa douche. »

Mamie tira la fillette par l'un des pans du tablier, qui traînaient par terre. « Viens, que je t'attache ce machin, avant que tu trébuches dessus. »

Le vêtement étant bien trop grand pour être attaché dans le dos, Mamie l'enroula autour de l'enfant, pour le nouer sur le devant. Taylor la regarda attentivement faire le nœud.

« Tu t'y prends drôlement, fit-elle remarquer. Il est à l'envers.

— C'est parce que Mamie est droitière, dit Amy. Toi, tu es gauchère, comme moi. Et comme ma maman l'était. »

Elle se tut abruptement, le regard lointain.

Sa grand-mère la regarda d'un air inquiet.

« Taylor, va donc voir si Barbie ne s'ennuie pas trop sans nous. J'arrive dans une minute.

— D'accord », dit l'enfant, et de sortir de la chambre en trottinant.

« À quoi penses-tu, Amy ? demanda la vieille dame.

— Le nœud.

— Quel nœud ?

— Celui de la corde attachée à la poignée de la porte de ma chambre, la nuit où maman est morte.

— Eh bien ?

— Si c'est bien elle qui l'a fait pour que je ne puisse pas sortir, elle l'a noué comme une gauchère.

— Personne n'a dit le contraire.

— Et personne ne l'a confirmé. »

Sa grand-mère ne répondit rien.

« Il faut que je retourne là-bas.

— Où ça, là-bas ?

— À notre ancienne maison.

— Mais c'est fou. On ne sait même pas qui y habite.

— Je dois essayer. Tu ne comprends donc pas ? Je n'y vais pas pour essayer de me rappeler comment la corde était nouée. J'y vais en espérant que d'autres souvenirs me reviendront et que je pourrai peut-être répondre enfin aux questions que je me pose.

— Amy, pourquoi n'acceptes-tu pas la réalité ? Ta mère a préféré une mort brutale à celle, lente et douloureuse, à laquelle son cancer la condamnait.

— Des tas de gens ont un cancer, et ils ne se suicident pas pour autant.

— Peut-être, mais ce que je t'ai dit à propos de ton père ne signifie rien pour toi ?

— Oui, cela signifie que nous sommes tous différents. Certains préfèrent ne rien savoir, mais d'autres préféreraient mourir plutôt que de rester dans l'ignorance. Tu me connais depuis longtemps, non ? Alors, à quelle catégorie j'appartiens ? »

La vieille dame secoua la tête. « Très bien, mais je viens avec toi. »

56

Marilyn péchait par manque de concentration. Telle était du moins l'opinion générale de ses assistants, qui voyaient plusieurs raisons à cela. Elle était trop sérieuse. Trop désinvolte. Trop bien préparée. Pas assez préparée. Tous étaient à côté de la plaque.
Et de loin.
À quatre heures de l'après-midi, cela faisait huit heures que Marilyn était sur la sellette. Un nouveau groupe d'examinateurs avait succédé à l'équipe du matin. La procédure restait la même, toujours aussi fastidieuse. Chaque membre du faux comité sénatorial posait une question. Marilyn répondait. Les experts commentaient. De quoi troubler quiconque avait la tête sur les épaules.

« Faisons une pause, proposa Marilyn.

— Accordée », cria l'un des participants en donnant un coup de cuiller sur sa tasse de café, tandis que les autres s'empressaient de se lever et de se ruer sur le buffet dressé dans un coin du salon.

« Vous vous en sortez très bien », lui glissa son assistante.

Marilyn s'efforça de sourire, sûre que la jeune femme mentait.

« Merci. Je pense qu'un peu de repos me fera du bien. Je vais m'allonger une demi-heure.

— Excellente idée. Nous n'en avons plus pour longtemps. Je vous le promets.

— Parfait », dit-elle en se dirigeant vers sa chambre.

La traversée du couloir représenta la première occasion de réfléchir à la situation, depuis des heures, et cela se traduisit par un retour immédiat de sa migraine.

Elle poussa la porte de sa chambre et, cette fois, ferma à clé derrière elle.

Cette pièce était son sanctuaire, son havre, qui plus qu'aucun autre endroit dans la maison reflétait ses goûts et ses préférences. Ici, inutile de prévoir un nombre de sièges suffisants pour de nombreux invités ou de choisir des tapis résistant aux taches de vin et de sauce. C'était sa retraite. Certes, des hommes en avaient franchi le seuil, dont certains qu'elle regrettait d'avoir invités. Mais, plaisants ou non, elle les avait choisis. Ce fax reçu dans la matinée n'était pas seulement une intrusion, mais une violation de son intimité.

Elle ouvrit le tiroir de la commode où elle avait rangé le message. Le choix du rendez-vous était intéressant. Cheesman Dam, l'un de ces lieux isolés où aimait se retrouver la jeunesse de Denver dans les années cinquante. Marilyn n'y était pas retournée depuis quarante-cinq ans. Elle avait quinze ans quand elle s'y était rendue pour la première et la dernière fois, accompagnée de son amoureux, Joe Kozelka, et de deux amis, Linda et Frank, un copain de Joe. Tous les quatre étaient allés à Pikes Peak dans l'automobile de Frank, car

Joe n'avait pas encore obtenu son permis. Deux autres couples suivaient dans une autre voiture. Sur le chemin du retour à Boulder, ils s'étaient arrêtés à Cheesman Dam pour partager une bouteille de bourbon au crépuscule. Ils s'attardèrent plus longtemps que prévu, et surtout plus qu'ils n'auraient dû.

Sa migraine empirait. Ses tempes battaient. Elle essaya de concentrer sa vision sur l'un des coussins du canapé, mais cela ne fit qu'accentuer sa sensation de vertige. Elle secoua la tête, en s'efforçant en vain de chasser son malaise... un malaise qui ressemblait étrangement à celui qu'elle avait éprouvé plus de quarante ans auparavant par une chaude soirée d'été à l'arrière de la Buick de Frank Duffy...

« *J'suis soûle !* grogna Marilyn en riant.

— Tant mieux », dit Joe. *Il s'envoya une nouvelle rasade de bourbon et se rapprocha d'elle sur la banquette.*

Marilyn se pencha en avant pour regarder à travers le pare-brise, et la vue qui s'offrit à elle éclaira son visage d'un grand sourire. Cheesman était un vieux barrage de pierre qui se dressait à plus de soixante mètres au-dessus du lit de la rivière. Cette nuit-là, la lune semblait suspendue au-dessus du canyon. Le ciel était constellé d'étoiles qui se reflétaient sur la surface brillante des eaux. Ivre comme elle l'était, Marilyn aurait été bien en peine de dire où finissaient les étoiles et où commençait leur reflet.

« *Que c'est beau !* s'exclama-t-elle. *Venez, allons nous promener.*

— Bonne idée, approuva Joe. *Frank, pourquoi tu ne pars pas en tête avec Linda ?* »

Frank était assis confortablement derrière le

volant, la tête de sa petite amie sur son épaule. « Oh ! j'ai pas trop envie de bouger... »

Joe lui donna une claque sur la tête, histoire de lui faire comprendre ce qu'il attendait de lui. Frank se retourna et lui jeta un méchant regard avant de sourire. « Ouais, allons prendre l'air. Tu viens, Linda ? »

Frank et Linda sortirent de la voiture, Marilyn et Joe restèrent seuls sur la banquette.

« Allons-y, nous aussi », dit Marilyn en tendant la main vers la poignée de la portière.

Joe la retint par le bras.

« Attends, bois encore un coup.

— J'en veux plus.

— Allez, juste une gorgée.

— Ça me rend malade.

— C'est parce que tu as mis trop de Seven-Up dans ton verre. Le bourbon, ça se boit sec. Allez, un petit coup.

— Non, je ne peux pas le boire pur.

— Il suffit de l'avaler. » Il lui tendit la bouteille. Elle hésita. « Allez, Marilyn, fais-moi confiance, ça ne peut pas te faire de mal. »

Elle porta le goulot à ses lèvres, renversa la tête. L'alcool lui brûla la gorge quand elle déglutit. Elle voulut s'arrêter, mais Joe lui maintint la tête en arrière et pressa la bouteille contre sa bouche. Elle prit une gorgée, une deuxième. Elle perdit le compte. Ça ne brûlait plus, et elle continua de boire jusqu'au vertige, jusqu'à l'engourdissement. Elle repoussa la bouteille, cligna les paupières. Elle voyait flou. Joe riait à côté d'elle. Elle remua les lèvres mais ne put articuler un mot. Elle éprouvait une étrange sensation dans son corps, sa tête roula en arrière, et elle perdit connaissance...

Marilyn rouvrit les yeux. Elle gisait sur son lit.

Sa migraine avait diminué. Lentement, elle se redressa et regarda autour d'elle. Sa vision aussi s'était éclaircie. Le bac du fax était vide. Aucun nouveau message ne la menaçait.

Car c'était bien une menace. À la veille de la confirmation de son élection, elle ne voyait guère d'autre interprétation. Il ne pouvait s'agir d'une coïncidence. Le message portait le code 719, celui du comté de Prowers, dont faisait partie Piedmont Springs. Il lui avait sans doute été envoyé par l'un des Duffy, ce qui ne laissait rien présager de bon. Certes, le message restait dans le vague. Il ne disait pas, par exemple : « Faites ceci, sinon… » Mais il n'avait pas besoin d'être explicite pour représenter un danger. Et elle savait ce qu'elle devait faire en cas de danger.

Elle prit une profonde inspiration, décrocha le téléphone et appela Joe Kozelka.

57

Sheila commençait à s'inquiéter. Apparemment, son travail n'avait pas l'heur de plaire à Rusch, et ce à cause d'une toute petite erreur… un verre oublié au bar d'un hôtel panaméen. Un lien bien ténu avec Kozelka, en vérité. Même si les fédéraux parvenaient à identifier les empreintes, ils devraient la forcer à désigner Kozelka. Elle n'était pas une moucharde, mais son passé de prostituée inquiétait Rusch. Il pensait qu'elle conclurait un marché avec le FBI, comme avec lui.

Tout était négociable.

Son instinct de survie était en état d'alerte. Quand Rusch lui avait dit qu'il « réévaluerait » la situation, elle avait parfaitement compris ce que cela signifiait. Si le coup monté contre Ryan Duffy échouait à empêcher celui-ci d'apporter le verre au FBI, Sheila était morte. D'une manière ou d'une autre, Rusch veillerait à ce qu'elle ne tombe pas aux mains des agents fédéraux.

Elle aussi avait réévalué la situation, depuis que Rusch et elle s'étaient arrêtés dans un motel minable, à Dodge. Le soir tombait, il était temps qu'elle prenne congé. Mais pas les mains vides.

Elle décrocha le téléphone et appela Ryan Duffy. Personne au cabinet. Elle eut plus de chance en essayant chez sa mère.

« Vous vous souvenez de ma voix ? » demanda-t-elle en adoptant les intonations sensuelles qu'elle avait utilisées à Panamá.

Ryan tressaillit. Il était seul dans la cuisine.

« Où étiez-vous passée ?

— Plus près que vous ne l'imaginez. J'ai quelque chose pour vous.

— Quoi ?

— Le revolver de votre père. »

Il sentit son cœur battre plus vite.

« Je le veux.

— Il faut payer d'abord.

— Il est à vendre ?

— Oui, vous pouvez le dire.

— Combien ?

— Selon mes sources, vous auriez deux autres millions planqués quelque part. Je ne suis pas gourmande, cent mille me suffiront.

— Comment être sûr que vous l'avez ?

— Parce que je l'ai pris.

— À l'homme de main de Kozelka, hein ? Ce type est dangereux et drôlement balèze. »

Sheila jeta un regard par-dessus son épaule. Rusch gisait nu sur le lit, les yeux mi-clos, inconscient.

« Pas si balèze que ça », dit-elle.

Tout en ayant le sentiment qu'elle disait la vérité, il redoutait un piège.

« Alors, docteur, quel est votre diagnostic ? Vous voulez cette arme, oui ou non ?

— Bien sûr que je la veux.

— Alors, j'attends votre réponse. »

Il hésitait encore, quand une idée lui vint.

L'occasion se présentait de réunir toute la sainte famille en un seul lieu – Marilyn Gaslow et les sbires de Kozelka. Il serait amusant de voir comment ces gens-là allaient se traiter les uns les autres.

« D'accord, dit-il. Rendez-vous à Cheesman Dam, à deux heures du matin.

— À très bientôt, alors », dit-elle, avant de raccrocher. *Ouais, à très bientôt*, pensa-t-il.

Le téléphone sonna dans la chambre de Marilyn. Elle n'avait pas bougé du bord de son lit depuis qu'elle avait appelé le *pager* de Joe. Elle vérifia l'identificateur sur la table de nuit. C'était lui.

« Joe, merci de me rappeler.

— Que se passe-t-il ?

— Des ennuis. » Elle lui fit part du rendez-vous à Cheesman Dam.

Il resta silencieux un instant, comme cela lui arrivait quand il était en colère. Des centaines de fois au cours de leur mariage, elle l'avait vu rentrer sa rage. Joe était un autocuiseur qui explosait tous les dix ans. La première fois, elle lui avait pardonné. La deuxième, elle avait décidé de ne pas attendre la troisième, car elle avait peur de ne plus être en vie pour la quatrième.

« Qui a envoyé le fax ?

— Il vient du comté de Prowers. Je suppose que ce sont les Duffy.

— Probable. Mais Amy Parkens est allée là-bas ce matin.

— Comment le sais-tu ?

— Rusch a posé un traqueur sur son pick-up.

— Ce n'est pas Amy qui a envoyé ce fax.

— Non, mais elle et Duffy pourraient bien concocter quelque chose.

— Laisse-moi appeler Amy.

— Non, dit-il sèchement. Je m'en occupe.

— Que vas-tu faire ?

— Laisse ta Mercedes dans l'allée avec les clés dans la boîte à gants. Quelqu'un viendra la prendre et la conduira jusqu'au barrage.

— Et ensuite ? demanda Marilyn, inquiète.

— Celui ou celle qui nous a fixé ce rendez-vous doit recevoir une leçon. J'avais conclu un marché avec le vieux. Frank a reçu ses cinq millions de dollars. Sa famille ne devait jamais avoir connaissance de la lettre. Frank n'a pas respecté sa parole. Et maintenant, c'est à la famille d'en subir les conséquences.

— Je t'en prie, ne te laisse pas entraîner à des choses que tu pourrais regretter.

— Ne me dis pas ce que j'ai à faire, grommela-t-il d'une voix sourde. J'ai payé cher pour que ça roule, Marilyn. Cinq millions à Duffy. Et bien plus encore pour des campagnes politiques, afin que tu décroches une place. J'ai attendu longtemps que ça vienne. Pour être franc, la direction de la Réserve fédérale va au-delà de ce que j'espérais. Alors, maintenant, on ne va pas laisser passer notre unique chance de ramasser le jackpot.

— Ta chance à toi, tu veux dire, répliqua-t-elle d'un ton amer.

— Marilyn, je n'influencerai jamais tes décisions. Je veux seulement que tu m'en fasses part... avant qu'elles deviennent publiques. »

Elle sentit son ventre se nouer. Un homme aussi riche que Kozelka pouvait gagner des milliards de dollars s'il savait à l'avance que la Réserve fédérale allait augmenter ou baisser les taux d'intérêt.

« Tu n'as pas besoin de me rappeler que tu seras le seul gagnant dans cette histoire.

— Et si tu me résistes, tu seras la seule perdante, Marilyn. »

Elle se tut, sachant que c'était vrai.

« Je compte sur toi, poursuivit-il. Répète ton texte avant ta confirmation de demain. Et laisse-moi me charger du reste. »

La tonalité bourdonna dans l'oreille de Marilyn. Elle raccrocha. Elle allait occuper l'une des positions les plus importantes au monde, et elle n'était qu'un pantin dans les mains de ce mégalomane qu'était son ex-mari. Si elle avait su qu'elle s'élèverait si haut dans les responsabilités de l'État, elle n'aurait jamais répondu au chantage de Duffy. Cependant, le mal était fait. Aucun personnage public ne pouvait résister au scandale que susciterait un viol suivi d'un chantage.

À l'époque des faits, elle avait donné la priorité à sa carrière. À présent, ce n'était plus sa position sociale qui l'inquiétait. Elle était terrifiée à l'idée qu'Amy puisse se trouver avec Ryan Duffy à Cheesman Dam. Si elle avait su qu'Amy était allée à Piedmont Springs, le matin, elle n'aurait jamais appelé Joe. Elle venait peut-être de signer l'arrêt de mort de la fille de sa meilleure amie. Et c'était là une chose à laquelle elle ne pourrait survivre elle-même.

Elle tendit la main vers le téléphone, puis se ravisa. Il y avait trop à dire, trop à expliquer. Elle prit son sac et se dirigea vers la porte.

Il était temps qu'Amy apprenne toute la vérité.

58

C'était la première fois qu'Amy revenait dans Holling Street depuis la mort de sa mère. Pendant vingt ans, elle avait évité la vieille maison, la rue et même le quartier. Elle y voyait évidemment une contradiction : une scientifique qui refusait de considérer les données. Ses émotions avaient toujours triomphé de sa curiosité intellectuelle, chaque fois qu'elle projetait de se pencher sur le passé. La maison était devenue comme la nébuleuse de l'Anneau, l'étoile mourante qu'elle avait observée dans son télescope lors de cette nuit tragique. Elle n'avait jamais pu y retourner.

Jusqu'à ce soir.

Amy se gara le long du trottoir sous un lampadaire. La maison se dressait dans la pénombre de l'autre côté de la rue. Une seule lumière demeurait allumée, en provenance du salon, du moins de l'ancien salon. S'accoutumant à l'obscurité, elle commença à noter tous les changements. Le minuscule pin Douglas que sa mère et elle avaient planté sur la pelouse de devant mesurait maintenant une bonne dizaine de mètres. La petite véranda avait été grossièrement fermée avec des matériaux de récupération. Les bardeaux avaient besoin d'un coup de peinture, et la pelouse d'un bon coup de tondeuse.

« Tu es sûre de vouloir y aller ? » lui demanda sa grand-mère, dans son dos.

Amy hocha la tête. Elle remonta l'allée, dont le revêtement en ciment s'était craquelé avec le temps. En grimpant les marches du porche, elle releva les nombreux signes d'abandon et de décrépitude. Plusieurs fenêtres brisées avaient été fermées par des planches plutôt que remplacées. La porte d'entrée portait des traces d'effraction, ou peut-être un locataire avait-il oublié sa clé. Mais Amy ne s'étonnait pas de ces dégradations. La mort violente de sa mère avait marqué la maison. Sa grand-mère l'avait mise en vente peu de temps après les obsèques, mais personne n'en avait voulu. Un promoteur immobilier l'avait finalement acquise pour une somme qui n'avait même pas couvert le montant de l'hypothèque. Durant les vingt dernières années, l'endroit avait été loué à des étudiants pour un prix modique. Le propriétaire devait attendre sa détérioration complète pour la faire raser et en reconstruire une neuve, libérée de tout fantôme.

Amy frappa à la porte. Un jeune homme en jean et T-shirt de l'université de Boulder vint ouvrir. Une ombre de moustache lui barrait la lèvre supérieure. Il ressemblait à ce qu'il était : un grand gamin qui comptait sur un peu de poil pour avoir l'air d'un homme.

« C'est vous qui avez téléphoné ? demanda-t-il.
— Oui. » Amy avait appelé pour dire qui elle était et son désir de revoir la maison. Les occupants, tous étudiants, n'avaient pas soulevé

d'objection. Cool, pas de problème, telle avait été leur réponse.

« Voici ma grand-mère, dit Amy.

— Cool. Je m'appelle Evan. Entrez. »

Amy s'avança dans le couloir, suivie de Mamie. Elle regarda autour d'elle et resta confondue. Ce qu'elle découvrait lui rappelait le saccage de leur appartement. Une plaque de contreplaqué, clouée en travers de l'âtre, empêchait le froid d'entrer. Des fils nus pendaient du plafond, là où il y avait eu un lustre. Des posters recouvraient les murs, dont ils devaient cacher les fissures et la crasse. Un matelas gisait à même le sol.

« Vous dormez dans le salon ? interrogea-t-elle.

— Non, c'est Ben qui s'est installé ici. Jake occupe la chambre du bas, et moi la petite chambre à l'étage.

— Personne n'a la grande ? »

Il fit la grimace.

« Non, personne. Ne le prenez pas mal, mais on n'y entre même pas.

— Je comprends, dit-elle. Y a-t-il quelqu'un en haut, en ce moment ?

— Non, mes copains sont allés écluser des margaritas chez Muldoon.

— Ça ne vous dérange pas que je jette un œil ?

— Vous êtes venue pour ça, non ? Je vous en prie, faites comme… chez vous.

— Merci.

— Tu veux que je vienne avec toi ? demanda Mamie.

— Oh ! à propos, intervint Evan, n'ayez pas peur de la mygale que vous verrez sur le palier ! Elle est impressionnante, mais elle supporte très bien les étrangers. Enfin, la plupart.

— Réflexion faite, je préfère t'attendre ici, dit la vieille dame.

— De tout façon, je préfère y aller seule », dit Amy en se dirigeant vers l'escalier.

Elle grimpa lentement les marches, sentant l'adrénaline monter en elle à chaque pas. Son pouls battait plus vite, ses mains étaient prises d'un picotement. Des souvenirs lui revenaient. Ici elle avait passé son enfance, dévalé cet escalier les matins de Noël, grimpé deux par deux ces marches quand elle rentrait de l'école. Elle s'arrêta sur le palier. À droite, dans le petit couloir, se trouvait sa chambre. À gauche, celle de sa mère. Elle essaya de se souvenir de cette nuit-là, mais son esprit résistait et elle était distraite par ce vélo tout-terrain appuyé contre la balustrade et la mygale dans son vivarium, grosse tache brune et velue. Et aussi par la lumière crue de l'ampoule nue au plafond.

Elle trouva l'interrupteur et éteignit. Le présent disparut. Elle se retrouva seule dans le noir.

La peur la saisit. Non pas à cause de l'énorme araignée. La terreur d'une fillette de huit ans. Une terreur qui grandissait à mesure qu'elle s'habituait à l'obscurité. Elle voyait maintenant au fond du couloir la porte de la chambre de sa mère et, cette fois, elle savait ce qu'il y avait derrière.

Elle avança, sentant la moquette sous ses orteils, bien qu'elle portât des chaussures. Elle avait de nouveau huit ans et allait pieds nus, à tout petits pas craintifs, vers la chambre de sa maman. Elle s'était éraflé les genoux sur le plancher rugueux du grenier. La porte était ouverte. Elle apercevait les couvertures en désordre sur le lit. Enfin, elle vit la main qui pendait inerte. Un mot résonna dans sa tête. Maman ?

Elle frissonna violemment et se sentit aspirée

hors de la chambre, hors du couloir, prise dans un tourbillon cosmique qui l'arrachait à la maison, à la planète. De la poussière et des débris obscurcissaient sa vision tandis qu'elle filait dans la nuit à une telle vitesse que les étoiles convergeaient en un rayon de lumière, qui semblait s'envelopper autour de ses peurs et les étouffer jusqu'à ce qu'elle retrouve enfin sa faculté de penser. Elle se sentit redescendre lentement, revenir sur terre, redevenir une observatrice passionnée et lointaine, une scientifique consignant dans son cahier ce qu'elle avait vu lors de cette affreuse nuit.

La nébuleuse de l'Anneau. M 57. Le cinquante-septième objet du catalogue de Charles Messier.

« Amy ? »

Elle se retourna. Mamie se tenait derrière elle sur les marches. Elle prit conscience qu'elle n'avait jamais quitté le palier.

« Ça va ? » demanda sa grand-mère.

Amy tremblait. Elle sentait la sueur ruisseler dans son dos. « Oui, ça va, répondit-elle.

— Tu veux aller jusque dans la chambre ?

— Non, j'en reviens. » Elle se tourna et prit sa grand-mère par le bras. « Nous pouvons repartir, maintenant. »

59

Les trompettes sonnaient, les violons sanglotaient. Joe Kozelka, dans le confort d'un pullman en cuir noir, sirotait un verre de Chivas en écoutant la *Neuvième* de Beethoven.

La musique l'aidait à réfléchir. Chaque fois que le désordre menaçait son existence, il avait recours à la *Neuvième Symphonie*, en particulier au quatrième mouvement. Certains critiques pensaient qu'il contenait le pire de ce qu'avait pu écrire Beethoven. Kozelka, lui, n'éprouvait que de l'admiration pour un compositeur qui pouvait mêler avec succès une mélodie des plus controversées à l'intérieur même d'une œuvre aussi géniale.

Comme le rythme adoptait un andante, ses pensées se tournèrent vers Marilyn. Cela faisait près de cinquante ans qu'ils se connaissaient et ils avaient bien des souvenirs communs, dont le plus mémorable – pour lui, car Marilyn, elle, n'en avait pas gardé trace – était la nuit où Frank Duffy les avait emmenés dans sa voiture à Cheesman Dam. La nuit où ils avaient bu en contemplant le soir tombant sur le barrage.

Il porta inconsciemment son regard vers le vase

de cristal sur le guéridon devant lui. Sous la lumière de l'abat-jour, le verre brillait comme les eaux du réservoir sous les étoiles dans le ciel. Soudain, son Chivas eut un goût de bourbon. Oui, il se rappelait chaque détail de cette nuit-là. Il revoyait Marilyn gisant inconsciente sur la banquette de la Buick pendant que lui-même sortait de la voiture pour aller chercher son copain, qui ne se doutait de rien...

« Hé, Frank », dit Joe.

Frank Duffy et sa petite amie, assis sur une souche, contemplaient le clair de lune.

« *Qué pasa ? demanda Frank.*

— *C'est Marilyn. Elle est dans le coltard. Et... et elle a dégueulé partout dans la bagnole.*

— *Oh, non ! gémit Frank.*

— *Merde, c'est pas sa faute. Elle n'avait encore jamais bu.* »

Ils regagnèrent la voiture, Linda traînait derrière les garçons. Frank ouvrit la portière, et l'odeur le fit reculer. « *Merde, qu'est-ce que ça pue !* »

Joe regarda à l'intérieur. Marilyn gisait sur le dos en travers du siège, une mare de vomi souillait le plancher derrière le siège du conducteur.

« *Heureusement, elle n'a pas gerbé sur elle, dit Joe.*

— *Ouais, mais elle a pas raté ma caisse, dit Frank, furieux. J'arriverai jamais à me débarrasser de cette puanteur.* »

Linda approcha, passa la tête à l'intérieur de la voiture et fit trois pas en arrière.

« *Beurk ! Tu vas rentrer seul, Frankie. Ne crois pas que je vais monter dans cette poubelle. J'irai avec les autres.*

— *Linda, tu ne vas pas me faire ça.*

— *Excuse-moi, mais j'peux vraiment pas, à moins que tu veuilles que je vomisse à mon tour. »*
Et elle s'en fut rejoindre les autres avant que Frank la retienne.

Joe arborait une expression penaude.

« Je crois que je vais en faire autant, Frank.
— *Ah non, pas question ! C'est ta copine, non ?*
— *Frank, j'suis malade, moi aussi. Si je viens avec toi, j'vais dégueuler comme elle. Tu peux pas la ramener chez elle, s'il te plaît ?*
— *Non, mais je rêve ! Comment tu peux me demander ça ?*
— *Allez, mec. J'peux vraiment pas me montrer aux parents de Marilyn dans l'état où je suis. C'est des amis de ma famille. Ils me tueront.*
— *Et moi, alors ?*
— *Le pire qui puisse t'arriver, c'est que ses parents lui interdisent de fréquenter un certain Frank Duffy. C'est pas un drame, c'est pas toi qui dois l'épouser. »*

Frank écarquilla les yeux.

« Parce que tu veux l'épouser ?
— *S'il te plaît, ramène-la chez elle. Si son père apprend que je l'ai fait boire... je... je ne sais pas ce que je deviendrai s'il m'interdit de la revoir. »*

Frank maugréa mais finit par accepter.

« D'accord, et qu'est-ce que je vais leur dire, à ses vieux ?
— *J'en sais rien. Raconte-leur qu'elle a dû manger quelque chose de mauvais. Mais ne parle pas de moi. Promis ?*
— *Ouais, promis. » Frank ouvrit la portière. « Mais c'est à charge de revanche, Joe. »*

Joe lui donna une claque dans le dos et le poussa presque derrière le volant. « Ouais, tu peux compter sur moi. »

La sonnerie du téléphone arracha Kozelka à ses souvenirs. Il baissa le volume de la stéréo et décrocha.

« Oui ?

— C'est moi, annonça Nathan Rusch.

— Où étiez-vous ? Ça fait dix fois que j'appelle votre *pager*.

— J'ai été… indisposé.

— Ça veut dire quoi ? »

Rusch secoua la tête. Les anciennes prostituées étaient de véritables pharmacies ambulantes. Les effets de ce que Sheila lui avait fait ingurgiter ne s'étaient pas encore dissipés.

« C'est une longue histoire.

— J'ai besoin de vous à Denver, cette nuit. Duffy a pris contact avec Marilyn et lui a donné rendez-vous à Cheesman Dam, à deux heures du matin.

— Pourquoi là-bas ?

— Je l'ignore, Rusch. Mais vous y serez.

— Vous ne soupçonnez pas un piège du FBI ?

— Non. C'est un *remake*. Tel père, tel fils. Duffy junior veut plus de fric, et il ne va pas inviter les fédéraux pour qu'ils assistent aux tractations. Et puis, tant qu'on a le revolver, on le tient. »

Rusch se frotta le crâne.

« À propos… je ne l'ai plus, le revolver.

— Quoi ? s'écria Joe.

— La fille me l'a volé. Plus exactement, elle s'est taillée avec pendant que je dormais.

— Bon Dieu, Rusch, c'était notre seule assurance que Duffy n'aille pas baver au FBI.

— Je le sais, monsieur. »

Kozelka avala son reste de scotch et serra si fort le verre dans sa main qu'il manqua de le briser.

« Alors, nous n'avons plus qu'une seule solution, Rusch. La terre brûlée. Éliminez ceux qui risquent de nous poser le plus de problèmes.

— C'est-à-dire ?

— D'abord cet avocat, Jackson, et puis l'ex-femme de Duffy. De préférence, du même coup. Cette nuit.

— Je ne pense pas que ça pose de difficultés. Un colis marqué "personnel et confidentiel" et adressé à Liz Duffy mais livré chez Phil Jackson devrait faire l'affaire. L'avocat ne pourra pas en prendre connaissance sans la permission de sa cliente. Il y a toutes les chances pour qu'elle accoure chez lui et qu'ils ouvrent le colis ensemble. Ce sera la dernière chose qu'ils auront faite de leur vie.

— Parfait. » Joe coinça le combiné sous son menton et se resservit un verre de Chivas. « Occupez-vous de ces deux-là avant de retrouver Duffy au barrage. Je veux que ça ressemble à une crise de démence. Le type a tué son beau-frère, son ex-épouse et l'avocat qu'elle avait engagé.

— Et ensuite ?

— Ensuite il s'est rendu au barrage où son père avait violé une femme et il s'est fait sauter la cervelle.

— Voilà un scénario qui me plaît, dit Rusch.

— Alors, ne ratez pas la mise en scène, parce que j'ai tout joué là-dessus, Rusch. » Il laissa passer un silence avant de raccrocher.

60

Il faisait nuit depuis longtemps quand Ryan atteignit Denver. Il avait eu tout le temps, sur la route, de penser à son rendez-vous à Cheesman Dam et ne se sentait plus aussi sûr de lui. Il s'arrêta chez Norm avant de se rendre au barrage.

« Qu'y a-t-il encore ? demanda son ami, immobile sur le seuil, vêtu d'un short et d'un T-shirt.

— J'ai besoin d'un service, répondit Ryan. Je peux entrer ?

— Ne fais pas de bruit. Les enfants dorment. »

Ryan pénétra dans la cuisine, ouvrit le réfrigérateur et prit un Pepsi. Norm s'installa à la table.

« J'ai un rendez-vous cette nuit.

— Avec qui ?

— Marilyn Gaslow.

— Tu n'as eu qu'à lui parler de cette lettre, c'est ça ? s'écria Norm, dissimulant mal sa colère.

— Naturellement.

— Ça ne te suffisait pas d'être en possession de ce document ?

— Que vaut ce bout de papier si personne ne confirme son authenticité ? Je veux entendre de sa bouche que mon père ne l'a jamais violée.

— Pourquoi ne l'aurait-il pas violée ?

— T'es-tu jamais demandé quel intérêt pouvait avoir la mère d'Amy Parkens dans cette histoire ? Pourquoi a-t-elle écrit à mon père ?

— Parce que Marilyn se refusait à le faire, et que Debby Parkens considérait comme son devoir de… disons de réhabiliter Frank.

— Oui, c'est une explication, mais il se peut aussi que mon père et Debby aient marché main dans la main dans cette histoire.

— Explique-toi.

— Ces deux cent mille dollars que mon vieux a envoyés à Amy n'étaient peut-être pas seulement une manière de remercier Debby mais aussi la part qui devait être la sienne. Pourquoi n'auraient-ils pas été complices dans ce chantage ?

— Et Debby aurait trahi Marilyn, sa meilleure amie ?

— Oui, pour de l'argent. »

Norm secoua la tête.

« Tu imagines que je te trahisse de la même façon ?

— Judas l'a fait, et il s'est ensuite pendu. La trahison a toujours des conséquences. Et c'est peut-être par remords que la mère d'Amy s'est suicidée.

— À moins que quelqu'un ne l'ait tuée pour se venger. »

Ryan resta songeur un instant. « Oui, quelqu'un comme Marilyn. »

Ils se regardèrent, chacun attendant que l'autre lui dise qu'il racontait n'importe quoi. Mais ils se turent car chacun savait que la réalité dépasse souvent la fiction.

« Quelle est ton idée ? s'enquit Norm.

— J'ai pensé qu'en lui donnant rendez-vous là-bas, où elle a prétendu s'être fait violer, j'obtiendrais peut-être plus facilement une réponse honnête, en tout cas une attitude sincère.

— Et si sa réaction répond à ton attente, que vas-tu décider ?

— C'est pour ça que je suis venu te voir. Je veux que le nom de mon père soit lavé. Je veux enregistrer ce qu'elle me dira. Je veux être équipé d'un micro.

— C'est techniquement possible mais il faut que tu saches que cet enregistrement ne pourra jamais être utilisé contre elle devant un tribunal. Pour qu'il ait une valeur légale, il faudrait qu'il soit réalisé dans le cadre d'une coopération avec la police.

— Je n'ai pas l'intention de m'en servir contre elle. Je le fais pour ma famille et moi. Je veux que ma mère l'entende. Et moi aussi, j'aimerais l'entendre, Norm.

— Je vais appeler mon enquêteur. Tu verras, il est très compétent. » Il se leva pour décrocher le téléphone sur le comptoir de la cuisine.

« Je veux aussi un gilet pare-balles. Au cas où. Et un revolver.

— Marilyn Gaslow ne va pas te tirer dessus, dit Norm en composant le numéro.

— Non, mais j'ai invité quelqu'un d'autre. Quelqu'un de beaucoup plus imprévisible. Quelqu'un qui prétend être en possession de l'arme de mon père. »

Norm raccrocha et se tourna vers Ryan.

« Raconte-moi tout.

— Alors, prends une chaise, suggéra Ryan. Tu seras mieux assis. »

61

Elles revinrent à Clover Leaf après dix heures du soir. Mamie s'en fut préparer le lit de Taylor pendant qu'Amy descendait chercher la fillette chez Mme Bentley, à qui elle avait préféré la confier plutôt que de l'emmener dans son ancienne maison.

Amy frappa une seule fois. Mme Bentley vint ouvrir. Marilyn Gaslow se tenait derrière elle, le visage défait par l'angoisse.

« Marilyn ! s'exclama Amy. Que fais-tu ici ?

— Je suis passée chez toi, mais il n'y avait personne. Ta voisine m'a dit de voir chez Mme Bentley.

— Taylor va bien ?

— Oui, elle va très bien, répondit Mme Bentley. Elle s'est endormie à neuf heures.

— Il faut que je te parle, Amy, intervint Marilyn. En privé. »

Amy, décontenancée, demanda à Mme Bentley de veiller sur la fillette encore un peu, et sortit dans le couloir de l'immeuble avec Marilyn.

« Que se passe-t-il ? »

Marilyn jeta un regard autour d'elle.

« On ne pourrait pas trouver un endroit plus discret ?

— Mon appartement est à l'étage au-dessus.

— Non, je préfère te parler, à toi seule. Ta grand-mère ne doit rien savoir. »

Le regard anxieux de Marilyn préoccupait Amy. Elle l'emmena à la blanchisserie au sous-sol. « Personne ne vient ici après dix heures du soir. » Elle referma la porte métallique derrière elle. Un tube de néon jetait une lumière vive dans le réduit sans fenêtres, aux murs de parpaing peints en jaune. Six grosses machines à laver flanquaient l'un des murs, et six séchoirs, l'autre. Quelques chaussettes dépareillées jonchaient le sol recouvert d'un lino. Il y avait une chaise près d'un petit distributeur de boissons, mais elles restèrent debout près d'une table à repasser.

« Alors, explique-moi ce qui est arrivé, demanda Amy.

— Je… je n'ai pas été tout à fait sincère avec toi, commença Marilyn avec difficulté.

— Je m'en doute.

— J'aimerais pouvoir dire que je t'ai caché la vérité pour ton bien…

— Je t'en prie, l'interrompit Amy, j'ai trop souvent entendu ça.

— Oui, c'est souvent ce qu'on dit quand on s'est mal conduit et qu'on veut s'absoudre. Dans mon cas, je me suis trompée moi-même pendant des années. Le pire, c'est que j'étais persuadée d'agir effectivement pour le mieux en te mentant. Mais, cette nuit, je me suis enfin avoué que je n'avais agi que pour le bien de ma carrière. Il a fallu qu'il y ait urgence pour que je le comprenne enfin.

— De quelle urgence parles-tu ?

— Celle de te sauver la vie, parce que, si je ne te disais pas la vérité, tu risquerais de te faire tuer. » Elle détourna un instant les yeux avant de regarder de nouveau Amy. « Tout comme ta mère. »

Amy frissonna.

« Ma mère a été assassinée, n'est-ce pas ? demanda-t-elle d'une voix blanche.

— Je ne sais pas, Amy.

— Arrête de mentir ! Ryan Duffy m'a montré la lettre de maman. Je sais qu'il n'y a jamais eu de viol.

— Non, la lettre affirme que Frank Duffy ne m'a jamais violée.

— Quelle différence ?

— Il y en a une, dit Marilyn. Je l'ai bien été. » Un silence tomba.

« Par qui ?

— Joe, répondit Marilyn à voix basse.

— Tu as épousé l'homme qui t'a... violée ?

— Je ne savais pas que c'était lui. Je pensais que c'était Frank.

— C'est absurde.

— Écoute-moi, je te prie. Ce n'est pas aussi absurde que cela le paraît. » Elle lui raconta leur promenade au barrage quarante-six ans plus tôt, comment elle avait bu jusqu'à perdre connaissance. « Quand je suis sortie de ma léthargie, je me trouvais au poste de police. Mes parents étaient là. Avec un avocat. J'avais été violée. Joe niait avoir posé la main sur moi. Il a piqué une crise de rage, accusant Frank d'avoir abusé de moi quand il m'avait raccompagnée. Il l'a même frappé au visage.

— Et ils ont cru Joe ?

— Frank avait de mauvaises fréquentations. Il n'avait jamais commis de délit majeur, mais pour la police il ne faisait pas de doute que c'était lui le coupable. Joe, lui, était un fils de famille et savait jouer les innocents.

— Mais l'analyse de sperme aurait révélé le groupe sanguin !

— Pas de chance pour Frank, il était du même groupe que Joe, O positif, comme quarante pour cent de la population, d'ailleurs. Et, à cette époque, on ne connaissait pas les expertises d'ADN.

— Alors, c'est Frank qui a été accusé.

— Et condamné.

— Mais c'est quoi la vérité, dans tout ça ? Et comment tu as su ?

— La vérité, c'est que Joe m'a violée après que je me suis évanouie. Juste avant qu'on s'en aille. Avant que je vomisse partout sans m'en rendre compte.

— Et comment l'as-tu appris ?

— Joe me l'a dit, un jour. Des années plus tard.

— Il t'a tout avoué dans un accès de sincérité ?

— Non. Joe est un monsieur qui sait se contrôler mais, de temps à autre, il explose. Il peut se montrer violent quand il a bu. Un soir qu'il était ivre, il a voulu me prendre de force, et j'ai dû le frapper pour me défaire de lui. Il est revenu et il m'a dit : "Je t'ai déjà violée une fois, salope, et je remettrai ça." Il en avait trop dit, alors je l'ai forcé à tout me raconter.

— Et ensuite ?

— Je voulais tout expliquer à Frank Duffy et lui dire combien je regrettais. Mais si je lui faisais cette confidence, je savais que Joe – il me l'avait dit – jurerait sur la Bible que j'avais été consentante et que c'était moi qui avais eu l'idée d'accuser Frank, uniquement pour sauvegarder ma réputation.

— Mais... tu l'as dit à ma mère.
— Oui, je le lui ai dit.
— Je ne comprends pas. »

Marilyn s'appuya à la table. Cette confession semblait l'épuiser.

« Ta mère est venue me voir, un soir, pour m'annoncer qu'elle était atteinte d'un cancer, et qu'elle n'avait aucune chance de s'en tirer. Elle était inquiète pour toi. Elle m'a demandé de veiller sur toi.

— Que lui as-tu répondu ?
— J'étais déchirée. J'avais envie de lui répondre oui. J'aurais fait n'importe quoi pour Debby et toi.
— Mais tu lui as dit non.
— J'y étais contrainte. Cette histoire avec Frank Duffy était comme un nœud coulant passé autour de mon cou. Le pire qui aurait pu t'arriver, c'était de perdre d'abord ta mère et ensuite moi, si jamais cette histoire de viol avait viré au scandale public. Je voulais que Debby sache pourquoi j'hésitais à te prendre sous mon aile. Alors, je lui ai annoncé que j'allais divorcer de Joe, et pourquoi je le faisais.
— À savoir que c'était Joe le violeur, et pas Frank.
— Oui.
— Mais pourquoi a-t-elle eu besoin de le raconter à son tour à Frank Duffy ?
— Je l'ignore. Peut-être a-t-elle pensé que Frank pourrait un jour se servir de cette lettre pour se blanchir. Je ne sais vraiment pas. Je me suis toujours sentie en quelque sorte trahie par cette lettre.
— Et c'est juste après que Frank a commencé à vous faire chanter, Joe et toi.

— Oui.

— Et que ma mère a été tuée.

— Oui.

— Tu te rends compte de ce que tu es en train de me dire, Marilyn ? s'écria Amy avec rage. Ryan Duffy avait raison de penser que Joe et toi étiez complices. C'est toi, ou lui, qui as puni ma mère pour avoir tout dit à Frank.

— Amy ! tu n'as pas le droit…

— Voilà pourquoi Joe a versé tout cet argent. Tu ne voulais pas seulement dissimuler cette histoire de viol mais aussi le meurtre. Tu as tué ma mère, et puis tu as chargé Joe d'acheter Frank pour qu'il garde le secret.

— Amy, je n'ai pas tué ta mère, dit Marilyn d'un ton désespéré. Comment peux-tu penser une chose pareille ?

— Alors, c'est Joe. »

Marilyn se tut.

Amy fit le tour de la table, prête à frapper son amie. « Joe l'a tuée, hein ? »

Marilyn recula, les larmes aux yeux.

« Je ne sais pas. Je jure devant Dieu que je ne sais pas.

— Dans ton cœur, tu dois le savoir. »

Marilyn se couvrit le visage de ses mains.

« Tu crois peut-être que je ne me suis pas posé cette question ? Oui, dans mon cœur, je l'ai soupçonné.

— Alors, pourquoi n'es-tu pas allée voir la police ?

— Je ne le pouvais pas. Pas après que Joe eut commencé de payer. Il a monté son coup de manière à faire croire que s'il payait un maître chanteur, c'était uniquement pour protéger ma réputation et ma carrière. La police aurait pensé que c'était moi la coupable du meurtre, pas Joe.

— À la place de la police, j'aurais d'emblée soupçonné Joe.

— Tu dis ça aujourd'hui, parce que le motif de Joe est enfin évident. Il a tout calculé dès le début. Le chantage, puis le meurtre. Il me tient. Et si je suis confirmée par le Sénat, il contrôlera à travers moi la Réserve fédérale.

— Parce que tu le veux bien.

— J'ai pris une mauvaise décision, un jour, et elle a fait boule de neige. Mais je n'ai jamais agi contre ta mère ou toi. Moi aussi, je suis une victime. Sais-tu ce que c'est que d'avoir épousé un homme et de découvrir des années plus tard que c'est lui qui t'a violée et amenée à faire condamner un innocent ? Et de se retrouver malgré soi sous son influence vingt ans après l'avoir quitté ? »

Marilyn écrasa une larme. Amy était toujours en colère, mais elle n'en éprouvait pas moins de la peine pour son amie.

« Tout ce que je veux, reprit-elle, c'est retrouver l'homme qui a tué ma mère. Et le lui faire payer.

— Je peux comprendre ça. Mais si c'est le tueur que tu cherches, ce n'est pas Joe.

— Qui alors ?

— En supposant que Joe ait donné l'ordre, c'est probablement un homme nommé Rusch. Il travaille pour Joe depuis toujours. C'est son bras armé.

— Et comment pourrais-je le rencontrer ?

— Crois-moi, c'est un individu dangereux. Un tueur. »

Amy se rapprocha de Marilyn.

« Conduis-moi à lui.

— Amy, si je suis venue ici, c'est précisément pour que tu n'ailles pas le voir.
— Pardon ?
— Quelqu'un m'a faxé la lettre de ta mère ce matin et m'a donné rendez-vous à Cheesman Dam, cette nuit. J'ai appelé Joe pour le lui dire. Il envoie Rusch à ma place, dans ma Mercedes. C'est un piège.
— Un piège pour qui ?
— Pour quiconque a envoyé ce fax. J'avais peur que ce soit toi.
— Ce n'est pas moi.
— Alors, ce doit être Ryan Duffy. » Marilyn chercha son téléphone portable dans son sac. « Il faut absolument l'avertir. »

Amy posa la main sur l'appareil.

« Non, dit-elle. N'en faisons rien.
— Mais Rusch l'attendra dans ma voiture.
— Et moi, j'attendrai Rusch, dit Amy avec force.
— Amy, c'est un professionnel. Il te tuera comme une mouche.
— Pas si tu es avec moi. »

Marilyn hésita. Cela faisait longtemps qu'elle vivait dans la peur, beaucoup trop longtemps.

« D'accord, mais on ne peut pas se jeter dans la gueule du loup… Cette histoire va me coûter cher, mais je te dois bien ça.
— D'accord, acquiesça Amy.
— Il n'est pas trop tard pour que je joue les anges gardiens ? demanda Marilyn avec un sourire.
— Il n'est jamais trop tard. »

62

La grille de fer forgé était fermée, mais Rusch n'eut aucun mal à passer le vieux mur de pierre qui entourait la propriété de Marilyn. Il coupa à travers la pelouse, telle une ombre dans sa combinaison noire. La Mercedes 800 était garée sous le portique. Il ouvrit la portière, jeta à l'intérieur son sac de cuir noir et plongea la main dans la boîte à gants. Comme prévu, la clé se trouvait à l'intérieur, avec la télécommande de la grille. Moins d'une minute plus tard, il tournait dans la rue.

Il composa le numéro de Kozelka sur le téléphone du bord.

« J'ai la voiture. Je suis en route vers le barrage.

— Est-ce que Marilyn vous a vu ?

— Je ne pense pas qu'elle soit chez elle. J'ai jeté un coup d'œil dans le garage. Sa Volvo n'y était pas.

— Sachant que vous veniez, elle a probablement préféré ne pas être là, ce qui est aussi bien. Avez-vous pris des dispositions concernant l'avocat et sa cliente ?

— Tout est en place. Le colis a été livré à dix

heures du soir au domicile de Jackson. Ça devrait marcher.

— J'y compte bien. L'opération risque d'être plus délicate au barrage. Duffy n'est pas un imbécile.

— C'est pourquoi j'aurais préféré m'occuper de lui ailleurs que là-bas. L'attaquer par surprise.

— Impossible. Il fallait qu'on le prenne à son propre piège. On ne sait pas si le FBI l'a placé sous surveillance.

— Vous voyez un risque de ce côté-là, cette nuit ?

— Non, Duffy sera là-bas cette nuit pour passer un marché, et il n'aurait pas pris ce rendez-vous s'il n'avait pas la certitude de ne pas être suivi par les fédéraux.

— C'est donc notre seule occasion de l'éliminer.

— Oui, et c'est pour cette raison que j'emploie mon meilleur homme, Rusch. Sitôt que vous aurez fini le travail, ne m'appelez pas avant un mois.

— Vacances payées ? demanda Rusch en s'arrêtant à un feu rouge.

— Oui, où vous voudrez.

— Alors, ce sera pile ou face. Les Seychelles ou Piedmont Springs », dit Rusch, pince-sans-rire, avant de raccrocher.

Marilyn et Amy mirent moins d'une heure pour regagner Denver avec la Volvo. Marilyn avait passé un coup de fil avant de quitter Boulder, et Jeb Stockton les attendait. Jeb ne demanda pas de détails, et Marilyn ne lui en donna pas. Il lui suffit de lui dire qu'elle avait besoin de son aide, à titre personnel. Jeb lui donna rendez-vous à son bureau en ville.

Jeb tenait une officine spécialisée dans les enquêtes privées, censée couvrir tout le territoire de l'État du Colorado, ce qui était un rien présomptueux, car il n'avait qu'un seul collaborateur, ex-flic comme lui. Il est vrai qu'ils acceptaient toute mission aux confins de l'État, à condition qu'ils puissent apporter leurs cannes à pêche. Jeb avait passé près de quarante années dans la police, dont les douze dernières comme shérif du comté de Denver, poste important qu'il devait en grande partie à l'appui politique et financier de Marilyn. Elle le considérait comme un ami, bien qu'elle eût poliment repoussé ses tentatives pour devenir plus que cela. Jeb était un bel étalon mais ne correspondait pas à son type. Il avait l'air rugueux d'un cow-boy, la peau burinée par le vent et le soleil, et des cheveux gris. Il allait toujours chaussé de santiags et coiffé d'un grand Stetson. Il n'était pas le détective le plus futé du pays, mais il ne fallait pas beaucoup de cervelle pour crapahuter la nuit dans le canyon de Cheesman Dam. Hors de la ville, Marilyn ne connaissait personne d'aussi solide que Jeb et surtout de plus fiable.

Marilyn suivit la bretelle de sortie vers le centre-ville. Il était minuit passé, les rideaux des magasins étaient tirés et la plupart des rues désertes.

« Ton ami Jeb va nous conduire au barrage, alors ? demanda Amy.

— Oui. On prendra son fourgon, qui nous servira de base. On le garera hors de vue. Jeb m'aura posé un micro, et vous pourrez enregistrer ma conversation avec Rusch. »

Amy plissa le front d'un air perplexe. « Comment ça, ta conversation ? C'est moi qui parlerai à Rusch. »

Marilyn tourna au coin d'une rue et jeta un regard froid à Amy.

« Ne commence pas, s'il te plaît.

— Je regrette, mais c'est moi que ça regarde.

— Amy, c'est un risque qu'une jeune maman n'a pas le droit de prendre. En plus, ce n'est pas nécessaire, et ce n'est même pas logique. Rusch ne te dirait rien. Et si tu étais avec moi, il ne me dirait rien non plus. La seule chance de le faire parler de la mort de ta mère, c'est que je sois seule avec lui. »

Amy se doutait que Marilyn avait raison et n'avait guère d'arguments à lui opposer.

« Tout de même, ce n'est pas comme ça que je voyais les choses.

— Il n'y a pas d'autre solution, tu le comprends très bien.

— Qu'est-ce qui va se passer, d'après toi ?

— Je n'imagine qu'un seul scénario. Quand j'ai parlé à Joe cet après-midi, il m'a demandé de laisser les clés sur la Mercedes. J'en ai déduit que Rusch allait s'en servir. Il va sûrement se garer bien en vue, pour que Duffy s'approche sans se méfier, pensant que c'est moi qui suis à l'intérieur. Alors, Rusch le tuera sur place ou bien l'assommera, le mettra dans le coffre et l'éliminera quelque part ailleurs. Il n'y a que deux personnes qui pourraient s'approcher de cette voiture et rester en vie. Joe est l'une d'elles. Et l'autre, ce n'est pas toi.

— Comment avoir la certitude que Rusch ne te tirera pas dessus ?

— D'abord, il n'a aucune raison de penser que je ne suis pas de son côté. Ensuite, je suis trop importante pour Joe. Ma nomination me rend intouchable.

— Et si Rusch découvrait que tu portes un micro ?

— Alors, nous passerons au plan B.

— C'est quoi, le plan B ? »

Marilyn se gara le long du trottoir et coupa le moteur. « Ma foi, je compte sur Jeb pour nous l'apprendre. »

Amy s'efforça de ne pas avoir l'air trop angoissée tandis qu'elles sortaient de la voiture pour gagner le bureau de Jeb Stockton.

Phil Jackson ne décolérait pas. Liz lui avait téléphoné à son cabinet dans la soirée afin de lui annoncer qu'elle envisageait de prendre un autre avocat. L'ingrate. Sans lui, elle n'aurait rien eu et, maintenant, elle était à deux doigts de toucher un pactole. En tout cas, il lui ferait payer au tarif fort tout le temps qu'il lui avait consacré jusqu'ici. Évidemment, il ne se ferait pas ce qu'il avait escompté s'il avait mené cette bataille à son terme. En admettant qu'il ait pu mettre la main sur les fonds déposés au Panamá, il aurait touché neuf mille dollars de l'heure, autrement dit une fortune.

Liz n'avait pas eu le cran de lui dire qu'elle le renvoyait à compter de ce jour, mais elle le lui notifierait par lettre, cette salope, et dès demain, probablement.

Il avait déjà été viré par des clients mais, cette fois, il avait du mal à l'avaler. Il avait travaillé dur sur cette affaire, cela lui avait coûté de la sueur mais aussi du sang. Près d'un litre, répandu sur le sol de son garage.

Il se trouvait dans un tel état de nerfs qu'il avait

du mal à réfléchir. Cela ne lui était encore jamais arrivé. Et il s'en trouvait d'autant plus embarrassé qu'il affrontait un troublant dilemme : la mallette.

Il l'avait trouvée sur le pas de la porte en rentrant chez lui, un peu avant onze heures. Elle était entourée d'un large bandeau adhésif portant la mention « personnel et confidentiel » ; elle était adressée à sa cliente et l'expéditeur en était Frank Duffy.

Sa première réaction avait été la méfiance. Après le meurtre de Brent, il redoutait un piège. Mais plus il y songeait, moins cela lui paraissait probable. Il s'était certes efforcé devant le juge de décrire Ryan comme un individu dangereux et sans scrupule, mais le bonhomme ne semblait pas du genre à envoyer à sa femme un colis piégé. Il s'agissait sans doute d'une offre de paix.

Jackson s'installa sur le canapé, la mallette sur la table basse devant lui. Il remarqua pour la première fois les trois petits tambours numérotés qui commandaient une serrure à combinaison semblable à celle que Liz avait décrite au tribunal. Des chiffres dont il se souvenait sans avoir à consulter ses notes : 36-18-11.

Réalisant soudain de quoi il s'agissait, il eut un tressaillement d'excitation. Ce qu'il avait devant lui n'était ni plus ni moins que la part de Liz ! Ryan avait passé avec son épouse un arrangement qu'elle n'avait pu refuser : une mallette pleine de fric. Ses instincts de prédateur se réveillèrent. C'était là une chance inespérée. Liz avait essayé de le baiser, mais c'était lui qui allait le faire. Il aurait parié sa vie qu'il y avait là sous ses yeux au moins un million de dollars.

Et il connaissait la combinaison.

Il se pencha en avant, attira la mallette vers lui

et tourna la première roulette crantée jusqu'au chiffre trente-six. Il passa à la deuxième... dix-huit. À la troisième... onze. Il pressa sur les fermoirs et ils sautèrent avec un bruit aussi réjouissant qu'un bouchon de champagne. Décidément, pensa-t-il, la chance souriait toujours aux audacieux. Il souleva lentement le couvercle, sentit quelque chose accrocher à l'intérieur et perçut un léger déclic. Il se figea. En une fraction de seconde, il comprit que la mallette ne contenait pas la fortune escomptée et que Ryan Duffy n'en était pas l'expéditeur.

Non !

Une formidable boule de feu ravagea toute l'aile droite de la maison de Phil Jackson. L'explosion fut telle qu'elle brisa les fenêtres des voisins à cinquante mètres à la ronde, tandis qu'une nuée ardente retombait sur le pare-brise que l'on venait de remplacer sur sa Mercedes.

63

Deux minutes après leur rencontre, Ryan avait trouvé un sobriquet à Bruce Dembroski, l'ami de Norm : l'homme-gadget.

Bruce était un ancien agent de la CIA, spécialisé au sein de l'Agence comme tireur d'élite. Bien que la vie ne lui offrît plus l'occasion d'utiliser son viseur à laser, ses armes indétectables ou son fusil de *sniper* de calibre 50, il offrait ses compétences à des entreprises soucieuses de se protéger contre l'espionnage industriel et équipait leurs installations des dernières trouvailles en matière de détection électronique. Il possédait ainsi toutes sortes de jouets dangereux qu'il ne craignait pas d'utiliser. Cette audace l'amenait parfois à transgresser les lois en vigueur dans le domaine du contre-espionnage industriel, et Norm le sortait régulièrement de situations scabreuses. Les deux hommes avaient passé un marché satisfaisant en échangeant leur savoir-faire.

Norm proposa à Bruce son garage comme lieu de rencontre. Les deux voitures avaient été reculées pour gagner de la place. Norm avait des velléités de bricoleur, et un établi flanquait le mur du fond. L'impressionnante panoplie d'outils avait l'air si neuve qu'on pouvait douter que Norm se fût jamais servi d'un seul tournevis. De grands tubes de néon éclairaient le garage d'une lumière crue. Peut-être était-ce la chaleur, peut-être les nerfs, mais Ryan suait abondamment sous sa veste pare-balles en Kevlar.

« Je suis en train de cuire là-dessous », remarqua-t-il.

Bruce Dembroski vérifia les attaches autour du torse.

« Désolé, mais j'ai encore jamais vu un costume en lin arrêter les balles.

— Et cette armure s'en chargera ? demanda Ryan, sceptique.

— Un peu, oui. Une veste en Kevlar est moins voyante que le gilet traditionnel et elle a l'avantage d'offrir aussi une protection latérale.

— Espérons que personne ne se pointera avec un bazooka.

— Pas de problème, on peut toujours remédier à ça, commenta Dembroski.

— Ça va, dit Norm, c'est assez dingue comme ça.

— Je plaisantais », dit Bruce. Il sortit de son sac marin un pistolet et un chargeur. « Et voici une autre qualité de la veste. On peut facilement y dissimuler une arme. C'est un 9 millimètres Smith & Wesson, canon de douze centimètres. J'ai apporté un viseur au tritium, ce qui peut être utile dans le noir. Le chargeur contient quinze cartouches. Une belle puissance de feu.

— Je sais me servir d'un pistolet. Mon père était chasseur.

— Eh bien, on peut chasser l'éléphant avec ce joujou. » Il engagea le chargeur dans la crosse et vérifia le cran de sûreté. « Gardez-le dans la poche intérieure de la veste. Ne le sortez que si vous avez l'intention de vous en servir.

— À ta place, Ryan, je laisserais ce machin ici », intervint Norm.

Ryan l'ignora et glissa l'arme sous la veste. Bruce Dembroski recula d'un pas.

« C'est parfait, dit-il.

— J'ai l'impression d'être enveloppé d'une couverture chauffante, dit Ryan en s'épongeant le front avec son mouchoir. J'aimerais bien enlever cette carapace en attendant d'être à pied d'œuvre.

— Je vais m'en occuper, dit Bruce. Il faut veiller à ne pas arracher le micro. »

Ryan dégagea une manche après l'autre. Un minuscule appareil enregistreur était fixé à sa poitrine par une bande adhésive, et le micro était accroché sous le col de sa chemise.

« Rappelez-vous, dit Bruce, que le bidule est uniquement activé par la voix, ce qui évite d'enregistrer les silences ou d'autres bruits. Parlez normalement et il captera quiconque se trouvera à moins de cinq mètres.

— Quoi, il faudra que je m'approche d'aussi près ?

— Vous n'avez pas besoin de lui rouler un patin mais, oui, d'aussi près. »

Norm semblait inquiet.

« Ryan, j'aimerais que tu laisses Bruce venir avec nous. Cinq mètres, c'est vraiment limite face à quelqu'un d'armé et de dangereux.

— Je serais heureux de vous accompagner, proposa l'ex-agent de la CIA.

— Non, objecta Ryan, ce n'est pas possible. Il y aura là-bas un personnage public. Si vous venez, vous le reconnaîtrez. Je n'ai aucun préjugé à votre égard, Bruce, comprenez-le, mais je dois absolument préserver l'anonymat de cette personne.

— Je sais garder les secrets.

— Je n'en doute pas, mais je ne vous connais pas et j'ignore ce que vous pourriez faire d'une information pareille.

— Pour qui me prenez-vous ? répliqua Bruce en souriant. Pour un maître chanteur ?

— Eh bien, par expérience, je peux vous assurer que n'importe qui peut devenir maître chanteur. »

Bruce jeta un regard à Norm.

« Tu sais que je travaille toujours sans poser de questions mais, cette fois, vous avez excité ma curiosité, les gars. Qui c'est ?

— Désolé, Bruce, reprit Ryan, mais on ne peut pas vous le dire. Si tout se passe bien, vous n'entendrez plus jamais parler de cette affaire. D'ailleurs, je n'ai qu'un but, c'est enterrer cette histoire une bonne fois pour toutes.

— Et si ça se passe mal ?

— Alors, vous l'apprendrez par les journaux.

— Espérons que ce ne sera pas à la rubrique nécro, grommela Norm.

— Oui, espérons. Tu es prêt, Norm ? »

L'avocat hocha la tête d'un air sombre.

Ryan s'empara de sa veste pare-balles et s'en fut vers la porte. « Alors, allons-y. »

64

Ils roulaient tous feux éteints dans le fourgon de Jeb, entre les deux rangées de pins Douglas qui s'élevaient de chaque côté de la route sinueuse menant à Cheesman Dam. Des lambeaux de nuages masquaient de temps à autre un beau croissant de lune encerclé d'étoiles.

Cheesman était le réservoir le plus ancien de Denver, à une centaine de kilomètres au sud-ouest de la ville. Construit au début du siècle au milieu d'un domaine forestier entouré de hautes montagnes, le barrage était resté quasi inaccessible au public pendant longtemps. La digue de pierres taillées reliait les parois de la gorge en formant un V qui mesurait à peine dix mètres à sa base et près de trente fois plus au sommet. Se dressant à la verticale d'une hauteur de soixante mètres depuis le lit de la rivière, il avait été longtemps l'ouvrage le plus haut du monde. Il ne l'était plus mais restait toutefois le réservoir le plus encaissé.

Amy avait les oreilles qui bourdonnaient quand ils arrivèrent au niveau de l'eau du barrage, à deux mille mètres d'altitude.

« Quand la lune est pleine et le ciel clair, dit Jeb,

c'est le plus beau canyon qu'on puisse voir de nuit. »

Amy, assise à l'arrière, jeta un regard par la vitre. Ce n'était qu'un grand vide noir au-delà du parapet bordant la route. Plus haut, la mince faucille de la lune jetait une lueur pâle sur les eaux noires. En d'autres circonstances, elle aurait certainement apprécié la beauté sauvage de ce lieu.

« Dans le temps, c'était l'endroit préféré des amoureux, dit Jeb, mais pas pour contempler la lune », ajouta-t-il en gloussant.

Marilyn hocha la tête en souriant avec tristesse, tandis qu'il ralentissait pour tourner dans une petite aire de stationnement. Il s'arrêta face à la route, juste avant la sortie.

« Le barrage est à cinq minutes à pied en suivant la route. Si je me rapprochais encore, le bruit du moteur nous trahirait.

— On est très bien ici, observa Marilyn. Et je ne veux surtout pas qu'ils se doutent que j'aie pu venir accompagnée, surtout avec toi, Jeb. »

Il passa à l'arrière du fourgon. Un tableau de commandes radio équipé d'un magnétophone était fixé à la paroi. Jeb ouvrit une malle contenant du matériel d'écoute.

« Nous serons constamment en contact avec toi, Marilyn, dit-il. Ta liaison radio fonctionne dans les deux sens. Amy et moi, on pourra tout entendre d'ici.

— Et comment tu communiqueras avec moi ?

— Avec une oreillette que je vais t'accrocher dans les cheveux.

— Et si jamais je devais appeler au secours ?

— Eh bien, tu crieras. Je garderai le moteur en marche. On sera là-bas en trente secondes. »

Marilyn consulta l'heure à sa montre. Une heure trente. Elle avait une demi-heure d'avance.

« Équipe-moi, dit-elle. Il faut que je puisse parler avec Rusch avant que Duffy le fasse. »

Amy la regarda d'un air inquiet. Elle avait remarqué l'expression triste de Marilyn quand Jeb avait fait son innocent commentaire sur les amoureux.

« Tu es sûre que tu tiendras ? demanda-t-elle.

— Oui, tout se passera bien, tu verras », répondit Marilyn.

Peu convaincue par l'expression bizarrement lointaine de son amie, la jeune femme lui serra la main. « Je l'espère », dit-elle.

De l'autre côté du barrage, Ryan et Norm attendaient dans la Range Rover. Le téléphone sonna. Norm appuya sur le bouton d'écoute.

La voix de Dembroski résonna dans le haut-parleur. « Hé, c'est Bruce. J'ai terminé l'analyse d'écriture que tu m'as demandée. »

Norm décrocha et coupa le haut-parleur, mais Ryan se saisit du combiné et plaqua la paume pour que Bruce n'entende pas.

« De quoi parle-t-il ? demanda-t-il.

— Bruce a reçu une formation de graphologue quand il était à la CIA. Je lui ai demandé de comparer les deux écritures de Debby Parkens. La lettre qu'elle a envoyée à ton père, et celle adressée à sa fille.

— Formidable. Alors, il sait que Marilyn Gaslow est impliquée.

— Allons, Ryan, tu penses bien que j'ai barré son nom.

— Mais pourquoi tu as fait ça ?

— Parce que je n'avais pas envie que tu te fasses descendre cette nuit ! J'espérais que, si Bruce pouvait te garantir l'authenticité de l'écriture, cela te suffirait.

— Je n'ai pas parcouru tout ce chemin pour faire demi-tour et rentrer chez moi.

— Écoutons d'abord ce qu'il en pense. »

Ryan acquiesça à contrecœur et Norm replaça le téléphone en position mains libres.

« Tu es toujours en ligne, Bruce ?

— Ouais.

— Alors, ton avis ?

— Je dois dire que j'aurais préféré un peu plus de temps.

— D'accord, mais tu as tout de même une idée.

— Oui, la lettre me paraît authentique. Ce qui veut dire que c'est la même personne qui a écrit à sa fille et à Frank Duffy. »

Ryan et Norm échangèrent un regard.

« Mais, poursuivit Dembroski, je suis un peu troublé par deux ou trois choses dans la missive adressée au père de ton ami.

— C'est-à-dire ? demanda Ryan.

— La formulation n'est pas tout à fait la même. Les gens ont une certaine façon de s'exprimer par écrit. Or, le choix des mots est différent, ainsi que la tournure des phrases.

— C'est peut-être parce qu'il y en a une qui s'adresse à un adulte, et l'autre à une enfant.

— C'est vrai, admit Dembroski, mais il y a aussi l'écriture elle-même et, dans la lettre à votre père, elle est tremblée.

— Tu en déduis… ? demanda Norm.

— Il y a plusieurs hypothèses. Peut-être qu'elle avait bu. Peut-être qu'elle était fatiguée. Ou peut-être que…

— Oui ? le pressa Ryan, alors que Bruce observait un silence.

— Ce n'est qu'une supposition de ma part, mais, si on ajoute la différence dans la formulation au tremblement de la plume, on peut en conclure qu'elle a peut-être écrit cette lettre de sa main mais pas de son plein gré.

— Autrement dit ?

— Elle l'a peut-être rédigée sous la contrainte.

— C'est-à-dire avec le canon d'un pistolet sur la tempe ?

— Oui, tout à fait. »

Un lourd silence tomba dans la voiture. Ryan jeta un coup d'œil à Norm, qui souleva le combiné. « Merci, Bruce. Mais reste près de ton téléphone cette nuit, au cas où. »

Il raccrocha et regarda Ryan.

« Voilà qui ouvre de nouvelles possibilités.

— Pas vraiment. C'est un peu tiré par les cheveux, si tu veux mon avis. Et, même si elle a écrit sous la contrainte, cela ne signifie pas que la lettre est fausse. En tout cas, ça ne m'apprend rien de plus, et seule Marilyn Gaslow peut me dire si mon père l'a violée ou non.

— Mais il ne s'agit plus seulement de viol, maintenant.

— Comment ça ?

— Je ne vois qu'une seule personne qui avait intérêt à forcer Debby Parkens à écrire cette lettre et à la tuer ensuite, en maquillant sa mort en suicide. »

Ryan ne dit rien, stupéfait à l'idée que son père ait pu commettre un meurtre.

« Tu es sûr de vouloir encore parler avec Marilyn ? demanda Norm.

— Oui, plus que jamais. » Ryan ouvrit la portière et descendit de la voiture.

Norm l'arrêta. « Tiens, prends ça, dit-il en lui tendant son téléphone portable. Appelle-moi, si jamais il y avait un problème. »

Ryan lui adressa un salut de la main et emprunta la direction du barrage.

65

Nathan Rusch attendait, invisible dans l'obscurité avec sa combinaison noire. Perché sur des rochers qui surplombaient le barrage, il avait une vue dégagée sur le parking et les deux routes d'accès au barrage, celle du nord et celle du sud. Il se tenait assez près pour entendre l'eau qui coulait dans la rivière Platte, au pied de la digue. Le trop-plein du réservoir était canalisé à travers un tunnel creusé dans la paroi du canyon, pour se déverser trente mètres plus bas dans les eaux de la Platte.

Son arme était posée à côté de lui – une carabine AR-7, légère et précise. Il l'avait lui-même équipée d'une lunette de visée nocturne et le gros chargeur contenait trente cartouches à tête creuse.

Il vérifia l'heure à sa montre. La phase un de son plan devait déjà être accomplie. Vu le peu de temps dont il avait disposé, il se félicitait du coup de la mallette piégée, et surtout d'avoir pensé à en commander l'ouverture avec la combinaison révélée par Liz au tribunal. Son seul regret était de ne pas être une souris, pour jouir du spectacle quand Liz et Jackson soulèveraient le couvercle.

À présent, la phase deux allait commencer dans quelques minutes.

Il s'empara de ses jumelles à infrarouge et scruta le parking. Une seule voiture en vue. La Mercedes de Marilyn, à une quarantaine de mètres, distance à laquelle l'image dans la lunette de la carabine serait d'une parfaite clarté. Il commençait à trouver l'opération beaucoup plus facile que prévu. Il était tout près de tuer, et cela l'excitait.

Il imagina la scène... la cible approchant, mordant à l'hameçon... la croix de visée marquant le côté du crâne en arrière et au-dessus de l'oreille... la pression de l'index sur la détente... la balle traversant la tête de part en part... les genoux qui fléchissent... le corps sans vie qui s'écroule.

Puis il descendrait de son affût et achèverait le travail avec un fusil de calibre 12. Le patron voulait que ça passe pour un suicide... Duffy se fait sauter la cervelle après avoir tué sa femme et l'avocat de celle-ci. Rusch n'aurait qu'à enfoncer le canon du fusil dans la bouche et la décharge de chevrotines arracherait l'arrière du crâne, effaçant toute trace de la balle de carabine. Il laisserait le corps sur place et prendrait la fuite avec la Mercedes, dont il se débarrasserait dans la première casse possédant un compacteur, en raison du colis particulier qu'elle contenait déjà...

Il distingua une silhouette qui remontait la route en direction du parking et de la Mercedes. Le rêve était terminé, la réalité de retour. Il se mit en position de tir, l'œil collé à la lunette. La cible était arrivée sur le terre-plein. Soixante mètres, cinquante. Son doigt caressa la queue de détente. Quarante. Il se figea soudain puis abaissa son arme afin de saisir ses jumelles.

Marilyn approchait prudemment de la Mercedes. Le gravier crissait sous ses pas. Le grondement de la rivière au fond de la gorge n'était plus qu'un chuintement. Elle se demanda si ce n'était pas un parasite crachotant dans son oreillette.

« Jeb, tu es là ? » demanda-t-elle en s'efforçant de ne pas trop remuer les lèvres.

La réponse bourdonna dans son oreille.

« Garde ton calme, Marilyn.

— Je suis presque à la voiture.

— Arrête de parler. S'il soupçonne un micro... ça risque de déraper. »

Elle déglutit péniblement. Jeb était passé maître dans l'art de l'euphémisme.

Elle s'arrêta à quelques pas de la portière. Les vitres teintées l'empêchaient de voir à l'intérieur. Elle chercha en vain des traces de pas devant la Mercedes. Elle en déduisit que soit il attendait à l'intérieur, soit il avait effacé les empreintes de ses semelles. Dans ce dernier cas, il devait se tenir quelque part, tapi dans le noir. Elle porta son regard vers le barrage et la pente boisée au-delà. Les arbres avaient poussé, mais la configuration du terrain, elle, n'avait pas bougé et ravivait ses souvenirs. Marilyn s'efforça de contenir les images surgies du passé, mais, telle une digue, elle céda sous la pression des émotions.

La Mercedes était garée au même endroit que la Buick. Rusch ignorait qu'elle viendrait et il n'avait aucune raison de positionner la voiture de cette façon. Mais cela ne changeait rien au fait qu'en venant ici elle rouvrirait d'anciennes blessures. Elle avait été prise de force. Cela avait commencé par une nuit semblable, en ce même endroit, et s'était poursuivi pendant quarante-cinq ans. Joe l'avait violée, puis s'était arrangé pour qu'elle accuse un innocent. Il avait obtenu sa main dans le seul but de la garder sous son contrôle.

Et il était fort possible qu'il ait assassiné Debby, sa meilleure amie.

Sa peur se mua en colère. Elle eut soudain l'intuition que ce n'était pas Rusch qui se trouvait à l'intérieur de la Mercedes, mais Kozelka.

Elle s'avança brusquement et actionna la poignée de la portière. Fermée à clé. Elle sortit de sa poche le second jeu de clés qu'elle avait emporté et actionna la télécommande. Les serrures se déverrouillèrent avec un claquement sourd. Elle ouvrit la portière.

Le siège avant était vide. Elle poussa un hoquet de stupeur et d'effroi en découvrant sur la banquette arrière le corps sans vie d'une jeune femme. Une traînée de sang continuait de sourdre d'un trou dans sa tempe gauche.

Elle ouvrit la bouche mais resta muette de terreur. Des images l'assaillirent. Elle se revit adolescente, évanouie dans la voiture de Frank. Elle revit la mère d'Amy sur son lit de mort, une balle dans la tête. Elle recula. Sa voix lui revint soudain.

Son hurlement déchira la nuit, alors qu'elle courait en direction du barrage.

Le cri projeta l'aiguille du magnétophone dans la zone rouge des décibels. « Bon Dieu, Marilyn, où es-tu ? » beugla Jeb Stockton au micro. Il n'obtint pas de réponse.

« Ne la perdez pas ! s'écria Amy.

— Je ne reçois plus que des parasites.

— Rusch a dû l'attaquer et, en se débattant, elle a perdu son oreillette.

— Pas de panique, d'accord ? grogna Jeb. Elle a peut-être accroché une branche en s'enfuyant.

— Continuez d'écouter, dit Amy en se glissant derrière le volant.

— Vous savez conduire cet engin ? » demanda Jeb.

Le moteur tournait. Amy démarra sur les chapeaux de roue, tourna en trombe sur la route. Le fourgon chassa de l'arrière, mais elle parvint à le remettre en ligne et accéléra de plus belle. « Ouais, je suppose », grommela Jeb en s'accrochant au siège.

Elle arriva trop vite dans le virage suivant, plus serré qu'elle ne s'en doutait. Elle effectua une embardée, mais une fois de plus redressa le lourd véhicule. Le parking se trouvait juste devant eux. Dans les phares, ils aperçurent un homme qui s'éloignait de la Mercedes en courant. Amy continua tout droit et vira sec, manquant écraser le fuyard.

Jeb sauta à terre, le pistolet pointé. « Bouge plus ! Les mains au-dessus de la tête ! »

L'homme fit ce qu'on lui ordonnait. Et, comme Amy sortait du véhicule, elle sursauta à la vue de Ryan Duffy.

« Qu'avez-vous fait à Marilyn ? cria-t-elle.

— Je ne l'ai même pas vue. J'ai entendu un cri et j'ai accouru. Le corps était déjà dans la voiture quand je suis arrivé.

— Le corps ? »

Amy se précipita vers la Mercedes.

« Non, ne regardez pas », cria Ryan.

Trop tard. À la vue du cadavre de la jeune femme, Amy recula.

« Qui est-ce ? demanda-t-elle.

— La femme que j'ai rencontrée au Panamá.

Elle devait me retrouver ici cette nuit. Apparemment, quelqu'un m'a devancé. »

Jeb s'approcha à son tour. « Vous mentez, dit-il après avoir jeté un coup d'œil à l'intérieur de la voiture. C'est vous qui l'avez tuée. » Il pointa son pistolet, le chien relevé, sur la tête de Ryan.

« Non, mais ça va pas ? s'écria celui-ci.

— Fouillez-le, Amy. Vérifiez s'il est armé.

— J'ai un pistolet dans la poche intérieure de ma veste. Sortez-le et vous verrez qu'il n'a pas servi. Je n'avais aucune raison de tuer cette femme. »

Amy glissa sa main sous la veste de Ryan et en sortit le parabellum.

« Donnez-le-moi », ordonna Jeb.

Elle lui tendit l'arme, et l'ancien shérif renifla le canon et vérifia le chargeur. « Je crois qu'il dit la vérité. »

Un nouveau cri les figea tous les trois. Il semblait provenir de la pente au-dessus d'eux.

« C'est Marilyn ! » Amy arracha le pistolet des mains de Jeb et se rua en direction du sentier que l'on devinait en bordure du parking.

« Amy, attendez ! » cria Ryan.

Il la regarda disparaître dans l'obscurité puis se tourna vers Jeb. « Si l'un de nous deux ne la rattrape pas, elle va finir comme cette femme dans la voiture. »

Jeb Stockton le tenait toujours en joue. « Vous, ne bougez pas d'ici. »

Ryan réfléchit rapidement. Même avec sa lourde veste pare-balles, il était sûr de le distancer. Il s'élança derrière Amy.

« Arrêtez ! »

Pour toute réponse, Ryan courut de plus belle.

66

Nathan Rusch était en colère ; il n'allait tout de même pas laisser s'enfuir une femme de dix ans son aînée. Il était descendu en un rien de temps de sa cachette, pour s'élancer derrière elle sur le sentier du barrage. Il avait réduit de moitié la cinquantaine de mètres de distance, mais il avait eu beau lui crier de s'arrêter, elle avait continué de courir en hurlant.

Il avait les poumons en feu. C'était peut-être l'altitude et l'air raréfié mais plus vraisemblablement l'effet persistant de la drogue que Sheila avait glissée dans son whisky. Il se félicitait qu'elle n'ait pas eu le cran de le tuer. Hélas ! pour elle, il ne nourrissait pas les mêmes scrupules.

Le sentier formait un embranchement, et il hésita sur la direction à prendre. Les arbres masquaient la lune. Marilyn avait disparu. Il perçut un bruit de pas dans le sous-bois.

« Bouge plus ! » cria une voix d'homme derrière lui.

Rusch pivota sur lui-même. Jeb Stockton se tenait derrière un gros rocher, son pistolet pointé sur Rusch. « Jette ton arme et mets les mains sur ta tête ! » ordonna-t-il.

Lentement, Rusch obéit. Il lâcha sa carabine et leva les mains. Jeb avait d'autant plus de mal à distinguer Rusch dans l'obscurité que celui-ci était vêtu de noir de la tête aux pieds. Il sortit de derrière le rocher et fit quelques pas en avant. « Couche-toi à plat ventre, dit-il quand il fut parvenu à moins de dix mètres de Rusch. Doucement et gentiment. »

Rusch mit un genou en terre, le regard fixé sur Jeb. D'un mouvement sec, il abaissa son bras droit, libérant de la gaine qu'il portait au poignet un couteau en titane. La lame fendit l'air et frappa Jeb en pleine poitrine. L'ancien shérif tomba à genoux sous le choc, tira deux coups de feu au hasard et s'écroula sur le dos.

Rusch ramassa son arme et courut vers Jeb. Il lui tâta le pouls. L'homme vivait encore. Il pensa à l'achever d'une balle, mais ce n'était pas nécessaire. Il n'avait qu'à laisser ce vieil imbécile crever lentement. Il dégagea la lame, l'essuya sur la chemise du mourant et rengaina le couteau.

« Sans rancune, le vieux, dit-il avec mépris. Personne ne pense au couteau dans un combat au pistolet. »

Stockton leva la main gauche. Rusch eut juste le temps de distinguer le petit revolver. Un coup de feu claqua. Rusch, atteint en plein cœur, tomba à la renverse ; il fut parcouru de quelques soubresauts, puis ne bougea plus.

« Sans rancune, salopard, dit Jeb. Personne ne pense non plus au second pistolet. »

Amy et Ryan se dirigèrent d'instinct vers la source des détonations. Amy fut la première à arriver. Hors d'haleine, elle s'arrêta à la vue de l'homme qui gisait à terre. Elle reconnut d'abord les bottes avant de voir le visage livide que Jeb levait péniblement vers elle. Puis elle aperçut un autre homme, presque invisible dans le noir. Il semblait avoir eu son compte. Elle poussa un soupir de soulagement, mais remarqua ensuite le sang luisant dans l'obscurité sur la poitrine de Jeb. Elle s'agenouilla auprès de lui.

Il semblait très gravement touché. Il toussa du sang en essayant de parler.

« Le salopard, il m'a eu… avec un couteau.

— Qui ? demanda-t-elle.

— J'sais pas. »

Elle courut à l'autre type, se pencha, arracha la cagoule qui lui recouvrait le visage. Elle ne le connaissait pas mais ce devait être le dénommé Rusch. Elle pressa de ses doigts la carotide. Il était mort. Elle retourna près de Jeb.

« Vous avez vu Marilyn ? »

Il secoua la tête.

« Quelle direction a-t-elle prise ?

— Le barrage. »

Amy entendit un bruit de pas dans son dos et se retourna, le pistolet pointé. Ryan s'immobilisa. « Doucement ! Vous n'avez pas encore compris que je suis de votre côté ? » dit-il, non sans colère.

Elle abaissa son arme et désigna Jeb. « L'autre salaud est mort, mais il a poignardé mon ami Jeb. Vous êtes médecin, non ? Alors, aidez-le. »

Ryan s'empressa d'examiner la blessure. Nette, profonde, elle avait été faite par une lame à deux tranchants affûtés comme des rasoirs. De l'air et une mousse rougeâtre apparaissaient à l'entrée du trou, à chaque respiration.

« Dieu merci, la lame est passée à côté du cœur. Mais la plèvre est perforée et il y a pneumothorax.
— Pneumo-quoi ?
— Un épanchement de gaz dans la cavité pleurale. Il faut le transporter d'urgence à l'hôpital.
— Je ne peux pas abandonner Marilyn. Ce type a peut-être un complice. Elle a un micro sur elle. Ils la tueront s'ils s'en aperçoivent.
— Qui ça, ils ?
— Les gens qui vous auraient tué, vous, si Marilyn n'était pas intervenue. Des gens qui ont peut-être tué ma mère. »

Ryan fut soulagé d'apprendre que quelqu'un d'autre que son père avait peut-être assassiné Debby Parkens. Il sortit de sa poche le portable de Norm.

« Je vais appeler une ambulance. Quelqu'un doit rester auprès de lui en attendant les secours.
— C'est vous qui resterez, Ryan, décréta Amy d'une voix ferme. Je vais chercher Marilyn. »

Jeb leva le bras comme pour dire quelque chose. Amy se pencha au-dessus de lui mais ne comprit pas un mot.

« Que dit-il ? questionna Ryan.
— Je ne sais pas. Il délire.
— Je ne peux pas le laisser. Il risque de sombrer dans le coma. Mais ce n'est pas à vous d'aller là-bas. C'est bien trop dangereux.
— Désolée, rétorqua Amy, mais c'est vous qui avez prêté le serment d'Hippocrate. »

Avant qu'il puisse répondre, elle était partie dans la direction d'où provenait le dernier cri poussé par Marilyn. Elle suivit le sentier en courant, se cognant parfois à une branche basse, et arriva dans une clairière d'où l'on pouvait voir le barrage. En dessous d'elle, le terrain descendait en forte pente jusqu'à une plate-forme d'observation, à laquelle on pouvait accéder par une série de marches grossièrement taillées dans le flanc de la montagne.

« N'allez pas plus loin ! » ordonna une voix derrière elle.

Amy se figea. Joe Kozelka surgit de derrière un rocher. Il avait envoyé Rusch accomplir le travail, mais la mission était bien trop importante pour qu'il la confie entièrement à un subordonné. Il était donc venu lui-même en bateau par le lac Cheesman, qui s'étendait sur plusieurs kilomètres derrière la digue.

Amy se retourna, le pistolet levé, et découvrit que Joe tenait Marilyn devant lui comme un bouclier et pressait le canon de son arme contre sa tempe.

« Lâchez votre pistolet », cria-t-il.

Amy continua de tendre ses bras, les deux mains serrées autour de la crosse.

« Je vous le répète, lâchez votre arme. »

Amy refusa d'obéir.

« Ne l'écoute pas, dit Marilyn.

— Ta gueule ! » grogna-t-il en lui tordant le bras.

Marilyn grimaçait de douleur.

« Ne l'écoute pas, Amy ! Il te tuera !

— Encore une fois, lâchez votre arme, ou Marilyn est morte. »

Amy, impuissante, essayait de viser Kozelka, mais ses mains tremblaient. Elle avait appris à tirer, dans le seul but de vaincre sa peur des armes à feu après la mort tragique de sa mère. Mais réussir à toucher Kozelka sans mettre en danger Marilyn était au-dessus de ses capacités.

« Il bluffe, Amy, reprit Marilyn. Je suis intouchable. Je suis bien trop importante pour lui.

— Je jure que je la descends ! hurla Kozelka. Là, devant vous. Vous voulez voir une autre femme avec une balle dans la tête, Amy ? »

Ces paroles provoquèrent en Marilyn un sursaut de révolte. Elle se renversa en arrière de toutes ses forces, déséquilibrant Kozelka, qui tomba avec elle, et tous deux glissèrent sur la pente en direction de la plate-forme d'observation.

Amy s'élança dans l'escalier, tandis que Marilyn et Joe dévalaient la pente en roulant sur eux-mêmes de plus en plus vite. Ils heurtèrent violemment la balustrade de la plate-forme ; Kozelka encaissa le plus gros du choc. Sous l'impact, l'ouvrage de bois céda. Marilyn parvint à se rattraper à l'un des montants. Joe en fit autant de son côté mais, sous son poids, la pièce s'effondra. Il glissa dans le vide et se retint *in extremis* à l'un des arcs-boutants de la plate-forme. Toutefois, sa prise était précaire, et il n'avait pas le bras assez long pour empoigner le rebord du plancher au-dessus de lui. Il jeta un coup d'œil dans le vide. Près de soixante mètres d'à-pic le séparaient du fond de la gorge.

Amy arriva et aida Marilyn à se relever.

« Tu n'as rien de cassé ?

— Non, je ne pense pas », répondit Marilyn en s'essuyant un peu de sang sur le nez.

Amy se pencha et regarda Kozelka, qui continuait de s'accrocher. Juste en dessous, les eaux de la rivière Platte sortaient de leur tunnel dans la roche pour cascader dans un formidable grondement jusqu'au pied de la digue.

Amy tendit son pistolet à Marilyn.

« Je ne vois pas comment il pourrait encore nous nuire, mais surveille-le quand même.

— Que veux-tu faire ? » demanda Marilyn en prenant l'arme.

Amy se mit à plat ventre et se pencha au-dessus du vide pour tendre la main vers Kozelka, sans toutefois la lui donner.

« Amy, recule. Il va te tuer », prévint Marilyn.

Amy l'ignora. « Vous allez mourir, monsieur. À moins que vous ne me disiez la vérité. »

Il tendit sa main vers elle, essoufflé, presque incapable de parler.

« La vérité ?

— Oui, salaud. Je veux savoir si vous avez tué ma mère.

— Votre mère ? Non, pourquoi aurais-je fait ça ?

— Vous avez ordonné son exécution, n'est-ce pas ?

— Non, quel intérêt avais-je à la tuer ?

— Vous mentez ! Dites-moi la vérité et je vous aiderai à remonter.

— Mais je vous dis la vérité. Je n'ai pas tué ni fait tuer votre mère. C'est la vérité, je vous le jure ! »

Amy, folle de rage, aurait voulu lui arracher des aveux mais elle ne pouvait l'abandonner à la mort. Elle tendit la main vers lui.

Kozelka rétrécit soudain les yeux en levant le regard au-dessus d'Amy. « Vas-y, Marilyn, tue-la ! » cria-t-il.

Amy ne put s'empêcher de se retourner, et Kozelka en profita pour libérer l'une de ses mains et arracher un montant de la balustrade. Il allait lui fendre le crâne et ce n'était pas Marilyn qui l'en empêcherait ; jamais elle n'oserait lui tirer dessus. Ce fut pourtant ce qu'elle fit, par deux fois, sans hésiter.

La tête de Kozelka partit en arrière sous le double impact. Amy le regarda chuter en une longue et gracieuse descente dans le vide pendant que le sang jaillissait de sa tête dans un sillage pourpre. Elle détourna son regard juste avant que le corps ne disparaisse dans l'écume bouillonnante. Tremblante d'émotion, elle recula. Marilyn lâcha le pistolet et, recueillant Amy dans ses bras, la serra très fort contre elle.

Elles restèrent étreintes en silence, épuisées par l'horreur qu'elles venaient de vivre. Marilyn caressa la tête d'Amy.

« Ça fait quarante-cinq ans que ce salaud méritait ça, dit-elle.

— Mais il a dit qu'il n'avait rien à voir avec la mort de maman.

— J'ai entendu.

— Je ne comprends pas. J'étais sûre que c'était lui.

— Le fait qu'il ait nié ne fait pas de lui un innocent.

— Je le regardais dans les yeux, Marilyn. Il s'accrochait à la vie. Il avait peur, il était sincère. Je ne pense pas que ce soit lui le coupable. »

Elles demeurèrent dans les bras l'une de l'autre. Amy regardait le ciel par-dessus l'épaule de Marilyn. Les nuages s'étaient dispersés, les étoiles avaient repris possession de la nuit, comme la fois où sa mère était morte. Amy éprouva un soudain frisson, alors qu'il lui venait une idée qu'elle avait longtemps repoussée.

« Je ne sais pas qu'en déduire, avoua Marilyn.

— Moi non plus, répondit Amy avec un calme étrange. À part l'impensable. »

67

Amy partit avant l'arrivée de la police. Avec la permission de Marilyn, elle emprunta le fourgon de Jeb pour regagner Boulder. Ryan et Marilyn avaient bien des choses à expliquer aux policiers, ce qui demanderait probablement toute la nuit. Elle aussi devrait enregistrer sa déposition. N'ayant rien à cacher, cela ne la dérangeait pas. Mais avant cela, il lui restait encore une chose à faire.

Il était plus de quatre heures du matin quand elle arriva à l'appartement. Il faisait sombre à l'intérieur, à l'exception de la veilleuse du couloir. Elle jeta un coup d'œil dans la chambre de Taylor. La fillette dormait sur le ventre dans une position que seule une gamine de quatre ans pouvait trouver confortable, ramassée comme une tortue. Elle lui caressa la tête et déposa un baiser sur sa joue. Taylor ne bougea pas. Amy se détourna et vit sa grand-mère qui la surveillait depuis le seuil. C'était étrange, pensa-t-elle en sentant la colère monter en elle, mais elle partageait rarement un moment de tendresse avec sa propre fille sans que survienne Mamie. Mamie la bienveillante, Mamie l'éternelle présente…

Amy ressortit dans le couloir et referma sans bruit la porte derrière elle.

« Je t'ai entendue entrer », dit sa grand-mère, vêtue d'un peignoir, la tête coiffée d'un filet.

« Tu m'attendais ?

— Bien sûr. Je me suis inquiétée, tu sais. »

Amy se dirigea vers la cuisine, Mamie sur ses talons. « Alors, demanda celle-ci en s'asseyant à la table, que s'est-il passé ? »

Amy ouvrit le réfrigérateur, se servit un jus d'orange et s'appuya au comptoir, face à sa grand-mère. « J'ai découvert qui n'est pas l'assassin de maman. »

Mamie la considéra, ébahie. « Quoi ?

— Mais je crois savoir qui l'a tuée.

— Qui ? »

Elle prit une gorgée de jus d'orange.

« Tu ne veux pas me le dire toi-même ?

— Allons, qu'est-ce que tu racontes, Amy ?

— Tu te souviens, reprit Amy d'un ton coupant, je t'ai souvent dit que je ne me rappelais pas grand-chose de la nuit où maman est morte. Chaque fois que j'arrivais jusqu'à un certain point, il y avait ce chiffre qui revenait toujours.

— Oui.

— Ce fameux M 57. J'ai toujours pensé que c'était une manière de me protéger d'un souvenir traumatisant. Chaque fois que j'étais sur le point de retrouver la mémoire, je butais sur la désignation astronomique de cette étoile que j'étais en train d'observer, la nuit où maman est morte.

— Oui, tu m'en as souvent parlé.

— Mais, la nuit dernière, je t'ai menti. Je me suis souvenue d'autres chiffres, hier, quand je suis retournée dans la maison de mon enfance. D'autres chiffres que M 57.

— Lesquels ? »

Amy regarda sa grand-mère. « Des chiffres et aussi des lettres. Je ne m'en souviens pas précisément, mais c'étaient ceux d'une plaque minéralogique. »

Sa grand-mère parut s'agiter soudain. Elle ne cessait de croiser et décroiser les mains.

« Je ne comprends pas.

— J'ai mis du temps à comprendre, moi aussi. Quand je regardais dans mon télescope, enfant, ce n'était pas toujours pour observer le ciel. J'aimais bien épier les voisins dans leurs jardins ou les voitures qui passaient dans la rue. Cette nuit-là, justement, j'ai vu une voiture s'arrêter devant la maison un moment avant que je me couche. Je me souviens que c'était une Ford Galaxie, avec un toit en vinyle noir. Et cette voiture, je l'ai reconnue… c'était la tienne. »

Le visage de Mamie avait pris une teinte grise qu'Amy ne lui avait encore jamais vue.

« Tu as dû confondre avec une autre.

— Non. C'est précisément ce souvenir que j'ai refoulé jusqu'à aujourd'hui. Pourtant, je ne me rappelle pas que tu sois passée à la maison cette nuit-là. Tu étais dans le quartier, mais tu n'es pas venue nous voir.

— Je me suis arrêtée plus tard, quand tu dormais déjà. »

Amy ne quittait plus des yeux sa grand-mère.

« Oui, c'est ce que j'ai pensé. J'ai vu ta voiture une heure avant de m'endormir. Tu es donc revenue après.

— Ma foi, je ne me souviens plus très bien de l'heure.

459

— Moi, je me rappelle tout. J'ai pensé : où est Mamie ? Où est-elle allée ? Je m'attendais à ce que tu frappes à la porte, mais non, rien.

— Franchement, cela m'est sorti de la mémoire.

— Je ne le crois pas. Tu étais là dehors, attendant que je dorme.

— C'est idiot. Pourquoi aurais-je fait ça ?

— Parce que tu venais voir maman, mais dans le plus grand secret. Personne ne devait le remarquer, à commencer par moi.

— Je me demande où tu veux en venir. Et je ne mérite pas ça.

— C'est toi qui l'as tuée, n'est-ce pas ?

— Non ! Elle s'est suicidée, comme la police l'a dit. C'est pour cela qu'elle avait attaché une corde à ta porte... pour que tu ne découvres pas son corps.

— Non, c'est toi qui as noué cette corde. La police avait raison sur un point seulement... à savoir que ma mère m'aimait tellement qu'elle n'avait pas voulu que je la voie morte et avait bloqué ma porte. Seulement, elle savait que je pouvais passer par le grenier. Et ça, c'était une chose que toi, tu ignorais.

— Amy, je n'ai pas tué ta mère. »

Amy se rapprocha d'elle, menaçante.

« C'est ce que tu as toujours dit. Quand papa a été tué au Viêt Nam – ton fils unique – j'étais celle qui le remplaçait.

— C'est moi qui t'ai élevée avant même que ta mère tombe malade. Elle était toujours occupée par une chose ou une autre. Je t'ai toujours aimée comme ma fille.

— Mais ce n'était pas à toi que maman voulait me confier. Marilyn m'a tout raconté. Et cela a dû te choquer que maman te préfère Marilyn pour veiller sur moi. »

Mamie tremblait de colère.

« Marilyn Gaslow n'avait aucun droit sur toi.

— C'était ce que maman voulait.

— Elle avait tort. Et elle le savait. Elle m'a dit que Marilyn avait peur de te prendre avec elle, à cause de ce squelette dans son placard… cette histoire de viol.

— Tu savais que Frank Duffy était innocent ?

— Ta mère m'a rapporté ce que Marilyn lui avait dit. Je suppose qu'elle voulait que je comprenne le risque qu'elle courait en te confiant à son amie. Peut-être désirait-elle mon approbation. Elle voulait aussi probablement que je sois préparée, au cas où l'affaire Duffy viendrait à être jugée de nouveau et que le tribunal estime Marilyn indigne d'être ta tutrice. Ta mère voyait en moi un second violon. »

Amy se pencha vers sa grand-mère.

« Et c'est toi qui as envoyé la lettre à Frank Duffy. C'est pour cela que l'écriture est tremblée.

— Je voulais seulement dénoncer Marilyn, montrer à Frank qui elle était vraiment. Je ne m'attendais pas à ce qu'il utilise cette lettre pour la faire chanter.

— Oh ! que si, tu t'y attendais ! Je pense même que Frank et toi, vous avez marché ensemble dans la combine. C'est pour cette raison qu'il t'a envoyé les deux cent mille dollars. C'était ta part, hein ? Et je comprends mieux pourquoi tu ne voulais surtout pas en parler à la police.

— Ce n'était pas une question d'argent. Je n'ai jamais réclamé un sou.

— Mais il t'a quand même récompensée. Ou,

comme il avait peur que tu refuses, c'est à moi qu'il a adressé le colis.

— J'ignore ce qu'il a fait et je m'en fiche pas mal.

— L'essentiel pour toi, c'était que cette lettre empêche Marilyn d'obtenir ma garde.

— C'était mieux ainsi.

— Mieux pour toi.

— Et pour toi. »

Amy secoua la tête d'un air stupéfait.

« C'est comme ça que tu fonctionnes ?

— Mais non.

— Comment peux-tu vivre en paix avec toi-même ?

— Je t'ai élevée du mieux que j'ai pu, et cela me permet de me regarder dans la glace.

— Après avoir tué ma mère ?

— Je ne l'ai pas tuée.

— Tu l'as tuée, parce qu'elle devait voir son avocat afin de modifier son testament et de désigner Marilyn comme ma tutrice.

— Non.

— Tu es venue à la maison et tu l'as tuée avec son propre pistolet.

— Ce n'est pas vrai.

— Avoue ! Tu l'as tuée !

— Pour l'amour du ciel, elle était déjà mourante ! »

Elles se regardèrent, muettes de stupeur. Sa grand-mère se mit à sangloter.

« J'avais déjà perdu un enfant, Amy. Je ne pouvais pas en perdre un second. Quand ta mère m'a dit qu'elle allait te confier à Marilyn, quelque chose s'est brisé en moi. J'avais l'impression de perdre ton père de nouveau. Mais cette fois, je pouvais faire en sorte que ça ne se reproduise pas. Et il n'y avait qu'un seul moyen. »

Amy, incrédule, écoutait la vieille femme expliquer froidement son meurtre, et elle en ressentait autant de tristesse que de colère.

« Elle le méritait, c'est bien ça ?
— Quoi ?
— À tes yeux, maman méritait de mourir aussi violemment que ton fils.
— Ce sont des paroles terribles.
— Et assassiner quelqu'un, c'est quoi ? Un bienfait ? Tu as toujours pensé que maman n'avait pas assez pleuré la mort de son mari. Je le voyais dans tes yeux chaque fois qu'elle sortait avec un ami, les nuits où tu me gardais. Je le voyais chaque fois qu'elle rentrait avec un homme. Tu puais le mépris. Tu l'aurais tuée sur-le-champ, si tu avais pu.
— Amy, j'ai fait tout ça pour toi. »

La jeune femme quitta la cuisine et disparut dans le couloir. Sa grand-mère la suivit.

« Amy, attends ! »

Amy entra dans la chambre de Taylor. Sa fille dormait paisiblement. Elle prit un sac dans le placard et y rangea les affaires de l'enfant.

« Que fais-tu ? » questionna la vieille femme en tremblant.

Amy jeta le sac sur son épaule et souleva Taylor. La fillette ne broncha pas et continua de dormir contre sa mère. Amy passa devant sa grand-mère sans même la regarder, traversa le couloir et ouvrit la porte d'entrée.

« Je t'en supplie, j'ai fait tout ça pour toi, Amy. »

Amy se retourna pour regarder une dernière fois le pitoyable monstre qui se tordait les mains de désespoir. « Non, tout ce que tu as fait, tu l'as fait pour toi-même. »

Sur ce, elle sortit avec sa fille dans ses bras et se dirigea vers son pick-up, le seul bien qu'elle avait gardé de sa mère.

Épilogue

Mai 2000

« Robert Oppenheimer », appela le recteur d'une voix qu'amplifièrent les haut-parleurs. Un jeune homme souriant vêtu d'une robe noire se hâta de gagner l'estrade. Ce n'était pas la foule bruyante qui emplissait le stade Folsum lors des matches de football mais, même dans le silence de ce beau matin de printemps, l'excitation était palpable, tandis que toutes celles et tous ceux de la classe 2000 connaissaient leur moment de gloire. L'université du Colorado remettait ses diplômes de fin d'année. Les candidats au doctorat passaient les premiers. Amy serait la cinquième à se présenter. Juste après Oppenheimer.

Elle avait la chair de poule. Son amie et conseillère universitaire, Maria Perez, lui tenait la main pendant qu'elles montaient toutes deux les marches. Le directeur du département des sciences astrophysiques et planétaires les attendait, tandis qu'au pied de l'estrade se pressaient des centaines d'étudiants en tenue de cérémonie.

« Amy Parkens. »

Elle avança, un grand sourire sur le visage.

« Vas-y, maman ! »

Taylor était debout sur son siège dans les gradins. Le mari de Maria, assis à côté d'elle, tentait bien de la calmer, mais la fillette était trop excitée pour entendre raison.

Amy serra la main du directeur, qui lui tendit son diplôme. Elle avait réussi. Elle et Taylor, seules, avaient gagné. Et en dépit de tous les obstacles.

Amy n'avait rien dit à personne au sujet de sa grand-mère. Elle avait décidé de ne jamais en parler. La mort de sa mère resterait un suicide. Officiellement. Le silence d'Amy était moins dicté par la compassion que par la nécessité de tourner une page douloureuse de sa propre vie. Un procès où elle aurait témoigné contre sa grand-mère ne l'y aurait pas aidée. Et puis le fait qu'Amy eût découvert la vérité signifiait une punition suffisante pour la vieille femme.

Pendant ces dix derniers mois, Amy s'était construit une nouvelle vie. Quitter le cabinet d'avocats avait été facile. Pardonner à Marilyn Gaslow, un peu moins. Une nuit à se battre côte à côte à Cheesman Dam ne pouvait effacer vingt années d'imposture. Après la résiliation de Marilyn de son poste de directrice de la Réserve fédérale, les deux femmes s'étaient peu à peu éloignées l'une de l'autre.

Le plus difficile avait été d'expliquer à Taylor pourquoi elles n'habitaient plus avec Mamie. Le retour à ses études d'astronomie avait permis la transition. Amy avait loué un logement près de l'observatoire Meyer-Womble afin de mieux achever son doctorat. Sa grand-mère était restée à Boulder. Elles ne s'étaient plus parlé depuis cette nuit-là. La vieille femme avait écrit une fois, mais

Amy lui avait renvoyé la lettre sans l'ouvrir. Dans son esprit dérangé, elle devait continuer d'espérer le retour de sa petite-fille. Amy ne reviendrait jamais à Boulder, du moins pas avant la mort de celle qui avait assassiné sa mère.

Après la cérémonie, les candidats et leurs familles s'attardèrent à la sortie du stade. Amy ressortit avec Maria et elles attendirent toutes deux Taylor et le mari de Maria. Tout autour d'elles, ce n'étaient qu'embrassades et cris de joie. Une ombre de tristesse passa sur le visage d'Amy, et Maria lui donna une accolade qui ressemblait un peu à un prix de consolation.

Et puis Taylor arriva en courant, arrachant un sourire radieux à Amy.

« Je peux mettre ton drôle de chapeau, maman ?
— Oui, ma chérie. » Amy lui coiffa sa tête blonde avec son mortier noir, qui lui descendit jusqu'aux yeux. Soudain, une silhouette parmi la foule accrocha son regard. Ryan Duffy se tenait près de l'entrée du stade. Le sourire d'Amy disparut.

« C'est trop grand, maman ! » criait Taylor.

Amy dévisageait Ryan. Il fit un pas hésitant vers elle et s'arrêta.

« Maria, tu peux garder Taylor une minute ?
— Bien sûr. » Maria s'agenouilla pour ajuster le mortier sur la tête de la fillette.

Amy se fraya un chemin parmi la foule bruyante, tandis que Ryan se portait lentement à sa rencontre. C'était sans rancune ni arrière-pensée qu'ils avaient pris congé l'un de l'autre l'été précédent. Le fait que le père de Ryan fût innocent avait chassé toute amertume. Amy avait pensé à Ryan de temps à autre au cours de ces derniers mois, en particulier lors des nuits de solitude à l'observatoire du mont Evans. Toutefois, aucun d'eux n'avait appelé. Les circonstances les avaient éloignés, et il aurait fallu être inconséquent pour décrocher le téléphone, avait songé Amy.

« Qu'est-ce qui vous amène ici ? demanda-t-elle.

— Oh ! j'ai pensé que nous avions à clore définitivement le chapitre ! répondit-il avec un petit sourire.

— Vraiment ? »

Il se balança un instant sur ses jambes, hésitant à poursuivre.

« Je dois dire que je viens de passer une drôle d'année.

— Moi aussi.

— Je suis devenu oncle. Sarah a eu une petite fille qui, heureusement, ne ressemble ni à la mère ni au père. Ce qui est une bonne chose.

— Félicitations.

— Oh ! je n'y suis vraiment pour rien !

— Mais vous n'êtes pas venu jusqu'ici pour me chanter les louanges de votre nièce, n'est-ce pas ?

— Non. Cela fait un moment que je voulais vous parler, mais j'attendais que mon divorce soit enfin prononcé.

— Pourquoi ?

— Parce que tant que la procédure n'était pas terminée, je ne pouvais savoir quelle serait ma part.

— Oh ! dit-elle, déçue. Vous parlez encore d'argent.

— Écoutez, je n'ai jamais considéré que cet argent me revenait. J'ai toujours pensé que s'il y avait une victime innocente dans cette affaire, c'était vous. » Il sortit un sac de sa poche et le lui tendit. « Je veux que vous le preniez. »

Elle recula d'un pas, stupéfaite.

« Mais je ne peux pas…

— Ce n'est pas grand-chose. L'État a pratiquement tout gardé. Le FBI, le fisc. Vous n'avez pas idée du nombre de pénalités et d'impôts de toutes sortes qu'on doit payer. Il s'est avéré que mon père avait aussi quelques dettes. Il aimait bien jouer aux courses de chevaux. Mon ex-femme, ma sœur et moi, nous avons partagé le reste en trois. Des cinq millions au départ, il me reste exactement six cent quarante-deux dollars. »

Amy gloussa puis porta une main à sa bouche d'un air embarrassé.

« Excusez-moi, ce n'est pas drôle.

— Je suis heureux, au contraire, que vous puissiez en rire, dit-il. Cela prouve que vous avez fait du chemin et que toute cette histoire est désormais loin derrière vous. »

Ils se regardèrent et, cette fois, ce fut sans l'ombre d'un malaise.

« Alors, vous êtes divorcé, maintenant ? s'enquit Amy.

— Oui, Dieu merci. Quand je regarde en arrière, je m'étonne qu'on ait pu rester si longtemps ensemble ! Nous avons si peu de choses en commun ! Mais on dit que les contraires s'attirent.

— Oui, à condition d'être un aimant.

— Oui. » Il rit.

« Bien entendu, si vous désirez une analogie scientifique plus instructive, les contraires dans notre univers s'appellent la matière et l'antimatière. Chaque fois qu'elles entrent en contact, elles dégagent des rayons gamma mortels et se détruisent instantanément l'une l'autre.

— Voilà que vous étalez votre science, docteur Parkens.

— Je suppose. » Elle jeta un regard par-dessus son épaule. Taylor tapait du pied par terre.

« Ma fille s'impatiente, remarqua-t-elle.

— Désolé, je ne voulais pas vous retarder. »

Elle le scruta. « J'apprécie votre geste, mais je ne peux pas conserver cet argent, dit-elle en lui tendant le sac en papier. C'est à vous qu'il appartient.

— Non, non, gardez-le. Ce n'est pas grand-chose mais cela pourra vous être utile.

— Vous êtes gentil, mais je ne peux vraiment pas. » Elle lui mit le sac dans la main. « Merci d'être venu. Et prenez soin de vous. » Elle se détourna de lui.

« Hé ! » appela-t-il.

Elle lui jeta un regard.

« Bonne chance à vous, Amy. »

Elle eut un sourire triste et s'en fut en frissonnant légèrement, trop troublée pour s'avouer qu'elle était contente de l'avoir revu.

« Est-ce que je peux enfiler ta robe aussi ? demanda Taylor en la tirant par la manche.

— Tout à l'heure, quand nous aurons pris des photos.

— D'accord ! » s'exclama Taylor, ravie.

Amy prit sa fille par la main et s'en fut à travers les jardins qui entouraient le stade. Elle ne se retourna qu'une fois, mais Ryan avait disparu.

« Maman, pourquoi tu n'as pas l'air heureuse comme tout le monde ? demanda Taylor.

— Mais je suis heureuse, ma chérie. Viens, nous allons prendre des photos. »

Elles suivirent la foule vers un endroit d'où on pouvait distinguer les montagnes au loin. Sur un banc, dans l'allée, elle avisa un sac en papier. Elle le reconnut : celui de Ryan. Mais elle n'osa pas le ramasser. Et puis soudain, elle l'aperçut qui marchait devant elle. Elle courut après lui en tirant Taylor par la main. « Docteur Duffy ! »

Il se retourna.

« Vous avez oublié quelque chose », dit-elle. Elle lui montra le banc, mais le regard de Ryan resta fixé sur elle.

« À la vérité, dit-il, j'ai effectivement oublié quelque chose... nous n'avons pas pris cette deuxième tasse de café au Green Parrot.

— Euh... c'est vrai.

— On pourrait peut-être rattraper cet oubli. »

Elle lui sourit, se rappelant leur première rencontre et son désir d'accepter quand il avait proposé qu'ils se revoient. Elle avait répondu : on ne sait jamais. Cette fois, elle avait envie de faire mieux.

« Oui, ça me plairait beaucoup, dit-elle. D'ailleurs, je connais un endroit très sympa pas loin d'ici.

— Alors, on y va ?

— Oui.

— Je vous suis. »

Ils repartirent dans l'autre sens, Ryan à gauche, Amy et Taylor à droite. Ils repassèrent devant le banc où Ryan avait abandonné l'argent. Le sac avait disparu et, non loin, deux jeunes étudiants étaient engagés dans une vive discussion. Le plus petit serrait le sac contre lui, l'autre essayait de le lui prendre.

« Il faut le porter à la police, disait le plus grand. Ce fric ne nous appartient pas.

— Argent trouvé, argent gardé », répondait l'autre.

Comme ils élevaient de plus en plus la voix, des passants commençaient à s'arrêter.

Amy et Ryan échangèrent des regards amusés mais ne firent aucun commentaire. Amy se retenait pour ne pas éclater de rire ; de son côté, Ryan pouffait en secouant la tête.

Ils poursuivirent leur chemin en souriant de plus belle.

Remerciements

Merci…

Tiffany, j'aime ta sincérité, j'aime tout en toi.
Carolyn Marino et Robin Stamm ont, avec l'assistance salutaire de Jessica Lichtenstein, donné à ce roman une autre dimension. Un auteur ne pourrait avoir de meilleurs amis que Richard et Artie Pine ; vous prenez mieux soin de moi que je ne saurais le faire. Joan Sanger a, comme toujours, laissé son indispensable marque personnelle. Et les critiques en général s'améliorent à chaque ouvrage : Eleanor Raynor, Carlos Sires, Jennifer Stearms.

Quelques amis m'ont apporté leurs lumières : Jamas W. Hall, shérif adjoint du comté de Kakima ; F. Clay Craig, avoué au tribunal des successions et grand amateur de base-ball ; Gerald J. Houligan et Ron Hanes, tous deux brillants avocats.

Certains lieux du Colorado sont réels, d'autres imaginaires (ne cherchez pas le Green Parrot ou le Half Way Café). Mes remerciements à la maison du Tourisme du Colorado : aux services de l'urbanisme et au collège de la ville de Boulder ; à la chambre de commerce de Lamar ; à Jane Pearle, directrice des relations communautaires ; à la bibliothèque municipale de Denver, en particulier à Gwendolyn Crenshaw, bibliothécaire, et à Don Dilley, du département d'astrophysique et des sciences planétaires à l'observatoire Sommers-Bauch et au planétarium Fiske. Keith Gleason mérite une mention spéciale pour son cours sur la chute des corps stellaires et la vie quotidienne de l'astronome.

"Double suspense"

James Grippando
Une affaire d'enlèvement

Rendez-moi mon enfant

(Pocket n°10490)

Un afro-américain et Allison Leahy s'affrontent dans la course à la Maison Blanche. Tandis que Allison, dont la fille âgée de quatre mois fut kidnappée quelques années auparavant, a toutes ses chances d'être élue, l'enfant de son adversaire est victime d'un ravisseur à son tour… Les péripéties parallèles de l'élection et de l'enlèvement font de ce thriller une palpitante aventure.

Il y a toujours un Pocket à découvrir

"La vérité à tout prix"

(Pocket n° 10488)

Victoria Santos, agent du FBI, enquête avec un célèbre journaliste sur les crimes sadiques qu'un serial killer commet aux quatre coins des États-Unis.
Pour faire avancer leur enquête difficile, ils acceptent finalement de monnayer les informations d'un homme qui dit connaître les futures victimes et le portrait psychologique de l'assassin.
Mais quel est le prix à payer pour retrouver un aussi dangereux psychopathe ?

Il y a toujours un Pocket à découvrir

"Conflits d'intérêts"

DANIEL EASTERMAN
Minuit en plein jour

(Pocket n°11756)

Le premier président juif des États-Unis, Joel Waterstone, est enlevé par des fanatiques religieux avec sa femme Rebecca et une petite fille. Sur fond de guerre civile en Russie, Daniel Easterman nous offre une intrigue de grande envergure, un parcours effréné dans les méandres de la politique internationale de ce début de troisième millénaire.

Il y a toujours un Pocket à découvrir

Impression réalisée sur Presse Offset par

BRODARD & TAUPIN

GROUPE CPI

19946 – La Flèche (Sarthe), le 27-08-2003
Dépôt légal : septembre 2003

POCKET – 12, avenue d'Italie - 75627 Paris cedex 13
Tél. : 01.44.16.05.00

Imprimé en France